AU CŒUR DU BONHEUR

FELICITY HAYES-MCCOY

AU CŒUR DU BONHEUR

Traduit de l'anglais par Paul Boutin

ÉDITIONS PRISMA

Titre de l'édition originale :
The Heart of Summer

ISBN : 978-2-8104-4175-4

pour
Brownie

Les visiteurs de la côte ouest de l'Irlande
ne trouveront pas Finfarran.
La péninsule, ses habitants et les personnages qu'Hanna
rencontre à Londres n'existent que dans l'imagination de l'auteur.

~ La vie est faite pour être vécue ~

Chapitre 1

Hanna Casey leva les yeux de son ordinateur et connut un bref moment d'enchantement en regardant les grains de poussière qui dansaient dans la lumière du soleil. La bibliothèque de Lissbeg était installée dans ce qui avait été autrefois l'école du couvent de la ville. Le hall sombre où des générations de jeunes filles avaient gloussé et baillé pendant les assemblées offrait maintenant de grandes fenêtres au niveau du toit et avait été agrandi pour créer un espace d'exposition et une salle de lecture. Des vitrines encastrées dans des lambris de chêne contenaient des livres moisis laissés par les religieuses, tandis que la collection publique était alignée en rangées parallèles sur des étagères en libre accès. Aujourd'hui, par une journée lumineuse au cœur de l'été irlandais, des rayons de soleil inondaient les étagères en acier et faisaient miroiter les livres dorés aux reliures de cuir derrière leurs portes en verre.

De son siège à la réception, Hanna pouvait voir Conor transférer les ouvrages retournés d'un chariot aux étagères. Il les manipulait avec autant d'adresse que lorsqu'il s'occupait des animaux de la ferme et des machines, ainsi que des particularités occasionnelles du système informatique de la bibliothèque. Alors que les livres de poche, les CD et les DVD disparaissaient pour rejoindre leur place, elle pouvait l'entendre siffler joyeusement.

Le bureau d'Hanna, situé à l'avant de la salle, se trouvait dos à un mur de verre qui séparait la bibliothèque lambrissée de l'espace d'exposition ultramoderne. À l'autre bout de la bibliothèque se trouvaient les toilettes du personnel et, à côté, un bout de cuisine où Conor et elle préparaient le café et accrochaient leurs manteaux. Après s'être déconnectée, elle quitta son bureau et alla se laver les mains. Conor leva les yeux lorsqu'elle passa devant lui.

– J'ai presque terminé, Mlle Casey. Voulez-vous que je m'occupe du bureau ?

Tout le monde s'adressait à elle en l'appelant Hanna, mais Conor, son assistant, avait commencé à travailler bénévolement à la bibliothèque à l'adolescence, à l'époque où son prédécesseur, qui était un monsieur âgé, avait insisté pour qu'on lui montre un respect de bon aloi. Bien que Conor ait maintenant une vingtaine d'années, l'habitude était restée et, même si Hanna n'avait pas le cœur à s'y opposer, elle se demandait parfois quel âge il lui donnait. Il était probable qu'il n'y avait jamais pensé. Il n'était pas porté sur l'introspection et, entre la bibliothèque, son mariage tout récent et le travail à ferme familiale, il n'en avait pas le temps.

– Quand tu auras fini, tu pourras prendre le bureau. Les croisiéristes arrivent à seize heures, mais cela ne me prendra pas plus d'une heure. Je m'occuperai des e-mails de la direction quand j'aurai fini.

Le travail à temps partiel de Conor consistait à conduire le bibliobus dans toute la péninsule et à aider Hanna à Lissbeg. En ce qui concernait son travail, il était efficace et fiable, même si, comme Una, sa mère, l'avait un jour fait remarquer à Hanna, lorsqu'il s'agissait des gens, il passait souvent à côté de choses aussi évidentes que le nez au milieu du visage.

– Dieu sait qu'on ne pourrait pas trouver quelqu'un de plus gentil ou de plus sensible, mais il n'est vraiment pas doué pour ce qui est d'essayer d'arranger les choses ou de trouver ce qui ne va pas. Il fut un temps où je pensais que nous n'arriverions jamais à le marier à cette pauvre Aideen.

Hanna savait bien ce qu'elle voulait dire. Toute la péninsule de Finfarran était d'accord pour dire que Conor et Aideen étaient faits l'un pour l'autre, mais la timidité naturelle d'Aideen et l'instinct de Conor pour résoudre les problèmes avaient donné lieu à des fiançailles pleines de malentendus. Finalement, après des mois de préparation d'un double mariage en même temps que son frère, il avait découvert qu'Aideen détestait cette idée depuis le début, alors ils s'étaient éclipsés et avaient prononcé leurs vœux dans un bosquet de cyprès à Florence. Un mariage à l'état civil avait eu lieu plus tard, lorsqu'ils étaient revenus d'Italie pardonnés et enthousiastes, et Aideen vivait maintenant à la ferme. Hanna s'était demandé si le fait que les jeunes mariés vivent avec les parents de Conor ne risquait pas de créer des tensions, mais Aideen semblait s'entendre à merveille avec Una et Paddy, et Conor et elle semblaient heureux dans leur nouvelle vie commune.

Dans les toilettes, Hanna inspectait son reflet dans le miroir. Pour une femme qui avait dépassé la cinquantaine, elle se dit qu'elle avait l'air pimpante. Tôt ou tard, elle suivrait les conseils de sa fille stylée et se ferait couper les cheveux et les teindrait, mais, pour l'instant, elle se contentait de les coiffer en une courte tresse. Elle ne s'était jamais maquillée lorsqu'elle était plus jeune et, comme elle avait conservé la peau claire qu'elle avait héritée de sa mère, elle n'utilisait toujours qu'une touche de mascara.

Lissant ses cheveux bruns sur son front, elle se lava les mains et fit la grimace lorsque des gouttes d'eau éclaboussèrent son tee-shirt. Les toilettes de la bibliothèque n'étaient pas équipées d'un sèche-mains automatique et éponger les traces avec une serviette en papier ne servirait à rien : la journée était si chaude qu'elles disparaîtraient bientôt. C'était idiot de penser que son apparence avait de l'importance lorsqu'on faisait un petit discours à un groupe de touristes, mais le représentant de la compagnie de croisière qui les avait amenés en Irlande semblait tellement attaché aux marques haut de gamme qu'elle avait presque l'impression qu'elle aurait dû porter du Gucci. Ce qui, se dit-elle joyeusement, était difficile. Elle porterait un jean et un t-shirt *Vis, Aime, Lis !* et si ça ne leur plaisait pas, c'était leur problème, pas le sien.

La péninsule de Finfarran, sur la côte ouest accidentée de l'Irlande, était une destination de rêve, présentée aux visiteurs comme « Le bout du monde ». L'essentiel de l'activité touristique était concentré à Ballyfin, un ancien village de pêcheurs situé à son point le plus occidental, surplombant l'Atlantique turquoise. On y accédait par une route qui divisait les moitiés sud et nord de l'étroite presqu'île, et qui était appelée dans le coin « l'autoroute ». Un côté des contreforts d'une chaîne de montagnes avait été dynamité pour accueillir les derniers kilomètres de route, et ce qui avait été autrefois un port endormi accueillait maintenant des jet-setteurs qui se promenaient dans ses rues, un hôtel thermal au-dessus d'une marina, et une série de restaurants où le champagne et les huîtres reposaient en permanence sur de la glace. Le reste de Finfarran offrait des paysages époustouflants, des plages désertes, des excursions en bateau et des chambres d'hôtes, tandis que Lissbeg, autrefois un bourg, possédait des magasins, une banque, un bureau de poste et le Centre de l'Ancien Couvent, aujourd'hui propriété du conseil du comté de Finfarran. Outre la bibliothèque d'Hanna, le centre abritait des bureaux, des studios et des ateliers à loyer modéré, ainsi qu'un espace public qui avait été le jardin des nonnes, où le Café du jardin était un lieu de prédilection pour les habitants et les touristes.

La marina de Ballyfin était trop peu profonde pour les paquebots, mais des bateaux de croisière plus petits s'y amarraient régulièrement. Ils transportaient ce que les voyagistes appelaient « des groupes de voyageurs exigeants et curieux de culture ». Souvent d'âge moyen, ces derniers étaient toujours fortunés, même si cela n'était jamais expressément indiqué dans les brochures brillantes. Au départ, Ballyfin n'offrait rien de plus qu'une escale à l'hôtel spa et le voyage en autocar jusqu'à la ville de Carrick, pour prendre des photos et faire du shopping. Puis une compagnie de croisière américaine, Your World Awaits, avait repéré le potentiel caché de la bibliothèque de Lissbeg, où l'espace d'exposition présentait un manuscrit connu sous le nom de « Psautier de Carrick », offert par Charles Aukin, un banquier américain à la retraite qui avait des liens familiaux avec Finfarran ; il avait également payé pour les rénovations de la bibliothèque. C'était de la poudre d'or pour Your World Awaits. Quoi de plus attrayant pour les curieux de culture qu'un trésor médiéval caché dans une petite bibliothèque locale ? Il y avait cependant un problème. Selon le voyagiste, ses clients exigeaient l'exclusivité. Ils ne souhaitaient pas se joindre aux longues files d'attente estivales pour les conférences données par les bénévoles de la société d'histoire locale. Ce qu'ils voulaient, c'était une présentation privée par la bibliothécaire.

Hanna ne s'était pas laissé impressionner. Pour elle, les visites privées étaient inappropriées dans une bibliothèque publique, mais la rémunération élevée qu'ils avaient offerte avait convaincu le conseil du comté, et elle n'avait donc pas eu le choix. La conférence d'aujourd'hui serait la troisième qu'elle donnerait à un groupe de Your World Awaits, et elle devait admettre que, pour la plupart, ils s'étaient montrés réellement intéressés. Le manuscrit avait été numérisé et l'exposition comportait des écrans interactifs qui permettaient aux visiteurs de zoomer sur des détails et d'accéder à des traductions du texte en six langues. Normalement, Hanna tournait une page du psautier par mois, mais une séance spéciale pour tourner les pages à chaque visite privée faisait partie du contrat. Bien que la situation ait renforcé son sentiment d'être offensée, cela l'avait aussi secrètement ravie. Tourner les pages lui procurait toujours un frisson dans le dos, cela lui donnait l'impression d'être en contact avec les mains habiles qui avaient fabriqué l'ouvrage et celles qui l'avaient gardé en sécurité pendant un millier d'années. Elle avait étudié le manuscrit et participé à son processus de numérisation, mais les moments où elle le manipulait lui paraissaient toujours magiques et lui révélaient toujours quelque chose de nouveau. Un oiseau ou un visage grotesque jusqu'alors inédit apparaissait à travers un feuillage fantastique, une ligne de texte se promenait sur une page, comme les marches d'un escalier céleste, ou une ville apparaissait dans les courbes d'une lettre enluminée.

Devant le dernier groupe rassemblé autour d'elle, elle ouvrit la vitrine du psautier. Le livre était de la taille d'un roman acheté dans un aéroport, et le texte en latin comportait des lettrines enluminées avec des encres et des peintures qui étaient encore aussi brillantes qu'elles l'étaient le jour où elles avaient été moulues dans le scriptorium médiéval. En regardant la double page ouverte, Hanna sourit en signe de reconnaissance. Les psalmistes d'origine vivaient et travaillaient à l'autre bout du monde, loin de Finfarran, mais les illustrateurs du psautier s'étaient inspirés de leur propre péninsule. Voilà la chaîne de montagnes qu'elle avait traversée lorsqu'elle s'était rendue à Ballyfin. Les pics et les cols familiers apparaissaient dans la première lettre majuscule, tandis que des lances d'or et de vert s'élançaient dans les marges des deux côtés, tirées d'un soleil levant et d'un croissant de lune. Hanna se tenait à l'écart tandis que le groupe se penchait pour voir.

– Vous aurez suffisamment de temps pour que tout le monde puisse examiner le texte de près. Mais rappelez-vous s'il vous plaît qu'il est interdit de toucher l'ouvrage.

Les curieux de culture, pour la plupart des femmes, hochèrent la tête, se disant horrifiés par cette idée. Notant mentalement les plus indignés, qui étaient aussi les plus susceptibles d'essayer de toucher le livre si elle tournait le dos, Hanna expliqua le fonctionnement des écrans interactifs.

– Et maintenant, je vais tourner la page et révéler un nouveau psaume.

Elle tendit la main et marqua une pause, anticipant une question, qui vint, comme à l'improviste, d'un grand homme avec une barbichette et des lunettes.

– Vous devriez certainement porter des gants blancs.

– C'est une idée fausse très répandue.

Ne voulant pas le rabaisser, Hanna lui adressa un sourire amical.

– Le port de gants augmente en fait la probabilité de dommages. De plus, ils ont tendance à transférer la saleté et à déloger les encres et les pigments. Des mains propres et sèches sont la meilleure solution.

Il était évident qu'il ne la croyait pas, mais elle ne s'attarda pas à discuter. Elle tourna la page, et ils retinrent collectivement leur respiration. L'une des qualités du Psautier de Carrick résidait dans cette particularité : les psaumes apparaissaient dans un ordre aléatoire et, dans certains cas comme celui-ci, un seul verset avait inspiré des pages entières d'illustrations détaillées. Hanna le reconnut.

– C'est le psaume 1, verset 3. « *Il sera comme un arbre planté près des rivières, qui donne son fruit en son temps ; sa feuille ne se flétrit pas, et tout ce qu'il fait prospère.* »

Entre ses mains brillait une série de petites images ressemblant à des pierres précieuses, disposées en ronde-bosse. Une boîte dorée à l'or fin renfermait le verset, autour duquel les pages étaient couvertes de feuilles vertes, cramoisies et ocre, comme si le spectateur contemplait la voûte d'une forêt dense. Parmi les feuilles, les rondeaux apparaissaient comme de petites clairières dans la forêt, pleines d'activité. Quatre moines, avec leurs habits ceints d'une ceinture, abattaient des arbres et les chargeaient sur un chariot. Dans un autre rondel, une dame en robe sombre et en guimpe indiquait à un serviteur en pourpoint bleu où il devait planter un arbre. Ailleurs, des garçons allongés sur l'herbe mangeaient des pommes dans un panier, et dans une clairière, où le grain avait été récolté, des hommes portant des capuchons et des bottes terminées par une boucle étaient en train de vanner. La balle avait été rendue sous forme de minuscules taches d'or, et les capuchons des hommes, comme le pourpoint du serviteur, étaient ultramarins, d'un bleu intense qui, expliqua Hanna, était fait de lapis-lazuli.

– D'où vient-il ?

– Des montagnes d'Afghanistan.

– Ouah. Comment est-il arrivé en Irlande ?

– Par la mer. Et avant cela, par caravane de chameaux à travers les déserts. L'outremer était l'un des pigments les plus chers que l'on pouvait se procurer.

– Sait-on qui était cette dame ?

Hanna secoua la tête.

– On sait même pas si elle représente une personne réelle. Il pourrait cependant s'agir du portrait d'une abbesse. Dans certains monastères, les moines et les nonnes vivaient dans des bâtiments séparés et partageaient une église, et nous savons que les nonnes, ou les moines, peignaient des manuscrits. Les scientifiques ont trouvé des mouchetures d'outremer logées dans les dents d'une nonne médiévale décédée en Allemagne. Elle aurait mordillé l'extrémité de son pinceau tout en travaillant.

La plupart des membres du groupe manifestèrent leur intérêt en chœur et l'homme à la barbiche et aux lunettes émit un grognement dubitatif. En son for intérieur, Hanna se demanda, pour la première fois, pourquoi celui qui avait peint ces pages avait utilisé un pigment aussi coûteux. D'habitude, l'outremer était réservé à la royauté, à Dieu et aux saints, mais ici, il apparaissait sur des ouvriers et un domestique. Peut-être attirait-il l'œil du spectateur sur l'importance de l'image exprimée dans le verset. Les planteurs et les vanniers étaient les personnages qui comptaient, pas la dame qui donnait l'ordre. En se penchant de plus près, elle remarqua – encore une fois pour la première fois – qu'un fil d'or, qui coulait d'une cruche dans la main de la servante, reliait tous les rondeaux et, tandis que son œil le suivait à travers les pages et jusqu'au coin inférieur droit, elle vit qu'il s'agissait d'un ruisseau d'eau s'écoulant dans un bassin bordé de fleurs. Il y avait un ciel étoilé au-dessus du bassin et, dansant autour, un cercle de créatures de la forêt : écureuils, lièvres, cerfs et lapins, tous avec la tête rejetée en arrière, comme s'ils chantaient pour les étoiles.

Les touristes s'étaient dispersés, certains avaient choisi de regarder les écrans avant d'examiner le psautier. Hanna avait reculé pour leur laisser de l'espace, sachant qu'au bout d'un moment, ils voudraient poser des questions. Alors qu'elle se tenait près de la porte, gardant un œil vigilant sur la vitrine, son esprit vagabondait déjà vers les e-mails restés sans réponse et le dîner qu'elle avait prévu de prendre ce soir-là avec sa fille. C'est alors qu'une voix se fit entendre derrière elle.

– Ça alors, j'ai dit que je ne le croirais pas tant que je ne t'aurais pas vue de mes propres yeux !

Hanna se retourna. La femme qui avait parlé avait une cinquantaine d'années, elle était petite et élégamment vêtue. Elle s'approcha et haussa ses sourcils soigneusement épilés.

– Alors, Hanna Casey, c'est ici que tu te cachais pendant toutes ces années !

Chapitre 2

Une demi-heure plus tard, de retour à son bureau, Hanna était toujours sidérée. Elle voyait Conor la regarder et décida qu'elle ferait mieux de se reprendre avant qu'il ne s'aperçoive que quelque chose n'allait pas. Bien sûr, elle aurait pu simplement mentionner ce qui venait de se passer mais, à sa façon, elle sentait qu'elle devait d'abord le digérer. Cela n'avait rien de bouleversant. Tout ce qui s'était passé, c'était qu'elle avait rencontré quelqu'un qu'elle n'avait pas vu depuis des années. Ce n'était pas grand-chose et, en fait, la rencontre était plutôt agréable. En se laissant tomber sur sa chaise, Hanna se mordit la lèvre. Après avoir envoyé Conor ranger la cuisine, elle regarda sa pile d'e-mails, sachant qu'elle devait les avoir traités avant la fermeture de la bibliothèque à dix-sept heures trente. Puis elle abandonna. Il n'y avait rien dans sa boîte de réception qui ne puisse attendre le lendemain et, pour l'instant, elle ne pensait qu'à Amy. Malgré les vêtements chics et la coupe de cheveux à la garçonne, Hanna l'avait reconnue dès qu'elle l'avait vue, même si elle ne l'aurait jamais reconnue à sa voix. Il y avait trente ans, dans l'appartement qu'elles partageaient avec deux autres filles à Londres, Amy Costello avait un accent de Wexford aussi épais que du beurre de campagne. Maintenant, son phrasé ressemblait à l'accent anglais marqué de l'ex-belle-mère d'Hanna.

Fermant les yeux, Hanna se souvint de l'appartement situé derrière la gare de Paddington. Il se trouvait au quatrième étage d'une maison victorienne mitoyenne et miteuse, avec des escaliers sombres recouverts d'un linoléum usé et un balcon en briques devant la fenêtre de la cuisine. Les week-ends d'été, elles prenaient un bain de soleil sur le balcon, en buvant du Rioja dans une boîte posée sur une table branlante, pendant que Diana Ross hurlait « Endless Love » sur un petit transistor ; les odeurs de la ville leur parvenaient, mélangées au parfum d'Ambre Solaire.

Amy faisait une école de secrétariat, Claire, originaire de Cork, suivait une formation de nounou à Norland, et Lucy, qui était anglaise et plus âgée que les autres, travaillait comme sous-chef dans un restaurant italien. Hanna était venue à Londres pour suivre un cours pour être bibliothécaire d'art avant de réaliser son rêve de travailler dans un musée en Europe. Le Louvre, peut-être, ou le Rijksmuseum. Un endroit glamour et excitant qui suscitait l'envie. Peut-être pas tout de suite, mais plus tard dans sa carrière.

Ses parents avaient été déconcertés par l'ambition de leur unique enfant, mais lorsqu'elle avait décroché son premier emploi, dans une bibliothèque locale de Dublin, Tom, son père, avait été fier comme Artaban. Et, même si elle savait qu'il espérait qu'elle revienne à la maison et s'installe à Finfarran, il s'était dit ravi lorsqu'elle lui avait téléphoné pour lui annoncer qu'elle avait décroché une place dans ce cours à Londres. Mary, sa mère, avait pris le téléphone et lui avait dit qu'elle était idiote. Ses parents n'avaient-ils pas travaillé d'arrache-pied pour bâtir une entreprise solide qu'elle pourrait rejoindre ? Ou bien un bureau de poste et un magasin de village ne suffisaient-ils pas à Madame ? Après ce qui avait ressemblé à une dispute, sa mère avait abandonné le combiné et Hanna avait de nouveau entendu la douce voix de son père.

– N'écoute pas ta maman, mon cœur. Nous sommes contents pour toi.

Elle savait qu'il mentait. Elle était fille unique et, à l'époque, les gens qui partaient à Londres rentraient rarement chez eux. Cela l'avait attristée de leur faire de la peine, mais la vérité était que personne n'aurait pu l'en empêcher. Elle suivait un rêve.

Elle avait quatorze ans lorsque son imagination s'était enflammée en découvrant un prospectus pour une exposition. Inséré dans un livre qu'elle avait consulté à la bibliothèque pour un devoir d'école, il montrait une reproduction d'une peinture à l'huile du XVIIIe siècle. Un jeune homme coiffé d'un tricorne, vêtu d'une culotte et d'un gilet brodé, se tenait près de la tête de son cheval. Dans la voiture ouverte à laquelle le cheval était attelé, une femme aux cheveux bouclés et poudrés et au jupon bouffant était assise avec un bambin souriant sur les genoux. Pour Hanna, élevée par une mère querelleuse dans un village irlandais, c'était une fenêtre sur un monde où des gens à peine plus âgés qu'elle vivaient dans un environnement magnifique, apparemment enveloppés d'harmonie familiale. Les couleurs et les textures l'avaient hypnotisée, elle était attirée comme si elle écoutait une histoire passionnante. Et, selon le prospectus, elle pouvait se rendre dans des lieux remplis de peintures comme celle-ci.

Cette année-là, pendant les vacances d'été, elle avait persuadé son père de l'emmener à la National Gallery de Dublin, et lorsqu'ils étaient sortis de l'école, Hanna était accro à l'art. Sœur Benignus lui avait déjà assuré qu'elle était nulle avec un pinceau, mais de toute évidence, des gens s'occupaient de ces objets, écrivaient les pancartes sous les tableaux et créaient des catalogues et des brochures, comme celui qu'elle avait trouvé dans le livre. Elle était rentrée chez elle l'esprit en ébullition et, plus tard, lorsqu'elle avait découvert que les grandes galeries possédaient des bibliothèques, tout s'était mis en place.

Le cours de Londres allait être la dernière étape vers son rêve. Lucy et Claire étaient tout aussi motivées l'une que l'autre, avec des projets de carrière qui les mèneraient partout où elles choisiraient d'aller. Claire était déterminée à voyager, tandis que Lucy se concentrait sur l'ouverture de son propre restaurant. Mais Amy ne voyait les compétences que sous l'angle du bon paquet d'argent qu'elles lui rapporteraient. Elle avait prévu d'épouser un homme si riche et si prospère qu'elle n'aurait plus besoin de travailler du tout. Hanna aimait bien Amy, mais elle n'avait pas compris son manque d'ambition. Pourquoi se tourner vers un homme pour réaliser ses rêves quand on vivait au XXe siècle et que le monde entier attendait à ses pieds ?

En ouvrant les yeux, elle vit Conor hésiter, se demandant pourquoi elle n'avait pas encore fermé la porte à clé. Il était plus de dix-sept heures trente. Alors qu'Hanna se levait, une femme s'approcha, tout en fouillant dans son sac à main pour trouver sa carte de bibliothèque. Hanna fit glisser les livres qu'elle portait et l'aida à les ranger dans son sac, tout en souriant à deux marins qui se dirigeaient vers la porte. Alors qu'elle se refermait derrière eux, Conor apparut, son casque de moto à la main.

– Est-ce que je peux prendre la route, Mlle Casey ?

– Bien sûr. Je suis désolée de t'avoir fait attendre.

– Pas du tout, tout va bien.

Il trépignait de partir mais tenait à montrer qu'il ne lui en tenait pas rigueur. Hanna rit et le poussa vers la porte.

– Allez, rentre retrouver Aideen et mets-toi les pieds sous la table.

– Oh, je suis loin de mettre les pieds sous la table ce soir. J'ai un monceau de travail à faire à la ferme tant que la météo reste au beau fixe.

Dix minutes plus tard, après avoir enclenché l'alarme et fermé à clé, Hanna s'engagea dans Broad Street, enviant la facilité avec laquelle Conor se faufilait dans la circulation sur sa Vespa. Il serait déjà à mi-chemin de sa maison avant qu'elle n'ait quitté les faubourgs de Lissbeg. En ralentissant derrière les voitures qui formaient un bouchon et une camionnette rouge cabossée, elle se surprit à repenser à Amy. Elles n'avaient eu qu'un petit moment pour parler. D'autres membres du groupe étaient venus lui poser des questions et, presque avant qu'elle n'ait répondu, ils avaient été poussés vers leur autocar de luxe, qui les ramènerait à Ballyfin pour un dîner en plein air. Sur le chemin de la sortie, Amy avait attrapé la main d'Hanna.

– Et si on déjeunait ensemble demain ? Nous avons prévu une excursion à Carrick, mais je pourrais sécher.

Elle avait dit oui.

Laissant Lissbeg et l'autoroute derrière elle, Hanna s'engagea sur une route de campagne, baissa sa vitre et roula à une vitesse régulière, s'enivrant de l'odeur de l'été qui s'échappait des champs. Il y avait trente ans, Amy était une idiote. Aujourd'hui, bien qu'elle soit toujours menue et guillerette, elle était forte d'une assurance langoureuse. Sa chemise en lin, d'une simplicité trompeuse, aurait pu venir d'une boutique de Bond Street et, portée avec des espadrilles en cuir et un pantalon fuselé écarlate, elle allait parfaitement avec le grand sac de paille qu'elle tenait sous le bras. Ses ongles étaient vernis et son brushing, une prouesse de mèches, soutenait les lunettes de soleil posées nonchalamment sur sa tête. Instinctivement, Hanna jeta un coup d'œil à la main gauche manucurée et observa une grosse alliance et un imposant diamant taille marquise serti de platine. De toute évidence, Amy avait trouvé l'homme qu'elle cherchait.

Une fermière, qui se déplaçait à bicyclette, sortit d'un champ en conduisant un troupeau de vaches. Alors qu'elle ralentissait pour éviter d'effrayer les animaux, Hanna fronça les sourcils en pensant à l'expression qui avait surgi dans son esprit : « aisée ». C'était un terme qu'elle n'aimait pas et elle ne savait pas pourquoi il lui était venu à l'esprit. Puis, alors que les lourds arrière-trains des vaches se balançaient sur la route, elle se souvint que sa mère l'avait utilisé. C'était le soir du coup de fil qu'elle avait passé d'une cabine téléphonique de Paddington pour annoncer à ses parents qu'elle s'était fiancée. Mary avait exigé d'entendre toute l'histoire et, lorsque Hanna la lui avait racontée, elle avait grogné et dit qu'au moins, il avait de l'argent. Tom lui avait simplement demandé si elle était heureuse.

Hanna et les filles avaient rencontré Malcolm Turner au restaurant italien de Lucy, un endroit si chic qu'elle n'y était jamais allée auparavant. Claire et Amy avaient organisé cette soirée pour son anniversaire, et Lucy, qui travaillait, avait obtenu des *gelati* gratuites pour leur dessert. Un serveur avait apporté le plateau, surmonté de cierges magiques, et deux gars d'une table voisine avaient applaudi et leur avaient envoyé du champagne. Alors, inévitablement, les tables s'étaient mélangées. C'était le point de départ. En l'espace de quelques semaines, Hanna avait laissé tomber son petit ami, sortait exclusivement avec Malcolm et avait été invitée à rendre visite à ses parents dans le Kent. Ils étaient venus de Londres en voiture, un samedi matin ensoleillé. Louisa, la mère, les avait accueillis dans un grand couloir carré où se trouvait une cheminée avec un trumeau sculpté et un vase de lys parfumés. Elle avait emmené Hanna dans le salon pendant quc Malcolm garait la voiture, et elles s'étaient assises dans des fauteuils recouverts de chintz près d'une porte-fenêtre ouverte. Hanna avait tout de suite aimé Louisa. Elle était en train de lui raconter la rencontre fatidique au restaurant lorsque Malcolm était entré dans la pièce et s'était penché pour embrasser la joue de sa mère.

– Le destin ? Il n'en est rien. Je l'ai vue dès qu'elle a franchi la porte et j'ai su que je devais la conquérir !

C'était tout Malcolm, arrogant, incroyablement séduisant et indéniablement riche. Il l'avait demandé en mariage trois mois plus tard et, impuissante et amoureuse, Hanna avait accepté. Lorsqu'elle l'avait dit aux filles, Amy lui avait dit qu'elle devrait peut-être la tuer.

– Honnêtement, Hanna, tu es *vraiment* sournoise ! Moi, je cherche désespérément un mari, et toi, qui te la coules douce, toute préoccupée par ta carrière et ton indépendance. Et en fait tu ne cherchais qu'à te trouver un fichu avocat pour toi toute seule ! Si tu n'étais pas une de mes meilleures amies, j'essaierais de te le piquer.

Elles s'étaient toutes écroulées de rire et Lucy était allée ouvrir une bouteille de vin. Hanna l'avait suivie, pour porter les verres, et s'était postée près de la fenêtre ouverte de la cuisine, respirant les gaz d'échappement de la rue bruyante en contrebas. L'air chaud l'avait fait suffoquer et, pendant un moment, elle s'est sentie défaillir.

Les vaches qui mugissaient devant la voiture d'Hanna entraient dans leur cour. Au bout d'un kilomètre, elle prit une route secondaire qui menait à l'océan. Sa fille avait suggéré qu'elles dînent en plein air et, au souvenir de la petite table en fer-blanc à l'ombre d'un frêne plumeux, Hanna attendait le repas avec impatience. Le temps passé avec Jazz n'avait pas toujours été facile. La rupture spectaculaire du mariage de ses parents l'avait mise en colère et troublée pendant son adolescence, mais elle était devenue une jeune femme détendue, et Hanna avait tourné la page après le choc qui avait mis fin à ses vingt ans de mariage.

La maison actuelle de Jazz avait appartenu à Maggie, la grand-tante d'Hanna. Hanna, qui en avait hérité, y avait vécu pendant plusieurs années après son divorce, et maintenant la maison offrait un havre de paix à une nouvelle génération. Il était difficile de trouver des loyers abordables à Finfarran, et le fait d'avoir un endroit à elle avait fait une énorme différence pour Jazz. Pourtant, lorsque Hanna avait proposé ce logement, elle avait hésité.

– Oh, maman, tu es sûre ?

– Bien sûr.

– Mais tu pourrais la louer. Je veux dire que je paierais évidemment un loyer si je la prenais, mais, avec quelqu'un d'autre que moi, tu pourrais gagner beaucoup plus que ce que je peux me permettre de dépenser.

– La plupart des personnes prêtes à prendre un bail au milieu de nulle part seraient probablement excentriques ou s'adonneraient à la culture d'un drôle de tabac. Et les touristes n'en voudraient que pour deux nuits à la fois…

L'arrangement s'était avéré simple : Jazz payait un loyer correct et, en plus d'être heureuse de la voir installée, Hanna était contente d'avoir une locataire en qui elle pouvait avoir confiance.

L'emplacement de la maison au sommet de la falaise surplombant l'Atlantique était idyllique et, alors qu'elle se garait près du portail familier, elle sentait tout son corps se détendre.

Puis, au moment d'ouvrir la portière, elle s'arrêta, réalisant soudain pourquoi elle se sentait tendue depuis qu'Amy était arrivée. Ses nerfs s'étaient hérissés lorsqu'elle l'avait accusée de se cacher ici, à Finfarran, et c'était parce que la plaisanterie n'était pas loin de toucher juste. Le fait est que, lorsque les choses avaient mal tourné, elle était rentrée ventre à terre de Londres, estimant qu'elle avait toutes les raisons de cacher. Car si elle n'avait pas été assez bête pour tomber amoureuse de Malcolm Turner, elle n'aurait pas abandonné son rêve avant même qu'il ne commence.

Chapitre 3

Il y avait eu une époque où Hanna s'était demandé si Jazz se sentirait un jour chez elle à Finfarran. Née et élevée en Angleterre, heureuse à l'école et contente de la vie qu'ils menaient entre leur maison de Londres et une maison de campagne dans le Norfolk, Jazz avait été effrayée par le brusque retour de sa mère en Irlande et avait boudé pendant des mois lorsqu'elle avait appris qu'elle ne reviendrait pas à Londres. Et Malcolm, un archi-manipulateur, avait taclé Hanna à tout bout de champ tout au long du divorce. Après l'avoir trouvé au lit avec Tessa Carmichael, une de ses collègues, le premier réflexe d'Hanna avait été d'attraper Jazz et de partir ; n'ayant nulle part où aller, elle s'était réfugiée dans le pavillon exigu de sa mère veuve et à la retraite. Une erreur tactique majeure. Bien qu'en tort, Malcolm avait revendiqué la moralité et, lorsque Hanna avait refusé de retourner auprès de lui, il l'avait accusée d'agir de façon irresponsable envers leur fille. À la grande horreur d'Hanna, il avait aussi pris les devants en mentant à Jazz : « Ce n'est la faute de personne, ma chérie, c'est juste une de ces choses qui arrivent. Je pense qu'on pourrait dire que maman et moi sommes tombés non-amoureux. »

Comme si cela ne suffisait pas, Hanna avait découvert, encore sous le choc, que ce qu'elle avait pris pour une passade était en fait une liaison de longue date. Ainsi, vingt ans de sa vie s'étaient révélés n'être qu'un simulacre de mariage. Allongée sans pouvoir dormir dans la chambre d'amis de Mary, elle s'était demandé ce qu'elle devait dire à Jazz, qui adorait Malcolm, et, craignant l'effet de la vérité sur une adolescente instable, elle avait décidé de ne pas contredire sa version des faits. Mary qui, depuis le début avait déploré le manque de réflexion stratégique d'Hanna, avait annoncé autour la table de la cuisine qu'elle était folle à lier.

– Un jour, cette enfant découvrira le genre d'homme qu'est son père. Et ce sera le jour où elle découvrira que sa mère est une menteuse aussi.

C'était vrai, mais à l'époque, la voie qu'elle avait choisie lui avait semblé être le moindre des deux maux et, au grand soulagement d'Hanna, les choses s'étaient tassées d'elles-mêmes. Bien qu'elle n'ait pas cessé de l'aimer, Jazz avait pris conscience du côté manipulateur de son père et, après avoir découvert ce qui s'était réellement passé, elle avait réalisé qu'il avait laissé Hanna coincée entre le marteau et l'enclume. Avec le pragmatisme dénué de sentiments qu'elle avait hérité de Malcolm, elle avait repoussé le sentiment de culpabilité qui persistait chez Hanna.

– Vraiment, maman, tout va bien, ne t'inquiète pas. Qu'est-ce que tu aurais pu faire d'autre ? L'essentiel, c'est que tu as pensé à moi alors que papa ne se préoccupait que de protéger sa propre image. Il ne pouvait pas supporter que sa petite fille le voie comme le méchant. Ce qui est tout à fait pathétique, mais il est comme ça. C'est lui qui s'est comporté de manière irresponsable. Alors laisse tomber.

Mais malgré tout son pragmatisme, les choses n'avaient pas été aussi simples. Alors que le divorce avait laissé Hanna hérissée et méfiante à l'égard de tout engagement, son effet sur Jazz avait été différent. À la fin de l'adolescence, elle avait oscillé entre Lissbeg et Londres, cherchant constamment la stabilité et s'enfonçant dans une série d'histoires d'amour malheureuses. Mais maintenant, elle avait trouvé une carrière prometteuse à Finfarran et, comme elle vivait seule dans la maison de Maggie, elle apprenait enfin le plaisir de l'autonomie.

Dès que Jazz avait quitté l'école, Hanna s'était échappée du pavillon pour se réfugier dans la maison de Maggie. À l'époque, c'était presque une ruine, avec des fenêtres aveugles donnant sur l'océan et un toit d'ardoise brisé par les tempêtes. Elle se dressait dos à la route à voie unique qui y menait, et sa demi-porte s'ouvrait directement sur un champ étroit qui descendait en pente jusqu'au bord de la falaise. À l'époque de Maggie, la maison se composait d'une cuisine au sol en terre battue, d'une chambre à coucher à une extrémité, d'un salon avec cheminée à l'autre bout, et d'un lavoir affaissé à l'arrière. Hanna et Fury O'Shea, son entrepreneur, l'avaient transformée en changeant le toit et les planchers, en construisant une cuisine moderne et en agrandissant la salle de bains. Elle avait conservé le foyer ouvert et gardé des meubles simples, et Fury avait remis à neuf le lit en laiton de Maggie pour elle, puis avait peint et restauré la commode qui se trouvait d'un côté de cheminée. Jusqu'à présent, Jazz n'avait pas changé grand-chose, même si Hanna l'avait encouragée à faire ce qui lui plaisait.

– C'est ta maison maintenant, alors mets-y ta patte.

– Et si toi et Brian vous vous séparez et que tu veux revenir ?

– Ça n'arrivera pas.

Sa certitude avait fait rire Jazz.

– Oh, c'est vrai, Brian est stable, et n'importe quel idiot pourrait voir que vous êtes tous les deux fous amoureux.

Cela faisait plusieurs mois qu'Hanna avait emménagé avec Brian Morton, l'architecte du comté de Finfarran. Elle avait encore du mal à croire à son nouveau bonheur, ou à l'attachement profond qu'elle avait pour la maison qu'ils partageaient désormais. C'était une maison que Brian avait conçue et construite au nord de la péninsule, dans une vallée fluviale connue sous le nom de Hag's Glen. Au début, Hanna n'était pas sûre de vouloir déménager. C'était une chose d'admettre qu'elle était à nouveau amoureuse, et de savoir que leurs familles et leurs amis avaient accepté que Brian et elles forment un couple. Vivre ensemble était bien plus effrayant. Après avoir été pendant des années la femme de Malcolm Turner et la mère de Jazz, elle s'était redécouverte en tant qu'Hanna Casey, et sa petite maison sur la falaise avait été le symbole de sa survie et la preuve qu'elle pouvait être heureuse toute seule. L'idée d'y renoncer lui avait donc semblé colossalement difficile. Le déclic s'était produit lorsque Brian l'avait demandée en mariage et qu'elle avait eu une réaction instinctive de rejet à sa proposition. Il s'était éloigné, le visage sombre de déception. Soudain effrayée à l'idée de le perdre, Hanna lui avait pris la main.

– Je ne veux pas être mariée, je veux être heureuse. Je veux être ton amoureuse et vivre avec toi ici, dans le Hag's Glen.

Il suffisait, lui avait-elle expliqué, de savoir qu'ils seraient ensemble. Le mariage, qu'elle associait au chagrin, à la culpabilité et à la trahison, appartenait à une partie très différente de sa vie.

Une rafale d'air marin frappa Hanna alors qu'elle contournait le pignon de la maison. S'arc-boutant contre le vent, elle rejeta la tête en arrière et inspira profondément. Jazz, qui avait entendu la voiture approcher, vint la saluer.

– Tu as l'air heureux d'un cheval qu'on a mis au pâturage !

– C'est à peu près ce que je ressens après le trafic de Lissbeg.

– Oh, allez, maman, il faut dix minutes pour traverser Lissbeg à l'heure de pointe. Pense au centre de Londres un vendredi après-midi.

– C'est vrai. Mais c'est quand même formidable de respirer à nouveau l'air marin.

– Tu as une vue sur la mer depuis le Hag's Glen.

– Il n'y a qu'un aperçu du toit, et nous n'avons jamais l'air marin salé comme ça. Enfin, seulement si une véritable tempête fait rage.

– Alors on prend des verres pour aller les boire près de la falaise et profiter de la soirée ?

Le champ étroit descendait jusqu'à un mur, au-delà duquel un sentier herbeux suivait la courbe de la falaise : le sentier n'était large que de quelques mètres et la descente abrupte vers les vagues en contrebas était à couper le souffle. De l'autre côté du mur de pierre, il y avait un banc fait de planches de bois, dont la peinture rouge était boursouflée et usée par la force des bourrasques de l'Atlantique. Portant une bouteille de vin et deux verres, Hanna et Jazz se dirigèrent vers l'échalier qui enjambait le mur.

– Tu as taillé un chemin à la faux.

– Ce n'est pas moi. Fury a envoyé un gars pour le faire, et je n'ai pas discuté.

Hanna sourit, pensant que c'était inévitable. Lorsque Fury O'Shea travaillait sur un bâtiment, il avait toujours l'impression qu'il lui appartenait. Sa propriété s'étendait sur toute la péninsule, du château médiéval de Carrick, qui avait été le fief des

Lancy, aux maisons de deux pièces comme celle de Maggie, qu'il avait rénovée et ramenée à la vie pour Hanna.

De chaque côté du chemin taillé à la faux, l'herbe poussait en hauteur, étoilée de fleurs sauvages. Hanna utilisait le champ pour faire pousser des légumes, mais Jazz n'avait pas la main verte. Elle avait continué à s'occuper des herbes qu'Hanna avait plantées près de la maison, mais le champ était maintenant un havre pour les abeilles et les insectes qui bourdonnaient parmi le trèfle violet, les bleuets et les coquelicots écarlates. Ici et là, il y avait un éclair orange, là où les soucis qu'Hanna avait plantés au bord de ses billons de pommes de terre s'étaient auto-ensemencés parmi les herbes ondulantes.

Elles escaladèrent l'échalier et s'installèrent sur le banc, nichèrent la bouteille dans une touffe de roses de mer filiformes et placèrent les verres entre elles sur le banc. Hanna caressa affectueusement la peinture écaillée.

– J'étais presque sûre que c'était une chose que tu changerais.

– Le banc ?

– La couleur.

C'était un étrange croisement entre du rouge lie-de-vin et terre cuite. Hanna n'aurait jamais choisi celle-là, mais Fury l'avait appliquée sans la consulter, annonçant plus tard que c'était la couleur originale de la commode près de son feu. Il l'avait également réappliquée sur la commode.

Jazz gloussa.

– Je me suis en effet demandé pourquoi tu la supportais. Je veux dire, tout le reste de la maison est crème ou gris. Tu aurais pu repeindre après un intervalle de temps décent.

– J'avais prévu de le faire. J'ai même cherché une alternative de bon goût, mais je ne sais pas, je suppose que je me suis habituée à ces objets tels qu'ils sont.

En fait, Hanna s'était prise d'affection pour ces symboles qui rappelaient la présence de sa grand-tante et, avec le temps, elle s'était rendu compte que Fury O'Shea était bien plus connaisseur qu'il n'y paraissait au premier coup d'œil. Mais ce qui comptait, c'était qu'il ferait toujours les choses à sa façon, jamais selon la vôtre.

Jazz ramassa une écaille de peinture sur le banc et la projeta vers le bord de la falaise.

– Il se peut que je me ressaisisse et que je fasse un peu de décoration. Mais pas avant un certain temps. J'ai du travail jusqu'au cou.

Elle remplit les verres et elles s'assirent, adossées à la pierre chaude, le visage levé vers le ciel. Au loin, des mouettes flottaient au gré du vent et, là où les rochers perçaient les vagues, l'écume scintillait sur les brisants. Hanna enleva ses chaussures et apprécia de siroter le vin frais.

– Comment s'est passée ta journée ?

– Chargée, comme je l'ai dit. C'est bien d'avoir ça en rentrant à la maison.

En levant son verre, Jazz regarda la lumière du soleil du soir scintiller sur le vin doré comme le blé.

– Imagine que j'aie écouté papa et que je sois allée à Oxford ou à Cambridge. Je serais en train de me prendre la tête avec les examens et tout ça, et les clubs universitaires sans intérêt, sans rien d'autre en vue qu'un stage chez l'un de ses riches clients et un pied dans la porte d'un cabinet ennuyeux de la City.

Hanna lui jeta un regard de côté.

– Tu es sûre que c'était la bonne décision ? Tu ne l'as pas prise juste pour embêter ton père ?

– Eh bien, j'ai failli.

Jazz croisa son regard et éclata de rire.

– Non, ce n'est pas le cas. Pas vraiment. Et je te l'ai dit un million de fois, maman, je suis parfaitement satisfaite, alors tu peux laisser tomber.

– Les mamans ne laissent jamais tomber.

– Eh bien, peut-être qu'elles devraient. Je vais bien et tu es heureuse avec Brian. Nous avons survécu !

À l'horizon, un bateau tournoyait comme une mouette, ses voiles clignotaient en blanc sur le bleu de l'océan. Hanna se demanda comment se déroulait le dîner d'Amy à Ballyfin. Le groupe avait réservé trois nuits à terre à l'hôtel Spa, où une véranda ouverte protégeait les dîneurs en plein air, et où les tables recouvertes de lin et d'argenterie regardaient en face le soleil couchant. En remuant ses orteils nus contre le coussin d'arméries maritimes, elle compara en pensée le banquet d'Amy à la perspective du repas paresseux qu'elle s'apprêtait à partager avec Jazz. Elle avait acheté de la crème, des meringues et un panier de fraises juteuses à l'heure du déjeuner, et Jazz lui avait dit au téléphone qu'elle avait l'intention de faire une omelette à la ciboulette.

– Il y en a des tonnes qui poussent dans la plate-bande d'herbes aromatiques. En fait, tes herbes se transforment toutes en trifides. Je vais aussi préparer une salade de pommes de terre avec du persil, si tu veux.

– Utilise les pétales de souci pour la décoration. Ils ont un goût merveilleusement poivré.

– D'accord, c'est bizarre, mais je suppose que tu sais de quoi tu parles.

– Bien sûr que oui, je suis ta mère. J'apporterai le vin.

En hiver, lorsque les coups de vent s'abattaient sur la pointe, une brume épaisse pouvait descendre du nord, donnant à la petite maison l'impression d'être une île flottant dans le brouillard. Mais à cette époque de l'année, sur la côte ouest, le ciel restait strié d'argent jusqu'à minuit, et la brise chaude et chargée de sel était aussi douce que du lait. Maintenant, assise sur le banc écaillé, Hanna ressentait une bouffée de plénitude. Levant son verre, elle sourit à Jazz.

– Tu sais quoi ? Je ne pense pas que nous ayons survécu, je dirais plutôt que nous avons triomphé. À nous deux. Je ne le dis probablement pas assez souvent, mais je suis fière de ce que tu es et de ce que tu fais. Et regarde-moi ! Je vis une vie parfaite.

– Tu es sûre, maman ? Londres ne te manque pas du tout ? demanda Hanna qui secouait la tête.

– Pas du tout.

Elle sourit à nouveau et, rassurée, Jazz se remit à contempler la masse de nuages dorés à l'horizon. Mais en sirotant son vin, Hanna savait que ce qu'elle venait de dire n'était pas toute la vérité. Aussi parfaite que soit sa nouvelle vie, Londres lui manquait parfois et pourtant, jusqu'à présent, elle n'avait pas été capable d'y retourner. Après la trahison de Malcolm, elle avait l'impression de rouvrir de vieilles blessures.

Chapitre 4

Le petit déjeuner dans la maison des McCarthy était plutôt un buffet qu'un repas assis à table. Parfois, dans l'aube nacrée de l'été, Aideen se levait et buvait du thé avec Conor, qui avalait une tasse, des céréales, et disparaissait dans la cour de la ferme. Ensuite, elle retournait se coucher ou s'affairait à préparer du pain et à dresser la table de la cuisine, tandis que les deux chats roux de la ferme buvaient du lait dans une assiette qu'elle avait posée sur le pas de la porte, et que la lumière du soleil passant à travers les fenêtres projetait une grille de lumière sur les dalles du sol. Plus tard, Conor reviendrait pour une vraie friture et, tout au long de la matinée, on boirait des mugs de thé entre les tâches ménagères, ou on les servirait avec du pain et de la confiture lorsque le vétérinaire ou un entrepreneur passerait.

C'était une vie très différente de l'environnement dans lequel Aideen avait été élevée. Au lieu des comptoirs en bois stratifié auxquels elle était habituée, les travaux de cuisine à la ferme se faisaient sur une table récurée au centre de la pièce. Chez elle, à St Finian's Close, la cuisine donnait sur un minuscule carré d'herbe et un mur de briques. Ici, une fenêtre donnait sur la petite cour pavée devant la porte arrière et une autre sur un verger avec des pommiers et des cordes à linge, et des collines escarpées au-dessus desquelles des moutons paissaient dans des champs entre les murs de pierre. Il y avait un évier sous la première fenêtre et un four sous la seconde, ainsi que deux fauteuils près de la cuisinière, où on cuisait le pain chaque jour. La ferme était sobre, grise et peu impressionnante, aussi différente qu'on puisse l'imaginer des images montrant du chaume et du bois sur les calendriers, mais à l'intérieur, elle contenait tout le confort familial sans lequel Aideen avait grandi.

Avant le mariage d'Aideen et de Conor, Una, la mère de Conor, préparait toujours du pain de soude au petit matin. Maintenant, Aideen et elle se relayaient. Elles s'étaient entendues comme larrons en foire dès le jour de leur rencontre. D'autres jeunes mariées seraient peut-être réticentes à l'idée partager leur maison avec leur belle-famille, mais Aideen, née d'une fille-mère adolescente morte en couches, avait été élevée par deux parents âgés qui, bien que gentils, n'étaient pas très chaleureux. Sa grand-mère et sa tante Bridge étaient mortes à quelques mois d'intervalle, la laissant abasourdie. Elle aimait bien sa cousine Bríd, avec qui elle tenait la charcuterie de Lissbeg, et elle s'entendait bien avec la mère de Bríd, qui, après l'avoir soutenue lors des funérailles, l'avait accueillie chez elle et l'avait aidée à affronter sa dernière année d'école. Mais la proximité de la famille McCarthy était nouvelle pour elle, et différente, et elle aimait ça.

En rassemblant les ustensiles pour préparer son pain, elle s'émerveillait une fois de plus d'être chez elle. Conor, son frère Joe et leur père, Paddy, s'étaient battus pour que la ferme leur rapporte un revenu décent, si bien que Conor et elle avaient hésité sur la date leur mariage. Paddy n'était pas en mesure d'effectuer des travaux lourds à la suite de son accident agricole, le revenu d'assistant bibliothécaire de Conor était important pour la famille, alors comment pouvait-il partir et s'installer à son compte ? De plus, même si la charcuterie marchait bien, Bríd et elle avaient un prêt commercial à rembourser, et elle n'avait donc pas d'économies. Puis Tadhg Dawson, le père de la fiancée de Joe, avait proposé au jeune homme un emploi de bureau à Cork. Cela avait changé la donne. Dawson's AgriProvision était la plus grande entreprise de ce type sur la côte ouest de l'Irlande, et Eileen, la fiancée de Joe, était une fonceuse comme son père. Le double mariage, dont elle avait eu l'idée, n'avait été qu'un début. Ils avaient pris des dispositions pour embaucher un homme qui prendrait la suite de Joe lorsqu'il partirait, et Eileen avait persuadé son père de proposer de moderniser les machines agricoles des McCarthy. Ni Conor ni Paddy n'avaient aimé cela, mais la proposition partait d'une bonne intention et ils avaient vraiment besoin d'aide, alors, en fin de compte, ils avaient accepté l'offre sous forme de prêt. Joe avait assuré à Conor qu'en tant que cadeau, ce serait une déduction fiscale pour le vieux Dawson, mais Conor avait dit à Aideen que ce n'était pas le but. Accepter le salaire d'un ouvrier était logique pour Joe parce qu'il faisait partie de la famille. Faire l'aumône à sa belle-famille, c'était très différent. Pensant que ce n'était pas à elle de commenter, Aideen n'avait pas dit grand-chose. Mais elle était d'accord. Elle savait aussi que, même s'ils ne l'avaient pas dit, Conor et Paddy n'aimaient pas l'idée d'une quelconque magouille. La déduction fiscale, s'il s'agissait bien de cela, était peut-être vraie, mais elle appartenait à un monde auquel les McCarthy n'étaient pas habitués et qui n'attirait pas Conor, bien que Joe lui ait tendu la main et qu'il l'ait saisie à deux mains.

Aideen ne savait pas ce qu'elle aimait le plus chez Conor : son honnêteté et son indépendance acharnée, ou son optimisme à toute épreuve, qui était si différent de sa propre timidité.

Lorsqu'elle l'avait rencontré pour la première fois, la bibliothèque de Lissbeg était menacée de fermeture, et lorsqu'ils avaient commencé à se fréquenter, elle lui avait demandé s'il n'avait pas été effrayé à l'idée de perdre son emploi.

– Tu n'as pas dû dormir de la nuit, à paniquer.

Conor avait simplement haussé les épaules.

– Cela n'aurait servi à rien.

Personne ne semblait savoir pourquoi le don du psautier s'était produit à ce moment-là, et quand Aideen avait posé la question, Conor avait répondu qu'il n'en avait pas la moindre idée.

– Mlle Casey m'a dit qu'elle avait appris la nouvelle par Fury.

– Fury O'Shea ? Pourquoi ?

– Je pense qu'il travaillait pour l'homme qui en a fait don. En tout cas, c'est Fury. Il sait toujours ce qui se passe avant tout le monde. Mais le fait est que si j'étais resté éveillé, j'aurais perdu mon sommeil pour rien.

Aideen s'était demandé si on était comme ça quand on venait d'une famille très unie. On est sûr soi parce qu'il y a toujours quelqu'un qui vous soutient. Tout ce qui concernait sa belle-famille avait été une révélation. Enfant, il ne lui était jamais venu à l'esprit que les adultes pouvaient être vulnérables, mais si Conor plaisantait avec ses parents d'une manière que sa grand-mère et sa tante âgée auraient qualifiée d'impertinente, Joe et lui les protégeaient également. Et si Aideen n'avait pas d'attachement particulier à St Finian's Close, les McCarthy étaient farouchement dévoués à la terre que leur famille cultivait depuis six générations – même Joe, qui, selon Una, n'avait jamais vraiment été fait pour la vie à la ferme.

– Le travail à Cork est une aubaine. Il sera plus heureux là-bas, sous les ordres d'Eileen, et il aura toujours sa place ici s'ils veulent revenir.

Saupoudrant de la soude sur la farine qu'elle avait tamisée dans un bol, Aideen était contente qu'Eileen soit ravie de l'appartement qu'elle avait trouvé à Cork. Si elle avait craqué pour une tour avec une cuisine haut de gamme, ils ne reviendraient pas de sitôt à Finfarran. Bien qu'Eileen ait un cœur en or, son caractère autoritaire était épuisant, et Aideen avait encore la chair de poule au souvenir de la débâcle du double mariage. Eileen s'était emballée, elle avait prévu des hordes d'invités et des robes de créateurs délirantes, et comme Dawson payait la note et que son prêt était important pour la ferme, Aideen n'avait pas voulu paraître ingrate. Mais, finalement, tout cela était devenu trop lourd pour elle. Elle avait rougi en essayant d'expliquer cela à Una à son retour de Florence, où Conor et elle avaient échangé leurs vœux sans autre témoin que les oiseaux qui chantaient dans le bosquet de cyprès.

– Je sais que nous n'aurions pas dû partir comme ça, sans rien dire à personne, mais je ne savais pas quoi dire. De toute façon, elle ne m'aurait jamais écouté. Quand Eileen a une idée en tête, tu ne peux pas l'arrêter.

– Tu parles par exemple de cette robe orange sans bretelles, avec ses volants pailletés ? Ou du sac argenté, elle avait insisté pour dire qu'il s'agissait d'un Versace rétro ?

– Et le lâcher de colombes, et toute cette histoire sur le fait qu'il fallait trois jours de répétition. Je crois que j'ai craqué quand elle a fait intervenir l'organisatrice du mariage, qui n'arrêtait pas de m'envoyer des images de bouquets noirs. Mais, honnêtement, Una, je suis désolée. J'aurais dû le dire.

– C'était aussi la faute de Conor, qui n'en a pas parlé avec toi.

C'était Una, pensa Aideen, en coupant des croix sur le dessus ses pains et en les portant sur l'étagère. Bien qu'Una aime sa famille à la folie, elle voyait leurs défauts, et quand elle en parlait, personne ne s'offusquait. Aideen enviait l'enfance à la ferme de Conor. Elle devait être idyllique, pensait-elle en commençant à dresser la table du petit déjeuner. Il riait toujours en lui disant qu'elle voyait l'agriculture avec des lunettes roses, mais qu'y avait-il de mieux que d'être élevé dans une ferme avec une famille comme la sienne ?

Il était huit heures. Una entra et commença à faire frire des saucisses. L'odeur se mêlait à l'arôme chaud du pain qui cuisait dans le four. Aideen mit le couvert pour cinq, sachant que Dermot, le nouvel ouvrier agricole, viendrait prendre son petit déjeuner avec Conor. Paddy alla dans le jardin pour faire sortir les poules. Il revint avec un bol d'œufs qu'il donna à Una et, en regardant, Aideen put voir que c'était un de ses bons jours. Après une mauvaise chute, Paddy vivait avec des douleurs et souffrait de dépression clinique, et avait souvent du mal à supporter ce que le médecin appelait les contacts sociaux. Mais aujourd'hui, il souriait et, alors qu'Aideen passait devant lui, il lui tendit la main et lui ébouriffa les cheveux.

– Comment va notre jeune fille, ce matin ?

– On ne peut mieux. Veux-tu du thé ou du café ?

– Je ne suis pas universitaire. Je vais m'en tenir à ma tasse de thé.

Le jour où Conor avait embauché Dermot, il a fait l'erreur de dire que c'était un gars qui avait « un vrai diplôme d'agriculture de l'université ». Et Paddy, qui avait entendu, le taquinait depuis à ce sujet. Il avait tout de même dit que Conor avait fait un bon choix. Dermot était né et avait grandi dans une ferme à l'est de Carrick. Son grand-père était toujours agriculteur et son père n'avait que soixante ans. Paddy avait décrété que la décision finale revenait à Conor.

– Engage cet homme si tu penses qu'il convient. Quoi qu'il arrive, nous ne serons pas coincés avec lui. Il a sa propre ferme à reprendre dans quelques années et d'ici là, nous aurons eu le temps d'aviser.

Contrairement à Joe, qui n'avait pas envie de se salir les mains, l'énergie de Dermot correspondait à celle de Conor, et il était prêt à innover, par exemple en fournissant des produits frais à la charcuterie. Ils avaient même envisagé d'obtenir une certification biologique, ce qu'Aideen avait suggéré comme développement. Entassés dans la petite pièce qui servait de bureau à la ferme, ils avaient fait défiler les sites Internet du gouvernement, discutant des options avec Bríd. Paddy s'était montré réticent lorsque Conor lui en avait parlé, mais Una avait dit à Aideen qu'il avait simplement besoin de temps.

– Il n'est pas très à l'aise avec le changement, ces temps-ci. Enfin, il ne l'a jamais été, mais les choses ont empiré depuis qu'il a fait sa chute et qu'il prend des médicaments pour sa dépression. Si tu ne te précipites pas, il va y réfléchir, ma chérie. C'est juste qu'il y a eu beaucoup de gros changements cette année.

Bien que ce ne soit pas l'intention d'Una, cette conversation avait laissé Aideen déçue. Conor et elle avaient été la cause de nombreux bouleversements. D'abord la stupide histoire du mariage, qu'elle aurait dû mieux gérer, puis le fait qu'elle ait emménagé, ce qui avait changé la dynamique de la maison. Même si Paddy lui-même avait dit que sa présence était deux fois plus efficace qu'un tonique, elle avait noté mentalement que le changement n'était pas bon pour lui, et avait décidé de persuader Conor de ne pas mettre en œuvre les projets qu'ils avaient envisagés. Elle n'avait pas encore eu l'occasion d'en discuter avec lui, parce que la plupart des nuits, il arrivait au lit épuisé et s'endormait comme une souche.

Alors qu'elle posait son pain sur une grille près de la cuisinière, on entendit le bruit de bottes frottées à l'extérieur sous le robinet de la cour. Conor entra en chaussettes, suivi de Dermot.

– Mon Dieu, j'ai une faim de loup. Cette poêle sent très bon !

Il s'assit et se versa du thé pendant qu'Una cassait des œufs sur le côté de la poêle à frire. Les saucisses fumées et les saucissons étaient empilés sur un plateau à bords bleus, qu'Aideen transportait à travers la cuisine avec une assiette de toasts, empilés, dans l'autre main. Elle les posa sur la table et Paddy donna un coup de coude à Conor.

– Voilà un talent qui en vaut la peine !

Aideen rit.

– J'ai servi beaucoup de tables dans ma vie. Quand j'étais à l'école, j'ai pris un job d'été dans un café où l'on vous envoyait avec une assiette dans chaque main et trois autres en équilibre sur chaque bras.

Una arriva à la table avec la poêle d'œufs grésillants.

– On dirait un apprentissage tout à fait adapté pour une femme d'agriculteur. « Nourrissez la brute » est un bon point de départ.

– Est-ce une citation ?

– Je n'en ai aucune idée. Je pense que c'est juste un dicton, répondit Conor la bouche pleine de toast beurré.

– C'est tiré d'un livre.

– Comment le sais-tu ?

– C'est *Don'ts for Wives (À ne pas faire pour les épouses)*. Il a été écrit avant la Première Guerre mondiale par une dame appelée Blanche Ebbutt.

– Tu inventes tout ça !

– Non. L'autre jour, une vieille dame est venue à la bibliothèque pour demander ce qu'il en était. Elle a dit que sa mère en avait un exemplaire et que Mlle Casey avait fait des recherches.

– De quoi s'agit-il ?

– C'est une sorte de livre pratique.

Paddy déclara qu'au moins les livres dans lesquels Dermot plongeait la tête avaient une certaine utilité. Ignorant la taquinerie bien rodée, Conor saupoudra ses œufs de sel.

– Je ne l'ai pas lu, nous n'en avons pas d'exemplaire. Il existe un blog que Miss Casey a trouvé en ligne pour la dame qui était venue demander.

Aideen, qui avait cherché Blanche Ebbutt sur Google, leva les yeux de son téléphone.

– Elle a aussi écrit un livre intitulé *Don'ts for Husbands (À ne pas faire pour les maris)*. Que penses-tu de ceci, Una ? « Ne vous installez pas dans la peau d'un vieux mari. Sortez votre femme, organisez des fêtes et rendez visite à vos amis ».

Alors que Conor, Paddy et Dermot ricanaient à l'unisson, Una fit un clin d'œil à Aideen de l'autre côté de la table.

– Je parie que Blanche Ebbutt n'a pas vendu beaucoup d'exemplaires à des agriculteurs. Et ne retiens pas ton souffle, ma chérie, la pire période des travaux d'été ne fait que commencer. Si toi et moi voulons faire la fête, nous le ferons de notre côté.

Chapitre 5

Fury O'Shea assura Brian que le nom de Hag's Glen était à peine vieux de deux cents ans.

– L'endroit était abandonné, à l'époque de la Famine, mais une vieille bique a refusé de partir quand sa famille l'a fait.

– Pourquoi ?

– Comment diable pourrais-je le savoir ? Tu veux entendre l'histoire ou pas ? Suffisamment intéressé, Brian lui avait demandé de continuer.

– Elle y est donc restée, et y a vécu jusqu'à sa mort, et on l'appelait « the Hag's Glen ».

– C'est tout ?

– Voilà l'histoire.

– Je suppose que ce doit être vrai. Mais Hag's Glen est un nom commun. Je veux dire que tu le trouves ailleurs.

La moue de Fury contenait tout le mépris de la réponse d'un autochtone à une critique, et Brian, qui était un homme de Wicklow, avait décidé d'en rester là. Bien que Fury ait largement dépassé les soixante-dix ans et qu'il soit connu pour son excentricité, il était le meilleur ouvrier du comté, et les équipes qu'il pouvait convoquer pour un projet étaient sans pareille.

Quelle que soit l'origine de son nom, la petite vallée située au pied de la chaîne de montagnes Knockinver était stupéfiante. Large et aux flancs incurvés, elle se rétrécissait jusqu'à une fente rocheuse à sa tête, d'où une rivière brune tourbeuse tombait en une mince cascade, avant de s'élargir en une rivière peu profonde au fond de la vallée. L'embranchement d'un chemin menant à une ferme constituait l'entrée de la vallée. Pourtant, aucune habitation ni aucune route n'étaient visibles depuis le site où Brian avait choisi de construire et, à l'exception du chant des oiseaux et de la chute de l'eau, on n'entendait aucun bruit.

Figure d'épouvantail vêtue d'une veste cirée déchirée, Fury avait été cinglant lorsqu'il était venu voir le site pour la première fois.

– Sais-tu ce qu'il en coûte de transporter les matériaux pour une maison jusque là-haut ?

– Je le sais.

– Tu vas construire une route d'accès, creuser un puits et produire ta propre électricité ?

– C'est ce qui est prévu.

– Et tu as remarqué qu'il n'y avait pas une pinte de lait à acheter dans un rayon de dix kilomètres.

– Je sais, oui.

– Alors, tu es un imbécile. Je te le dis dès le début, alors tu ne me le reprocheras pas plus tard.

Brian n'avait rien trouvé qui puisse laisser penser qu'un village entier avait quitté le glen en masse au XIXe siècle, mais il savait que la mémoire populaire était souvent plus fiable que les archives incomplètes du comté de Finfarran. D'un autre côté, tu ne pouvais pas croire un mot de Fury. Tourbillon au nez en forme de bec, aussi capricieux qu'une diva, il avait une théorie selon laquelle les architectes, comme les chiens, avaient besoin qu'on leur apprenne leur place dans une meute, aussi Brian était-il conscient que cette histoire de nom aurait pu être une taquinerie élaborée. Il ne faisait cependant aucun doute que le vallon avait été habité dans le passé. Des murs en ruine indiquaient l'ancienne présence d'un petit village avec des parcelles cultivées entre de petits bâtiments en pierre et, désireux que la maison s'intègre à ce qui était déjà là, il avait conçu une structure à deux étages construite en pierres choisies pour correspondre à la pierre des champs utilisée dans les anciennes habitations. Son toit plat écologique, où il était maintenant assis au crépuscule parmi les herbes bruissantes et les fleurs, avait provoqué un spasme d'indignation intense chez Fury.

– Dieu tout-puissant, mon gars, pourquoi voudrais-tu faire pousser une pelouse au-dessus de ta tête ? Vous ne pouvez pas utiliser des ardoises comme il faut comme tout le monde ? Et personne ne t'a jamais appris que les toits plats sont toujours un désastre ?

– Pas s'ils sont correctement construits.

Fury s'était dangereusement raidi.

– C'est toi qui me dis ça ? Eh bien, laisse-moi te dire que je construisais des toits quand tu pissais dans tes couches. As-tu la moindre idée de ce que le climat d'ici va faire à ta membrane fantaisie ?

– Oui je l'ai pris en compte. Et le fait de planter permet généralement de multiplier par trois la durée de vie de la membrane.

En gardant son sang-froid, Brian lui avait dit qu'il le croyait.

– Et après tout, c'est moi l'imbécile qui devra vivre avec le résultat.

Légèrement apaisé, Fury avait grogné et fourré le cahier des charges dans sa poche. La semaine suivante, il le maîtrisait si bien qu'il avait donné à Brian une série de conférences sur les méthodes de construction durable, et chaque séance s'était déroulée en plein air, sous une pluie battante.

Avec son sang-froid et ses yeux rivés sur l'objectif, Brian s'était acharné à résoudre tous les problèmes pratiques, même si la nuit, dans l'appartement qu'il louait à Carrick, il se demandait parfois s'il n'était pas devenu fou. Hanna ne montrait aucun signe qu'elle voudrait vivre dans la maison une fois qu'elle serait construite, ce qui n'était pas très surprenant puisque, pendant des mois, il n'avait pas eu le courage d'aborder le sujet. Mais, en fin de compte, tout en valait la peine. La maison était à présent terminée et Hanna, pour qui il l'avait créée, avait emménagé et rendu sa vie meilleure.

Leur relation avait été une lente cour entre deux personnes à qui la vie avait appris à se méfier. Des mois avant le début de leur relation amoureuse, ils s'étaient rencontrés dans le cadre de leurs relations professionnelles. En l'apercevant lors des réunions du conseil municipal, Brian avait remarqué son dos droit et la façon intransigeante dont elle coiffait ses cheveux et, en la voyant de l'autre côté de son bureau, lorsqu'elle était venue le consulter au sujet de la rénovation de la maison de Maggie, il avait aimé ses mains carrées, sans bagues, et ses ongles sans vernis. Ils s'étaient retrouvés pour un dîner de temps en temps, ou étaient allés se promener le week-end, mais, bien qu'il ait deviné qu'elle était attirée par lui, sa réticence correspondait à celle d'Hanna, de sorte que leur relation n'avait pas semblé avancer. Puis, un matin ensoleillé, alors qu'ils étaient assis sur une plage, Brian avait baissé sa garde et parlé de sa femme défunte.

– C'était un cancer. Trois mois se sont écoulés entre le diagnostic et sa mort. Nous avions tous les deux une vingtaine d'années et je venais de créer une entreprise avec un ami, un type qui s'appelait Dom. Je l'avais connu à l'école. Tout bien, mais quand Sandra est morte, j'ai fermé ma porte à clé et j'ai éteint mon téléphone. Je me suis mis au lit et j'y suis resté pendant une semaine. Dom était devant la maison, frappant à la porte comme l'antéchrist. Je ne sais pas si je l'ai entendu ou non, je sais juste que je ne pouvais pas me lever. Nous avons perdu un contrat important à cause de cela.

Il avait mis la maison qu'il partageait avec Sandra entre les mains d'un commissaire-priseur, en fixant le prix pour être sûr de la vendre rapidement.

– Les gens se la sont arrachée en une semaine. À ce moment-là, j'avais déjà jeté quelques livres et vêtements dans la voiture et j'étais parti vers l'ouest.

Appuyé sur un coude, il avait regardé Hanna en se protégeant du soleil.

– Quand l'argent de la vente de la maison est arrivé, je l'ai envoyé à Dom.

Ils étaient restés assis en silence jusqu'à ce qu'Hanna, se mordant la lèvre, lui parle de son propre mariage. À la fin de son récit, elle avait ramassé une poignée de sable et l'avait laissée glisser entre ses doigts. Sa main tremblait et Brian avait eu envie de prendre dans ses bras. Mais il avait serré ses propres mains autour de ses genoux et fixé ses yeux sur l'horizon.

– Tout cela semble légèrement ridicule quand on le dit à voix haute. N'est-ce pas ? Je ne parle pas de la mort, du divorce ou même de la trahison. Je parle de la façon dont on réagit.

– Pourquoi es-tu venu à Finfarran ?

– J'avais vu l'annonce pour le poste au conseil général. De toute façon, c'était le bout du monde, le plus loin possible de l'endroit que j'avais connu avant de perdre Sandra.

Il y avait eu un autre silence avant qu'il ne reprenne la parole.

– Peut-être que la vraie raison était que je ne pouvais tout simplement pas regarder en face mon partenaire. Pas après nous avoir fait perdre ce contrat.

– Tu t'es sauvé. Comme je l'ai fait. Mais tu as dit que Dom était un ami. Il savait sûrement que tu étais en état de choc.

– Peut-être oui. C'était un bon gars. Mais ce n'est pas ainsi que je voyais les choses. J'ai juste pensé que j'avais fait quelque chose de tellement irresponsable que c'était impardonnable.

Un autre filet de sable s'est échappé du poing fermé d'Hanna.

– Malcolm m'a traitée d'irresponsable pour avoir déraciné Jazz.

– À t'entendre, Malcolm utilise les mots comme des armes. Tu devrais avoir le bon sens de ne pas le croire. Si tu peux voir que j'étais en état de choc quand j'ai fui, tu dois savoir qu'il en était de même pour toi.

Les étoiles scintillaient dans le ciel au-dessus de la maison de Hag's Glen. Brian regardait le visage d'Hanna, dessiné au fusain sur un carnet de croquis posé sur son genou. Il n'était pas un portraitiste, mais le croquis qu'il avait passé la soirée à dessiner avait capturé ce qu'il avait dit un jour à Hanna être « la beauté de son visage anguleux ». C'était l'une des nombreuses esquisses qu'il avait faites d'Hanna au cours des dernières années, et elle faisait paraître Sandra, telle qu'elle existait dans la mémoire, incroyablement jeune. Sandra était jeune d'ailleurs, plus jeune que lui, et il avait quatre ans de moins qu'Hanna, une disparité qui avait d'abord dérangé Hanna. Comme elle s'était retrouvée au cœur des ragots de Finfarran avec son mariage brisé, elle n'avait pas aimé qu'on lui attribue le rôle d'une divorcée qui courait après des hommes plus jeunes. Cela, ainsi que son sens du devoir envers sa fille perturbée, avait été l'un des nombreux obstacles que la patience de Brian avait dû surmonter. Lors de leur première nuit dans la maison de Hag's Glen, Hanna lui avait dit à quel point cette conversation hésitante avait compté pour elle.

– J'étais paralysée par la culpabilité et le chagrin. Ce que tu as dit sur la plage ce jour-là m'a ramenée à la vie.

Regardant son esquisse avec un sourire ironique, Brian lissa le froncement de sourcils au crayon entre les sourcils droits. Il avait fallu plus de temps que ce qu'il pensait pouvoir supporter pour qu'Hanna puisse tourner la page, et elle avait eu besoin de savoir que Jazz allait bien avant d'embrasser une nouvelle vie avec lui. Mais cela n'avait pas d'importance.

Il y eut un mouvement près de la chaise de Brian et un border collie leva la tête, dressant une paire d'oreilles pie en lambeaux. C'était le signe que la voiture d'Hanna venait de quitter le chemin de la ferme. Bientôt, les phares apparaîtraient dans le lointain gris et Brian entendrait lui aussi le moteur approcher. Il n'était jamais sûr que ce soit le son qui ait alerté le colley, car avec Hanna l'animal avait une sorte de sixième sens. Débraillé et affamé, le chien était apparu pour la première fois lorsque le vallon était encore un chantier de construction, et il avait traîné dans les environs en cherchant de la nourriture auprès des hommes. Étonnamment, le jack russell de Fury, connu de tous les Finfarranais sous le nom de Diablo, avait accepté sa présence. En règle générale, le petit terrier ne tolérait aucun intrus sur un site géré par Fury, mais lorsque cette étrangère boiteuse était descendue de la colline, Diablo avait à peine grogné. Quelques jours plus tard, après qu'il avait choisi un des bâtiments en ruine pour dormir, on pouvait voir chaque jour le colley se blottir avec Diablo à l'ombre de la camionnette de Fury. Brian s'était renseigné, mais personne n'était venu réclamer. Elle était vieille et, à en juger par son aspect, elle avait vécu à la dure dans la montagne. De nombreuses petites fermes de Finfarran étaient exploitées par des personnes âgées et seules, alors si elle avait été une chienne de ferme et que son maître était mort, il était probable qu'il n'y ait eu personne pour la prendre en charge. Certes, l'époque où elle gardait les moutons et le bétail était révolue, mais on pouvait voir qu'elle avait été un bel animal.

Hanna en était tombée amoureuse lorsqu'elle était venue visiter le site. La chienne avait dressé les oreilles à l'approche de sa voiture et avait enfoncé son nez dans la main d'Hanna dès qu'elle avait ouvert la portière. En tombant à genoux, Hanna s'était exclamée devant les rangées de poils emmêlés sur le dos de la créature, et les parties emmêlées dans sa collerette.

– Oh, Brian, regarde dans quel état elle est ! Pauvre Jo.

On ne savait pas très bien si en disant cela elle avait décidé que c'était le nom du colley, mais Jo était resté. Pendant toute la durée de la visite d'Hanna, Jo ne l'avait pas quittée, et au moment de la construction de la maison, elle était devenue un élément incontournable. Ils l'avaient emmenée chez le vétérinaire, où son pelage avait été coupé et sa patte soignée et, bien qu'elle ait traité Brian avec le respect qu'elle avait dû apprendre à mériter de la part d'un maître, son cœur et son âme étaient entièrement dévoués à Hanna. Bien nourrie et rayonnant de son nouveau statut de chien adopté, Jo était restée sur le pas de la porte lorsque Diablo s'était éloigné dans le vallon sur le siège avant de la camionnette de Fury. Par la suite, lorsque Brian et Hanna étaient sortis, elle s'était allongée sur la marche, dos à la porte d'entrée, couchée mais alerte, comme une louve qui garde sa tanière.

Jo était idiosyncrasique. La nuit, elle s'en allait dormir parmi les murs en ruine du vieux village et, au début, elle refusait catégoriquement d'entrer dans la maison. Après moult encouragements, elle avait surmonté ses réticences et, tout en roulant des yeux anxieux comme si elle s'attendait à être réprimandée, elle s'était trouvé une place à la fenêtre d'où elle pouvait observer le vallon pendant la journée. L'escalier intérieur menant au toit avait été la dernière frontière à franchir, mais Hanna et Brian étaient si souvent là-haut qu'un soir, alors qu'Hanna était assise seule, regardant les papillons de nuit danser dans le crépuscule, elle avait senti la truffe froide de la chienne lui caresser la main.

Il y avait un virage sur la route au pied du vallon où les lumières des voitures qui approchaient se montraient comme des étoiles avant de disparaître entre les hauts fossés qui bordaient les champs en contrebas.

Mettant de côté son carnet de croquis, Brian se leva et caressa doucement l'une des oreilles du collie.

– Tu as tout à fait raison, Jo, elle est en train de rentrer chez nous. Tu veux descendre et aller la chercher à la porte ?

Chapitre 6

Hanna ouvrit les yeux et les plissa en regardant l'horloge qui se trouvait près de son lit. En bas, dans l'espace de vie ouvert, les tasses s'entrechoquaient, Brian préparait le café. Alors qu'il montait les escaliers, Jo sur ses talons, Hanna rejeta la couette et se dirigea vers la fenêtre de la chambre, qui offrait une vue imprenable sur la vallée. Brian s'approcha et posa les tasses sur le rebord de la fenêtre.

– C'est encore une journée magnifique.

– Et moi, j'étais encore au lit alors que j'avais toutes sortes de projets pour ce matin.

– Ah, tu es rentrée tard de chez Jazz. De toute façon, à quoi servent les week-ends si tu ne peux pas buller ?

Confortablement installée sur le siège de la fenêtre, Hanna sirotait son café.

– Mais je ne peux pas aujourd'hui, n'est-ce pas ? Nous sommes attendus chez ma mère pour le déjeuner.

– Qu'est-ce que tu avais prévu pour ce matin ?

– Oh, je ne sais pas. Des trucs dans la maison. La poterie.

– Tu peux encore le faire.

– Oh, arrête d'être raisonnable ! Je sais que je peux le faire, je suis juste mitigée parce que je préférerais ne pas avoir à y aller.

– Et rater le ragoût de foie de Mary ?

C'était le plat fétiche de Mary Casey, toujours servi lors des réunions de famille.

– En fait, j'ai des nouvelles pour toi.

Hanna posa sa tasse et alla chercher son téléphone.

– Elle a envoyé un message hier soir. Regarde ça. « CE FOIE <EST ÉPOUVANTA>BLE VU LE TEMPS JE VAIS CHERCHER DE QUOI FAIRE UN ASPIC ».

Brian sourit.

– Je vois qu'elle ne connaît toujours pas la ponctuation.

– Et elle n'utilise que des majuscules. J'ai toujours l'impression qu'elle se tient à côté de moi et qu'elle me crie dans l'oreille.

Habitué aux habitudes de Mary en matière de textos, Brian chercha un deuxième texto, envoyé quelques instants après le premier. Il était plus bref : « APPORTE DE LA CR£ME LÉGÈRE ».

Hanna leva les yeux au ciel.

– Ce sera pour sa fameuse tarte aux pommes parsemée de clous de girofle.

– Bon, personne ne fait des pâtisseries comme Mary.

En grattant le front de Jo, Hanna soupira.

– Tu as raison. C'est une star de la pâtisserie. Et Jazz sera là. Et Louisa.

– J'occuperai donc Mary, et tu pourras traîner avec Jazz et ton ex-belle-mère. Si Jazz et toi n'avez pas déjà parlé au-delà du raisonnable hier soir.

– Jamais. Elle est de très bonne compagnie.

Hanna lui sourit.

– Tu es un saint, Brian Morton, voilà ce que tu es.

– Mais non. Je pense que Mary est très amusante.

– C'est parce qu'elle cherche à te charmer. Tu sais qu'elle est comme ça avec tous les hommes qu'elle voit.

– Je le sais. La subtilité n'est pas le deuxième prénom de Mary.

Hanna rit, termina son café et alla prendre une douche. Sa relation avec sa mère avait été rugueuse pendant l'enfance, et la proximité forcée à l'âge adulte n'avait fait qu'empirer les choses. Lorsqu'elles étaient arrivées avec Jazz au pavillon sans prévenir, Mary les avait accueillies et avait donné à Jazz l'amour et la sécurité dont elle avait besoin. Mais Hanna avait dû négocier un divorce traumatisant pendant que sa mère donnait des conseils malvenus depuis la ligne de touche. Encore sous le choc lorsqu'elle avait découvert l'imposture de son mariage, elle avait rejeté l'idée d'une pension alimentaire et, lors d'une dispute, furieuse, elle avait dit à Malcolm où il pouvait se mettre son argent. La satisfaction qu'elle avait retirée de ce geste avait été immense, mais de courte durée, car l'indignation de Mary ne connaissait pas de limites. Selon elle, un mari infidèle devait être ponctionné jusqu'au dernier centime.

– Tu n'es qu'une idiote, Hanna Casey ! Et ton père et moi, qui t'avons élevée pour que tu aies l'esprit d'entreprise !

Et, poignardée par un élan de nostalgie pour son père décédé, Hanna avait sangloté qu'il n'avait jamais manqué de lui dire de suivre son cœur.

– C'est toi qui comptais toujours jusqu'au dernier centime ! Et tu lui as reproché chaque centime qu'il a dépensé pour moi !

Le visage de Mary s'était figé en un masque d'innocence outragée.

– Alors c'est comme ça qu'on me remercie ? Pour avoir défendu tes intérêts alors qu'il est évident que tu es devenu folle à lier ? Et Jazz ? Qu'est-ce qu'elle est censée faire pour gagner de l'argent pendant que tu suis ton cœur ?

Étouffant ses larmes, Hanna avait dit que bien sûr, elle avait pensé à Jazz.

– Je ne suis pas complètement idiote, M'man, et Malcolm est peut-être un coureur, mais il n'est pas un monstre.

Malcolm avait en effet généreusement pourvu aux besoins de sa fille, qui n'avait réalisé que bien plus tard qu'Hanna n'avait rien accepté pour elle-même, et parce que Jazz avait trouvé la vie avec Mary confortable et aimante, l'idée qu'Hanna puisse la trouver oppressante ne lui était pas venue à l'esprit. Hanna avait travaillé dur pour maintenir l'illusion, déterminée à ce que l'adolescence de Jazz soit plus facile que la sienne. Avec le recul, et en secret, elle avait remis en question sa propre décision concernant la pension alimentaire. Mais elle ne l'avait jamais regretté. Dire à Malcolm où il pouvait se mettre son argent lui avait donné de l'assurance au moment où elle en avait le plus besoin. Mais l'inconvénient, c'est que pendant trop longtemps, elle avait dû dépendre de l'hospitalité de sa mère, et le sentiment d'être redevable à Mary avait envenimé leurs relations. Après avoir accepté le poste à la bibliothèque de Lissbeg, elle avait obtenu un prêt grâce à son salaire et, avec l'aide de Fury, s'était construit une maison sur la falaise balayée par les vents. Mary avait considéré que « c'était un peu comme un vieux hangar, mais il fallait s'y attendre. » L'idée que se faisait Mary d'une maison digne de ce nom impliquait des tapis mur à mur, des flopées de tables et des fleurs imposantes. Pour Hanna, le legs de Maggie avait été un refuge curatif, non seulement une forteresse contre la puissance des tempêtes hivernales de Finfarran, mais aussi un endroit où elle pouvait panser ses plaies en paix. Quand elle était revenue à Lissbeg, elle se sentait sur la défensive et vulnérable, et le fait d'être bibliothécaire dans une petite ville lui avait fait l'effet d'une dégringolade après son rêve d'une carrière brillante. Mais le rythme de sa vie solitaire chez Maggie avait été apaisant, son travail et la communauté locale étaient devenus une source de joie, et maintenant, une fois le passé turbulent derrière elle, sa nouvelle maison dans le Hag's Glen semblait contenir toute la chaleur moelleuse de l'été.

Alors qu'elle se séchait les cheveux après sa douche, et qu'elle enfilait un jean et un sweat-shirt, elle se rappelait tout le chemin parcouru. Elle n'avait plus besoin de lutter pour apaiser les agressions de sa mère, ni de justifier des choix dont elle était elle-même loin d'être certaine. Maintenant, elle pouvait voir Mary à travers les yeux de Brian, comme une vieille dame énergique et farfelue dont le comportement était divertissant ; et puisque Mary était actuellement à des kilomètres de là, en train d'incruster des choses dans la gelée de l'aspic, il était idiot de laisser cette pensée empiéter sur une belle matinée.

Ouvrant la fenêtre, Hanna se pencha à l'extérieur et respira l'air ambiant. Brian avait découvert le Hag's Glen lors d'une promenade autour de la montagne nord de Knockinver. Une escalade raide l'avait conduit à un rocher au-dessus de la cascade, d'où il avait regardé pour la première fois la vallée tranquille en contrebas. Plus tard, il avait emmené Hanna au même endroit. La vue était à couper le souffle. Tout en bas, au fond de la vallée, la fougère, la pierre et le lichen se confondaient dans une couverture gris-vert, avec ici et là des affleurements de bruyère dorée. Au-dessus d'eux, un faucon était descendu en spirale et avait soudainement piqué une créature dans la bruyère. Hanna l'avait regardé s'élever avec sa proie dans les serres et s'envoler vers les nuages qui roulaient et se massaient sur le sommet de la montagne. Sous ses pieds, elle pouvait sentir la courbe de la surface piquetée du rocher, et à sa droite, d'autres rochers gris marquaient l'endroit où la rivière brune et tourbeuse se déversait dans le vallon. Craignant de glisser, elle s'était approchée avec précaution et avait plongé ses doigts dans l'eau.

– Je comprends que tu veuilles vivre là-bas. Il y a une certaine austérité. Non, ce n'est pas ce que je veux dire. Quelque chose d'éloigné par essence.

– Et tu me l'associes ? Personnellement ?

– Je ne me plains pas.

– Suis-je éloigné ? Ce n'est pas intentionnel.

– En fait, c'est plutôt séduisant.

Il avait éclaté de rire et Hanna lui avait fait une grimace.

– J'aurais peut-être dû parler de réticence. J'admire cette qualité, c'est tout.

– Même après ce que tu as vécu avec Malcolm ?

– Malcolm n'était pas réticent. C'était un menteur. Elle avait tendu la main et l'avait posée sur la joue de Brian.

– Tu n'as aucune idée de ce que signifie faire à nouveau confiance à quelqu'un. La décision de quitter sa maison pour celle de Brian était un signe de cette confiance, même si Brian avait hésité lorsqu'elle avait accepté d'emménager avec lui.

– Je veux que tu sois là, bien sûr, mais Hanna, as-tu bien réfléchi ?

Ils s'étaient promenés au bord de la rivière et il avait pris ses mains dans les siennes.

– C'est un pas important de partager une maison. Je veux que tu aies de la sécurité.

– Je te l'ai déjà dit, je te fais confiance. Je sais que tu m'aimes.

– Je parle de sécurité financière, tête en l'air. Écoute, si tu ne veux pas m'épouser, prenons un avocat et ajoutons ton nom au mien sur les actes de maison.

– Quoi ? Ne sois pas fou.

– Sérieusement, Hanna, fais preuve de bon sens. Et si je mourais un matin ? Ou si je devenais gaga et qu'une sirène diabolique me poussait à l'épouser ?

– Comment ? En se faufilant par la porte de derrière quand je ne regarderais pas ?

– Disons que je serais dans une maison de soins et qu'elle serait une infirmière rusée.

– Tu as lu beaucoup trop d'Agatha Christie.

– Il faut que tu réfléchisses bien à tout cela.

– Je te promets que oui. J'ai un très bon travail, donc je n'ai pas besoin de toi, ni de personne d'autre, pour s'occuper de moi. Et je possède la maison de Maggie, donc je ne serai jamais à la rue.

– Mais Jazz… ?

– Jazz héritera de celle de Maggie mais elle déploiera ses ailes un jour. Je ne la vois pas passer reste de sa vie là-bas. Et, pour l'amour du ciel, Brian, tu es plus jeune que moi. Quand tu seras assez vieux et assez gaga pour te faire arnaquer par une infirmière rusée, Jazz sera déjà partie quelque part pour devenir une brillante femme d'affaires. Mais as-tu pensé à Mike ?

Mike, le fils de Brian, avait à peu près le même âge que Jazz. Après la mort de sa mère, il avait été élevé en Angleterre avec de jeunes cousins et, bien que Brian et lui s'entendent bien, ils n'étaient pas proches.

– De quoi, Mike ?

– Cette maison n'est-elle pas son héritage ? D'accord, tu le connais à peine, mais c'est ton fils.

– Mais si toi et moi étions mariés, il ne s'attendrait pas à ce que…

Brian s'arrêta brusquement, le visage envahi par la consternation.

– Si j'avais besoin d'une autre raison pour ne pas t'épouser, ce serait Mike. Non, écoute. Tu n'es pas bêta non plus. Il faut que tu comprennes ce que je veux dire. Aucun de nous n'aura jamais tout de l'autre. Il s'est passé trop de choses dans nos vies séparées. Je dois penser à Jazz. Tu as Mike. Nous avons tous les deux des souvenirs de personnes que nous avons aimées et perdues. Je suppose que quand on a notre âge, ça va de soi. Quoi qu'il en soit, c'est comme ça. Et je vais bien. Je n'ai pas besoin de compter sur toi pour assurer ma sécurité financière, mais un jour, ton fils le fera peut-être.

Elle sentit les mains de Brian se resserrer douloureusement sur les siennes.

– Je ne suis pas entré dans ta vie pour la gâcher.

– Ce n'est pas du tout le cas. Et je sais que ce n'est pas ce que tu feras. Et si une infirmière rusée vient renifler dans les parages, je lui mettrai Jo sur le dos.

Elle l'avait embrassé, ils avaient laissé tomber et s'étaient promenés le long de la rivière. Et maintenant, elle était à la fenêtre de sa chambre, regardant la même eau scintillante, où Brian ramassait des pierres pour le lancer à Jo. Jetant sa serviette sur le rebord de la fenêtre pour la faire sécher au soleil du matin, Hanna descendit en courant pour les rejoindre. En traversant le petit vallon jusqu'à la rivière, elle sourit, heureuse que sa mère n'entende jamais parler de cette conversation. Mary, qui adorait Brian, faisait constamment des allusions à leur mariage.

– Les hommes sont tous les mêmes, Hanna. Tu n'arriveras jamais à rien si tu ne leur donnes pas un petit coup de pouce.

Quand elle a appris qu'Hanna emménageait dans la maison de Hag's Glen, elle avait levé les bras au ciel.

– Ah, pour l'amour de Dieu, ma fille, tu n'as pas un brin de jugeote ? Quelle pression exerces-tu sur lui maintenant pour qu'il te passe la bague au doigt ?

– Tu veux bien arrêter, maman ? C'est entre Brian et moi.

– Ah, Dieu tout-puissant, c'est reparti !

En rejoignant Brian, Hanna attrapa sa main et se pencha pour ramasser une pierre qu'elle lança à Jo. Pour lui rendre justice, pensa-t-elle joyeusement, Mary avait parfaitement raison. Malgré tout ce que la vie lui avait appris, et sans un instant de regret, une fois de plus, elle s'était laissée gouverner par son cœur, et non par sa tête.

Chapitre 7

– Alors, tu me dis que ta mère et ton ex-belle-mère sont colocataires ? Qu'est-ce que c'est que cette histoire ?

Hanna conduisait Amy à travers le jardin des nonnes, les yeux rivés sur une table libre près de la fontaine.

– Je n'ai jamais dit qu'elles partageaient un appartement.

– OK, elles sont colocataires d'une maison. C'est quoi cette histoire ?

Elles atteignirent la table avec leurs plateaux et commencèrent à transférer les tasses et les assiettes sur la table. Hanna prit leurs plateaux et les appuya contre le large bassin où l'eau jaillissait de fleurs sculptées autour des pieds d'une statue de saint François. La fontaine, qui était le point central du jardin, était entourée de parterres d'herbes qui rayonnaient à partir d'elle en cercles concentriques, séparés par des haies de buis et d'étroites allées gravillonnées. Sur deux côtés, le jardin était entouré par les murs en pierre et en briques rouges des anciens bâtiments du couvent, sur un troisième côté par un mur d'enceinte, recouvert de vigne vierge cramoisie, et sur le quatrième par la nouvelle entrée de Broad Street. Le café disposait de places à l'intérieur, mais les jours ensoleillés, les tables près de la fontaine étaient très recherchées. Amy s'assit et déposa son sac sur le rebord en granit du bassin. Après avoir fouillé quelques instants, elle sortit des cigarettes et un briquet.

– Quand as-tu commencé à fumer ?

– Il y a bien longtemps. C'est une sale habitude mais je ne peux pas m'en défaire, et au moins ça me permet de rester mince. Parle-moi donc de Louisa et de ta mère.

– Il n'y a pas grand-chose à dire. Elles sont toutes les deux veuves et Louisa a un appartement dans le pavillon. Elle avait besoin d'un pied-à-terre ici, alors c'était logique.

Amy exhala un panache de fumée en direction de saint François et tapota la table en fer-blanc de son ongle écarlate.

– Arrête, Hanna ! Il y a ce qui est pratique et ce qui est bizarre.

– D'accord, j'admets que le fait qu'elles vivent toutes les deux au-dessus de moi n'était pas prévu dans mon plan de vie, mais je n'avais pas prévu de finir par vivre ici moi-même.

Après avoir tiré deux ou trois bouffées, Amy écrasa sa cigarette et se tourna vers son assiette.

– C'est bien différent des avocats et des tomates séchées avec lesquelles nous avons été élevées.

– Et nous ne sommes pas tous encore en train de mâcher du lard bouilli et du chou. Depuis combien de temps n'es-tu pas revenue ?

– Ah, la maison de Cork est vendue depuis longtemps et je n'ai pratiquement plus de famille ici. Alors qu'on dirait que tu as importé la tienne par bateaux entiers.

– Non, c'est faux. Je te l'ai dit. Jazz et moi avons emménagé ici quand j'ai rompu avec Malcolm.

– Et quoi ? Tu as récupéré sa mère quand vous vous êtes réparti les choses.

– Non. Malcolm a vendu la maison de Londres.

– Ah, zut. Celle dans laquelle tu avais tout refait ?

– Oui, mais cela n'a rien à voir. Le fait est que, lorsqu'elle était à Londres, Louisa avait toujours utilisé cette maison comme pied-à-terre. Alors, ce pied-à-terre ayant disparu et la maison familiale étant beaucoup trop grande pour elle, elle a vendu en Angleterre et s'est lancée dans les affaires ici.

– Pourquoi ? Pour faire quoi ?

– Pour produire des cosmétiques bio. Ça s'appelle Les Essentiels du bout du monde et c'est basé ici, dans le Centre de l'Ancien Couvent. Jazz est directrice de la création et du marketing.

La vérité était que, en ayant vendu une grande maison, Louisa aurait pu se retirer confortablement avec le produit de la vente, mais, en voyant Jazz déconcentrée et à la dérive, elle s'était donné pour tâche de donner à sa petite-fille un but dans la vie. C'était un devoir autant qu'un plaisir, avait-elle dit en toute confidentialité à Hanna, en croisant les chevilles et en repliant les mains sur ses genoux : le comportement répréhensible de Malcolm avait laissé Jazz sans racines, et son défunt père aurait voulu y remédier. Hanna avait été plus reconnaissante qu'elle ne pouvait le dire, et elle avait senti un double poids s'envoler de ses épaules lorsque l'arrivée de Louisa avait également permis à Mary de trouver de la compagnie. Mais elle n'avait aucune envie de parler de tout cela maintenant. Elle haussa les épaules.

– Pour Louisa, il y a toujours eu plus que le Pimm's et le croquet sur la pelouse. C'est elle qui a jeté les bases mondaines de la brillante carrière de Malcolm. Toutes ces fêtes faussement décontractées et ces week-ends de réseautage dans le Kent. Rien de tout cela n'est facile. Je le sais parce que c'est moi qui me suis retrouvée coincée là-dedans quand nous nous sommes mariés, à me déguiser en parfaite hôtesse et à faire le tour de la salle pour faire du charme aux invités.

– Oh, oui ! J'étais à une ou deux de ces fêtes, tu te souviens ? Tu adorais être la reine du bal.

– Peut-être, quand je pensais faire partie d'une équipe. Pas après. Quoi qu'il en soit, le fait est que Malcolm ne serait jamais arrivé là où il est sans Louisa et moi pour lui faciliter la tâche.

– Dit la femme qui n'est pas du tout amère.

Hanna rit.

– Bien sûr que non. Malcolm est chauve et célibataire et j'ai refait ma vie.

– Eh bien, tant mieux pour toi !

Faisant tinter son verre contre la tasse de café d'Hanna, Amy prit une gorgée de vin. En la faisant rouler dans sa bouche, elle marqua son approbation.

– C'est loin du Sauvignon avec lequel nous avons été élevées aussi, mais ce n'est pas plus mal.

Puis elle fronça les sourcils.

– Ainsi, dès que son mari a disparu, Louisa est devenue une femme d'affaires à part entière ?

Le petit pli entre ses sourcils et la légère avancée de sa lèvre inférieure lorsqu'elle poursuivait une question n'avaient pas changé au fil des ans. L'interrogatoire commençait à irriter Hanna.

– On pourrait dire ça comme ça. Elle est très perspicace et sait comment embaucher et licencier.

Ce qui était vrai jusqu'ici, pensa-t-elle, et tout à fait suffisant pour qu'Amy continue.

Amy étala de l'avocat sur un pain croustillant.

– Alors, où vit Malcolm maintenant ?

– Dans un appartement situé dans une boîte en verre près de la Tate Modern. Nous ne sommes pas vraiment en contact.

Ce n'était pas tout à fait vrai non plus car, pour le bien de Jazz et de Louisa, ils avaient rétabli une relation cordiale. S'intéressant à la salade, Hanna s'interrogea sur son propre instinct qui l'avait poussée à modifier l'histoire pour Amy. Elle était heureuse d'avoir repris contact avec elle, et dès le moment où elles s'étaient rencontrées pour déjeuner, elles s'étaient retrouvées à discuter comme si elles étaient de retour sur leur balcon londonien, avec les gaz d'échappement dérivant de la rue en contrebas et se mélangeant à l'odeur de l'Ambre Solaire. Pourtant, c'était il y a longtemps, et on ne pouvait pas être bibliothécaire dans une petite ville sans apprendre à tenir sa langue.

– Assez parlé de moi. À ton tour.

– J'ai travaillé en agence à Londres pour commencer. Ensuite, j'ai fait un séjour aux États-Unis et un autre à Oz. Heureusement, j'ai déménagé avant que le marché ne s'effondre. Je veux dire, qui va payer une secrétaire quand tout le monde est censé gérer son administratif depuis son ordinateur portable ?

– Qu'est-ce que tu as fait ?

– J'ai rencontré Clive.

– Ton mari ?

– Feu mon mari. Il est mort il y a quelques années.

– Oh, Amy ! Je suis désolée.

– Moi aussi. C'était un amour. Une sorte d'ours, timide et terriblement riche.

Hanna réussit à garder un visage impassible.

– Comment vous êtes-vous rencontrés ?

– En vacances organisées pour des célibataires. Je savais que le temps que j'avais était limité, alors j'ai pensé qu'il valait mieux tenter quelque chose de radical. Il y a toujours un ou deux hommes balourds dans les clubs de vacances pour célibataires et, en général, on les évite comme la peste. La plupart des femmes préfèrent les beaux gosses musclés, même si tu penses bien qu'elles ont assez de bon sens pour comprendre qu'ils ne sont là que par intérêt.

– Et ce n'était pas ton cas ?

– Je cherchais à me marier, pas à avoir des relations sexuelles.

– Et que cherchait Clive ?

– Dieu seul le sait. Je doute que lui-même l'ait su. Il était complètement dépassé par les événements, alors je l'ai sauvé.

Amy découpa une tomate séchée au soleil avec sourire nostalgique.

– C'était vraiment un amour, Hanna. Et nous nous rendions heureux l'un l'autre. Je sais, il avait l'œil qui traînait ailleurs, comme tous les hommes, n'est-ce pas ? Mais rien ne durait jamais longtemps et à chaque fois, il se sentait coupable.

Elle toucha l'une de ses boucles d'oreilles en or serties de perles.

– Je me suis donc retrouvée avec des cadeaux vraiment adorables.

– Pas d'enfants ?

– Non, et c'était triste. Pourtant, cela m'a laissé libre de faire ce que je voulais maintenant qu'il n'est plus là.

Elle avait fait beaucoup de croisières, m'expliqua-t-elle.

– À chaque fois avec les curieux de culture ?

– Mon Dieu, non, je suis surtout allée aux Bahamas. C'était une aberration. C'est une belle compagnie de croisière et j'avais envie d'une escapade en Irlande.

Son clin d'œil n'avait pas changé non plus.

– Je ne m'embarrasse plus des trucs culturels ennuyeux.

– Je ne sais pas si c'est un compliment ou une insulte pour le Psautier de Carrick.

– Oh, je ne pouvais pas rater ça. Pas quand j'ai vu ton nom sur le dépliant qu'ils ont distribué au petit déjeuner.

– Ah, je suis heureuse que tu sois venue.

– Moi aussi.

Amy lui adressa un sourire chaleureux et jeta un coup d'œil dans le jardin.

– Tu sais, c'est vraiment charmant.

Bien qu'un haut mur ait été abattu pour construire la nouvelle entrée depuis Broad Street, le jardin des nonnes conservait encore l'allure calme d'un cloître : le bruit de l'eau tombant des fleurs sculptées aux pieds de saint François était apaisant, et le mur recouvert de lianes était un havre pour les oiseaux qui nichaient. Chaque matin, l'un des bénévoles qui travaillait dans le jardin traversait le mur pour verser des graines dans les mains tendues de la statue. Ce rituel, initié par les religieuses, était maintenant entré dans la mémoire collective des oiseaux et, pendant qu'Amy parlait, un vol de becs-de-lièvre passa de la liane à la fontaine, arracha la graine et retourna en tourbillon sur le mur. La volée de plumage or et olive faisait écho aux couleurs des saints sur les vitraux des fenêtres du vieux couvent, qui brillaient comme de grandes fleurs entre les arches de pierre grise.

– Jazz a aussi un bureau ici.

Hanna pointa du doigt une fenêtre du troisième étage de l'ancien bâtiment scolaire.

– L'entreprise a loué plusieurs unités là-haut, et certaines des herbes qu'elle utilise dans ses produits sont cultivées ici, dans le jardin.

– Ça a l'air confortable, mais vous ne devenez pas claustro ?

– Que veux-tu dire par là ?

– Louisa et Mary vivent ensemble. Toi et Jazz, vous travaillez à deux pas l'une de l'autre. Vous ne vous tapez pas sur les nerfs ?

– De temps en temps. Mais c'est la vie, n'est-ce pas ?

– Je suppose que c'est le cas, si tu te retrouves coincée dans la ville où tu es née.

Pas sûre d'aimer la tournure de la conversation, Hanna lui demanda si elle avait gardé le contact avec leurs autres colocataires. Amy secoua la tête.

– Pas vraiment. Lucy a ouvert son restaurant. Mais tu le savais ?

– Malcolm et moi y avons dîné plusieurs fois. Mais nous n'avons pas vu Lucy, qui était en train de lancer une autre succursale. À Chelsea, je crois.

– Elle existe depuis longtemps. Tu n'es pas allée à Londres depuis ?

– De temps en temps, mais je travaille, tu sais. Louisa fait beaucoup d'allers-retours. Je ne pense pas qu'elle survivrait sans ses visites régulières chez John Lewis.

– Tu aurais bien besoin d'un peu de polissage en ville, toi aussi.

– Du polissage en ville ! Tu ressembles à une mauvaise imitation de Jane Austen.

Amy gloussa.

– Si c'est censé être une insulte, elle m'est passée au-dessus de la tête.

L'agacement d'Hanna ne dura qu'un instant. Amy avait toujours réussi à la faire rire.

– Et Claire, tu la vois parfois ?

– Pas depuis que Malcolm et toi êtes mariés. Je pense qu'elle est allée se faire soigner à l'étranger.

– Tu veux dire la nounou.

– Bref.

Amy but une gorgée de vin et pencha la tête. Ses boucles d'oreilles en or accrochaient le soleil, comme les plumes clignotantes des aigrettes. Son accent anglais cristallin commença à s'estomper.

– Tu sais quoi ? Nous devrions nous retrouver toutes les quatre. Une réunion. Nous pourrions toutes partir en croisière.

– As-tu manqué le passage où je te disais que j'avais un travail ?

– Je sais, mais tu dois prendre des vacances.

En réalité, Hanna avait quelques congés à poser. Amy vit la pensée sur son visage et se jeta sur elle.

– C'est ce que tu dois faire ! Ne serait-ce pas fabuleux ? Imagine un peu ! Trois semaines dans les Caraïbes. Nous serions des dames sur des chaises longues à manger des huîtres et à siroter du champagne bien frais.

– C'est *très* loin de la façon dont toi et moi avons été élevées.

– Ne sois pas casse-pieds. Qu'en penses-tu ?

Hanna regarda sa montre.

– Je pense qu'il est temps que je me remette au travail.

– Je vais te dire quelque chose gratuitement, Hanna Casey. Tu as stagné.

– Écoute, certaines d'entre nous n'ont pas trois semaines de congé pour aller se pavaner sur des bateaux de croisière. Sans parler de ce que cela coûterait.

– Que dirais-tu d'une semaine à Londres ?

Amy avait montré à Hanna des photos de sa maison individuelle à Windsor, le jardin qui allait jusqu'à la Tamise. Amy était magnifique et arborait un air discrètement opulent, et avait évoqué des souvenirs du cottage du Norfolk qu'Hanna et Malcolm avaient acheté pour s'y retirer le temps d'un week-end. Hanna secoua fermement la tête.

– Honnêtement, Amy, tout ceci n'est que pure fantaisie.

– Non, pas du tout. C'est une vie spontanée. Regarde la coïncidence incroyable que la vie nous a offerte ! Qui aurait cru qu'on se croiserait après toutes ces années…

Pendant un instant, Hanna se laissa influencer. C'était peut-être l'occasion pour elle de briser la malédiction et de revoir certaines des choses de son ancienne vie qui avaient été positives. Les restaurants où Malcolm et elle étaient allés, les virées shopping et les soirées au ballet avec ses copines, et les plaisirs très anglais des pelouses bien taillées, des parties de tennis et du thé de l'après-midi. Après tout, c'est dans cette ville qu'elle avait passé la plus grande partie de sa vie d'adulte. Mais, en même temps que l'excitation, son vieux sentiment de dégoût est apparu. Tous les théâtres, cafés et galeries d'art étaient remplis de souvenirs qu'elle ne pouvait pas supporter de revoir parce que, à la lumière de la perfidie de Malcolm, la plupart d'entre eux s'étaient révélés faux. Pourtant, pensait-elle, tout cela appartenait au passé. Maintenant que le temps avait fait son œuvre et que la douleur s'était dissipée, pourquoi ne pas reconquérir la ville qu'elle avait aimée avant même d'aimer Malcolm ? Ce serait génial de revoir Lucy et Claire, et amusant de passer plus de temps avec Amy. Le bateau de croisière devait appareiller le lendemain, il serait donc dommage que ce déjeuner rapide soit tout le temps qu'elles auraient pour renouer leur amitié.

– Je te dirai.

Amy poussa son assiette de côté et sortit son téléphone de son sac.

– Donne-moi ton numéro et restons en contact. Je vais voir si je peux retrouver les autres et, quand tu auras eu le temps de réfléchir, nous pourrons prendre la suite.

Elle fronça les sourcils.

– À moins, bien sûr, que ce Brian ne soit trop sexy pour être laissé seul.

– Tu devrais peut-être commencer à lire Jane Austen au lieu de regarder les feuilletons.

– Il se trouve que je l'ai lue. Je ne faisais rien d'intéressant avant. Et *EastEnders* n'est pas bien méchant comparé à ce qu'il y a dans ses livres.

Hanna vida sa tasse de café.

– Cite un roman que Jane Austen a écrit. Il y en a six. Enfin, neuf à la rigueur, tu as donc l'embarras du choix.

– D'accord, je n'ai peut-être pas lu les livres, mais j'ai vu les films.

– Tu es une *très* mauvaise menteuse.

– Et tu veux *tellement* venir à Windsor.

Amy remit son téléphone dans son sac, se leva et la serra dans ses bras.

– Franchement, je ne vois pas où est le problème. Ce n'est pas comme si tu allais déclencher une catastrophe si tu prends simplement des vacances.

Chapitre 8

Un passage voûté menait du jardin des nonnes à la petite cour pavée à l'extérieur de la bibliothèque. Lorsque Hanna était enfant, le jardin n'était qu'un aperçu de fleurs et de verdure pour les élèves qui traversaient la cour pour se rendre à la porte de l'école. Aujourd'hui, le portail latéral, toujours fermé à clé par le passé, servait de chemin de croix aux usagers de la bibliothèque et aux personnes qui sortaient de l'ancienne école et qui avaient envie d'une tasse de café près de la fontaine. Après avoir embrassé Amy, Hanna se rendit à son travail entre les haies de lavande en fleurs, entendant le gravier soigneusement ratissé crisser sous ses pieds. Alors qu'elle atteignait le portail de la cour, elle vit Aideen sortir de la bibliothèque et mettre un CD dans son sac.

– Bonjour, Mlle Casey. Conor sera heureux de vous voir revenir du déjeuner.

– Quelque chose ne va pas ?

– Pas du tout, il se débrouille, mais je dirais qu'il pourrait avoir besoin de quelqu'un pour distraire le brigadier.

La bibliothèque avait son lot d'usagers acariâtres, mais le brigadier, un officier de l'armée à la retraite connu pour ses manières revêches, n'était pas l'un de ses habitués. Aideen sourit.

– Conor m'accuse toujours de jeter le brigadier dans les pattes de Bríd quand il vient à la charcuterie. Maintenant, il découvre pourquoi !

– Comment ça se passe entre toi et Bríd ?

– Super. Les affaires marchent bien. J'ai réduit mes heures de travail depuis que je me suis installée à la ferme, mais nous avons engagé un Polonais pour aider Bríd pendant l'été.

– Et comment se passe la vie à la ferme ?

– Il y a beaucoup à apprendre, je peux te le dire !

Elle avait l'air fatiguée, pensa Hanna, mais tout le monde était épuisé à ce stade de l'été. Aideen lui fit un sourire amical et Hanna entra dans la bibliothèque pour trouver Conor en train de s'occuper d'un monsieur bien habillé, qui avait le dos droit comme un I.

– Je vous ai déjà dit que je cherchais le nouvel Evelyn Waugh.

– Euh, d'accord, je sais, mais quel livre en particulier ?

– Êtes-vous sourd ? J'ai dit le dernier en date.

– Voyons voir. *La Capitulation* ?

– C'est le dernier ? C'est pour ma belle-sœur.

– Est-ce que ce serait la trilogie de *L'Épée d'honneur* ?

Le brigadier fit claquer sa langue.

– Écoutez, est-ce que la bibliothécaire est là ?

Sachant que l'échange prendrait beaucoup plus de temps si elle se présentait, Hanna secoua la tête à l'intention de Conor dans le dos de l'homme. Conor choisit ses mots avec soin.

– Mlle Casey a pris sa pause déjeuner plus tôt aujourd'hui, mais je suis sûr que je peux vous aider. La trilogie a été publiée en 1965, alors c'est peut-être ce que votre belle-sœur voulait dire quand elle a parlé du dernier en date.

L'homme a redressé ses épaules vêtues de tweed et s'est penché sur le bureau.

– J'ai. dit. Qu'elle. Voulait. Le. Dernier. Evelyn. Waugh. Lequel de ces mots ne comprenez-vous pas ?

De l'autre côté de la pièce, où elle était allée accrocher sa veste dans la cuisine, Hanna vit Conor qui avait l'air d'agoniser. Il s'était battu courageusement.

– Le fait est, monsieur, que nous parlons de feu Evelyn Waugh.

– Comment ?

– Waugh est mort en 1965.

Le monsieur gloussait comme un dindon. Conor baissa discrètement la voix, conscient que deux personnes qui parcouraient les rayons étaient à l'affût, tout ouïe.

– Et les livres de la trilogie de *l'Épée d'honneur* ont été écrits dans les années 1950 et au début des années 1960. Ce sont donc les plus récents. En quelque sorte.

Le brigadier était dans un trou et, à en juger par son air effaré, il commençait à s'en rendre compte mais, comme Hanna aurait pu le prévoir, il continuait à creuser.

– Regardez-moi, ma belle-sœur a un diplôme de première classe en littérature anglaise. Vous feriez donc mieux de chercher à nouveau.

Prenant Conor et le monsieur en pitié, Hanna se précipita vers le bureau.

– Tout va bien, Conor ?

Le brigadier se retourna et la regarda fixement, décidant clairement que l'attaque était sa seule forme de défense possible.

– Êtes-vous la bibliothécaire ? Parce que ce type semble ne rien savoir. Ma belle-sœur veut le nouveau roman d'Evelyn Waugh.

Hanna lui adressa un sourire fade.

– Je suis vraiment désolée, mais je ne crois pas que nous ayons actuellement ce que vous cherchez.

Comme elle savait qu'il le ferait, il saisit la chance de s'échapper.

– Bon, eh bien, je ne vois pas pourquoi on ne me l'a pas dit plus tôt. J'ose dire qu'elle a été bien accueillie – ces écrivaines populaires ont toujours des articles dans les journaux du dimanche. Je dirai à ma belle-sœur qu'il y a eu une ruée sur ce livre.

Hanna évita le regard de Conor.

– Et, une autre fois, si elle passe elle-même, je suis sûre que nous pourrons l'aider.

– Oui, ce serait bien. Elle s'est tordu la cheville, voyez-vous, alors elle m'a envoyé.

– Je suis désolée de l'apprendre. J'espère qu'elle ira bientôt mieux.

Heureuse d'avoir réussi à désamorcer la situation sans ruiner sa dignité, Hanna le guida vers la porte. Il vint de bonne grâce mais, au grand désarroi d'Hanna, se figea sur le seuil.

– Un instant. Je suppose qu'un livre de ce genre a une énorme liste d'attente ?

– Eh bien…

– Bien, mettez-la sur la liste ? Ma belle-sœur. Avez-vous compris ? Pour le nouvel Evelyn Waugh.

Il souleva son chapeau pour les saluer et s'éloigna à grands pas, laissant Hanna ajouter le nom d'une dame qu'elle ne connaissait pas à une liste d'attente inexistante pour un nouveau roman d'un auteur masculin décédé.

Conor était debout lorsqu'elle revint au bureau.

– Merci, Mlle Casey.

– J'en prends juste un pour l'équipe.

– Est-ce que je peux m'en aller maintenant ?

La façon dont le monde extérieur empiétait sur la vie de la bibliothèque rurale avait toujours ravi Hanna. Conor n'avait jamais accordé moins de cent pour cent de son esprit à son travail mais, à cette époque de l'année, couper l'herbe pour la stocker pour le fourrage d'hiver était une partie urgente du travail qu'il effectuait à la ferme. Les conditions météorologiques étant critiques, les entreprises d'ensilage travaillaient les belles semaines de l'aube au crépuscule et, parfois, jusque tard dans la nuit. Chaque agriculteur était soucieux de les réserver pour le moment optimal, car l'herbe fauchée couchée sur le sol pouvait être gâchée par de fortes pluies. Le bruit de leurs énormes machines grondant à toute vitesse sur les routes et travaillant dans les champs faisait partie de la musique de l'été de Finfarran et, à l'heure du déjeuner, Conor se précipitait chez lui, se changeait rapidement et faisait le tour de la ferme sur sa Vespa pour vérifier le travail.

– Auras-tu le temps de manger ?

– Maman donne le déjeuner aux garçons à 13 heures.

Una et Aideen auraient travaillé toute la matinée pour nourrir plus d'une demi-douzaine d'hommes, chacun assez affamé pour manger comme quatre, et la part de Conor consisterait probablement en une tranche de jambon, entassée dans un petit pain. Les repas préparés dans les cuisines des fermes pour les entrepreneurs étaient gigantesques. D'énormes ragoûts ou rôtis étaient servis avec des monticules de pommes de terre et de petits pois ou de chou, suivis de crumbles aux fruits préparés avec beaucoup de sucre roux et servis avec de la crème anglaise.

Dermot et Paddy auraient bien mangé avec les entrepreneurs, mais Conor n'aurait eu que le temps de prendre deux bouchées sur le pouce. Comme il n'avait fait que s'asseoir à un bureau depuis 9 h 30 ce matin-là, il prétendait qu'il n'avait pas besoin de plus qu'un sandwich copieux. Tout de même, il avait l'air fatigué, il avait trimé plusieurs heures à la ferme avant de venir travailler à la bibliothèque, et Hanna aurait préféré qu'il puisse s'asseoir et manger son déjeuner en paix au lieu de monter dans les champs. Mais cela ne servait à rien de le dire, et Conor ne ferait que se moquer d'elle si elle le faisait. Plus une famille parvenait à récolter d'herbe dans ses propres champs, moins elle devait dépenser pour acheter des balles d'ensilage pendant l'hiver. Donc, pour le budget familial, plus dur il devait travailler, mieux c'était.

Hanna le regarda passer la porte à toute vitesse, en balançant son casque de moto. Puis elle alla préparer la salle de lecture pour le club des souvenirs du lundi. Comme les autres bibliothèques de Finfarran, Lissbeg possédait une collection ressources de réminiscence – livres, images, puzzles et autres – que les membres de la famille et les soignants empruntaient souvent pour les personnes âgées souffrant de pertes de mémoire. Un centre de jour municipal, installé dans l'ancien bâtiment du couvent, y avait accès pour les personnes atteintes de démence, et la maison de retraite locale utilisait les directives de la bibliothèque pour aider à la formation du personnel. Mais le club des souvenirs du lundi était différent. En apparence, il encourageait les discussions informelles sur l'histoire de la région, pour lesquelles, comme point de départ, Hanna fournissait des livres de la collection d'études locales de la bibliothèque. En fait, il s'agissait d'une occasion pour un groupe de retraités de remettre les pendules à l'heure autour d'un thé et d'un gâteau, moyennant un prix symbolique pour le thé, fourni par la bibliothèque, mais le gâteau était une idée personnelle des membres. Lors de la première réunion, ils avaient informé Hanna que personne ne boirait du thé sans rien avec. Puis, alors qu'elle s'apprêtait à dire que la bibliothèque pourrait peut-être fournir un paquet de biscuits, ils s'étaient lancés dans un débat animé sur les mérites comparés du gâteau de Madère et du sponge cake Victoria. Mary, qui avait demandé à sa voisine de l'accompagner à la réunion, avait rejeté toutes les suggestions selon lesquelles le gâteau de Madère était plus léger.

– Mais saperlipopette, vous avez tous perdu la tête ? Regardez le poids des amandes moulues que vous avez battues avec la farine ordinaire ! Et la texture ! Si vous n'avez pas le sens inné des proportions, ne pouvez-vous pas en couper une tranche et voir par vous-même ?

Une dame timide avait annoncé d'un ton morose que la crème fouettée pouvait être lourde pour l'estomac.

– Et la confiture de groseilles peut être terriblement indigeste.

Mary avait retenu son souffle.

– De groseilles à maquereau ? Tu n'aurais pas beaucoup de chance à *Bake Off* ! Un sponge cake Victoria forme un sandwich avec de la confiture de fraises et est recouvert de sucre glace.

La dame timide s'était effacée, mais sa voisine, qui l'avait accompagnée en voiture depuis Ballyfin, était d'une trempe plus solide.

– Il y a une recette de génoise Victoria dans un livre de Mary Berry qui demande de la crème fouettée en plus de la confiture. Hanna l'a ici à la bibliothèque. Tu peux vérifier par toi-même.

– Je croyais que tu étais pour le gâteau de Madère.

– Mais oui. Je pense que qu'il est bien mieux. Mais tu ne peux pas discuter les faits.

Bien consciente que Mary pouvait discuter les faits jusqu'à ce que les vaches rentrent à la maison, Hanna avait dit qu'il serait très agréable d'avoir des gâteaux lors des réunions du groupe.

– J'ai bien peur de ne pas pouvoir vous en fournir, mais vous pouvez en apporter.

Tout le monde lui avait assuré qu'ils pourraient organiser un roulement. Ils votèrent pour savoir ce qui devait être apporté et adoptèrent à l'unanimité une motion offrant une option ordinaire et une option fantaisie, bien que, depuis que l'intervention d'Hanna l'avait privée de son projecteur, la contribution de Mary ait été nettement moins enthousiaste. La dame timide avait accepté de donner le coup d'envoi avec un lot de Queen Cakes ordinaires et une tranche de pâte d'amande à la cerise. Mary était restée assise dans un silence pesant pendant le reste de discussion, qui avait oscillé entre des recettes de gâteaux et des commentaires acides sur le livre qu'Hanna avait choisi pour la discussion. Intitulé *Finfarran Fadó,* il avait été écrit par un ancien prêtre de la paroisse. La dame de Ballyfin s'était montrée particulièrement désobligeante.

– Bien sûr, qu'est-ce que le père Seoirse pouvait bien savoir de Finfarran ? Il était de Sligo.

– Il n'était pas de Cavan ?

– Pas du tout, ma grande, c'était le curé. Un sale petit gars avec un accent de Cavan.

– Et un appétit d'ogre.

– Mon Dieu, il mangeait tout ce qui lui passait sous la main. Quand il venait dire le rosaire avec ta grand-mère, il se dirigeait toujours vers le four. Bien sûr, à l'époque, la gouvernante du prêtre ne savait pas faire cuire un œuf. Non, le père Seoirse était un homme de Sligo qui était parti en mission.

– En Afrique, c'est ça ?

– Ça aurait pu être ça, je ne sais pas. Ça aurait pu être Manchester. Mais je vais te dire une chose : il n'était pas à Finfarran depuis plus de dix minutes quand l'évêque l'avait fait transférer ailleurs. Alors pourquoi il écrivait des livres sur nous, Dieu seul le sait.

Une dame corpulente dans un imperméable Mac en plastique avait annoncé que la bonne des curés qui était nulle mettait de la chicorée dans son gâteau au café.

– Elle n'a pas fait ça !

– Enfin, de l'essence de café. C'est la même chose.

– Mais je mettrais bien une goutte de ce produit dans un riche gâteau au chocolat.

– Tu ne ferais pas ça !

– Je le ferais.

La dame de Ballyfin s'était tournée vers Mary pour obtenir du soutien.

– Toi aussi, n'est-ce pas, Mary ? Le gâteau à trois étages que tu as fait pour la foire d'été ?

Mary était gentiment sortie de sa bouderie pour accepter les éloges. Elle s'était même suffisamment adoucie pour dire que, même si *Finfarran Fadó* était en grande partie risible, le père Seoirse avait eu raison sur un point.

– Je me souviens de ce passage sur le prix des colis envoyés en Amérique à Noël, parce que les gens venaient toujours à notre bureau de poste pour se plaindre du coût des timbres.

En fin de compte, la réunion avait été un succès et Mary avait continué à fréquenter le groupe. Hanna en était ravie. Comme toute femme ayant un parent vieillissant, elle essayait de ne pas trop penser à l'avenir de sa mère. Mary, qui s'ennuyait facilement, finirait probablement par abandonner le groupe, mais pour l'instant, cela la divertissait quand Louisa n'était pas là. Le groupe offrait également une structure et une continuité, ce dont Hanna se réjouissait car, ces derniers temps, Mary avait développé une tendance à laisser son esprit dériver. Le week-end dernier, lorsque Hanna et Brian étaient allés déjeuner en famille au pavillon, ils s'étaient arrêtés en chemin pour acheter une crème, comme elle le leur avait demandé. Mais, malgré son message autoritaire, Mary avait exigé de savoir pourquoi ils l'avaient apportée.

– Parce que tu l'as demandé.

– Non.

– Tu me l'as demandé, maman. Tu m'as envoyé un message. Tu as dit que tu voulais de la crème.

– Je n'ai rien fait de tel. Pourquoi imaginerais-tu que je servirais de la crème avec un plateau de fromages ?

– On ne mange pas de tarte aux pommes ?

– Est-ce que j'ai dit qu'on en mangerait ?

Elle ne l'avait pas dit, alors Hanna n'avait rien dit de plus, pensant qu'elle s'était trompée tout en sachant qu'elle ne s'était pas trompée. Plus tard, elle avait vérifié son téléphone et avait trouvé le message. Il l'inquiétait, même si Brian avait ri.

– Regarde la taille du festin qu'elle a préparé. Elle a dû se lever à l'aube.

En prenant le livre qu'elle avait choisi pour la réunion du club des souvenirs du lundi d'aujourd'hui, Hanna se dit qu'elle avait probablement réagi de façon excessive au cours du week-end. Mary s'était montrée sous son meilleur jour au déjeuner, discutant avec Jazz, flirtant avec Brian et racontant des histoires vraiment amusantes. Et, comme l'avait dit Brian, le repas qu'elle avait servi était gargantuesque. Il n'est donc pas surprenant qu'elle ait été fatiguée et que le texto lui soit sorti de la tête. Et c'était typique d'elle de s'évertuer à nier qu'elle l'avait envoyé. Hanna se dit avec dépit que le problème était probablement le sien, et non celui de sa mère. Peut-être avait-elle anticipé ce qu'elle craignait secrètement. Tôt ou tard, Mary aurait probablement besoin de plus de soins et de compagnie que ce que la présence de Louisa lui offrait, et si elle devenait confuse dans sa vieillesse, il faudrait peut-être même qu'elle quitte le pavillon. Et cela poserait des problèmes car, quelles que soient les dispositions à prendre, une chose était certaine : la famille de Conor avait peut-être trouvé le moyen de vivre toutes générations confondues, mais Hanna savait qu'elle ne supporterait pas de partager à nouveau une maison avec sa mère.

Chapitre 9

Fury O'Shea se tenait avec Diablo sur les murs du château de Lancy, observant le monde tout en finissant une cigarette. Le seul véritable point d'intérêt historique de Carrick était le château, qui se dressait de façon spectaculaire au-dessus du périphérique et des banlieues tentaculaires de la ville, loin en contrebas. Construit comme un donjon sinistre fortifié, entouré de hauts murs et d'une porte à deux tours, il avait changé au gré des fortunes des Lancy successifs, qui, dans les années 1800, étaient devenus des marchands d'épices prospères et avaient établi une maison à Londres. En Irlande, ils avaient remplacé leur sombre donjon par un charmant manoir en briques rouges, bien que les murs de pierre de la forteresse l'enserrent toujours comme un poing. Puis, à la fin du XIXe siècle, un fils cadet pionnier avait découvert une mine d'argent dans le Nevada, et la famille s'était installée à New York.

Lady Isobel, la dernière des Lancy, était venue en Irlande lors de sa lune de miel, dans les années 1900, et dès qu'elle avait vu la maison de ses ancêtres, en avait fait son passe-temps favori. Charles Aukin, son mari, vivait désormais seul à Castle Lancy et, bien que la plomberie victorienne soit en fin de vie, il refusait de la remplacer, si bien que Fury était sans cesse appelé à inventer un autre moyen la tromper ou de l'amadouer pour qu'elle se mette à marcher.

– Je suppose que nous ferions mieux d'aller trouver le seigneur du manoir. Dieu seul sait quel tuyau a éclaté sur lui maintenant. Les voisins de Fury s'étonnaient qu'il se laisse traiter comme un homme à tout faire mais, dans un moment d'exaltation, il avait avoué à Hanna qu'il avait simplement pitié de Charles.

– Il n'est là que parce que sa femme est enterrée en contrebas dans la crypte familiale. Elle voulait dormir dans le giron de ses ancêtres, alors voilà son pauvre mari coincé dans un château stupide qui ne lui dit rien. Ça ne me dérangerait pas, mais il est riche comme Crésus, il pourrait acheter et vendre tous nos biens sans jamais voir la différence.

Buvant son thé d'un air contrarié, Fury s'était essuyé le nez avec le dos de sa main osseuse.

– Il maintient cette chaudière dans un état de péril constant juste pour pouvoir, de temps en temps, discuter un peu avec un plombier. C'est dire à quel point le pauvre homme est seul.

Hanna n'avait rien dit, sachant qu'il se sentirait insulté. Fury avait grandi à une époque où les affaires se concluaient sur une poignée de main et un crachat, et où les voisins considéraient qu'il était de leur devoir de veiller au bien-être des uns et des autres. Non seulement cela, mais à l'en croire, la présence de sa famille sur la péninsule précédait celle des Lancy d'un millier d'années ou plus. Il était connu de tous, proche de tous, et aussi susceptible qu'arrogant, aussi cette histoire particulière n'avait-elle jamais été remise en question. Ce qui était certainement vrai, c'était que des générations de O'Shea avaient possédé et géré la forêt de Finfarran et, alors que son frère aîné n'avait aucun sens de l'artisanat ni aucun intérêt pour l'intendance, Fury avait grandi en étant profondément imprégné des deux. Hanna avait toujours pris soin de ne pas poser de questions personnelles, mais dans les petites communautés, certains faits étaient connus de tous. Fury avait passé son enfance au milieu des arbres, apprenant les chemins qui passent entre eux, la forme de leurs branches et de leurs feuilles, et la nature du bois qu'ils produisent : dur ou tendre, droit ou noueux, apte à fabriquer des meubles, des planches ou des solives, ou encore des incrustations délicates. Sa connaissance du bois et son habileté à le travailler étaient inégalées, et pourtant, à la mort de son père, la forêt était revenue à son frère aîné, un incapable, à l'exception d'un demi-hectare nommé Fury's dans le testament.

Les temps étaient durs à Finfarran à l'époque, et le travail n'était pas facile à trouver. Quelques semaines après son seizième anniversaire, Fury avait pris le bateau pour l'Angleterre, sachant qu'il ne rentrerait jamais chez lui avant la mort de Paudie, son frère. Ayant commencé comme ouvrier itinérant, il avait eu sa part de travail dans les rues et dans les bibliothèques publiques pour se réchauffer, mais chaque emploi lui avait permis d'en apprendre davantage sur le métier de bâtisseur. Au fil des ans, des garçons de Finfarran se présentaient dans des pubs de Hammersmith ou de Cricklewood avec des histoires sur la façon dont Paudie vendait des parcelles de bois pour payer ses bières. L'homme en Australie n'était jamais revenu en Irlande pour vérifier sa propriété, et à la mort de Paudie, il avait bu jusqu'à la dernière goutte de son héritage, et la forêt autrefois entretenue par les O'Shea était devenue une zone sauvage négligée. Finfarran avait changé au cours des décennies que Fury avait passées en Angleterre, et la vie suivait désormais des rythmes nouveaux et différents. Lorsqu'il était rentré au pays, il avait pensé qu'il ne pourrait pas supporter de vivre en regardant la forêt non entretenue et en regrettant le monde de son enfance, avec ses traditions et ses valeurs différentes. Mais comme c'était tout ce qu'il avait, il s'était construit une maison sur l'emplacement que son père lui avait laissé, en retrait de la route sinueuse et étroitement entourée d'arbres. Il les connaissait tous, du jeune arbre au chêne géant, et au bout d'un certain temps, il s'était simplement comporté comme si la terre et son bois lui appartenaient. Mais comme dans tout ce qu'il faisait, il veillait à rester discret, se déplaçant sans être vu et répondant aux questions par un regard vide. Ainsi, pour un œil non averti, la forêt restait une étendue sauvage non gérée, même si les signes d'entretien étaient là et pouvaient être déchiffrés par quiconque comprenait les arbres.

Après être descendus des remparts, Fury et Diablo firent une brève inspection de la chaudière et, en montant les escaliers, se dirigèrent le long d'un couloir vers la bibliothèque du château, la scène de l'un de ses discrets triomphes personnels, qui lui procurait encore du plaisir chaque fois qu'il venait. Un réseau complexe de pensées cachées et de manipulation impitoyable, c'était une affaire qui avait fonctionné dans plusieurs dimensions, ne laissant personne devenir le plus sage mais tout le monde mieux loti. Alors qu'il travaillait sur la maison de Maggie, il était venu au château à la recherche d'un évier de cuisine. Il avait fait monter Hanna dans sa camionnette et l'avait conduite à toute vitesse jusqu'à Carrick, l'avait propulsée à l'étage dans la salle des livres de Dickens, où Charles était en train de faire des mots croisés, et avait fait claquer un paquet de journaux sur le bureau recouvert de cuir.

– Vous savez que vous avez un évier encastré en bas dans votre lavoir ?

Charles avait répondu qu'il ne savait même pas qu'il avait un lavoir.

– Ah, pour l'amour de Dieu, si vous ne savez pas ce que vous avez, on ne devrait pas vous en confier responsabilité. L'évier est sur une vieille étagère en ardoise.

En déballant un paquet, Fury avait révélé un lutrin en bois délicieusement sculpté, que Charles avait accueilli avec un sifflement de plaisir. Le saisissant, il l'avait montré à Hanna.

– Fury me dit qu'il date probablement du XVIe siècle.

– C'est tout à fait vrai. Et il n'a pas été conçu pour soutenir un livre de mots croisés ou pour rebondir lorsqu'un imbécile maladroit le renverse.

– Oh, vous avez fait une réparation époustouflante. Qu'est-ce que je vous dois ?

– N'ai-je pas dit, lorsque j'ai accepté ce travail, que vous ne pouviez pas vous permettre de payer mon prix ? Si vous l'aviez envoyé chez Sotheby's, ils en auraient demandé des milliers de livres sterling, et la moitié des gars qui y travaillent sont des jeunes gens sans foi ni loi.

Fury, qui méprisait les accessoires de cuisine modernes et ne pouvait jamais résister à la pression du troc, avait planifié l'affaire à l'avance avec un soin méticuleux.

– Je vais vous dire ce que je vais faire pour vous. Je vais prendre le vieil évier que vous avez dans le lavoir et nous pourrons en rester là.

Comme Fury savait qu'elle le ferait, Hanna avait protesté, lui donnant l'occasion de suggérer que l'étagère en ardoise soit jetée à la poubelle.

– Dieu seul sait à quoi elle servait, mais vous n'aurez plus à vous en soucier.

Charles s'était empressé de conclure l'affaire par une poignée de main. Puis il s'était tourné vers Hanna, qui restait sans voix en sachant qu'elle venait d'acquérir un évier victorien et un plan de travail de cuisine en ardoise.

– Vous voulez voir ce que ce lutrin était censé exposer à l'origine ?

Il traversa la pièce et ouvrit un tiroir peu profond dans l'une des bibliothèques, revenant quelques instants plus tard avec une boîte en carton oblongue. En soulevant le couvercle, il sortit le Psautier de Carrick. Fury avait été abasourdi, bien qu'il ait réussi à le cacher, et Hanna s'était assise brusquement.

– Mais le psautier de Carrick a été détruit par les envahisseurs vikings.

– Je sais, j'ai lu ça aussi. Mais apparemment, il a survécu et a disparu dans un autre monastère et, finalement, les ancêtres élisabéthains de ma femme ont mis la main dessus. Et ils l'ont payé cher. J'imagine que l'abbé a vécu grassement jusqu'à la fin de sa vie.

– Vous l'avez enregistré ?

– J'ai même le reçu.

C'est à ce moment-là que Fury avait eu son illumination. Il avait vu comment l'affaire, qui était bonne en soi, pouvait être encore meilleure. Sans rien dire à Hanna, il était retourné au château et avait de nouveau courtisé Charles.

– Dites-moi, avez-vous assuré ce psautier ?

– L'assurer ? Comment le pourrais-je ? Il n'a pas de prix.

– Et vous ne l'exposez pas sur le lutrin qui a été conçu pour lui ?

– Non, parce que...

– Parce que vous avez peur, si les gens savaient qu'il est là, que quelqu'un n'entre par effraction et ne le vole.

– Eh bien...

– Ah, ne dites rien, je ne suis pas dupe. Je sais pourquoi vous l'avez sorti et vous nous l'avez montré. Vous me demandiez ce que vous alliez en faire.

À l'expression de Charles, Fury avait compris que ce dernier avait mordu à l'hameçon.

– Alors débarrassez-vous-en. Donnez-le. Faites-en don à la bibliothèque de Lissbeg. Vous pouvez leur dire que c'est quelque chose que vous aviez en tête depuis longtemps. Ne mentionnez pas mon nom, sinon ils diront que j'y avais un intérêt.

Un large sourire s'était dessiné sur le visage du banquier à la retraite.

– Et ce n'est pas possible, n'est-ce pas ?

– Très bien, vous êtes trop mignon pour moi. Voici l'histoire. J'ai travaillé dur chez Maggie, et il se trouve que je sais qu'Hanna a contracté un prêt pour payer le travail.

Pensif, Charles avait retourné le journal sur lequel il faisait des mots croisés. Il s'agissait de l'*Inquirer* local et le titre de la première page était « LE REMANIEMENT DU CONSEIL MUNICIPAL MENACE LES BIBLIOTHÈQUES DE FINFARRAN ». Ses yeux avaient rencontré ceux de Fury.

– Ainsi, si la bibliothèque de Mlle Casey ferme, elle pourrait avoir du mal à payer votre facture. Mais ils ne la fermeront pas si elle abrite trésor national. Pas si le donateur dit qu'il doit être conservé à perpétuité. Pas s'il propose de payer l'espace d'exposition ultramoderne.

– Tout cela serait déductible des impôts, n'est-ce pas ?

– Bien entendu.

Ils n'en avaient pas dit plus, mais ils s'étaient compris, et ce qui avait été dit ne serait jamais connu au-delà des murs de la salle de lecture. Du point de vue de Fury, c'était l'accord parfait. Charles était soulagé d'un poids qui l'inquiétait. L'évier et l'ardoise avaient été acquis sans qu'un centime ne change de main, son propre projet de construction avait été mis en route, et la capacité d'Hanna à payer pour le travail qu'il réalisait dans la maison de Maggie avait été assurée.

Ils arrivèrent au bout du long couloir menant à la bibliothèque, et les griffes de Diablo claquèrent tandis qu'il bondissait vers la porte. Lorsqu'ils entrèrent, Charles le salua affectueusement.

– On dirait que ce bonhomme est devenu un peu moins rondouillard.

– Ah, le vétérinaire l'a débarrassé de ses crèmes pâtissières. Et du Tayto. Il n'était pas content.

– Non ?

– On essaie donc une autre approche. Le football.

– Il a rejoint une équipe ?

– Ah, pour l'amour de Dieu, qu'est-ce que vous avez ? Les chiens ne savent pas jouer au football. Non, il va aux matchs et aux entraînements et fait des tours de terrain.

Fury s'enfonça dans un fauteuil et regarda Diablo d'un air lugubre.

– La seule chose, c'est que cela lui donnait des vertiges. Alors maintenant, c'est dans un sens pour la première mi-temps, et dans l'autre pour la seconde. Il prend une crème pâtissière rapidement à la mi-temps. Il ne pouvait pas s'en passer du jour au lendemain.

Charles acquiesça et ils restèrent assis en silence pendant les quelques minutes qui suivirent. Puis Diablo péta bruyamment et Charles regarda Fury.

– Êtes-vous allé au sous-sol ?

– Oui.

– La chaudière faisait des bruits étranges ce matin.

– Ah, ne soyez pas ridicule, elle fait toujours du bruit. Ce n'est pas du tout pour ça que vous m'avez fait venir.

Fury retira la cigarette à moitié fumée de derrière son oreille.

– Alors, c'est quoi l'histoire ? Crachez le morceau, je m'attends au pire.

Les yeux de Charles pétillaient d'enthousiasme.

– En fait, j'ai quelque chose à vous dire. Dernièrement, j'ai reçu un appel intéressant d'un type qui travaille pour Your World Awaits.

Chapitre 10

C'était une nouvelle journée ensoleillée après une fin de nuit sèche et Aideen était dans sa chambre en train de décider de ce qu'elle allait porter pour aller en ville. Elle était debout depuis des heures pour aider à la cuisine et nettoyer le poulailler et maintenant, après s'être débarrassée de ses bottes de pluie, de son vieux jean et de son sweat-shirt, elle s'était douchée et avait enfilé une jupe et des chaussures à lacets en toile. La chambre, qui était basse de plafond, avait une salle de bains attenante et s'ouvrait sur un salon en forme de L. Ensemble, les pièces formaient un petit appartement indépendant, dans lequel Paddy et Una n'entraient jamais sans avoir soigneusement frappé à la porte. Beaucoup avaient tremblé à Finfarran quand Aideen et Conor avaient emménagé chez ses parents, et on lui avait donné de nombreux avertissements subtils sur les dangers de partager une maison avec sa belle-famille, mais rien de cela ne l'avait dérangée. Elle avait aimé la ferme dès le premier jour où Conor l'avait amenée y prendre le thé, et elle voyait maintenant Una comme la mère qu'elle n'avait jamais connue. En fredonnant, Aideen ouvrit son armoire et choisit un haut brodé en étamine qu'elle avait rapporté de Florence. Lorsque Una l'avait vu pour la première fois, elle avait ressorti une photo, prise lors de sa propre lune de miel, sur laquelle elle était jambes nues et portait un haut en étamine.

– Tu vois ? La broderie est pratiquement identique. Je l'ai acheté en Grèce.

Una n'avait pas beaucoup changé d'apparence, pensait Aideen, malgré le fait qu'elle était une femme de fermier et avait élevé deux enfants, et avait dû faire face aux problèmes de santé de Paddy et à des crises financières sans fin.

Parce qu'elle dépendait de prix et de conditions météorologiques imprévisibles, l'agriculture ne serait jamais rien d'autre que précaire. Mais les choses s'amélioraient. Petit à petit, le fardeau de stress des McCarthy s'était allégé. Des machines ultramodernes rendaient le travail plus rapide et plus sûr, ce qui permettait à Conor et à Dermot d'en faire plus. Dans un an environ, une fois que les choses se seraient stabilisées, Conor envisageait de devenir agriculteur à plein temps et, d'ici là, avec un peu de chance, la charcuterie dégagerait un bénéfice décent.

Aujourd'hui, Conor et Dermot travaillaient à l'extérieur, dans des champs situés à quelques kilomètres de la maison. Una montait en jeep pour leur apporter leur déjeuner, et ramener quelques agneaux qui, jusqu'à présent, avaient bénéficié d'un traitement spécial à la ferme. En les nourrissant à la main, ils étaient passés du stade de chétifs à celui de spécimens en bonne santé et le moment était venu de les remettre dans le troupeau. Aideen avait aidé à leur donner leur biberon et ils s'étaient blottis dans un coin chaud près de la cuisinière, mais elle était heureuse que personne ne lui ait demandé de les transporter jusqu'au champ. Avec un peu de chance, elle pourrait les faire monter dans la remorque, mais jusqu'à présent, elle n'avait pas eu le courage de faire reculer la jeep avec la remorque attachée. Una semblait le faire sans effort et, même lorsque les chiens étaient dehors avec les hommes, elle n'avait jamais eu de problèmes pour contrôler les agneaux nerveux. Elle avait assuré à Aideen que tout cela venait avec la pratique, et Conor le lui avait dit aussi. Aideen espérait qu'ils avaient raison. Remontant ses cheveux avec un chouchou, elle se rappela que Paddy avait trouvé qu'elle se débrouillait bien avec le biberon. Elle avait aussi appris à se tenir dans un espace lorsqu'on déplaçait le bétail. En fait, elle n'avait pas eu besoin qu'on le lui apprenne. Le premier jour qu'elle avait passé à la ferme, elle était montée à l'arrière de la Vespa de Conor lorsqu'il était allé chercher les vaches pour traire et, à la porte de la ferme, elle s'était instinctivement tenue sur la route pour les faire entrer dans la cour. Ainsi, elle pouvait apporter sa contribution en cas de besoin et, même si elle ne connaissait pas grand-chose à l'agriculture, les revenus qu'elle tirait de la charcuterie pourraient l'aider à faire une réelle différence dans le budget de la famille. Certes, il y avait encore des semaines, surtout hors saison, où Bríd et elle gagnaient à peine de quoi se verser un salaire à chacun, mais l'important était de continuer à avancer. Il était toujours difficile de se garer en ville en été, et la petite cour derrière la charcuterie était nécessaire pour les camionnettes de livraison, alors, quand Conor et elle étaient rentrés de Florence, elle avait acheté sa propre Vespa, qui était le moyen le plus agréable de se déplacer dans et hors de Lissbeg. En sifflant joyeusement entre les haies fleuries, Aideen dressa une liste mentale de ce qu'elle devait faire. Elle avait une liste de choses à acheter pour Paddy, en commençant par du ruban adhésif et de l'encre pour imprimante et en terminant par une lame de scie et un tournevis, et, bien que ce ne soit pas son jour de travail à l'épicerie, elle avait prévu d'y passer et de saluer Bríd.

Aideen se souvenait de la boutique depuis son enfance, lorsqu'elle était tenue par deux petites femmes que l'on appelait toujours les sœurs Houlihan. Gran n'était pas une couturière, mais tante Bridge était une experte, et pratiquement chaque semaine, Aideen et elle se rendaient à pied de St Finian's Close à Houlihan's. La boutique à l'ancienne était un lieu de rencontre entre les deux femmes. La boutique démodée semblait tout vendre – fils, laines et dentelles, cartes d'aiguilles et de boutons, et boîtes rondes d'épingles. Des crochets étaient suspendus dans des gaines en plastique sur un présentoir rotatif en fil de fer, et on pouvait essayer des dés à coudre en acier à fossettes pour déterminer sa taille. Les rubans étaient mesurés à l'œil et coupés sur des bobines suspendues à des tiges placées dans des fentes entre deux armoires en bois. Il y avait un ordre strict entre les sœurs, et seule l'aînée utilisait les grands ciseaux. Une fois coupée, la longueur était vérifiée à l'aide d'une règle en laiton vissée au comptoir en bois. C'était toujours correct et, lorsque le petit triomphe avait été silencieusement reconnu, l'achat était mis dans un sac en papier brun. Tout dans la mercerie semblait magique, en particulier les deux miroirs au cadre doré qui étaient accrochés aux murs opposés, l'un face à l'autre. Pendant que tante Bridge assortissait les fils ou choisissait la broderie anglaise, Aideen étudiait le reflet de chaque miroir dans l'autre, enchantée d'apercevoir des choses familières sous des angles inconnus. À la mort de tante Bridge, Aideen avait hérité de la petite maison de St Finian's Close, achetée au conseil municipal à force d'économies désintéressées. L'héritage avait permis de réunir les fonds nécessaires à la création de l'épicerie fine. Lorsque Aideen et Bríd avaient cherché un local, l'ancienne mercerie avait été vidée et il ne restait plus rien de la présence des sœurs Houlihan, mais Aideen ne les avait jamais oubliées et, pour elle, les miroirs seraient toujours liés à la magie et à au romantisme. C'était elle qui avait suggéré le nom de HabberDashery et, lorsqu'ils avaient planifié l'aménagement de la boutique, elle a persuadé Bríd que les panneaux miroirs agrandiraient l'espace. Ayant pris position sur un souvenir d'enfance qu'elle était trop timide pour partager, elle craignait d'avoir fait une erreur, mais lorsque les panneaux avaient été montés, ils étaient parfaits. Bríd continuait à vivre à St Finian's Close, où elle gérait l'entreprise depuis la salle de couture de la tante Bridge, et l'ancienne chambre d'Aideen était maintenant occupée par un locataire. L'association des cousines avait la même dynamique que leur amitié. Bríd, qui était légèrement plus âgée qu'Aideen, avait toujours été la plus confiante des deux. Alors qu'Aideen était encore à l'école à Lissbeg, Bríd avait suivi des cours de sciences culinaires et, bien que l'héritage d'Aideen ait facilité l'obtention d'un prêt lorsqu'elles avaient ouvert la charcuterie, c'étaient la qualification et le dynamisme de Bríd qui avaient permis au projet de se concrétiser.

Laissant la Vespa près des poubelles de la charcuterie, Aideen passa par la porte arrière et trouva Bríd derrière le comptoir en train de préparer une salade de chou. La ruée matinale des travailleurs qui s'arrachaient les petits pains du petit déjeuner était terminée, et les jeunes mamans qui voulaient du café et des gâteaux n'étaient pas encore arrivées avec leurs poussettes. Aideen enleva son casque, secoua ses boucles rousses et dorées et les ramena dans son chouchou. Bríd, dont les cheveux noirs étaient cachés sous un foulard assorti à sa combinaison verte, fit un signe de tête à la cafetière et lui demanda si elle voulait une tasse. Aideen en versa pour eux deux et elles s'installèrent sur deux hauts tabourets qui se trouvaient du côté client du comptoir.

– Comment va la vie ?

– Tout va très bien. Je suis un peu fatiguée et je ne vois pratiquement jamais Conor, mais on me dit que nous gagnons de l'argent. Comment vont les affaires ici ?

– Des tonnes de visiteurs à la recherche d'un pique-nique, ainsi que les habitués. Bartek est en train de s'installer et, je te le dis, c'est un sacré travailleur. Il a aussi demandé à faire des heures sup, ce qui est génial.

Bartek était l'étudiant polonais qu'elles avaient embauché quand Aideen avait réduit ses heures de travail. Bríd sirotait son café.

– Tu es toujours d'accord pour faire le vendredi quand je suis à la caisse, par contre ?

– Pas de problème.

La porte s'ouvrit et Aideen se retourna alors que Jazz Turner entrait. Bríd posa sa tasse et fit le tour du comptoir.

– Ne te presse pas, je voudrais juste un thé à emporter.

Jazz s'appuya sur le tabouret laissé libre par Bríd. Elle avait quelques années d'avance sur Aideen et Bríd à l'école et sa sophistication naturelle avait toujours donné à Aideen l'impression d'être jeune et maladroite. Aujourd'hui, elle trimballait un gros portfolio, et portait un pantalon en cuir, une veste cintrée et une chemise en lin cintrée. Ce n'était pas le genre de tenue que l'on voyait souvent à Finfarran, où la plupart des costumes d'affaires étaient en polyester facile à entretenir et provenaient de la succursale de Marks & Spencer à Carrick.

Jazz s'assit sur le tabouret et posa le portfolio sur ses genoux.

– Je viens de récupérer nos derniers visuels pour la promotion. Qu'en pensez-vous ?

Elle présenta une série de grandes photos imprimées sur une carte épaisse.

– Il s'agit de notre campagne « Rencontrez nos producteurs ». Nous voulions utiliser de vraies personnes dans notre publicité. Vous voyez ?

Elle montra la photo d'un vieil homme debout devant des feuilles de fenouil vertes et de grandes fleurs jaunes. Il avait des yeux bleus brillants dans un visage aux rides profondes, une vieille casquette portée de travers et un large sourire aux dents écartées.

– C'est le voisin de ma mère. Je me souviens d'avoir récupéré des herbes dans son jardin pour elle quand j'étais petite.

Apportant un thé à emporter, Bríd vint jeter un coup d'œil par-dessus l'épaule de Jazz.

– Oh, mon Dieu ! C'est Johnny Hennessy. N'a-t-il pas l'air en pleine forme ?

Jazz affiché les autres photos.

– Évidemment, il est bien trop tôt pour que nous puissions tout acheter localement, mais tu serais surprise de savoir combien de personnes sur la péninsule ont des jardins d'herbes aromatiques biologiques.

Les yeux de Bríd s'écarquillèrent lorsqu'elle saisit une photo.

– Ouah ! Qui est-ce et pourquoi ne le connais-je pas ?

Jazz sourit.

– En fait, c'est le seul à être mannequin. Nous allons organiser des groupes de discussion pour savoir quels clichés font la meilleure impression sur tel ou tel groupe démographique.

– Et ma réponse était stéréotypée, n'est-ce pas ?

– Sans parler du reste. Ton Dan Cafferky est vraiment magnifique.

Bríd se raidit. Dan et elle entretenaient une relation intermittente depuis des années et, dernièrement, ils avaient connu une grosse rupture. Par le passé, Aideen s'était retrouvée dans le rôle de pacificatrice, un rôle ingrat qu'elle n'aimait pas et qu'elle essayait d'éviter. Cette fois-ci, Bríd avait insisté sur le fait que leur relation était terminée et avait même effacé le numéro de Dan de son téléphone. De toute évidence, Jazz n'était pas au courant de la nouvelle, alors Aideen s'empressa d'intervenir.

– Bríd est libre maintenant, elle a le droit d'être stéréotypée.

Bríd rendit la photo à Jazz.

– Les McCarthy cultivent des produits bio pour la charcuterie, n'est-ce pas, Aideen ? demanda Jazz.

Bríd hocha la tête avec enthousiasme.

– Tu devrais envisager de nous vendre des herbes bio.

– C'est une très bonne idée.

Prise au dépourvu, Aideen cherchait ses mots.

– Rien n'a été confirmé. Il faudrait que je parle à Conor.

Zippant son portfolio, Jazz descendit de son tabouret.

– Bien sûr. Et tu devras faire les démarches pour obtenir la certification biologique. Mais restons en contact pour s'en reparler ?

Elle paya son café et sortit avant qu'Aideen n'ait pu rassembler ses idées.

Irritée, Aideen se tourna vers Bríd, qui en fut étonnée.

– Quoi ?

– Tu aurais pu vérifier auprès de moi avant de dire oui.

– Je n'ai pas dit oui.

– Tu as dit que c'était une bonne idée.

– Oh, c'est le cas. Un nouvel acheteur pour tes produits. Tu devrais être contente.

– Qu'est-ce que tu veux dire par « je devrais être contente » ? Ne me dis pas ce que je devrais ressentir !

– Oh, calme-toi, Aideen, qu'est-ce qu'il y a ?

Aideen se sentit honteuse. Elle n'avait pas rapporté à Bríd ce qu'Una avait dit sur le fait que Paddy n'aimait pas les bouleversements, ni sur sa propre décision de ne pas se précipiter pour faire d'autres changements à la ferme et maintenant, alors qu'elles étaient en désaccord, le moment lui semblait mal choisi pour en parler. Elle n'avait pas encore eu l'occasion d'en discuter avec Conor. De toute façon, c'était une affaire de famille qui ne concernait pas Bríd. C'était typique de sa part de se précipiter avec un verdict mais, en fin de compte, ce n'était pas à elle de décider.

– Écoute, les choses sont différentes maintenant que je suis mariée.

Peu habituée à ce qu'Aideen lui tienne tête, Bríd se raidit à nouveau.

– Vraiment ? Quel genre de choses ?

Aideen commençait déjà à regretter sa position.

– Je sais que nous sommes cousines et que tu es ma meilleure amie…

– Mais quoi ?

– Mais Conor fait partie de ma famille maintenant et…

Aideen s'interrompit.

Bríd retourna derrière le comptoir et commença à nettoyer.

– C'est tout à fait vrai. Je suis là pour faire tourner cette boîte pendant que tu es habillée en vichy froufrous et que tu joues au papa et à la maman.

– C'est faux !

Bríd fit claquer une cuillère de service dans un bol en fer-blanc.

– D'accord, je suis désolée, je n'aurais pas dû dire ça.

– Non, tu n'aurais pas dû, car ce n'est pas vrai et tu le sais. Je ne joue pas à la maison !

Les mains d'Aideen tremblaient.

– Écoute, moi aussi je suis désolée. Toi et moi, nous serons toujours une famille. Bien sûr que nous le serons. Mais je suis mariée à Conor, Bríd, et change tout. Toutes sortes de choses que je n'arrive pas toujours à comprendre. Mais c'est comme ça, et tu vas devoir t'adapter aussi.

Bríd nettoyait une planche à découper et la plaça dans l'évier.

– C'est tout à fait normal.

– Est-ce que ça va, alors ?

– Bien sûr que oui. Ne sois pas si bête.

Se mordant la lèvre, Aideen n'en dit pas plus. Il ne lui était pas vraiment venu à l'esprit que son mariage pourrait entraîner des changements dans sa relation avec Bríd. Je suis une idiote, pensa-t-elle en regardant les épaules rigides de sa cousine penchée sur l'évier. J'aurais dû m'en douter et, bien sûr, la rupture n'avait fait qu'empirer les choses. Me voilà avec tout ce que j'ai toujours voulu, et il y a Bríd qui fait semblant d'être grande alors qu'en réalité, elle pleure pour Dan.

Chapitre 11

Aussitôt que vous avez quitté l'autoroute, la route menant au Hag's Glen semble mener à un autre monde. Ce soir, c'était un monde composé d'ombres et d'étoiles. Bien que plusieurs semaines se soient écoulées depuis le solstice d'été, le ciel de Finfarran restait clair presque jusqu'à minuit, et après sa journée de travail, par beau temps, Hanna pouvait se réjouir de passer des heures sur le toit ou à se promener au bord de la rivière avec Brian et Jo. Une de leurs promenades préférées les menait au commencement de la vallée, où la petite cascade dégringolait de l'amas de rochers qui la surplombait, et s'ils restaient à la maison, trop paresseux pour sortir, la vue depuis les toits sur les terres agricoles et la forêt était enchanteresse. On ne pouvait qu'apercevoir l'océan au-delà de la forêt, mais la lointaine traînée bleue continuait à scintiller longtemps après le crépuscule et la tombée de la rosée dans le vallon.

Le solstice donnait lieu à des manifestations publiques avec des feux de joie et de la musique, et les gens avaient l'impression de participer à festivités « païennes », très appréciées des vacanciers qui se joignaient volontiers aux rituels modernes imaginés par l'office du tourisme. Dans les collines et les petits villages de la péninsule, les célébrations traditionnelles de la veille de la Saint-Jean avaient presque disparu, mais quelques familles avaient conservé les anciens rituels, qui mêlaient la vénération du saint chrétien à d'anciens rites de fertilité. Assis sur leur toit la veille de la Saint-Jean, avec une bouteille de vin sur la table basse entre eux, Hanna et Brian regardaient de petits feux vaciller sur les rochers élevés et à la limite des champs. Dans certains endroits, on déplaçait encore le bétail dans les champs proches des feux pour que la fumée du bûcher les bénisse, et des mottes de gazon incandescentes étaient ramenées à la maison pour allumer des feux autour desquels les voisins chantaient et jouaient de la musique. Bien qu'on ne parle plus l'ancienne langue irlandaise à Finfarran depuis des générations, de nombreuses personnes âgées utilisaient encore les mots « feux d'os » pour « feu de joie », une traduction directe de l'irlandais *tine cnáimh*, qui était entré dans la langue à partir du terme anglais désignant les feux de la Saint-Jean. Brian avait une théorie selon laquelle la fumée âcre des os brûlés pouvait être utile pour tuer les parasites.

– Cela expliquerait l'idée selon laquelle le bétail touché par la fumée était béni.

– Mais si c'est de la fumée de gazon ?

– Les rituels changent lorsque les matériaux ne sont pas accessibles. C'est comme mettre du chaume sur ton toit si tu n'as pas les moyens d'acheter des ardoises. Tu utilises ce que tu as.

Hanna avait regardé les points lumineux éparpillés, pensant qu'une année, elle devrait faire un feu de joie avec Brian et Jo.

– Nous pourrions en allumer un sur les rochers au-dessus de la cascade.

– Pourquoi là ? Ce n'est pas que je veuille être négatif, mais c'est à une sacrée distance pour transporter tous ces os.

– Tu sais que je ne voulais pas parler d'os.

– Je pensais que nous allions rechercher l'authenticité. Des tenues moulantes, du maquillage et beaucoup chants mystiques.

– Oh, tais-toi !

– Je pourrais faire de l'hydromel.

– *Tais-toi.* Tu n'es pas obligé de venir. Jo et moi allons monter avec un sac de gazon et un Thermos de thé.

– Pas de palettes de bois écrasées ? Je parie que Fury pourrait t'en trouver une.

– Ah, peut-être que nous les inviterons à se joindre à nous, Diablo et lui, et tu pourras rester ici à jouer les cyniques.

Soudain, Brian a tendu la main et pris celle d'Hanna.

– Oh non. Ça a l'air génial. Allons-y, en traînant notre sac de gazon, chaque année jusqu'à ce que nous soyons vieux avec les cheveux gris.

Cette nuit-là, elle s'était réveillée dans son lit et avait trouvé Brian qui la regardait. Encore à moitié endormie, elle avait commencé à se redresser, pensant que quelque chose n'allait pas. Puis il l'avait embrassée et elle avait compris qu'il n'y avait rien de grave. Mais elle avait quand même posé la question, voulant entendre sa réponse.

– Qu'est-ce qu'il y a ?

– Rien. Rien du tout. C'est juste agréable que tu sois là.

Ce soir, en quittant l'autoroute, elle était fatiguée après ce qui lui avait semblé être une très longue journée de travail. Trois personnes étaient arrivées en retard à un cours d'informatique et l'avaient blâmée au lieu de reconnaître qu'elles n'avaient pas regardé l'heure. Elle avait rempli une douzaine de formulaires en ligne, puis les avait perdus en oubliant de cliquer sur Sauvegarder, ce qui n'était pas dans ses habitudes. Et un petit garçon avait été malade dans le coin des enfants. Ajoutée à l'irritation estivale habituelle des touristes qui se précipitaient dans la bibliothèque en cherchant l'exposition sur le psautier, cette accumulation de piqûres d'épingle l'avait anormalement stressée.

Hanna déposa son sac sur une chaise et rejoint Brian dans la cuisine. À bien des égards, la cuisine du Hag's Glen faisait écho au dépouillement de celle que Fury avait construite pour elle chez Maggie, mais les lignes épurées et les couleurs sobres de Brian devaient tout à un choix et rien à un budget. À la place de l'évier et du plan de travail recyclés du lavoir de Castle Lancy, il avait installé des accessoires modernes de designers qu'il admirait et, s'il l'avait pu, tous les murs auraient été d'un blanc uniforme. Mais le premier mur que l'on apercevait en franchissant la porte d'entrée était bleu. Il avait été la cause d'une longue bataille au cours de laquelle Fury avait insisté sur le fait que ce serait un péché de gaspiller une boîte de peinture cobalt qui lui restait d'un travail précédent. Contrairement à Hanna qui s'était contentée de peindre la commode de Maggie, Brian s'était battu bec et ongles et avait tenu bon jusqu'à la fin. Pourtant, il était rentré chez lui un jour pour découvrir que le mur était bleu malgré lui et, comme il l'avait dit plus tard à Hanna, il n'y avait aucune raison d'exiger que Fury change, ou de le repeindre lui-même.

– Si je le faisais, il entrerait probablement par effraction et recommencerait.

En fait, à leur amusement commun, ils avaient convenu qu'ils aimaient l'éclat vif de la couleur. La réponse de Fury avait été de bouder. Il y avait peu d'œuvres d'art dans la maison, mais elle ressemblait un peu à une galerie d'art, et c'était l'une des raisons pour lesquelles Hanna l'aimait. Elle admirait les talents d'artiste de Brian et, au début, lui avait suggéré d'accrocher quelques-uns de ses croquis.

– Pas ceux que tu continues à faire de moi.

Mais il avait ri.

– Oh, non. Je me contente de gribouiller à la craie et au fusain. Si tu trouves que l'endroit semble vide, nous achèterons quelque chose de bien.

– Tu n'es pas mauvais.

– Je suis un architecte convenable et un artiste médiocre. Je ne veux pas de « pas mal » sur les murs de ma belle maison.

L'espace frais de la cuisine la charma lorsqu'elle entra, avec Jo, qui l'avait rejointe à la porte et piétinait sur ses talons. Brian lui tendit une bouteille de vin et un verre.

– Je viens de l'ouvrir. Tu en veux ?

– Tout à fait. Remplis-le.

Elle emporta le verre à la fenêtre et lui demanda comment s'était passée sa journée.

– Assez irritante. Rien de grave, juste des gens qui sont des gens. J'entends par là des idiots égocentriques qui insistent pour que je les traite comme s'ils étaient de frêles fleurs.

– Aïe. Ne t'inquiète pas. Allons nous promener avant le dîner. Jusqu'à la cascade, et ne nous embêtons pas à cuisiner. Il y a plein de choses à picorer dans le frigo.

– D'accord, mais je suis affamé.

Ils s'assirent à table avec Jo allongée entre leurs pieds et mangèrent des œufs durs trempés dans de la mayonnaise directement dans le pot. Ensuite, Hanna retira la jupe qu'elle portait au bureau pour se changer et ils se promenèrent jusqu'à la rivière, où les moucherons dansaient dans le crépuscule.

– Nous allons nous faire dévorer !

– Pas du tout. Les hirondelles sont au travail.

Des vols d'hirondelles s'élançaient sur la rivière en ramassant des moucherons, s'élevaient puis revenaient en les frôlant pour s'abattre à nouveau sur les insectes. Hanna remonta la capuche de son sweat-shirt.

– Des moucherons égarés semblent tout de même me trouver.

– Tu veux retourner à l'intérieur ?

– Bien sûr que non. Il faut aller de l'avant. Elle courait devant et Jo suivait, en faisant des bonds. Elle insistait toujours pour accompagner Brian et Hanna pendant leurs promenades, tournant derrière eux comme un chien de garde avec les oreilles dressées, comme si l'un d'eux pouvait se détacher du groupe et prendre autre chemin.

Alors qu'ils grimpaient vers le pied de la cascade, le vent se levait et il y avait moins de moucherons. En repoussant sa capuche, Hanna s'arrêta pour reprendre son souffle.

– Ouf ! Je dois être en train de perdre la forme.

– Le problème, c'est que nous avons tous les deux un travail sédentaire. Pas assez d'exercice et trop de réunions avec des idiots.

– Les idiots affectent-ils le tonus musculaire ?

Brian s'assit sur un rocher et l'aida à descendre pour qu'elle le rejoigne.

– On dirait qu'ils ont ravagé le mien. Je vais te dire un truc, je crois qu'on a tous les deux besoin de vacances.

Hanna regarda la fine cascade d'eau ambrée devant elle.

– Quoi, s'éloigner de toute cette beauté ?

– Je voulais dire s'éloigner des idiots. Sérieusement, une pause nous ferait du bien. Garder son sang-froid lors des réunions est censé être mon point fort et, ces derniers temps, je me suis senti plutôt acariâtre.

Hanna se dit qu'elle n'avait pas été beaucoup mieux. Accueillir calmement et efficacement le public était un élément essentiel de son travail, et pourtant, aujourd'hui, elle avait failli s'emporter contre la mère du pauvre enfant qui était malade.

– J'ai des congés qui arrivent, et tu dois avoir quelques jours à prendre. Tu as travaillé d'arrache-pied. Voyons si nous pouvons nous coordonner et nous offrir une semaine de farniente ? Pas de lever avant dix heures et plein de repas pique-nique.

– Non, je veux dire de vraies vacances. Prenons l'avion pour Londres, allons voir un spectacle et quelques expositions.

Hanna se souvint de la conversation qu'elle avait eue au Café du jardin avec Amy. Elle avait été enthousiasmée à ce moment-là par l'idée de revisiter les lieux heureux de son ancienne vie et, assurément, le faire avec Brian serait merveilleux. Pourtant, elle se sentait hésitante. Le Hag's Glen était un paradis, alors pourquoi voudrait-elle le quitter ?

– Mais que ferons-nous de Jo ?

– Nous trouverons quelqu'un pour s'occuper de Jo, ne t'inquiète pas. Et nous ne serons pas partis longtemps. Penses-y, Hanna. Un service de chambre, un spectacle dans le West End et de superbes petites galeries.

– Londres est étouffante en été.

– Mais non. En tout cas, pense à Green Park. Nous pourrions aussi aller à Hampstead ou à Richmond. Et on n'est pas obligés d'aller à Londres. Nous pourrions nous envoler pour l'Algarve.

– Ou une île grecque.

– Ou la Toscane.

– Nous pourrions simplement planter une épingle dans une carte et voir où nous atterrirons.

– Maintenant, tu y es ! Nous devrions le faire.

Sentant leur excitation, Jo aboya. Hanna la fit taire.

– Peut-être que Fury et Diablo pourraient garder un œil sur Jo. Remarque que laisser une clé à Fury pourrait être une erreur.

Brian rit.

– Je me fiche que nous revenions et que nous trouvions la maison peinte comme un tartan.

Il la tira sur ses pieds et ils revinrent sur leurs pas dans le vallon. Au-dessus d'eux, le ciel qui s'assombrissait était comme un bol d'épingles argentées, et les épaules formées par les collines étaient des taches pourpres sur le crépuscule qui gagnait du terrain. Hanna s'avança prudemment à côté de la rivière qui gargouillait. Ici, où il n'y a pas de lampadaires ni d'autres habitations visibles que la leur, les étoiles diffusaient une lumière pâle qui donnait à chaque rocher et à chaque brin d'herbe un relief gris. Alors qu'elle s'apprêtait à passer d'un pied à l'autre, elle baissa les yeux et s'exclama à haute voix, ravie.

– Regarde, une pierre en forme de cœur !

Accroupie, elle la ramassa et elle la tint bien serrée dans la paume de sa main. C'était une pierre de rivière, érodée et polie par l'eau, échouée sur la berge alors que la rivière continuait à creuser un lit plus étroit et plus profond. Brian se retourna et revint pour l'observer, et Jo poussa son nez froid contre la main d'Hanna. Hanna tendit la pierre à Brian.

– Tu vois ? C'est un cœur parfait. Tu penses que quelqu'un l'a fabriqué et l'a perdue là-haut ?

Brian s'accroupit à côté d'elle.

– Je dirais que c'est naturel. Parfois un phénomène se produit lorsque les montagnes se forment. Une pierre mixte se crée lorsque la montagne réagit au stress et tu obtiens un point de contact entre deux types de roches légèrement différentes à cet endroit-là. Les masses se pressent et s'étirent l'une contre l'autre, et se soulèvent. Ensuite, le morceau qui se détache au niveau point de contact est emporté par la rivière. Le temps et l'érosion de l'eau font le reste.

– C'est le stress pour toi. Ça t'épuise.

En se relevant, Hanna glissa la pierre dans la poche de son sweat à capuche.

Brian rit encore.

– Ou alors, les deux pierres n'étaient tout simplement pas destinées à rester ensemble. Le temps nous le dira.

– Tu parles de filer la métaphore. Allez, je commence à avoir froid. Ils avaient laissé la porte de la maison déverrouillée, comme toujours lorsqu'ils se promenaient le soir, sachant que personne ne s'approchait jamais du vallon à cette heure de la nuit. Mais alors qu'ils marchaient entre les touffes bruyère, Jo se mit à aboyer et Hanna vit une silhouette assise sur le pas de la porte. À leur approche, la personne se leva et, en claquant des doigts, Hanna rappela Jo à l'ordre. Elle reconnut alors le jeune homme mince aux cheveux ébouriffés et au lourd sac à dos. C'était Mike, le fils de Brian.

Chapitre 12

Mary Casey évaluait du regard sa cuisine. Louisa, si on lui avait demandé son avis, l'aurait probablement qualifiée de jolie – en y ajoutant éventuellement « très » jolie – mais les Anglais n'avaient pas l'habitude des mots. N'importe qui ayant un œil en état de marche sur le visage aurait été bien en peine de ne pas la qualifier d'immaculée. En fait, pensa Mary d'un air triomphant, on pourrait même aller jusqu'à dire qu'elle était parfaite. Cela ne servait à rien de faire quelque chose si on ne le faisait pas correctement. Pour être honnête, on ne pouvait pas reprocher à Louisa d'être anglaise, et il y avait beaucoup d'autres choses qu'on ne pouvait pas lui reprocher. C'était une femme bien, calme, raisonnable, sans problème, une vraie dame à qui on pouvait faire confiance pour s'essuyer les pieds avant d'entrer, garder sa salle de bain propre et ne pas aller brûler le fond de vos casseroles. En plus de tout, elle adorait le jazz. Certes, elle vantait toujours les mérites d'Hanna, mais il n'y avait pas de goût qui tienne. C'est une chose étrange, pensa Mary, que l'enfant que vous avez mis au monde vous ennuie, alors que votre petite-fille est votre chouchoute depuis le jour de sa naissance. En fait, elle avait eu l'impression qu'il en serait de même pour Louisa. Finfarran avait été étonné lorsque Mary avait divisé le pavillon et donné à Louisa sa propre chambre. Hanna s'était exclamée avec les autres, mais Mary n'y avait pas prêté attention. Le fait est qu'elle s'était sentie un peu perdue quand Hanna et Jazz avaient déménagé, alors l'idée que quelqu'un partage sa maison était la bienvenue, et ce qui était génial, c'était que Louisa ne serait jamais sur son dos. Elle passait une grande partie de son temps à voyager à Londres, ce qui convenait à Mary. Au moins, cela montrait qui était propriétaire du toit et qui n'était qu'une locataire et, même si ce n'était pas quelque chose dont elle voulait faire grand cas, cela ne faisait jamais de mal de s'assurer que les lignes étaient tracées sans équivoque.

De temps en temps, Mary s'était demandé si Louisa n'en avait pas assez. Parfois, ses manières anglaises tranquilles suggéraient de l'amusement, mais si c'était le cas, cela ne dérangeait pas Mary outre mesure. Tom, qui l'avait adorée, l'avait toujours trouvée amusante et cela n'avait jamais eu d'importance pour elle tant qu'elle parvenait à ses fins. Si vous contrariiez Mary, elle n'avait d'autre choix que de faire de l'autorité sur vous, mais si vous aviez le bon sens de ne pas la contrarier, tout se passait bien. Le fait qu'Hanna ait grandi en étant incapable d'accepter ce principe fondamental et immuable était un mystère pour elle. En se pinçant les lèvres, elle se dit, et ce n'était pas la première fois, qu'elle ne savait pas pourquoi elle trouvait l'opposition si menaçante. De nos jours, il y avait probablement un nom sophistiqué pour cela en psychologie et, sans aucun doute, il y avait des gens qui mouraient d'envie de venir la guérir. Mais, comme elle l'avait dit ce matin à la photo de Tom, elle n'avait aucune envie d'aller les chercher à cette période de sa vie. Tom était le plus beau garçon de la péninsule quand elle l'avait épousé et il était resté le même jusqu'au jour de sa mort. Même si elle s'enorgueillissait de faire bonne figure devant les voisins, Mary ne s'était jamais remise de sa mort. L'idée que Dieu lui enlève Tom l'offusquait, d'autant plus que Dieu était censé être omniscient et que, par conséquent, il aurait dû savoir à quel point elle dépendait de Tom. Elle avait toujours pensé que Dieu aurait le bon sens de l'appeler d'abord auprès de lui, dans une scène où Tom lui aurait tenu la main et où Hanna se serait trouvée à l'arrière-plan, assez loin pour ne pas l'ennuyer mais assez proche pour compléter l'image de la dévotion amoureuse et de la perte. Elle n'avait jamais imaginé l'horreur du jour où Tom s'était effondré sur le sol de la cuisine, la peur paralysante qu'elle avait ressentie en se précipitant dans l'ambulance, ou la violence avec laquelle les ambulanciers avaient fait claquer le chariot en pleine course contre les portes du couloir. Elle savait bien que tout le monde pensait que Tom l'avait trop gâtée, et c'était peut-être le cas. Mais elle savait aussi qu'il l'avait aimée dès qu'il l'avait vue pour la première fois et que, malgré tout son charme, son physique avantageux et sa personnalité, il avait eu désespérément besoin d'elle, et que le jour où elle avait accepté de l'épouser avait été le plus beau jour de sa vie. C'était la dernière chose qu'il lui avait dite dans sa chambre d'hôpital, avec le médecin à l'air lâche qui se tenait au-dessus de lui et le réclamait pour des examens. Hanna avait essayé de soulager Mary, mais cette dernière l'avait éconduite. Tom tenait sa main et elle n'irait nulle part, même si le ciel s'écroulait et que la terre se fissurait sous ses deux pieds. Elle s'était opposée à tous les conseils qu'on lui avait donnés, grondant contre Hanna pour qu'elle sorte et la laisse avec son mari. Puis Tom l'avait attirée vers lui et lui avait dit cela à propos de leur mariage. Dernièrement, Mary s'était demandé si elle ne s'était pas trompée sur ce dernier point. La femme au visage de vache était-elle le médecin ou une infirmière ? Et Hanna avait-elle vraiment essayé de s'interposer entre elle et

Tom à la fin ? En donnant un coup de chiffon sur une miette qu'elle avait repérée sur la table, Mary se dit que ce n'étaient pas des choses dont il fallait se souvenir. Et le problème, c'est qu'il serait difficile de les oublier. Les gens disaient que le chagrin s'atténuait avec le temps, mais c'était un mensonge, comme celui de la bonté de Dieu. Il ne faisait aucun doute que Dieu avait eu ses raisons de lui voler Tom, et elle n'allait pas perdre la foi à ce moment de sa vie – ce serait à la fois indigne et stupide – mais elle ne croirait plus jamais aux vieilles idioties que les nonnes lui avaient enseignées au couvent. Elle aurait pu savoir que c'était un mensonge en voyant la façon dont elles se moquaient des élèves dont les mères n'avaient pas eu les moyens de leur acheter l'uniforme approprié, et à la façon dont elles vous frappaient quand vous n'arriviez pas à faire vos additions. Elles n'étaient pas gentilles, et Dieu non plus, avec son cœur qui saigne et ses grands yeux tristes qui mendient de la sympathie. Les gens vivaient et mouraient, c'était le comble, et personne, surtout pas les nonnes, n'avait la moindre idée de la raison pour laquelle ça se passait comme ça. Elle avait pensé une fois ou deux que Dieu s'était peut-être vengé sur elles. Selon les sermons, il était le seul à pouvoir faire ce qu'il voulait. Il n'aimait pas du tout la jalousie, et il aurait su à quel point elle en voulait à Tom de perdre son temps à jouer avec Hanna. Quand elle était petite, Tom n'arrêtait pas de l'emmener se promener et de lui lire des histoires et, bien que Mary ait honte de l'admettre, cela l'agaçait de plus en plus. On ne peut pas être puni pour ses sentiments, bien sûr, parce qu'on n'y peut rien, mais Dieu avait peut-être remarqué qu'elle avait fait d'une pierre deux coups. Tom s'éclipsait toujours pour aller s'occuper de sa tante Maggie, une vieille dame au caractère bien trempé, à la langue bien pendue et qui ne s'intéressait pas à l'opinion de ses voisins. Elle n'aurait pas voulu que l'on pense qu'ils ne s'occupaient pas d'un parent âgé, mais en même temps, pour elle, un homme devait passer son temps libre avec sa femme. Ainsi, dès qu'Hanna avait eu l'âge requis, Mary l'avait envoyée aider Maggie à s'occuper de la maison. Cela ne faisait pas de mal à l'enfant et libérait Tom pour qu'il s'occupe des mille et une choses à faire à la maison. Elle se doutait bien que Tom savait exactement ce qu'elle manigançait, et qu'il n'avait pas discuté pour préserver la paix et de la tranquillité, mais en fin compte, pensait Mary sur la défensive, Maggie n'avait-elle pas laissé sa maison à Hanna ? Elle était morte quand Hanna n'avait que douze ans et personne ne s'attendait à ce qu'elle laisse la maison à une enfant. D'ailleurs, à l'époque, Hanna n'avait pas compris que la maison lui appartenait. C'était un peu un dépotoir, mais la terre était la terre, et elle n'aurait jamais appartenu à Hanna si on n'avait pas envoyé Hanna pour ramasser les pommes de terre de Maggie. Alors, en quoi était-il juste que Dieu se livre à la vengeance ? Cela n'avait aucun sens, et c'était un fait, pensa Mary, alors elle ferait mieux de se sortir ça de la tête et de faire chauffer la bouilloire. Louisa était dans le jardin, en train de s'amuser avec le tuyau d'arrosage et le sécateur, et elle prenait un café avant d'aller travailler.

Le jardin n'avait jamais été le domaine de Mary : c'était le passe-temps de Tom, pas le sien, que de se distraire avec des fleurs. Une semaine environ après l'enterrement, Johnny, le voisin, avait posé une nouvelle pelouse pour Mary et laissé une bordure d'arbustes autour de son périmètre. Hanna s'était alors mariée à Londres, et personne ne pouvait reprocher à Mary d'avoir fait ce changement. On ne pouvait pas s'attendre à ce qu'elle gère tous ces rosiers et ces parterres. Elle avait cependant gardé les pots d'onagre et de fleurs de nuit de Tom sur le patio. Le parfum la faisait pleurer s'il la prenait au vol, mais Jazz les aimait depuis qu'elle était toute petite.

Louisa entra dans la cuisine et s'essuya les pieds sur le tapis.

– Qu'est-ce que tu fais ?

– J'ai juste donné à Hanna ce qu'il lui fallait, ce qui ne me ressemble pas.

– Oh ! Tu aimes beaucoup Hanna. À ta manière.

– Vraiment ?

– Tu l'as accueillie alors qu'elle n'avait nulle part où aller.

– Et qu'auraient dit les voisins si je lui avais claqué la porte au nez ? Quoi qu'il en soit, il y avait Jazz.

– Tu n'as pas mis Hanna à la porte quand Jazz a pris son envol.

– La mettre à la porte ? Elle était impatiente de se débarrasser de moi. Partir avec Jazz chez Maggie alors qu'elle aurait pu rester ici dans l'arrière-boutique et être à l'aise ! Je vais te dire ce qu'il en est, Louisa, une fille est le fléau de sa mère.

– Mais tu voulais qu'elle soit à l'aise, non ?

– Bah, personne ne voudrait que son enfant vive dans un hangar.

– Tu t'inquiètes aussi pour elle mais, tu sais, je ne pense pas que ce soit nécessaire. Je suis contente qu'elle ait trouvé Brian.

La comparaison avec Malcolm était difficile, alors Mary enleva un torchon qui recouvrait une assiette de scones à la sultane.

– On en prendrait bien un avec notre café ?

C'était, selon elle, une intervention diplomatique appropriée, l'un des nombreux petits signaux qu'elle avait envoyés à plusieurs reprises pour assurer à Louisa qu'elle n'avait rien à se reprocher en tant que mère de Malcolm. Louisa lui sourit chaleureusement et lui dit qu'un scone serait le bienvenu. Mary se demanda brièvement laquelle des deux avait réellement besoin d'être rassurée. Comme elle avait apprécié Louisa dès le premier jour de leur rencontre, au mariage d'Hanna, elle s'était bien gardée de couper les ponts sous prétexte qu'Hanna n'avait pas été capable de tenir son mari et de se faire respecter. Mais, de temps en temps, elle se demandait ce que Tom penserait du fait que Louisa était sa locataire. S'il avait été en vie lorsque la liaison de Malcolm avait été révélée, il aurait certainement pris un avion pour Londres et aurait demandé des comptes au menteur infidèle, même s'il avait dû enfoncer des portes pour l'atteindre. Tom était l'homme le plus doux du monde, mais s'il avait vu Hanna souffrir, Dieu seul savait ce qu'il aurait fait. D'un autre côté, il n'avait jamais rien refusé à Mary, alors il n'aurait pas voulu la priver de Louisa, quels que soient ses sentiments.

De toute façon, pensa Mary d'un air contrarié en apportant les scones sur la table, si Hanna, qui était si proche de Tom, ne voulait pas rester à la maison pour s'occuper de sa mère, il ne pouvait pas se plaindre si elle se débrouillait toute seule.

Ses scones avaient parfaitement levé et la pointe de vanille qu'elle avait ajoutée en battant les œufs était juste ce qu'il fallait. Elle fut heureuse que Louisa le remarque. Cela ne servait à rien de faire de la pâtisserie si personne n'appréciait votre travail. Tom avait toujours été un grand amateur de scones, mais on ne l'aurait jamais cru puisqu'il n'avait jamais pris de poids. Hanna aussi avait toujours été maigre, pensa Mary, qui lui avait souvent dit qu'elle n'arriverait jamais à attraper un homme. Être plate comme une planche à pain était peut-être à la mode, de nos jours, mais les hommes aiment bien profiter d'une poitrine digne de ce nom. Et, à l'exception de Tom, qui ne s'était jamais éloigné ou n'avait peut-être jamais eu l'occasion de le faire, les hommes étaient tous les mêmes selon les principes de Mary. En versant le café, elle s'assit et se confia à Louisa.

– As-tu remarqué cette femme plantureuse qui travaille au bureau de planification du conseil municipal ?

– Le bureau de planification ?

Louisa accepta son café et secoua la tête.

– Je ne sais pas si j'y suis déjà entrée.

– Oh, allez, Louisa. Tu la connais. Elle vit à Carrick et fait ses courses chez Aldi.

– Eh bien, cela ne réduit pas le champ des possibles.

– Elle s'appelle Murphy. C'est une veuve. Tu la connais.

– Je croyais que tu faisais tes courses chez Tesco.

– Ah, tu vas m'énerver ! Je fais mes courses chez Tesco. *Elle* fait ses courses chez Aldi. Je l'ai vue entrer.

– Honnêtement, Mary, je ne la connais pas. Pourquoi me demandes-tu cela ?

Mary prit une sultane dans son scone.

– Pauline Murphy, c'est son nom. Sa mère était une Nolan de Crossarra. Maeve Nolan, elle était à l'école avec moi. Elle a eu des jumeaux dès qu'elle s'est mariée, deux garçons. Ils travaillent à la coopérative. Pauline était une fille de l'après-guerre – elle doit avoir environ cinq ans de moins qu'Hanna. Tu la connais, Louisa. Elle se pavane sur des talons aiguilles, et je dirais que chaque point de son dos a été acheté à Cork.

– Je suis sûre de ne jamais l'avoir rencontrée. Penses-tu que tu pourrais en venir au fait ?

Mary la regarda d'un air sombre.

– Je t'ai dit ce qu'il en était. Elle travaille au bureau de planification.

– J'ose dire que je suis peut-être bête, mais je ne te suis pas.

– Bon, si tu veux que les choses soient claires, les voici : la pomme ne tombe jamais loin de l'arbre.

– Mary, je dois me rendre à une réunion.

– Veux-tu bien ne pas me parler d'heure !

Mary pointa son doigt vers Louisa à l'autre bout de la table.

– Je suis née et j'ai grandi avec Maeve Nolan. Elle avait l'œil vif et sa Pauline est pareille. Tu as raison pour Brian, c'est un homme bien et je suis contente qu'Hanna l'ait trouvé, mais elle est bien bête de ne pas s'être fait passer la bague au doigt.

– Est-ce que tu suggères que… ?

– Je ne suggère rien du tout. Je te le dis. Pauline Murphy travaille à Carrick dans le même immeuble que Brian. Elle a des vues sur lui.

– Mais c'est ridicule ! Hanna et lui sont parfaitement heureux ensemble.

Mary souffla de façon désobligeante.

– Cela ne changera pas grand-chose pour Pauline. Et quand il s'agit de surveiller son homme, Hanna est nulle. Je veux dire, je suis désolée de devoir le mentionner, Louisa, mais regarde ce qui s'est passé avec Malcolm pendant toutes ces années. Quant à Brian, tu sais toi-même que je l'aime bien. Mais je te dis qu'il n'a aucune chance si Pauline Murphy l'a dans sa ligne de mire.

Chapitre 13

L'été, les rues de Lissbeg grouillaient de touristes, mais les petites routes de la péninsule étaient rarement bondées. Au volant du bus de la bibliothèque, Conor pouvait rêvasser, et de son siège, il pouvait regarder les champs de ses voisins. L'ensilage était encore coupé pour les fermiers qui, contrairement aux McCarthy, n'avaient pas été les premiers à réserver les services des entrepreneurs, et les terres coupées étaient fertilisées. Au loin, un tracteur tournait et descendait un champ en pente, disparaissant presque à la vue dans un nuage argenté de chaux que son conducteur était en train d'épandre.

Bien qu'il y ait une brise rafraîchissante, c'était une nouvelle journée chaude et le bétail se regroupait près des haies et sous les arbres, à la recherche d'ombre. Les champs verts, dorés et argentés, délimités par des murs et des fossés, se perdaient sur les contreforts où il n'y avait ni arbres ni limites, juste des kilomètres d'herbe drue et de bruyère et, au-dessus, les pics sombres de la chaîne de montagnes. Les habitants des fermes de la plaine faisaient paître leurs moutons dans la bruyère non clôturée, se fiant aux chiens pour les rassembler lorsqu'il était temps d'aller au marché.

Conor avait l'esprit tourné vers son bétail. Il y avait toujours un marché à Lissbeg, mais la plupart des années, il y avait des rumeurs de fermeture et les gens comme son père écrivaient des lettres au journal *Inquirer*. Selon Paddy, le pouvoir en place ne s'intéressait pas à l'agriculture. S'ils le pouvaient, ils tueraient l'agriculture en la négligeant, tout comme ils s'étaient croisé les bras et n'avaient rien fait pendant que l'industrie de la pêche mourait. Mais, comme Joe l'avait dit, c'était juste Paddy qui se plaignait, et comment lui en vouloir quand il était coincé à l'intérieur avec des formulaires en ligne et de la paperasse, alors qu'il mourait d'envie d'être dans les champs par une belle journée comme celle-ci ?

En conduisant, Conor réfléchissait à l'avenir de la ferme. Dermot était tout à fait d'accord pour réduire le bétail et cultiver plus de produits pour approvisionner les restaurants de la péninsule, et même les supermarchés. Ce qui était très bien si on pouvait être sûr que la demande continuerait à augmenter. Mais ce n'était pas le cas. Un rien pouvait faire basculer le commerce lié au tourisme, et les modes dans l'alimentaire étaient bien connues. Le chou frisé ou les courgettes pouvaient être très populaires une année et on avait du mal à répondre aux commandes. Puis un chef célèbre annonçait que le chou frisé n'était rien d'autre qu'un chou prétentieux, ou un magazine accusait les fleurs de courgettes frites d'être responsables de la cellulite, et votre contrat avec le supermarché s'évanouissait, vous laissant la récolte sur les bras. Conor estimait qu'il n'était pas judicieux de s'attacher à sa seule bonne étoile, surtout si elle était à la mode. Il ne voyait pas d'inconvénient à certifier quelques hectares de terre comme biologiques, surtout s'il produisait pour HabberDashery et quelques pubs et restaurants locaux qu'il connaissait. La ferme pourrait investir dans des polytunnels pour que les produits sortent plus tôt. Vous pouviez mettre un pied dans la place de cette façon, tout en sachant que vous ne risquiez pas de subir des pertes, et il se pouvait bien que produire bio ait du sens.

Mais depuis quelque temps, Aideen semblait refroidie par l'idée. Ce qui était étrange, se dit Conor, car c'est elle qui en avait eu l'idée au début. Elle avait aussi été un peu morose par moments, mais quand il lui demandait pourquoi, elle lui répondait toujours qu'elle allait très bien. Conor se souvenait d'une réunion de famille à l'époque où ils préparaient encore le grand double mariage. Jazz Turner était là, en tant que demoiselle d'honneur d'Eileen, et elle avait suggéré de fixer une date parce que les salles de mariage étaient réservées une bonne année à l'avance. Eileen était dans tous ses états, faisait défiler des listes d'hôtels et s'extasiait devant des photos robes, alors ils s'étaient tournés vers Aideen, qui l'avait regardé. En prenant une gorgée thé, elle avait dit qu'ils devraient réfléchir à la date en termes de temps libre à la ferme. Mais à peine une semaine plus tard, Aideen et lui s'étaient éclipsés à Florence douze heures à l'avance, si bien que la question du choix du moment n'avait pas été prise en compte. Et à l'époque, il n'avait pensé qu'à l'énorme fête d'Eileen qui, d'après elle, devait durer trois jours. Son esprit s'était donc concentré sur de petits détails, comme les personnes qu'ils pourraient faire venir pour couvrir la traite des vaches. Il n'avait pas pensé qu'il serait préférable de se marier à la fin de l'été, pour qu'Aideen et lui puissent passer un peu de temps en tant que couple marié avant que n'arrivent les mois chargés de l'agriculture. Sa mère avait l'habitude et, en plus, elle avait été élevée dans une ferme, mais ce n'était pas vraiment juste pour Aideen, qui était passée du statut de jeune fille à celui de veuve en quelques semaines seulement.

Conor estimait que la meilleure partie de son travail de bibliothécaire était le temps qu'il passait sur la route. L'itinéraire d'aujourd'hui, qui longeait le sud de la péninsule, comportait plusieurs étapes officielles, des villages dispersés où il s'arrêtait sur le parking d'une église, ou près d'une petite boutique, et où les villageois et les habitants des fermes environnantes attendaient en groupes sur la route, ou discutaient assis sur les murs. L'heure du déjeuner approchait lorsqu'il arriva près d'un magasin avec quelques maisons derrière, et un poteau indicateur du côté de la mer qui s'élançait vers une pente menant à une petite jetée. Il se gara devant le magasin, qui s'appelait Cafferky's of Couneen et dont la vitrine affichait un panneau indiquant qu'il s'agissait également d'un cybercafé.

À l'intérieur, il y avait trois tables dans la vitrine, avec des étagères de fournitures et une armoire réfrigérante au-delà. La femme d'âge moyen derrière le comptoir sourit lorsque Conor entra.

– Te voilà ! Aideen m'a dit que tu avais prévu de t'arrêter ici pour déjeuner.

Conor se retourna et vit Aideen assise à une table en coin. Elle leva les yeux du téléphone qu'elle tenait à la main et lui fit un signe de la main.

– Je me demandais si tu ne t'étais pas perdu !

– J'ai pris du retard. Il y avait beaucoup de monde à Crossarra.

Conor s'approcha d'elle et l'embrassa ; elle glissa le long du banc, lui faisant de la place. Elle avait une tasse de café devant elle.

– Tu en veux un autre ? Qu'est-ce que tu fais ici, de toute façon ?

– Je suis venue t'offrir le déjeuner.

– Cool. Comment savais-tu que je m'arrêterais ici ?

– La plupart du temps, c'est le cas sur cette route, n'est-ce pas ? Una m'a dit que je devais tenter ma chance.

– Je prendrai un plat du jour grillé, alors.

La dame était venue les rejoindre, rangeant un torchon dans la ceinture de son tablier. Conor s'assit sur le banc à côté d'Aideen.

– Avec beaucoup de moutarde, Fidelma, et une double ration d'oignons.

Fidelma regarda Aideen, qui dit qu'elle prendrait la même chose.

– Mais sans oignon pour moi. Conor peut prendre le mien.

– Ah, nous n'aurons pas besoin de nous rationner. Les oignons sont à peu près les seules choses que nous avons plantées cette année et qui ont poussé. Les pommes de terre de Dan sont affreuses et les lapins ont mangé la laitue.

– Il faudrait les mettre au filet.

– Ah, Conor, je suis bien d'accord. Il me tuerait si je lui disais ça. Mais tu connais Dan, ce n'est pas un fermier et, pour lui rendre justice, il a travaillé dur sur le bateau.

Dan, qui était allé à l'école avec Conor, avait toujours été passionné par la mer. Il avait eu l'idée d'organiser des éco-tours marins depuis le petit embarcadère situé dans le bras de mer en contrebas du magasin de ses parents, mais l'entreprise avait en quelque sorte sombré et il était parti en Australie pendant un certain temps. Aujourd'hui, il s'occupait d'emmener les touristes faire des tours en mer. Bien qu'il n'ait jamais été ce que Conor appellerait fiable, il fallait admirer la façon dont il rebondissait quand la vie lui donnait un coup dur.

Alors que Fidelma s'apprêtait à préparer les toasts, Dan entra et s'étira pour rejoindre Conor et Aideen.

– Comment va le vieux couple marié ?

Aideen roula des yeux.

– J'en ai un peu assez de cette vieille rengaine prévisible.

– Tu veux un café avec ces plats ?

Il les apporta de derrière le comptoir, en piquant une boisson énergisante sur une étagère pour lui-même. Bríd avait raconté à Aideen qu'il était parti en Australie sans les bons papiers et qu'il avait fini par devoir travailler au noir. C'était typique de Dan, il ne l'avait pas fait exprès. Il pensait qu'il s'en sortirait avec un visa de vacances et ne s'était rendu compte de son erreur que lorsqu'il était trop tard pour arranger les choses. Fidelma apporta les plats du jour grillés, des sandwichs épais au jambon, au fromage et à la tomate dans du pain blanc, avec beaucoup d'oignons dans le cas de Conor, et de la salade à part.

– Est-ce que je peux prendre un livre pendant que tu es là, Conor ? Je suis seul au magasin aujourd'hui, alors je ne descendrai pas au village.

Théoriquement, Conor n'était pas censé distribuer des livres ailleurs qu'à ses points d'arrêt désignés, mais on lui laissait une certaine marge de manœuvre et Fidelma Cafferky n'allait pas se vanter d'avoir enfreint la règle.

– Bien sûr. Je t'ouvrirai quand j'aurai mangé. Mais tu devras faire vite.

– Ah, je sais ce que je veux. Juste quelque chose de léger à lire quand il n'y a rien à la télé.

– Alors, j'ai toute une étagère de lectures pour les vacances d'été, donc tu devrais trouver quelque chose qui te convienne.

Fidelma posa les assiettes et rit.

– Si tu veux mon avis, c'est pour moi qu'ils écrivent ces livres de vacances, pour des femmes qui travaillent et qui n'ont jamais le temps de faire une pause !

Quand elle fut partie, Conor demanda à Dan comment allait le bateau.

– Bien. Je me débrouille bien avec les sorties de pêche. Ce n'est pas ce que je veux, mais ça me paie pour le moment.

Dan jeta un coup d'œil à Aideen.

– Et, malgré ce que certains en pensent, je vais redémarrer les éco-tours.

Aideen leva les mains en l'air et se pencha en arrière.

– Ne me blâme pas, je ne suis pas la gardienne de ma cousine.

La rupture avait été motivée par l'incapacité de Dan à mettre de l'ordre dans sa vie, ce qui, de temps en temps, poussait Bríd, qui l'adorait, à s'éloigner. Cette fois-ci, selon Bríd, c'était définitif, même si Aideen était sûre que Dan lui manquait énormément.

Sachant à quel point Aideen détestait jouer le rôle d'intermédiaire, Conor donna un coup de pied à Dan.

– Tu réalises que tu interromps un rendez-vous en amoureux ?

– Je pensais que les sorties étaient terminées une fois que tu étais marié.

– Ouais, eh bien, c'est là que tu as tort, alors tu peux décamper et nous laisser un peu d'espace.

Dan lui donna un coup sur l'épaule et sortit en sifflotant. Aideen adressa à Conor un sourire qui lui fit regretter qu'ils ne soient pas chez eux. La lumière du soleil à travers la fenêtre effleurait ses boucles rousses avec de l'or. Il chercha le mot. Nimbait d'or. C'était ça. D'après Miss Casey, les artistes du monde entier avaient eu la même idée. Ils avaient mis des cercles d'or autour de la tête des gens qu'ils peignaient quand ils voulaient montrer à quel point ils étaient glorieux. Il n'y avait pas que les auréoles autour de la tête des saints ou de Jésus dans les vitraux, il y en avait aussi sur les portraits de reines et d'empereurs, sur le dieu soleil Hélios et sur Sémiramis, la déesse de la lune. En fait, pensait Conor en étalant de la moutarde sur un oignon rouge, Hélios était grec et Sémiramis, pour autant qu'il s'en souvienne, était babylonienne. Mais c'est bien là le truc. Comme l'avait dit Miss Casey, les artistes du monde entier, à travers les âges, avaient eu la même idée et, quand il regarda Aideen, il comprit pourquoi. Elle était glorieuse. À l'époque où elle vivait dans sa propre maison, où il avait l'habitude de passer la nuit, il y avait un bol en verre taillé sur sa coiffeuse, et les flammes mouvantes des bougies qu'elle avait allumées en faisaient briller le verre comme la lune. Lorsqu'il s'allongeait et qu'elle se penchait pour l'embrasser, il pouvait voir son dos mince se refléter dans le miroir. Parfois, avec sa peau brillante et ses cheveux qui scintillaient au-dessus de lui, il pensait qu'elle ressemblait elle-même à une déesse de la lune. Ce n'était pas une chose que l'on disait à voix haute, de peur que l'on se moque de vous, mais on pouvait certainement comprendre ce que tous ces artistes avaient voulu dire.

Alors qu'il mordait dans sa grillade, il remarqua qu'Aideen portait ses boucles d'oreilles en cristal. Elles n'étaient qu'en verre, mais Aideen avait craqué pour elles à Florence, alors qu'il voulait lui offrir quelque chose de plus cher. Elle avait toujours eu un faible pour le cristal, les miroirs et les empiècements étincelants. Même maintenant, alors qu'elle était assise ici, au Cafferky's, en train de boire un cappuccino, il semblait à Conor qu'elle brillait comme une déesse. Comme l'avait dit Miss Casey, les personnages surnaturels n'étaient pas les seuls à être nimbés d'or. Dans le psautier de la bibliothèque, une marge entière était remplie de petits renards peints, et chacun d'entre eux était entouré de rayons d'or.

Aideen se pencha sur la table et lui toucha le bras.

– Nous sommes censés avoir un rendez-vous, tu sais. J'ai besoin d'un peu d'attention.

– Désolé.

– Parle-moi de ta journée.

– C'est toujours même chose, en fait.

– Il y a du nouveau à la bibliothèque ?

– Non. Mlle Casey a un visiteur chez elle. Le fils de Brian Morton. Il s'appelle Mike.

– Est-ce qu'il est là pour longtemps ?

– Je ne sais pas. C'est une sorte de photographe. Ou peut-être des vidéos. Il fait le tour du monde pour prendre des photos pour des sites de voyage.

– Super job si tu peux l'obtenir.

– J'imagine. Mais il n'a pas l'air de faire fortune. Il sortait de sa voiture à Lissbeg quand je suis allé travailler ce matin.

– Quel âge a-t-il ?

– Une vingtaine d'années. Peut-être plus. Il ressemble un peu à un étudiant. Ce n'est pas l'idée que je me faisais de quelqu'un qui fait du cinéma.

Aideen sourit.

– Comme si tu savais à quoi ressemble quelqu'un qui bosse dans les films.

– C'est vrai. Et peut-être qu'un pantalon coupé et effiloché et un sweat-shirt délabré sont un look. Un truc que Spike Lee porterait.

– Tu ne dis pas que ce Mike travaille à Hollywood ?

– Je n'en ai aucune idée. Mais je vais te dire une chose. Je dirais que Mlle Casey ne s'opposerait pas à ce qu'il s'en retourne d'où qu'il vienne.

– Elle ne l'aime pas ?

– Il se peut que non. Ou peut-être qu'à deux on vit mieux, et qu'à trois on est trop nombreux.

Conor coupa le dernier morceau d'oignon avec sa fourchette et l'envoya à Aideen d'une pichenette.

– Comme Dan Cafferky qui débarque quand je suis en rendez-vous avec ma femme.

Chapitre 14

Quand Hanna était revenue de la bibliothèque, Jo était à sa place habituelle sur le pas de la porte, les oreilles dressées et la tête levée dans l'expectative. Enfonçant ses mains dans la collerette hirsute du chien, elle aperçut la camionnette de Fury garée près de la maison. La voiture de Brian n'était nulle part, donc apparemment il était encore au travail, et puisque Jo gardait la porte, apparemment Mike n'était pas à la maison non plus. Cette constatation provoqua un sentiment de soulagement qu'Hanna réprima. Mike était charmant et intelligent et ressemblait parfois de façon touchante à une version juvénile de Brian. Elle n'avait donc aucune raison de souhaiter qu'après avoir passé plusieurs nuits assis à discuter avec son père, il remette ses affaires dans son sac à dos débraillé et passe à autre chose. Le soir où Mike était arrivé, après s'être exclamé de surprise, Brian lui avait fait visiter la maison pendant qu'Hanna préparait un vrai repas à partir des réserves du congélateur, au lieu des petits en-cas qu'ils avaient prévu de manger. Lorsqu'ils l'avaient rejointe dans la cuisine, la table était mise, un ragoût de bœuf était prêt à sortir du four, et elle avait préparé une salade et disposé des fromages et du pain. C'était une belle table, avec une bouteille de vin rouge, en plus du vin blanc que Brian avait déjà ouvert, et des chocolats pour accompagner leur café. Brian lui avait adressé un sourire chaleureux.

– D'où viennent les chocolats ?

– C'était un cadeau de l'un de mes habitués de la bibliothèque. Je les avais rangés pour une occasion appropriée.

Mike avait pris la boîte et sifflé d'admiration.

– Des chocolats artisanaux, rien de moins ! Et fabriqués localement. Je suis honoré.

Il avait aussi apprécié le plat et avait passé la plus grande partie du repas à s'enthousiasmer pour la maison.

– C'est vraiment cool, papa. Je ne savais pas que tu avais ça en toi.

– Ce n'est pas surprenant, puisque tu n'as jamais rien vu de ce que j'ai fait.

– Bon, mais ce sont surtout des trucs municipaux, non ? Des parkings et, je ne sais pas, des piscines ? Ce n'est pas ce que font les architectes du comté ?

– Absolument. Et, si nous avons beaucoup de chance, des extensions de bibliothèques publiques.

Soudain attentif, Mike s'était arrêté avec un chocolat à mi-chemin de sa bouche.

– C'était une insulte, hein ? J'ai fait une gaffe.

Il n'avait pas eu l'air de vouloir s'excuser et, bien que Brian ait été amusé, Hanna s'était sentie irritée. C'était Brian qui avait conçu l'espace vitré qui abritait l'exposition du psautier, en faisant preuve de créativité dans un espace restreint et contraignant, et en transformant le sombre hall de l'école en la bibliothèque accueillante qu'était devenu son lieu de travail. Elle était donc dérangée par ce qu'elle considérait comme un déni de la part de Mike, et agacée par sa propre tendance tatillonne à protéger Brian. Plus tard, lorsque Mike s'était affalé sur le canapé en faisant gicler du vin rouge de son verre, elle s'était exclamée et s'était levée d'un bond pour trouver un chiffon. Brian l'avait rassurée depuis le fauteuil dans lequel il était tout aussi détendu.

– Ne panique pas, ce n'est pas grave. Il n'y a pas de mal.

– Le vin va faire une tache. Laisse-moi faire.

– Mais non. Je m'en occuperai plus tard.

S'il s'inquiétait de ce que pourrait ressentir son fils, son inquiétude était mal placée. Mike n'avait pas semblé remarquer l'incident ni le moment de tension. Hanna avait laissé tomber, sentant qu'elle avait fait toute une histoire pour rien, et avait passé les cinq minutes suivantes à être perturbée par la vue de l'éclaboussure rouge vif si près du canapé en cuir blanc. Peu après, Brian, qui était allé chercher du café dans la cuisine, avait rapporté un chiffon et nettoyé efficacement l'éclaboussure. Pourtant, Hanna se sentait toujours aussi tendue. Décidant que cette présence ne l'aidait pas, elle leur dit joyeusement bonne nuit et alla se coucher, les laissant à leur sort. Brian ne l'avait rejointe que bien après trois heures du matin, alors qu'elle était trop somnolente pour se rappeler qu'ils n'avaient pas encore planté l'épingle dans la carte pour choisir la destination de leurs vacances.

Le bruit d'un marteau sur de la pierre à l'arrière de maison où Diablo était allongé au soleil et Fury travaillait sur un mur l'avait réveillée. Lorsqu'elle s'était approchée, il était plié en deux, plissant les yeux sur une corde qu'il avait fixée pour lui donner une position horizontale droite. Lorsque le site de la maison de Brian avait été déblayé, les ruines de quelques petits bâtiments avaient été conservées. À l'époque où le vallon abritait un village, il s'agissait de petites maisons et de hangars, et Brian avait décidé d'en restaurer un pour en faire un garage. C'était un travail dont il avait l'intention de s'occuper lui-même, mais le temps avait passé et Hanna et lui avaient continué à laisser leurs voitures à l'air libre. Finalement, Fury s'était présenté et avait annoncé qu'il prenait la relève.

– Tu es comme tout le monde. Tu arrives à un moment où tu es à bout de souffle. Dieu sait pourquoi tu n'as pas dépensé l'argent pour construire un préfabriqué correct. Tu serais déjà garé au sec si tu avais eu le bon sens de le faire.

Avant que Brian ne puisse répondre, Fury le devança.

– Et ne me parle pas de construction responsable. Cela ne m'intéresse pas.

Puis, après s'être délivré de cet énorme mensonge, il avait entrepris de restaurer le bâtiment avec des matériaux et des méthodes soigneusement adaptés aux originaux. À présent, il se tenait debout, regardait Hanna et secouait la tête devant un pan de mur cassé qu'il n'avait pas encore atteint.

– Regarde ça. Un travail soigné, comme on en trouve rarement de nos jours. Pourquoi quelqu'un paierait-il des blocs, et irait faire tourner du sable et du ciment, alors qu'il y a de la pierre ici, et un bon sous-sol partout ? Réponds-moi !

Comme affirmer un point de vue belliqueux était le positionnement que Fury adoptait par défaut au début de la plupart des conversations, Hanna l'ignora et demanda des nouvelles de Diablo.

– Son Tayto lui manque. Mais il s'intéresse de plus en plus au football. J'ai dû me procurer des billets pour la finale du comté et ils m'ont coûté un bras.

– Ah oui ? Mon père était joueur quand il était jeune, alors j'ai grandi en allant voir des matchs.

– Je n'ai pas le temps pour ça moi-même. C'est ton homme qui s'y intéresse.

La finale du comté s'était jouée au stade de la GAA à Carrick, où l'on disait que le club-house était meilleur que n'importe quel autre de taille similaire à Cork. Bien qu'elle se garde bien de le dire, Hanna était à peu près certaine que les chiens n'y étaient pas admis. Entendant sa pensée inexprimée, Fury la fixa d'un œil critique.

– Oh, je ne doute pas qu'ils essaieront de le tenir à l'écart, mais ils se cacheront pour rien, je te le dis. J'ai payé en espèces sonnantes et trébuchantes deux billets d'entrée et j'ai le droit d'en disposer comme je l'entends. Demande à n'importe quel tribunal du pays. Et regarde la façon dont il a soutenu les gars tout au long du championnat. Ce bonhomme n'a manqué aucun match local, ni aucune séance d'entraînement, alors s'il veut assister à la finale, personne ne pourra l'en empêcher.

– Je suppose que non.

Alors que la tension artérielle de Fury semblait monter en flèche, Hanna désigna les deux chiens, qui étaient maintenant allongés à l'ombre du mur, Jo sur le côté et Diablo contre son dos.

– C'est une belle amitié, tu ne trouves pas ?

Fury s'essuya le nez avec un mouchoir sale.

– Tu dis ça, mais le fait est que c'est une question de dynamique. Quand Jo est arrivé, c'était le terrain de Diablo. Il était le chef. C'est normal, c'était comme ça, et ils ont fait avec. Mais maintenant que Jo a la balle, comme tu pourrais le dire, la dynamique a changé. Et Diablo n'y voit aucun inconvénient. C'est un joueur d'équipe qui respecte les règles.

Fury contourna le mur et le considéra d'un œil critique. Puis il regarda Hanna et fit un signe de la tête à Jo.

Jo dormait encore dans la vieille bâtisse, protégée des intempéries par un morceau de tôle ondulée, seul vestige d'un toit disparu depuis longtemps, qui était tombé en biais et formait un abri. Au cours de ses premiers jours de récupération sur le chantier, elle avait découvert un anorak en lambeaux près de la rivière et l'avait traîné jusqu'à elle pour s'en faire un lit. Elle avait regardé le lit pour chien qu'Hanna lui avait acheté avec un sentiment proche de la panique, se réfugiant dans son abri jusqu'à ce que la menace soit passée. En regardant la housse joyeuse du lit, ornée d'empreintes de pattes et lavable en machine à une température respectueuse de l'environnement, Hanna s'était traitée d'idiote pour avoir pensé que Jo l'aimerait. Maintenant, elle se demandait que faire si, privée de son abri, la vieille chienne décidait de s'installer à l'intérieur et insistait pour apporter son anorak.

Fury la regarda d'un air réprobateur.

– Aïe, tu n'as pas bien réfléchi, hein ? Bien sûr que non ! Toi et tes plans fantaisistes de créer un garage pour deux voitures.

– C'est toi qui as dit que nous devions nous y mettre.

– Oh, et c'est le remerciement que je reçois ?

– Non, mais…

– Est-ce que je n'ai pas soigneusement travaillé autour, en attendant les instructions du client ?

– Tu ne lui as jamais dit.

– Et pourquoi j'aurais dû ? C'est ton chien et c'est à toi de te faire comprendre.

Après avoir habilement mis Hanna devant ses erreurs, Fury s'assit sur un tas de pierres et prit une cigarette roulée à moitié fumée derrière son oreille.

– Ne t'inquiète pas, tu auras le temps de trouver une stratégie. Il y a pas mal de travail à faire avant de devoir déplacer la chienne.

Il craqua une allumette et, abritant la flamme avec sa veste, alluma la cigarette et inspira profondément. Puis, sans regarder Hanna, il souffla un filet de fumée en direction de la maison.

– Je dirais que vous êtes un peu à l'étroit là-haut ces jours-ci.

Hanna ouvrit la bouche mais il l'interrompit.

– Ah, n'essaie pas de trouver quelque chose à dire, car tu ne me tromperas pas. C'est moi qui ai construit cette maison, tu te souviens ? Il y a peut-être une chambre d'amis avec une salle de bains privative, mais le fait est que la maison a été conçue pour deux personnes.

– Mike est de la famille.

Dès qu'elle eut parlé, Hanna regretta de ne pas avoir eu le bon sens de ne pas mordre à l'hameçon de Fury. Triomphant, il poursuivit son argumentation, les yeux mi-clos et grattant Diablo d'une main.

– Et c'est bien le problème, hein ? Tu ne peux pas pousser la famille dehors. Ne dis pas que tu ne veux pas le faire, parce que je ne te croirai pas. D'après ce que j'ai vu de ce garçon, il est très bien accueilli, et je dirais qu'il est du genre à s'étaler.

Malgré elle, Hanna rit.

En fait, elle avait été secrètement consternée par l'espace que prenait Mike. Pour quelqu'un qui était arrivé sans plus de bagages qu'un sac à dos, il avait réussi à créer un encombrement extraordinaire dans toute la maison. Ses livres, ses vêtements et son matériel photo semblaient couvrir toutes les surfaces, y compris les sièges de la fenêtre, si bien que le seul endroit où elle pouvait s'asseoir confortablement avec un café était sa chambre. Même sur le toit, il y avait des traces de Mike. Les deux sièges près d'une table basse où Brian et elle s'asseyaient le soir étaient maintenant complétés par un troisième, placé à l'endroit où Jo s'allongeait normalement. Sa présence n'avait pas dérangé Jo, qui s'était glissée entre les chaises de Brian et d'Hanna et semblait parfaitement heureuse, et elle n'avait certainement pas dérangé Brian, qui était en pleine forme depuis l'arrivée de son fils. Il était indéniable que Mike était d'une compagnie agréable, qu'il était intéressant de bavarder avec lui et qu'il rentrait souvent à la maison avec une bouteille de vin. Pourtant, le fait est qu'elle aurait préféré qu'il ne soit pas là. Cette attitude lui paraissait tellement grossière qu'elle avait fait tout ce qu'elle pouvait pour la refréner mais, bien sûr, Fury l'avait démasquée et, fidèle à lui-même, s'acharnait à lui faire voir ce qu'il en était.

– Tu ne t'attendais pas à ce qu'on te jette le fils dans les pattes, hein ?

– Si tu veux dire que je m'attendais pas à cette visite…

– Ah, arrête de faire ta prétentieuse, ça ne te va pas. Je veux dire que tu n'avais pas remarqué que Brian était chargé de famille, tout comme toi.

Consciente qu'elle avait l'air pompeuse, Hanna répondit que Brian n'était pas chargé de lui.

– Il a un fils adulte qui est plus que le bienvenu pour rendre visite à son père à la maison.

– Et, comme je l'ai dit, c'est ton problème. C'est le fils de Brian dans la maison de Brian, et tu te demandes où est ta place. Je ne te critique pas, alors tu peux enlever cette moue de ton visage.

– Oh, pour l'amour du ciel, Fury, tu veux bien te mêler de tes affaires !

Fury fit tomber la cendre de sa cigarette et sourit.

– Tu vois, cela te ressemble beaucoup plus.

– Pourquoi ne construis-tu pas ton fichu mur et ne me laisses-tu pas continuer ma vie ?

– Si j'avais un centime pour chaque fois que quelqu'un m'a dit ça, je ne construirais pas du tout de fichus murs.

– Oui eh bien tu devrais peut-être en prendre note.

– Oh, c'est vrai, je t'en prie, j'ai dit ce que j'avais à dire.

Fury tira sur sa cigarette et continua à la regarder d'un air morne. Contrariée, Hanna se retourna pour partir, claquant des doigts à l'intention de Jo, mais, au lieu de sauter pour la suivre, la vieille chienne tapa de la queue sur le sol et resta recroquevillée avec Diablo. Fury concentra son regard sur un point au loin.

– Bien sûr, je pourrais toujours t'aménager un petit toit dans l'autre coin. Tu pourrais installer un campement ici avec elle si les choses deviennent trop difficiles dans la maison.

Chapitre 15

Le matin suivant, Hanna appela Jazz de la bibliothèque.

– Qu'as-tu prévu pour le déjeuner ?

– Rien du tout. Tu veux qu'on se retrouve ?

– Disons le Café du jardin à midi et demi ?

– D'accord. La première arrivée prend une table près de la fontaine.

Quand Hanna arriva, Jazz était assise sur la dernière marche de la terrasse à l'extérieur du café.

– Désolé, maman, j'ai raté mon coup. La ville est pleine de touristes et il n'y a qu'une seule table.

Son siège sur la marche était à l'écart du flot de clients du café et, avec le plateau posé entre elles, elles entamèrent leur déjeuner. En plissant les yeux contre la lumière du soleil, Jazz jeta un coup d'œil à Hanna.

– Ça va, maman ? Tu as l'air fatiguée.

– Bien. J'ai juste passé quelques nuits blanches.

– Tu fais la fête avec Mike ? sourit Hanna.

– Rien de bien excitant.

Jazz avait rencontré Mike la seule fois où il avait rendu visite à Brian à Finfarran, quelques années auparavant.

– Je crois me souvenir que Mike était du genre à se coucher tard.

– Oui, ils ont beaucoup de choses à rattraper.

Jazz léchait sa cuillère à café.

– Comment se fait-il qu'il ait fini par grandir à Londres avec sa tante ?

Hanna hésita. Elle n'était pas sûre que Mike en sache autant sur sa propre histoire et, de toute façon, une réponse directe reviendrait à briser une confidence. Elle était la seule personne à qui Brian avait confié son histoire, et lorsqu'il la lui avait racontée ce jour-là sur la plage, sa douleur était presque palpable. Elle se souvenait de la tension dans ses épaules voûtées et de la façon dont il avait parlé en regardant l'horizon.

– Sandra allaitait quand nous avons appris qu'elle avait un cancer. Mike devait être sevré lorsqu'ils ont commencé la chimiothérapie, et Kate l'a pris parce que, très vite, Sandra et moi n'avons plus pu faire face. Nous ne pouvions plus rien supporter. C'était exactement comme un cauchemar. Kate n'a même pas amené Mike pour nous rendre visite. Cela faisait trop peine à Sandra. À moi aussi. J'avais désespérément voulu un fils, et nous avions été si heureux. Pourtant, ça ne me semblait pas étrange qu'il ne soit pas là. J'avais juste l'impression de faire partie du même cauchemar. Et quand elle est morte, il semblait normal qu'il soit parti lui aussi. Depuis, il lui avait raconté l'histoire plusieurs fois, presque dans les mêmes termes, généralement lorsqu'il avait un peu plus bu qu'à l'accoutumée.

– Je n'ai pas revu Mike avant ses trois ans. Kate et son mari ont été des parents formidables. On pouvait voir qu'il était heureux, et ils étaient heureux de le garder, alors nous avons décidé qu'ils l'adopteraient. C'était logique du point de vue pratique. Et quel aurait été l'intérêt de le déraciner ? Ils vivaient à Londres et il venait d'entrer dans un jardin d'enfants.

Hanna se souvenait de l'appartement où Brian vivait lorsqu'elle l'avait rencontré pour la première fois. Bien qu'il l'ait loué pendant des années, les pièces étaient étrangement austères et peu accueillantes, avec des livres et des dossiers empilés sur le sol, comme s'il n'avait pas encore pris ses marques.

– As-tu rendu visite à Kate quand Mike grandissait ?

– Parfois. Juste comme une relation de la famille. J'ai arrêté au bout d'un moment, au cas où il serait curieux. Kate voulait attendre qu'il ait quitté l'école pour lui expliquer les choses. C'était son choix et elle en avait le droit. Bref, elle s'en est sortie avec brio et tout a fini par s'arranger. Il a accepté que je ne sois qu'un personnage à la périphérie de sa vie.

Sa démission avait déchiré le cœur d'Hanna chaque fois qu'elle avait entendu l'histoire, et c'était en partie pour cela qu'elle était si déterminée à ne pas faire sentir à Mike qu'il n'était pas le bienvenu. Maintenant, elle s'adressait à Jazz sur un ton léger.

– Oh, je crois que la famille a pris cette décision à la mort de la mère de Mike. Brian travaillait et avait une vingtaine d'années. Il n'aurait pas pu s'occuper seul d'un bébé.

– C'est logique, je suppose.

– Je sais. Et les gens font ce qu'ils doivent faire. Le truc, c'est que je pense que je devrais leur laisser un peu d'espace, alors je me demandais si ça t'ennuierait que je vienne chez Maggie ce soir ?

– Tu m'as invitée à déjeuner pour me demander si je t'inviterais à dîner ?

– Euh, oui, si tu le dis comme ça.

– Bien sûr. Je vais préparer quelque chose. Tu n'as pas besoin de le payer à l'avance avec un sandwich œuf-salade.

– C'est toi qui as payé. Laisse-moi te donner ma part.

– Ne sois pas bête !

Jazz battit des mains quand Hanna attrapa son sac à main.

– Je suis une femme d'affaires richissime. Je peux me permettre d'inviter ma mère. Viens quand tu veux ce soir.

– Tu es sûre ?

– Oh, maman ! Arrête d'être *ramollo* !

Soudain, Jazz la regarda d'un air attentif.

– Tu es sûre qu'il n'y a pas de problème ?

– Du tout. Brian a besoin de passer du temps avec son fils et, franchement, j'aurais bien besoin d'une soirée avec ma fille. L'ambiance est un peu masculine à Hag's Glen.

– D'accord, viens et je te montrerai nos dernières gammes de rouge à lèvres. Nous en avons une spéciale pour les femmes entre deux âges. Elle s'appelle Lèvres lascives.

– Mais non !

– D'accord, ce n'est pas vrai. C'était juste une suggestion pour le nom d'un groupe de discussion.

– Je parie que Louisa a mis son veto.

– En fait, c'était moi. Pour des raisons féministes, alors j'espère que tu es fière de ton rôle de parent.

Jazz a vidé sa tasse et s'est levée.

– Nous avons tout notre temps. Prenons un autre café. Tu profites du soleil et je vais les chercher.

Ayant décidé d'aller directement du bureau chez Maggie, Hanna appela Brian dès qu'elle fut de retour derrière son bureau.

– Est-ce que je te dérange ?

– Je suis juste en train de me battre avec un rapport. Qu'est-ce qu'il y a ?

– J'ai prévu de dîner avec Jazz. Veux-tu cuisiner pour Mike ?

– Pas de problème.

– Il y a une tarte au poisson dans le congélateur, ou tu pourrais prendre quelques steaks.

– Je sais comment entrer dans une boucherie et, en fait, j'ai fait cette tarte.

– Je sais. Je suis désolée. Je veux juste que vous passiez une bonne soirée.

– Eh bien, nous le ferons. Et nous ne renverserons pas de vin et nous ne cracherons pas les arêtes sur la moquette.

– Oh, Brian…

– Arrête, je ne fais que te taquiner. Tout ira bien et j'espère que tu passeras une bonne soirée avec Jazz.

Alors qu'elle se rendait chez Maggie, Hanna pensait à la chance qu'elle avait eue en tant que parent. Quelles que soient les erreurs qu'elle ait pu commettre, elle avait pu garder Jazz avec elle et, pour rendre justice à Malcolm, bien qu'il ait menti à Jazz, il n'avait jamais essayé de réclamer sa garde totale. Mais les cartes avaient été distribuées différemment pour Brian. Le destin ne l'avait pas seulement privé de Sandra, il lui avait aussi enlevé Mike. De quoi allaient-ils parler ce soir ? Lorsqu'il s'agissait de ses émotions, Brian avait tendance à avoir la langue bien pendue. Par exemple, il avait exprimé ses sentiments pour elle en s'investissant dans une maison dont elle ignorait au départ qu'il s'agissait d'une preuve d'amour. Selon Jazz, Mike considérait que les relations familiales n'étaient pas compliquées.

– Du moins, il a dit qu'elles n'étaient pas compliquées si tu ne leur permettais pas de l'être.

En entendant cette histoire, Hanna avait cligné des yeux.

– Et qu'as-tu répondu à cette déclaration ?

– J'ai dit que c'était soit admirable, soit terriblement égoïste.

Et cela, pensa Hanna en garant sa voiture devant chez Maggie, résumait son propre point de vue sur Mike. Soit il s'était admirablement adapté au fait qu'il avait grandi sans connaître son père, soit il ne s'intéressait à personne d'autre qu'à lui-même. Jazz vint la saluer et elles se dirigèrent vers la porte bras dessus, bras dessous. Maintenant que le soir était tombé, il y avait de l'ombre à l'intérieur de la maison.

– Tout cela a l'air très reposant. Je vois que tu n'as pas repeint la commode de Maggie.

– Je commence à m'y habituer. Quoi qu'il en soit, j'aime ton idée que c'est un rappel de Maggie. J'ai un peu l'impression qu'elle est encore là parfois. Pas d'une manière effrayante, juste comme une présence bienveillante.

C'était une remarque étrange de la part de Jazz, qui était célèbre pour son pragmatisme. Hanna sourit.

– Elle n'était pas très bienveillante dans sa vieillesse quand je l'ai connue. Acerbe serait plus proche de la réalité. Ta mère avait l'habitude de m'envoyer aider au jardin et à la maison, ce qui était un travail assez ennuyeux quand j'étais enfant. Pourtant, Maggie était satisfaite – elle considérait cette maison comme sa forteresse. J'ai eu à peu près le même sentiment quand j'ai vécu ici, alors je suis contente que tu te sois installée.

Comme elle l'avait fait une centaine de fois par le passé, Hanna est allée s'appuyer sur la demi-porte. Elle interpella Jazz par-dessus son épaule.

– Les lieux semblent garder la mémoire des générations passées, n'est-ce pas ? Tous ceux qui y ont vécu, aimé et sont morts.

– Oh, maman, c'est aller un peu loin.

– Bon, rappelle-toi simplement que c'est un lieu de contentement. Quelqu'un vivra ici après toi, quelqu'un qui pourrait sentir ta présence, alors fais en sorte qu'elle soit légère.

Le sentier taillé se perdait rapidement dans la prairie environnante, où les graminées à houppes se balançaient sous l'effet de la brise. Les capucines qui, avec les soucis, avaient autrefois bordé les potagers d'Hanna, se baladaient librement parmi l'herbe et l'épilobe à feuilles d'églantier. Ici et là, des ombellifères se balançaient sur des tiges ramifiées, hautes d'un mètre et frangées de feuilles délicates. À Londres, ces beautés de couleur crème seraient considérées comme exotiques et probablement vendues pour plusieurs livres chacune, mais elles n'étaient rien de plus que des carottes montées en graine. En retournant dans la pièce, Hanna vit que Jazz en avait plusieurs dans un vase sur la cheminée.

– Elles sont impressionnantes.

– Il fait bien trop chaud pour faire du feu, alors j'ai pensé qu'elles rempliraient l'espace.

Alors que les yeux d'Hanna se réhabituaient à la faible lumière intérieure, elle remarqua une photo encadrée sur la cheminée. En s'approchant, elle s'exclama à voix haute, surprise.

– Oh c'est merveilleux !

– C'est Nan qui me l'a donnée.

– Vraiment ? Je ne l'avais jamais vue auparavant.

Jazz souleva le cadre et l'apporta jusqu'à la fenêtre. C'était une photo d'elle et de son grand-père, prise lorsqu'elle enfant.

– C'est le jardin derrière le pavillon, tu vois ? Avant que Nan ne demande à Johnny d'engazonner les parterres de fleurs.

La gorge d'Hanna se serra. Son père était assis sur une chaise de la cuisine avec Jazz, couverte de taches de rousseur et aux longues jambes, perchée sur son genou. Derrière eux se trouvait un rosier jaune en pleine floraison, l'un des dizaines de rosiers que Mary avait fait arracher à la mort de Tom. La vue des roses rappela leur parfum à Hanna, bien qu'elle ne se souvienne pas de l'occasion à laquelle la photo avait été prise.

– C'est cet été-là que je suis restée avec Nan et Grandpa et que tu es partie passer un week-end à Paris avec Papa.

En même temps que l'odeur évoquée, un flot de souvenirs de Paris en plein été apparut, suivi d'un coup de poignard de douleur. Des années après ce week-end ostensiblement romantique, elle avait découvert que Malcolm avait prévu de le passer avec Tessa, qui s'était désistée, le laissant avec des billets d'avion non remboursables.

Jazz était toujours concentrée sur la photo.

– Nan l'a trouvée dans un placard. Un groupe dont elle fait partie à la bibliothèque lui a fait penser à elle, alors elle est allée la déterrer l'autre jour.

Ignorant que la photo avait ébranlé Hanna, Jazz sourit.

– Veux-tu une copie ? Je pourrais en faire faire une et tu pourrais l'accrocher à un mur du Hag's Glen.

– Brian n'aime pas trop les objets accrochés aux murs. Même ses propres croquis. Je lui ai suggéré d'en afficher quelques-uns, mais il n'a pas voulu. Il est en quelque sorte attaché aux espaces vides et à la lumière.

– Il est arty.

– Non, il ne l'est pas.

– Oui, c'est vrai, mais c'est un amour, alors je lui pardonne. Tout de même, si tu voulais en accrocher une copie, je ne vois pas pourquoi tu ne le ferais pas. C'est ta maison.

Peu désireuse de poursuivre cette conversation, Hanna s'apprêtait à changer de sujet quand, soudain, Jazz fronça les sourcils.

– Tu sais quoi ? Je me dis parfois que Nan pourrait perdre la boule.

– Comment ? Pourquoi ?

– Elle s'est mise à prendre la tangente de façon bizarre. Attends d'entendre ce qu'elle a sorti de nulle part le jour où elle m'a donné la photo. « Ne fais jamais confiance à un homme qui porte un pantalon en terre cuite ». Littéralement. C'est ce qu'elle a dit.

Pendant un instant, Hanna fut troublée par cet écho de ses propres craintes concernant la stabilité mentale de Mary. Puis sa lèvre frémit.

– Je suis presque sûre qu'elle pensait au club des souvenirs du lundi.

– Je ne comprends pas.

– C'est ce groupe de bibliothécaires dont a parlé ta grand-mère. Six dames âgées et M. Maguire, l'instituteur à la retraite.

– Ce type qui porte des chemises élégantes avec une rangée de stylos à bille accrochés sur la poche supérieure ?

– C'est bien ça. Je pense qu'il a dû repérer une bonne affaire en faisant du shopping, car il est arrivé avec une paire de pantalons rouges des plus improbables.

– Ce qui a contrarié Nan ?

– J'imagine que même ta nounou accepterait qu'un homme ait le droit de choisir son pantalon. Non, ce qui la dérangeait, c'était qu'il avait changé la liste des gâteaux. Il était prévu qu'elle fasse un gâteau de Battenberg et des biscuits à l'arrow-root, mais M. Maguire a imposé une tarte fantaisie.

– Il n'est vraiment pas digne de confiance.

– Et embarrassant, parce que c'est exactement comme ça que ta grand-mère l'a dit, et que M. Maguire avait amené une amie à se joindre au groupe. Enfin, nous sommes convenus qu'à partir de maintenant, je ferais circuler la liste des gâteaux par écrit avant chaque réunion.

– Je suppose que, s'ils sont tous vieux, cela aurait pu être une erreur.

– Ils ne sont pas vieux, ils sont juste un peu plus âgés, et ce n'était pas une erreur, c'était une lutte de pouvoir. Tu sais, ce genre de choses ne disparaît pas avec l'âge. En fait, je pense qu'elles s'aggravent.

Chapitre 16

Brian avait opté pour la tarte au poisson. Elle était décongelée et prête à être enfournée quand Mike était entré en trombe. Il portait son appareil photo autour du cou et un pack de six bières. Laissant l'étui sur la table, il fouilla dans un tiroir pour trouver un décapsuleur et agita une bouteille en direction de Brian.

– Tu en veux une ? Elles sont fraîches.

– Il y a du vin dans le frigo mais, oui, une bière c'est bien.

Mike ouvrit deux bouteilles et emmena la sienne sur le canapé, enleva ses chaussures et s'affala de tout son long. Il avala une gorgée de bière et appela Brian à travers la pièce.

– Tu as passé une bonne journée ?

– Chargée et plutôt ennuyeuse. Qu'est-ce que tu as fait ?

– J'ai pris de superbes photos sur les falaises. À Couneen, c'est ça ? Il y a une petite jetée et un gars qui fait des excursions en bateau.

– Dan Cafferky. C'est un type bien. Un peu un baroudeur.

Mike sourit.

– Comme moi.

– Quel est ton prochain port d'attache ?

Après avoir goûté la tarte, Brian s'installa avec sa bière dans un fauteuil. Jo, qui s'était allongée sur le siège de la fenêtre, sauta en bas et s'écroula sur le sol à côté de lui.

Mike haussa les épaules.

– Je n'ai pas de projets concrets.

Brian regarda la silhouette confortablement étendue sur le canapé, version peu enthousiaste de lui-même au même âge. Il y avait peu de Sandra dans l'apparence de Mike mais, de temps en temps, une expression fugace la lui rappelait, et l'inclinaison de sa tête lorsqu'il posait une question était la sienne. Brian se demanda ce qu'elle aurait pensé de leur fils adulte. Voilà Mike au début de la vingtaine, un globe-trotter sans responsabilités, alors qu'au même âge, Sandra et lui remboursaient une hypothèque pendant qu'il s'efforçait de monter son propre cabinet. Pourtant, Mike semblait bien réussir avec ses vidéos de voyage et, de toute évidence, il continuait à bouger pour trouver de nouveaux lieux de tournage.

– Est-ce que tu as l'intention de tourner des films ici en Irlande ?

Mike lui jeta un regard qui aurait pu être méfiant ou amusé.

– Ça se pourrait, si tu trouves quelque chose. Mais Internet est saturé de trucs irlandais.

Brian se replongea dans sa bière en pensant que, même si Mike semblait détendu, il pouvait à juste titre ne pas aimer les questions d'un père qui, jusqu'à présent, n'avait pas semblé s'intéresser à lui. Mais l'apparence démentait les faits. Les arrangements que Brian avait conclus avec sa sœur comprenaient des paiements réguliers pour la prise en charge et l'éducation de Mike, et les paiements n'avaient cessé que lorsque Mike avait obtenu son diplôme de l'école de cinéma. Il n'avait jamais semblé approprié à Brian de demander si Mike le savait. Il pensait que Kate et son mari devaient être libres de juger du bien-être de Mike, y compris de déterminer sur ce qu'ils lui diraient au sujet de son père. Ce n'était pas un sujet dont Kate et lui avaient discuté : même s'ils s'aimaient bien, ils n'avaient jamais beaucoup parlé, ils avaient passé leur adolescence dans des pensionnats pendant que leur père travaillait pour une entreprise basée dans le Golfe. Hanna, pensa Brian avec ironie, les qualifierait probablement de retardés sur le plan émotionnel. Alors que la bière fraîche glissait dans sa gorge, il se dit qu'au départ, il ne s'attendait pas à revoir Mike. À l'époque, il avait été figé par la perte de Sandra et par ce qui était arrivé à son cabinet. La seule chose dont il était certain, c'était que Kate donnerait à Mike une certaine stabilité et que sa propre présence imprévisible lui ferait plus de mal que de bien. Il pensait toujours que Mike s'en était mieux sorti sans lui, et il ne voulait aucune gratitude, ni à l'époque ni depuis, pour l'argent qu'il avait fidèlement envoyé pour la charge de son fils.

Mike posa ses pieds sur le sol et alla chercher des Doritos. Il revint avec un bol et lança un Doritos à Jo.

– Hanna n'est pas là ce soir ?

– Elle dîne avec Jazz.

– Comment va Jazz ?

– Super. Elle vit chez Maggie. L'endroit où vivait Hanna avant qu'elle n'emménage ici.

– C'est sur le chemin de Lissbeg, c'est ça ? Je suis tombé sur Jazz sur le sentier de la falaise la dernière fois que je suis venu ici.

– Littéralement ?

– Oui. Elle lisait et je ne regardais pas où j'allais. Je l'ai bien aimée. On s'est bien entendus.

– Vous n'aviez pas vaguement parlé de vous rencontrer à nouveau ?

– Nous nous sommes posé la question de faire le marathon de Paris. Mais, tu sais, la vie a pris le dessus.

L'air pensif, Mike prit une poignée de chips.

– Nous devrions nous réunir à nouveau. Faire un repas en famille. Je pourrais cuisiner.

– Tu sais cuisiner ?

– Oh oui. J'ai travaillé dans un restaurant.

Mike ramassa un Doritos tombé au sol et le fit passer à Jo d'une pichenette.

– C'est un peu exagéré. C'était un restaurant de burgers aux États-Unis. Un peu mieux que McDonald's, mais en gros, j'étais là à retourner des hamburgers. Ensuite, ils m'ont fait passer aux frites, alors on peut dire que j'ai une grande expérience.

Brian rit.

– Ou on peut supprimer l'intermédiaire et aller chez McDonald's.

– Je te l'ai dit, cet endroit était *beaucoup* plus classe. Notre sauce était dans des bouteilles, pas dans des petits sachets, et nous n'utilisions pas de gobelets en papier.

– Tu y es resté longtemps ?

– Quelques semaines. Cela a fini par perdre son charme. En fait, je passais le temps avant de commencer à travailler dans une cinémathèque.

– Où était-ce ?

– En Californie. Ils mettaient à jour leur catalogue. N'importe quel imbécile aurait pu faire, mais ils ont apprécié le fait que je sois diplômé d'une école de cinéma. Surtout un diplômé de Londres. Ça leur donnait l'impression d'être plus chics.

– Mais tu n'es pas resté.

– Non, c'était juste une question de contrat. Mais j'ai bien aimé ça. En plus, ça m'a permis de me payer un voyage au Brésil. J'ai tourné de bons films là-bas et ils se sont bien vendus.

Mike finit sa bière et se dirigea vers le réfrigérateur. Brian fit un geste avec sa bouteille.

– Moi c'est bon, j'en ai encore. Je prends mon temps.

Ils burent dans un silence agréable jusqu'à ce que Jo roule sur le côté et pousse un soupir béat.

– Un chien heureux.

– Elle n'est pas habituée au confort. Avant qu'on ne l'adopte, elle devait chasser sa nourriture dans les collines, et elle commence à être un peu trop âgée pour ce genre de choses. Mais elle ne veut toujours pas dormir à l'intérieur. Elle fait ses propres choix, n'est-ce pas Jo ?

– C'est plutôt cool.

La conversation s'était à nouveau ralentie et Brian ne chercha pas un nouveau sujet. Il suffisait d'apprécier la présence de Mike, et mieux encore de sentir qu'il n'était pas nécessaire de combler le silence. Pourquoi ressasser un passé qui ne pouvait être modifié ? Mieux valait vivre ici et maintenant. De toute façon, les choses n'auraient pas pu se faire différemment. Si Hanna était paralysée par la culpabilité et le chagrin lorsqu'il l'avait rencontrée, il l'était aussi, et depuis bien plus longtemps, et si, comme elle l'avait dit, elle n'avait jamais rêvé faire confiance à nouveau à quelqu'un, il n'avait jamais pensé qu'il se remettrait de l'horreur de la mort de Sandra. C'était son amour pour Hanna qui l'avait amené à un stade où il pouvait voir Mike comme une personne, et non comme un élément d'un cauchemar, et s'il n'était pas tombé amoureux d'elle, il n'aurait peut-être jamais eu cette chance de construire une relation avec son fils.

Traîner ensemble, pensait Brian, c'est ce qui ferait l'affaire. Il ne s'agissait pas de faire des recherches sur son âme ou de sonder de vieilles blessures. Il but la dernière gorgée de sa bière et se leva.

– Alors, tu as envie de cette tourte au poisson ?

– Oui.

Mike se dirigea vers la table, suivi par Jo, qui s'installa en dessous. En déplaçant son étui, il sortit l'appareil photo pour montrer quelques clichés à Brian.

– Je les ai pris à Couneen, tu vois ? C'est le bateau de Dan.

Brian s'approcha pour voir.

– Elles sont bonnes.

– La lumière était bonne. C'est un bateau sympa.

– Apparemment, Dan fait de bonnes affaires en emmenant les touristes faire des tours en mer.

– Ah oui ? Ce n'est pas ce qu'il m'a dit. On aurait dit que les choses allaient lentement.

– Je suppose que cela dépend surtout du temps qu'il fait.

Brian sortit la tarte du four et alla chercher des assiettes.

– Où tournais-tu avant de venir ici ?

– J'ai fait plusieurs vidéos en Espagne.

Assis de part et d'autre de la table, ils mangèrent, burent de la bière et passèrent en revue les photos. Mike commentait les photos en avalant des bouchées de tarte au poisson. Ses talents de photographe ravissaient Brian.

– Tu as vraiment l'œil.

– Je suis content que tu aimes. Bien sûr, c'est toujours ça de pris de faire des boulots alimentaires à côté.

– Retourner des hamburgers.

– Retourner des hamburgers. Peindre des maisons. Il n'y a rien de mal à tout cela.

Quand ils eurent fini, ils retournèrent sur le canapé, emportant la bouteille de vin et continuant à parler de la photographie de Mike. Brian alla chercher un portfolio de croquis.

– J'en ai un ici que j'ai fait de Couneen il y a quelques années.

Jo, qui les avait suivis depuis la table du dîner, dressa les oreilles et poussa avec insistance les jambes de Brian. Brian la déplaça doucement et déposa le portfolio sur le sol, près du canapé. Il se rassit et l'ouvrit en regardant Mike.

– Ici, tu vois ? Avant, il y avait des chalets de pêcheurs près de la jetée, mais ils ont été démolis. Et en voici un autre, sous un angle différent.

Alors que Mike se penchait pour ramasser un croquis, plusieurs autres glissaient sur le sol et à moitié sous le canapé. Au même moment, la porte d'entrée s'est ouverte et Jo, qui gémissait d'impatience, a traversé la pièce en sautillant, ravie. Hanna entra, poussée par le vent et joyeuse, et Brian l'accueillit avec un sourire.

– Je n'ai pas entendu la voiture.

– Tu devrais voir le ciel ce soir, la route était étoilée sur tout le chemin du retour !

En levant la tête de la collerette de Jo, Hanna vit les croquis sur le sol.

– Tu montrais ça à Mike ?

Elle s'approcha d'eux et se pencha pour en ramasser un.

– Oh, non, Brian ! Pas ces dessins que tu continues à faire de moi. Montre-lui quelque chose de bien !

Elle se figea alors et Brian vit que le dessin qu'elle tenait dans sa main n'était pas d'elle, mais de Sandra. Cela n'aurait pas dû être embarrassant, mais ça l'était. Hanna laissa tomber le dessin comme une patate chaude. Brian était presque certain qu'elle n'avait pas reconnu le modèle : il n'avait gardé aucune photo de Sandra et pensait avoir détruit tous les dessins qu'il avait faits d'elle lorsqu'ils étaient mariés. Alors qu'il cherchait ses mots, il se rendit compte qu'il ne savait pas du tout si Mike reconnaîtrait ou non Sandra, du moins pas à partir d'un dessin à peine entrevu. Hanna se pencha et mélangea les croquis, les replaça dans le portfolio et se redressa.

– Honnêtement, je te laisse seul pour une soirée, et regarde l'état des lieux !

Personne la connaissant n'aurait été dupe un seul instant, ni de sa voix, ni de ce qu'elle disait. Mais, bien qu'un peu éméché par la bière et le vin, Brian était à peu près sûr que Mike n'avait rien remarqué d'anormal. Hanna leur adressa un sourire radieux et leur dit qu'elle pensait aller directement au lit.

– Je te verrai demain matin, Mike. Ne te presse pas, Brian.

Mais, bien sûr, c'est ce qu'il fit. Après quelques bavardages, et après avoir fini son verre de vin, Brian laissa Jo sortir pour la nuit et annonça qu'il irait lui aussi se coucher. Il laissa Mike sur le canapé, cherchant à tâtons la télécommande de la télévision, et trouve Hanna au lit lorsqu'il monta à l'étage.

– Chérie, je suis désolé.

– Pour quoi faire ? Tu n'as pas besoin de l'être.

– Oui, mais tu as dû te sentir…

Brian s'arrêta et tergiversa. Même s'il savait qu'elle s'était sentie idiote, il ne semblait pas très délicat de le dire. En voyant son expression, la légère froideur d'Hanna disparut.

– Oh, Brian, non. Ce n'est pas grave. À moins que cela ne t'ait dérangé.

– Moi ? Bien sûr que non.

Brian s'assit sur le lit.

– Je ne veux pas que tu sois bouleversée.

Après l'avoir serrée fort dans ses bras, il la tint éloignée de lui.

– Tu sais que c'était Sandra ?

– Je n'imaginais pas qu'il puisse s'agir de ta maîtresse cachée.

– Et ça ne te dérange pas ?

– Chéri, comment pourrais-je être dérangée ? Ne sois pas stupide. Tu as parlé d'elle à Mike ?

– Mon Dieu, non. Je savais même pas que ce croquis existait. Je parlais des maisons de pêcheurs près de la jetée à Couneen. Elles n'auraient jamais été démolies si j'avais eu mon mot à dire.

Les lèvres d'Hanna tressaillirent et, déconcerté, Brian fronça les sourcils.

– Quoi ?

– Rien.

Cela n'avait aucun sens pour Brian, mais le sourire qu'elle lui adressa suffisait. Malgré la quantité d'alcool qu'il avait bu, ils firent l'amour comme ils ne l'avaient pas fait depuis la nuit où Mike était apparu et, après, il trouva le courage d'aborder un sujet qu'ils évitaient tous les deux.

– Tu sais que nous avions parlé d'aller à Londres ?

– Ou en Algarve, ou sur une île grecque romantique.

– Oui, je suis désolée Nous allions planter une épingle sur une carte.

– Mais Mike est arrivé.

– Oui. Et... je ne me sens pas vraiment de...

– ... de t'en aller tant qu'il est là. Je comprends.

– Nous pourrions faire cette pause plus tard dans l'été.

– Oui.

– Je ne sais pas combien de temps il va rester ici. Il n'a pas de projets concrets.

– Chéri, vraiment, ça n'a pas d'importance.

Il n'était pas tout à fait certain qu'elle le pense vraiment, car comment l'aurait-elle pu ? Pourtant, elle l'embrassa et ils se recroquevillèrent dos à dos, prêts à dormir. Puis, juste au moment où il s'endormait, Hanna s'agita.

– Brian ?

– Hum.

– J'ai reçu un message d'Amy sur le chemin du retour ce soir.

– Amy qui ?

– Amy avec qui je vivais à Londres. Il y a très longtemps. Nous avons déjeuné ensemble. Elle était venue ici pour une croisière. Je te l'ai dit.

Hanna fit une pause avant de continuer.

– Elle est restée en contact avec les autres filles de la colocation.

Profondément détendu et déjà en train s'assoupir, Brian se retourna et embrassa la nuque d'Hanna.

– C'est bien.

– Non, mais, écoute, Brian, elle m'a invitée à Londres. Pour des retrouvailles.

Pendant un moment, il ne comprit rien, puis Brian se redressa sur son coude, complètement réveillé et inexplicablement effrayé. Hanna le regardait par-dessus son épaule, avec un léger froncement de sourcils.

– Je pense que je vais y aller.

Chapitre 17

Charles Aukin grimpa l'escalier de la tour la moins dangereuse de Castle Lancy, qui était trapue, à trois étages et en ruine. Il y en avait une de chaque côté de la porte médiévale et, si celle-ci était relativement sûre, l'entrée de l'autre avait dû être condamnée depuis longtemps. Lors de sa première visite au château, alors que sa femme était encore en vie, Charles avait été surpris par l'attitude désinvolte de ses beaux-parents à l'égard de la décrépitude. Bien que ce banquier soit loin de prendre des risques dans ses propres affaires, il avait trouvé déconcertante leur habitude d'ignorer littéralement les problèmes. Lady Isobel, bien que née aux États-Unis, avait hérité du gène de sa famille anglo-irlandaise. Lorsqu'elle s'était lancée dans la restauration, elle s'était concentrée uniquement sur le bâtiment central de style géorgien, laissant les murs et les tours qui l'entouraient aux corbeaux. Et maintenant, pensa Charles, il n'était pas beaucoup mieux lui-même. Au moins, sa défunte femme s'était affairée de la cave au grenier, veillant à ce que les meubles soient polis et les sols balayés. Il ne se souvenait plus quand il avait pris la peine d'entrer dans les pièces qu'il n'occupait pas, et cela faisait des années qu'il n'était pas monté sur les créneaux.

Émergeant sur un toit plat, il découvrit un grand buddleia qui poussait sur la maçonnerie. Un papillon monarque prenait le soleil sur l'une des fleurs violettes, ses ailes orange marquées de noir et de blanc ressemblaient à des éclats de vitraux festonnés. Il fut rejoint par un couple de Piérides de la rave. En observant que leurs ailes déployées devenaient grises sur les bords, Charles se demanda si les meubles des pièces dans lesquelles il entrait rarement étaient recouverts de draps poussiéreux. Depuis la mort d'Isobel, il préférait laisser les choses aller. Il y eut un aboiement strident venant d'en bas et, s'approchant prudemment du parapet, il jeta un coup d'œil et vit Diablo surgir de la camionnette de Fury. Fury descendit du véhicule cabossé plus calmement et, s'appuyant contre la porte, alluma une cigarette. Charles fit des signes et lança des appels depuis la tour et Diablo devint fou furieux, bondissant sur ses pattes arrière comme un kangourou miniature. Fury éleva la voix au-dessus des aboiements.

– Nom Dieu, qu'est-ce que vous faites là-haut ?

– Je descends dans une minute.

– Vous allez tomber sur la tête si vous ne reculez pas. Ces pierres risquent de dégringoler.

– C'est absurde, c'est aussi sûr que les maisons.

Quelques minutes plus tard, Charles apparut à l'entrée voûtée de la tour. Fou d'excitation, Diablo bondit vers lui et s'attaqua à ses lacets. Fury fit claquer sa langue en signe de reproche.

– Vous avez fait monter sa tension artérielle à quatre-vingt-dix. Il n'aime pas que les gens débarquent dans des endroits inattendus.

– Il a l'air plutôt content de me voir.

– Oh, c'est parce qu'il sait qu'il peut vous soutirer un biscuit. Les questions de santé et de sécurité ne signifient rien pour lui.

– Allons lui en trouver un.

Brossant le lichen sur ses mains, Charles ouvrit la voie dans la maison et monta à l'étage dans la bibliothèque. Fury regarda autour de lui d'un air méfiant lorsqu'ils traversèrent l'élégant hall d'entrée.

– Qu'est-ce qui se passe ici ?

– Rien. Je viens de faire nettoyer les vitres.

– Hein ? Pour la première fois depuis une décennie.

– Je ne peux pas laisser ce lieu antique se dégrader et tomber en ruines.

– Vous vous en êtes bien sorti jusqu'à présent dans la rénovation.

Diablo atteignit la porte de la bibliothèque et la gratta violemment. Fury lui lança un regard noir.

– Comment peut-on se comporter ainsi dans la résidence privée d'un gentleman ? Et où est ton respect pour l'artisan qui a verni cette porte ? Dieu tout-puissant, j'ai honte de toi. N'as-tu rien appris pendant toutes les années que tu as passées à travailler avec moi ?

Abasourdi, Diablo s'assit sur sa queue, mais Fury ne se laissa pas impressionner.

– Je vais te dire, tout ce football te fait gonfler comme un athlète sous stéroïdes. La prochaine étape, c'est que tu sortiras la nuit, que tu casseras des vitres et que tu dragueras des femmes.

Suffisamment réprimandé, Diablo se retira et les suivit dans la pièce. Décidant qu'il était plus prudent de ne pas mendier, il regarda Charles qui s'était approché d'une table où se trouvaient une bouilloire et une boîte de biscuits. Charles secoua la tête.

– Non, monsieur, je ne pense pas que votre maître approuverait.

– Oh, si, vous pouvez bien lui en donner un. Ce sont peut-être les crèmes pâtissières qui lui permettent de rester sage.

Fury regarda le petit chien avec sévérité.

– Mais conduis-toi bien à partir de maintenant, tu m'entends ? Sinon, il n'y a aucune chance que nous allions à la finale du comté.

Se tournant vers Charles, il haussa les sourcils.

– Et pourquoi ai-je l'impression que vous vous déchaînez vous aussi ?

– On peut dire que je fais précisément le contraire.

Fury grogna.

– J'ose dire que *vous* pourriez, mais je suis sacrément sûr que je ne le ferais pas. Vous êtes toujours aussi déterminé dans cette histoire de croisiéristes, n'est-ce pas ? Vous n'avez pas écouté un mot de ce que j'ai dit la dernière fois que nous en avons parlé.

– Au contraire, j'étais tout ouïe.

– J'ai dit que vous étiez un sacré imbécile de l'envisager.

Charles lui tendit une tasse de café.

– Et j'ai beaucoup apprécié vos commentaires. Les gens aussi riches que moi sont toujours harcelés par les gens obséquieux et les béni-oui-oui. Je devenais fou dans la salle de réunion quand mes collaborateurs ne voulaient pas arrêter de parler cette langue de bois.

– Mais vous allez ignorer mon conseil.

– Je n'ignore jamais vos conseils, Fury. C'est juste que parfois, je ne les suis pas.

Tournant les yeux vers le ciel, Fury s'enfonça dans un fauteuil.

– Vous ouvrez donc votre château à une meute de touristes crâneurs.

– Le terme est « culturellement curieux ».

– Curieux de culture, mon cul ! Ces gens qui font des croisières ne sont là que pour l'argent.

– J'ai l'habitude que les gens pauvres soient là pour l'argent. Je suis propriétaire d'une banque.

– Oh, c'est vrai, si c'est l'attitude que vous voulez adopter, il n'y a rien de plus à dire.

Charles le regarda calmement.

– Vraiment ? Parce que j'espérais que vous m'aideriez.

Charles prit ses lunettes et brandit l'un des dépliants du croisiériste.

– J'ai eu une discussion assez animée avec ce monsieur de Your World Awaits. Il semble que les gens se soient plaints de leur expérience culturelle à Carrick. Je ne les blâme pas. En gros, ça se résume à une demi-heure dans cet endroit appelé Georgian Tea Shoppe, et qui va croire que Jonathan Swift est passé par là pour un thé et manger un trèfle au caramel ? Quoi qu'il en soit, il leur faut trouver un endroit authentique pour promener les gens et leur offrir une pause photo et, comme ils auront déjà vu le psautier à la bibliothèque de Lissbeg, Castle Lancy est le candidat tout désigné.

– Je vous ai déjà dit que je pense que vous êtes un imbécile de faire ça.

Avec un sourire désarmant, Charles le regarda par-dessus ses lunettes à monture dorée.

– Parce que vous êtes mon ami.

– Et pourquoi voudriez-vous qu'une bande d'étrangers se promène dans votre maison ?

– Parce que, soyons réalistes, vous êtes à peu près mon *seul* ami, Fury. C'est bien là le problème. J'ai besoin d'une vraie raison pour sortir du lit le matin, et d'un moyen de vous libérer d'un pensum sur lequel vous êtes coincé depuis des années.

Et je ne propose pas de les laisser errer dans toute la maison. J'ai un plan.

Fury se renfrogna.

– Je ne viendrais pas voir votre chaudière si elle ne me convenait pas.

– Je sais bien. Vous ne voulez pas connaître mon plan ?

– Non, je ne sais pas. Allez-y, crachez le morceau.

– D'accord.

Charles étala le dépliant sur son bureau.

– Ils n'ont besoin que d'une demi-heure environ pour s'adapter à leur emploi du temps. C'est donc assez simple. On ouvre le sous-sol pour qu'ils puissent voir une vraie cuisine victorienne. Il y a de fortes chances qu'il y ait aussi des objets géorgiens. Nous pouvons les exposer. On les fait passer par le hall, monter les escaliers et entrer dans l'une des plus belles salles de réception. Fenêtres polies, cordes de velours rouge, odeur de cire d'abeille, rideaux flottants, bols en verre taillé débordant de roses à l'ancienne.

– Vous aurez des coupes de roses en verre taillé, alors ?

– Il est certain qu'il y en aura. Puis, on entre dans la chambre du prince de Galles. Celui de l'abdication, il a séjourné ici avec Mme Simpson dans les années 1930. C'était leur nid d'amour secret bien avant que l'histoire n'éclate.

– Hautement culturel.

– Ensuite, on les fait sortir et on les laisse prendre des selfies près de la tour. Disons vingt minutes à l'intérieur, dix dans la cour, et c'est fini, ils sont partis.

Fury le regarda avec méfiance.

– Où dois-je intervenir ?

– J'aurai besoin de quelqu'un pour leur faire visiter les lieux.

– Quoi ?

Charles le regardait d'un air impassible. Puis il s'esclaffa.

– Reprenez-vous ! Bien sûr que non. Le gars de la compagnie de croisière s'en chargera. Non, j'ai besoin que vous soyez créatif. Pour fabriquer les petits stands pour les cordes en velours rouge. Peindre des panneaux de bon goût.

– Je suis un constructeur. Je ne peins pas d'enseignes.

– Oh, allez ! Où est passé votre sens du théâtre ? Pensez à tous ces touristes qui auront un aperçu approfondi du passé.

– Gratuitement ?

– Certainement pas. Le croisiériste a essayé de me vendre ça dix livres par tête. J'ai dit cinquante.

Fury a cligné des yeux. Une majoration de 400 % était impressionnante, même pour un constructeur.

– À combien vous avez conclu ?

– À cinquante. Je ne marchande pas.

Il était évident que, malgré lui, Fury était impressionné. Charles sourit.

– Croyez-moi, je sais ce que les bateaux de croisière font payer à leurs passagers. Ma femme n'a jamais vu un paquebot qu'elle n'aimait pas.

– Il vous faudra une assurance.

– Bien sûr. Une clause de responsabilité civile. Je me suis renseigné.

Charles se leva.

– Et si nous allions voir le nid d'amour secret de Wallis et Eddy ?

– En fait, elle l'appelait David. Diablo et moi avons regardé un documentaire de la BBC sur eux, une fois.

– Là, voilà ! C'est exactement le genre d'infos que vous pouvez mettre sur les pancartes.

Fury prit Diablo et le cala sur sa hanche.

– Bon, alors, jetons un coup d'œil. Je ferais mieux de garder ce bonhomme sous contrôle au cas où il irait manger la bouillotte de Mme Simpson.

La chambre du Prince de Galles était l'une des pièces que Lady Isobel avait restaurées. Selon Charles, elle avait été conseillée par un expert anglais du National Trust.

– Nous l'avions rencontré lors d'une réception à Londres. C'est un homme sympathique. Il a séjourné ici de temps de temps quand elle travaillait sur la maison. Il connaissait toutes les bonnes personnes à appeler et savait où faire réparer les choses. Regardez ça.

Charles repoussa une série de volets et Fury regarda. L'intérieur années 1930 dévoilé était correct dans les moindres détails, à l'exception d'un imposant lit à baldaquin avec des tentures en damas et des plumes du Prince de Galles. Charles éternua.

– C'est ainsi que nous l'avons trouvé. L'une des tantes d'Isobel l'avait aménagé pour le prince. Je suppose qu'elle pensait que Wallis aimerait le lit géorgien d'origine. Tout ça a besoin d'un coup de plumeau, mais c'est déjà pas mal, hein ?

– Ne le prenez pas mal, mais je ne trouve pas. C'est tout simplement bizarre.

– Et c'est précisément cela, mon ami, qui compte ! C'est littéralement curieux d'un point de vue culturel.

Charles lui jeta un regard taquin.

– Oh, allez, Fury, ça va être amusant.

– Et c'est pour cela que vous le faites ?

– Je vous ai dit pourquoi je le faisais. C'est un tout nouveau chapitre.

Fury s'assit sur un canapé Art déco et observa une coiffeuse en bambou laqué.

– Vous êtes nerveux depuis que vous avez donné ce psautier à la bibliothèque.

– Si cela signifie que j'aime retrouver le contact avec une communauté, vous avez raison. C'est vrai. J'aime me promener en ville et passer à la bibliothèque pour discuter de la page qu'Hanna a tournée par hasard. Je n'ai jamais regardé le psautier quand il était ici, dans un tiroir de la bibliothèque. Maintenant, il me donne de l'énergie. En plus, il fait plaisir à d'autres personnes, ce qui me fait plaisir. Il n'y a rien de mal à cela.

– Non.

– J'aime bien l'idée qu'il y ait un peu de vie par ici aussi. Je veux dire, qu'est-ce que je vais faire, Fury ? Vivre jusqu'à ce que je meure et qu'ils me collent avec Isobel ? Ne vous méprenez pas, je suis heureux d'être ici. Si c'est là qu'elle a choisi de reposer, ça me va. Je reposerai juste à côté d'elle. Mais je me comportais comme si j'avais déjà un pied dans la tombe. Elle ne le voudrait pas.

– C'est une remarque juste.

– C'est tout à fait vrai ! Je n'ai jamais autant ri que pendant les années où j'ai été marié à Isobel, et je ne vais pas rester assis en silence jusqu'à ce que je la rejoigne dans le mausolée familial.

– La crypte.

– Quoi ?

– Elle est enterrée dans la crypte située sous la chapelle. Un mausolée est une structure hors sol indépendante.

– Ah oui ? Eh bien, vous pourrez peindre ça sur une pancarte quand vous m'aurez aidé à remettre l'endroit en état.

– Oh, maintenant vous allez me faire déplacer les meubles et frotter les sols, hein ? Aucun doute que vous me ferez aussi remplir les bols de roses.

– Attendez de voir la salle de réception. Vous allez en prendre plein les yeux. Vous serez impatient de vous y mettre.

Passant un bras autour des épaules de Fury, Charles le poussa à franchir la porte et à redescendre les escaliers.

– J'ai dit au responsable des croisières que nous pourrions commencer la semaine prochaine. Il a prévu un groupe dix personnes.

– Je suppose qu'il n'y a aucune chance que vous réinvestissiez les bénéfices dans la plomberie ?

– Bien sûr que non. La chaudière reste telle quelle. Je ne veux pas gâcher votre plaisir.

– Je n'ai pas dit que je m'amusais avec votre foutue chaudière. J'ai dit que je venais parce que ça m'arrangeait.

– Mais ce n'est pas ce que vous vouliez dire, n'est-ce pas ? Pas vraiment. Vous vouliez dire que vous aimez jouer avec tous ces tuyaux en cuivre.

Ravi d'avoir réussi à l'énerver, Charles poussa un petit rire joyeux.

– Bien sûr que vous vous amusez. Je l'ai vu au ton de votre voix, et vous savez pourquoi, Fury ? Parce que j'écoute toujours attentivement tout ce que vous dites.

Chapitre 18

L'une des premières choses à faire chaque matin à la charcuterie était une bassine d'œufs durs. Ils étaient mis à bouillir dès l'ouverture de la cuisine et, une fois refroidis, devaient être écalés à la main. C'était un travail que personne n'aimait, alors on le faisait à tour de rôle, et celui qui le faisait était dispensé de mélanger la mayonnaise aux œufs du jour. À l'arrivée d'Aideen, Bríd annonça que c'était à son tour d'écaler les œufs.

– C'était Bartek hier et moi avant-hier, alors c'est à toi ce matin. En fait, ce devrait être toi à chaque fois que tu es là, puisque tu es si rarement présente.

– Plusieurs jours par semaine ne comptent pas comme rarement. Vas-y donne-les moi quand même, je vais le faire ce matin, ça ne me dérange pas.

Aideen enfila son tablier et rentra ses boucles rousses sous son écharpe. Elle se dirigea vers l'arrière de la charcuterie et versa le pot d'œufs dans la bassine en plastique orange, appelant Bríd par-dessus son épaule, qui était en train de déchiqueter du poulet à toute vitesse.

– Ce n'est pas tellement pire que la restauration pour les entrepreneurs, même si au moins à la ferme, je n'ai pas besoin de porter des gants en plastique. Bartek va-t-il venir ?

– Non. J'ai dit que toi et moi pouvions nous débrouiller. Il travaille deux fois plus le week-end.

– Il se passe quelque chose de spécial aujourd'hui ?

– Les Essentiels du bout du monde veulent un plateau de sandwichs pour un déjeuner professionnel, et quelqu'un doit aller chercher ce gâteau d'anniversaire.

Le gâteau était posé sur le côté sous un couvercle en plexiglas, une fantaisie à deux étages de génoise au citron, avec un glaçage blanc et des roses en sucre jaunes. Bríd s'occupait de la pâtisserie habituelle de l'épicerie, mais les gâteaux pour un événement comme celui-ci étaient faits sur commande par un pâtissier professionnel à la retraite, dont le travail sur le sucre était célèbre.

– Imagine que tu puisses encore être au top de ta forme quand tu seras à la retraite !

– Tu parles ! Parfois, je me dis que j'ai déjà franchi la colline.

Bríd alla se laver les mains et s'arrêta pour admirer le gâteau.

– C'est pour Mary Casey.

– Ah bon ? Quel âge a-t-elle ?

– Je ne sais pas. Quand Jazz l'a commandé, elle a dit qu'elle n'aurait pas besoin de vœux à écrire dessus ou de bougies.

– Je ne suis pas sûre que je voudrais qu'on marque mon âge si j'étais vieille.

– Moi non plus. Je dirais qu'elle doit avoir dans les soixante-dix ans, peut-être qu'elle pousse jusqu'à quatre-vingts ans ? Ce n'est pas une jeunette de toute façon. Je doute que nous aurions pu allumer toutes les bougies.

Elles ricanaient toutes les deux quand, de façon inattendue, Mary entra par la porte ouverte. Priant pour qu'elle n'ait pas entendu ce qu'elles racontaient, Bríd lui sourit.

– Bonjour, Mme Casey, que puis-je faire pour vous aujourd'hui ?

– Tu peux me donner un de tes pains de seigle et une ou deux tranches de salami. Mary s'est penchée sur le comptoir.

– Viens ici et laisse-moi te regarder. Tu as le visage aussi rouge qu'une queue de dinde. Tu es sûre que tu n'as pas de température ? Si c'est le cas, tu sais, tu ne devrais pas toucher la nourriture.

– Je vais très bien. C'est juste qu'il fait chaud ici.

Sentant qu'il passait quelque chose, Mary frappa sur le comptoir.

– Dans ce cas, y a-t-il une chance que tu me rendes un petit service ?

Avec beaucoup d'aplomb, Aideen se glissa à l'arrière et déposa négligemment un torchon sur le couvercle en plexiglas. Puisque Jazz l'avait commandé, il y avait fort à parier que le gâteau devait être une surprise pour l'anniversaire. Mary la regarda d'un air sévère.

– Tu travailles toujours ici ? Je croyais que tu étais à la ferme.

– Conor et moi vivons là-bas, oui, et je suis encore ici par intermittence.

– À ton âge, j'étais à la maison pour surveiller un bébé. Mais, bien sûr, tout le monde prend des contraceptifs maintenant.

Voyant Aideen devenir écarlate, Bríd intervint.

– Donnez-lui une chance, Mme Casey, elle vient juste de se marier.

Mary sourcilla.

– D'après ce que je peux voir, personne n'attend d'avoir son certificat de mariage, de nos jours. S'ils se marient, ce qui, la plupart du temps, ne semble plus être le cas.

Bríd fourrait le pain de seigle dans un sac en papier.

– Deux tranches de salami, c'est ça ?

– Ne sois pas bête, qu'est-ce que je ferais de deux tranches ? Coupe-moi six bonnes tranches bien épaisses, pas tes lamelles fines comme le vent. C'est pour Louisa, pas pour moi. Les Anglais aiment ça mais, c'est sûr, ils mangeraient n'importe quoi. As-tu goûté ce truc de Branston Pickle ?

Jetant le pain dans son sac à provisions, Mary se retourna vers Aideen.

– Je vais te dire ce qu'il en est, tu as l'air en pleine forme. Je ne serais pas surprise que vous soyez toutes les deux tombées sur une bactérie.

Elle recula et les inspecta. À ce stade, Bríd était rose de contrariété et Aideen, qui détestait qu'on la scrute, avait détourné le visage. Mary s'éloigna du comptoir, et plissa les yeux.

– Tu as attrapé un microbe c'est sûr.

Se tournant vers un client qui venait d'entrer, elle annonça que les germes d'origine alimentaire étaient les pires au monde.

– Et les crises gastriques peuvent être fatales.

La femme, qui travaillait à la pharmacie, fit un clin d'œil à Aideen et à Bríd.

– C'est tout à fait vrai, et si vous voulez mon avis réfléchi, il faudrait que vous fassiez attention à votre âge.

– Ce n'est pas du tout mon âge, c'est une question d'hygiène.

– Oh, je ne sais pas, Mary.

Avec beaucoup de dignité, Mary déclara que, si c'était le cas, elle n'avait pas besoin que toute la ville en parle, puis, se sentant dépassée, elle prit son paquet de salami et sortit. Bríd s'occupa de la pharmacienne et Aideen retourna aux œufs. Elle passa par l'arrière lorsqu'elle les eut terminés et jeta ses gants dans la poubelle.

– Tu veux que je fasse la salade de pâtes ?

– Tu vas bien ?

– Bien, je vais très bien, pourquoi ?

– Mary Casey est une peau de vache sur pattes. J'ai pensé qu'elle t'avait contrariée.

– Je déteste quand les autres pensent que Dieu leur a donné le droit de poser des questions. Je parie qu'elle pense que tu n'es pas vraiment marié si tu n'as pas fait un grand mariage à l'église.

– Ah, c'est juste Mary.

Sachant à quel point Aideen pouvait être sensible, Bríd changea de sujet.

– Bravo à toi d'avoir recouvert le gâteau.

– J'aurais pu le lui lancer à la figure.

– Oui, mais tu aurais eu à nettoyer…

Cela lui valut un sourire réticent et, pendant la demi-heure qui suivit, elles furent occupées à préparer des choses et à servir. Puis, entre les employés de bureau et les jeunes mamans avec leurs poussettes, Bríd lui demanda comment ça se passait à la ferme.

– Je suis follement occupée. J'ai quand même retrouvé Conor l'autre jour, alors qu'il était en déplacement pour la bibliothèque mobile. Nous avons déjeuné chez Cafferky à Couneen.

Plutôt que de laisser le nom de Dan flotter dans l'air, Aideen lui dit qu'elle l'avait vu.

– Il nous a fait du café.

– Ah bon ?

– Puis Conor lui a dit d'aller se faire voir ailleurs parce que nous étions en rendez-vous.

– C'est gentil.

– Que veux-tu dire par « gentil » ?

– C'est mignon, non ? Appeler ça un rendez-vous quand on est marié.

– Les gens mariés peuvent sortir ensemble.

Aideen entendit dans sa propre voix qu'elle était fâchée et regretta de ne pas s'être tue. Déjeuner avec Conor avait été très romantique et elle ne voulait pas que Bríd en parle comme si c'était mignon et puéril. Si quelqu'un était puéril, c'était bien Bríd, la façon dont Dan et elle se battaient toujours comme des chats ou se réconciliaient au lit. Un afflux de clients a interrompu le cours des pensées d'Aideen, mais après avoir préparé et servi plusieurs cafés et sandwichs, et vendu trois fromages de chèvre ronds et une douzaine de brioches à la cannelle, Bríd ramena la conversation sur Dan.

– De quoi avait-il l'air ?

– Bien. Il emmène les visiteurs faire de la pêche en mer.

– Il devrait préparer un plan pour les éco-tours.

– Mais c'est son affaire, non ? Je veux dire, ce qu'il fait de ses affaires, ce sont ses affaires.

– N'importe qui avec un demi-cerveau pourrait voir qu'il a besoin de se ressaisir. J'ai dit que je l'aiderais.

Aideen fit la grimace et, tournant l'épaule, continua ce qu'elle était en train de faire. Bríd la poussa donna un coup de coude.

– Quoi ?

– Rien, c'est juste que, enfin, parfois il faut manipuler les hommes avec précaution.

– Qu'est-ce que tu es devenue, une journaliste psy ?

– Non, mais c'est vrai. Dan est tout dans la provoc verbale et il n'a aucune confiance en lui. Il détesterait recevoir des instructions de sa copine.

Mais Bríd ne voulait pas lâcher.

– Je crois que je connais Dan Cafferky mieux que toi. Le fait d'être mariée ne fait pas de toi une experte en matière de relations.

– Je n'ai jamais dit que c'était le cas. Mais tu peux être très insistante parfois. J'en sais quelque chose. Tu m'as donné des ordres toute ma vie.

Bríd se hérissa et, immédiatement, Aideen se sentit mal.

– Tu veux toujours aider les autres, et je t'en suis reconnaissante. C'est juste que… Je sais ce que ressent Dan.

– Tu connais pas du tout Dan. Il fait ses gros yeux de pauvre victime perdue avec tout le monde.

– Il ne faisait rien. J'ai à peine échangé deux mots avec lui, et je lui ai dit qu'il pouvait oublier, qu'il ne m'utiliserait pas comme intermédiaire.

– Mais il a essayé. N'est-ce pas ?

– Non. C'est ce que je te dis. Conor lui a dit de nous laisser.

– *Conor* a dit ça ? Vous parliez tous de moi ?

– Non, *on ne parlait pas de toi.* Conor lui a demandé comment se passait le travail et Dan a répondu qu'il faisait de la pêche en mer, puis il m'a regardé et m'a dit qu'il ferait des éco-tours malgré ce qu'en pensaient certaines personnes.

– Et ?

– Et je savais que « certaines personnes » voulait dire toi, et j'ai dit que je n'étais pas la gardienne de ma fichue cousine. Je ne le suis pas, Bríd. Je ne suis pas impliquée.

– C'est bien. Parce que je ne veux pas que tu le sois.

Aideen se demanda si le fait d'être marié vous rendait irritable. Elle n'avait jamais eu ce genre de dispute avec Bríd. D'un autre côté, il était grand temps que Bríd arrête de la traiter comme si elle avait dix-sept ans, alors, malgré son instinct qui la poussait à s'excuser, elle décida de camper sur ses positions. Elle n'avait rien fait de mal et c'était Bríd qui avait été agressive. Bon, elle avait peut-être un peu exagéré, mais tout de même… À ce moment-là, Bríd lui donna un coup de coude.

– Où travaille Conor aujourd'hui ?

– À la bibliothèque.

– Est-ce que tu veux prendre vingt minutes pour y aller ? Disons à 15 heures, s'il peut faire une pause-café…

En plus d'être une proposition bienvenue, c'était un rameau d'olivier, alors Aideen dit oui. Elles travaillèrent d'arrache-pied jusqu'à bien après l'heure du déjeuner, mais elle réussit à envoyer un message à Conor, qui répondit en disant qu'il l'attendait.

Quand elle jeta un coup d'œil à la porte de la bibliothèque, il était près des ordinateurs.

– Salut. Je suis en train de mettre de l'encre neuve dans l'imprimante. Attends que je me lave les mains.

Hanna était assise au bureau et Aideen lui sourit.

– Désolée de venir le voler.

– Pas du tout. C'est une belle journée, alors autant prendre sa pause à l'extérieur au lieu de rester enfermé dans la cuisine.

Alors qu'ils traversaient la cour et entraient dans le jardin, Conor prit le bras d'Aideen.

– En fait, j'ai bu un peu trop de café. J'ai pris le premier à 6 heures du mat et plein d'autres après. Tu veux qu'on s'asseye simplement sur le banc ?

Ils en trouvèrent un près du mur du couvent où les grands vitraux brillaient comme des fleurs. Il était fait de bois argenté, blanchi par le temps, et une plaque fixée à son rail arrière portait l'inscription suivante :

Sœur Michael, née Sarah Cassidy, travailleuse dans ce jardin.

Conor s'assit et étala ses doigts.

– Entre l'encre et la boue, j'ai besoin d'un de ces traitements de masque pour les mains.

– Qu'est-ce que c'est qu'un masque pour les mains ?

– Tu sais bien. Une séance de massage intensif, avec enveloppement d'algues et chaleur profonde.

Il s'allongea confortablement sur le banc, les bras le long de la barre.

– Ou, mieux encore, trois semaines à la Barbade. Mais, écoute, une chose positive est arrivée. Mlle Casey part pour Londres.

– En vacances ?

– Je ne sais pas. Pour des retrouvailles. Elle habitera chez une amie. La bibliothèque du comté le prend en charge pendant une semaine, mais je vais faire quelques heures supplémentaires.

– Quand ? Tu travailles déjà toutes les heures de la journée.

– Je sais, mais ce n'est pas énorme. Juste quelques heures ici et là. Le truc, c'est que c'est un petit revenu sympa et inattendu. J'ai pensé que toi et moi pourrions l'utiliser comme caisse pour les vacances.

– Comme si nous allions à nouveau prendre des vacances.

– Ah, ne sois pas comme ça, bien sûr que nous le ferons. Attends juste quelques mois.

– C'est une promesse ?

– Tout à fait. Je veux dire, évidemment, que je *pourrais* gaspiller mes gains supplémentaires en me chouchoutant. Mais je pense que retourner en Italie serait mieux.

– Mieux qu'un enveloppement d'algues ?

– Oh, oui. Les algues sont gluantes.

Conor la serra dans ses bras, puis s'éloigna.

– Attends, j'ai quelque chose pour toi.

Il fouilla dans sa veste et sort un livre. Il avait été écrit par un auteur appelé Lorna Sixsmith et s'intitulait *Comment devenir une parfaite femme de fermier.*

– Tu te souviens de Blanche Ebbutt ? *Les choses à ne pas faire pour les épouses* ?

– Oui, mais qu'est-ce que c'est ?

– Il est sorti il y a quelques années. L'auteur est irlandais. Tu pourrais l'avoir comme manuel.

Aideen regarda la table des matières, qui comprenait des chapitres comme « Des femmes de fermiers désespérées », « Comment éviter un divorce » et « Comment apprendre à un veau à boire dans un seau ». Conor en pointa un du doigt.

– Tiens, regarde, « comment courir vite avec des bottes en caoutchouc ». C'est génial. Tu vas te régaler.

Dans la liste des chapitres, il y en avait un qui s'intitulait « Isolement ou solitude bienheureuse ? » et un autre « Comment faire face au stress », ce qu'Aideen ne trouvait pas tellement cool. Puis elle en remarqua un autre, « Qu'est-ce qu'il veut vraiment dire ? ».

Alarmée, elle se tourna vers Conor.

– Tu veux dire que j'ai besoin d'un manuel ? Il avait fermé les yeux et étiré ses bras le long du dossier du banc, il était l'image même de la détente avec ses mains tachées de boue et d'encre et son visage brûlé par le soleil.

– Bien sûr que non. J'ai juste pensé que cela pourrait te faire rire.

Aideen vit un chapitre sur la façon de savoir quand un fermier vous complimente. Peut-être qu'il ne partageait pas ses soupçons sur le fait qu'elle était une femme de fermier nulle. Peut-être pensait-il qu'elle faisait un excellent travail. À tel point qu'il pensait pouvoir plaisanter à ce sujet. Elle s'apprêtait à lui poser la question, lorsqu'elle s'aperçut que sa respiration s'était ralentie et approfondie. Puis, alors qu'il ronflait doucement, elle aperçut un chapitre « Comment gérer un mari endormi lors d'une visite chez des amis ». Réprimant un petit rire, elle cala la tête de son mari contre son épaule. Il était là, endormi à trois heures dix de l'après-midi, et il prévoyait de faire des heures supplémentaires au travail. La possibilité de passer à nouveau un jour une soirée avec des amis semblait improbable, et la perspective de prendre des vacances semblait trop lointaine pour être envisagée. D'un côté, ils avaient dix minutes de plus à passer là, sur un banc ensoleillé, avec les parfums des fleurs qui s'échappaient des parterres de plantes aromatiques. Appuyant sa joue contre les cheveux de Conor, qui sentaient l'herbe fraîchement coupée et, très faiblement, l'étable, Aideen décida que cela lui suffisait pour l'instant.

Chapitre 19

La fête d'anniversaire surprise de Mary se tint dans le Hag's Glen. La maison de Maggie était trop petite et, en plus, Mary ne l'aimait pas. Pour elle, malgré toutes les restaurations minutieuses d'Hanna, ce n'était toujours rien de plus qu'un vieux hangar. Le lieu convenu était donc la maison de Brian, avec son grand espace de vie ouvert et sa longue table à manger, qui pouvait accueillir confortablement la famille et les invités.

Jazz arriva en avance avec le somptueux gâteau devant lequel Hanna s'exclama de joie.

– C'est incroyable !

– Tu l'aimes ? J'ai été inspirée par la photo des roses jaunes de grand-père.

– C'est magnifique. Il avait caché ce buisson dans le jardin pour faire une surprise d'anniversaire à ta mère. Les cadeaux d'anniversaire de Tom étaient somptueux et comprenaient toujours un dîner et une nuit à l'hôtel Royal Victoria de Carrick. Hanna avait craint que la fête d'aujourd'hui ne paraisse dérisoire par rapport à ce rituel ancestral, même si, dans les années qui avaient suivi la mort de Tom, Mary avait rejeté toutes les suggestions de dîner ou de thé d'anniversaire à l'hôtel.

Néanmoins, l'occasion méritait d'être célébrée, notamment parce qu'elle impliquait traditionnellement que Mary se rende chez le Couturier Carrick pour acheter des chaussures et un sac à main, ainsi qu'une nouvelle robe d'été. Hanna apporta le gâteau sur la table et dégagea un espace entre deux petits bols en poterie qu'elle remplit de fleurs sauvages. C'étaient des objets de famille, offerts par Mary à Hanna lors de son déménagement chez Maggie, en guise d'excuses pour les disputes qu'elle avait provoquées pendant les années de claustrophobie où elles vivaient ensemble dans le pavillon. Hanna avait reçu le cadeau avec gratitude, mais sans faire allusion à ce qui l'avait motivé.

Elle n'avait pas pris grand-chose de chez Maggie pour sa maison de Hag's Glen, mais elle avait emporté les bols – traditionnellement utilisés pour boire le thé – et un châle épais en laine beige avec une frange de la largeur d'une main. Cela aussi, c'était un cadeau de Mary.

– C'était celui de ta grand-mère. Celui de ma mère. Et celui de sa mère avant elle. Je ne suppose pas que tu sois assez folle pour porter, comme un hippie, mais tu pourrais t'en servir comme jeté de lit ou le poser sur le dossier d'une chaise. Le café qu'elle buvait dans l'un des bols était devenu partie intégrante des matinées de fin de semaine d'Hanna chez Maggie et, en réponse à la suggestion de Mary, elle avait accroché le châle sur une chaise droite près de l'âtre. Les occasions où elle l'avait porté étaient étroitement liées à sa mémoire. Les nuits au coin du feu, enveloppée de son châle, se sentant seule et certaine de ne plus jamais pouvoir faire confiance à un homme. Les soirées fraîches où elle rentrait du travail en souhaitant que quelqu'un soit là pour l'accueillir. Et la fois où elle l'avait jeté sur ses épaules par-dessus son kimono de soie et avait levé les yeux pour voir Brian sourire dans l'embrasure de la porte de la chambre.

– Des chrysanthèmes en brocart d'or et du papier maison marron crème. C'est très efficace. Elle avait ri et dit qu'il était clair qu'on ne lui avait jamais fait lire l'autobiographie classique de Peig Sayers à l'école.

– Je l'ai lue à un moment donné et je l'ai trouvée plutôt merveilleuse. Qu'y a-t-il de mal à aimer des mémoires qui se déroulent sur une île sauvage et romantique ? Je vois Peig avec des chrysanthèmes dorés sous son châle.

– On dit certainement beaucoup de bêtises sur sa génération. Elles n'étaient pas toutes en train d'égrener leur chapelet et de faire ce qu'on leur disait. Même les religieuses.

Pendant qu'elle parlait, Hanna avait eu une vision de Maggie, s'acharnant à labourer son champ pour trouver des pommes de terre.

– Elle a quitté Finfarran à l'adolescence, tu sais, et elle est restée loin pendant des années. Un prêtre l'avait accusée de vivre dans le péché. Je ne sais pas si c'était le cas, mais elle était certainement originale. Mon père lui avait offert un foulard en soie à Noël. Un carré de tête imprimé de touches de couleurs abstraites. Je crois qu'elle l'a porté tous les jours jusqu'à sa mort.

– Été comme hiver ?

– Avec un vieux sac jeté par-dessus lorsqu'elle creusait le carré de pommes de terre sous la pluie.

– D'où le châle et le kimono. Les vieilles habitudes ont la peau dure.

Avec un regard d'une tendresse ineffable, Brian avait traversé la pièce pour s'agenouiller à côté d'elle.

– Tu sais que je t'aime, n'est-ce pas ?

– Oui, je le sais.

Cela avait été un tournant dans leur relation, le moment où elle avait cru ce qu'il disait sans réserve, et sans crainte que sa confiance ne se termine par une trahison.

Posant le gâteau avec ses roses en sucre qui traînaient sur un plateau, Hanna sourit devant l'étrangeté de la vie. Étant donné que sa mère la rendait souvent folle, il était étrange de penser qu'elle avait emballé ces cadeaux et les avait apportés à Hag's Glen. Elle aurait pu les laisser chez Maggie pour Jazz, d'autant plus qu'ils n'avaient pas de place évidente ici. Le châle était replié sur une étagère, et elle ne buvait plus dans les bols en poterie émaillée, assez larges pour qu'il faille deux mains pour les saisir, et assez profonds pour lui permettre de tremper un croissant dans son café. Aujourd'hui, alors qu'elle fouillait dans un placard pour préparer la fête, elle avait admiré le motif des fleurs jaunes sous l'émail usé des bols et les avait sortis pour décorer la table. Ils étaient parfaits de part et d'autre du gâteau, et Mary pourrait même apprécier le geste. La table était dressée et les cadeaux emballés, Brian faisait chauffer une bouilloire et Jazz discutait avec la meilleure amie de Mary, Pat Fitz, une femme à l'air bizarre qui avait apporté une grande pavlova, lorsque Mary fit son entrée avec Louisa. Elle portait une robe en mousseline de soie à fleurs, un collier de perles et ce qu'elle appelait « ma petite montre de cocktail en or », et portait une pochette élégante sous le bras. Hanna l'embrassa et admira son impressionnante coiffure, dont la coloration et le coiffage avaient pris plusieurs heures à la fille du salon.

– Ah, elle a fait de son mieux, mais je ne suis pas sûre que la coupe me convienne vraiment.

C'était le signal qu'elle attendait un chœur de dénégation et de paroles rassurantes, que tout le monde lui fournit pendant qu'Hanna s'éloignait pour saluer Louisa. Elle n'avait jamais supporté les compliments à sa mère. Tandis que Louisa, élégante et discrète comme toujours, tendait à Hanna une bouteille de champagne, Brian alla galamment embrasser Mary.

– Là, vous êtes magnifique, comme toujours ! Joyeux anniversaire !

La porte s'ouvrit derechef pour laisser apparaître Johnny Hennessy, sa femme et plusieurs membres du club des souvenirs du lundi. Mary, qui venait de découvrir la présence de Pat Fitz, se retourna et les aperçut.

– Que se passe-t-il ?

– C'est une fête surprise, Nan. À la santé de celle qu'on fête ! lança Jazz en levant son verre de vin et tout le monde applaudit.

Alors que Brian commençait à remplir et à distribuer les verres, Mary attira Hanna à l'écart.

Tous les membres du club des souvenirs du lundi avaient été invités, car Hanna avait estimé qu'il serait impoli et désobligeant d'omettre M. Maguire. Mais heureusement, il avait envoyé ses regrets dans un texte qui commençait par :

« Chère Hanna » et se terminait par « Je vous prie d'agréer, Madame, l'expression de mes sentiments les meilleurs », et qui expliquait longuement qu'il avait un engagement préalable. Décidant de ne pas mentionner cette échappée belle, Hanna sourit.

– Tu n'as pas à t'inquiéter, il ne sera pas là et nous allons passer un bon moment. Regarde, Jazz a apporté ce joli gâteau pour toi.

Puisque Jazz l'avait apporté, Marie s'éclaira devant le gâteau, et puisque Brian s'était incliné profondément en lui tendant une coupe de champagne, elle inclina gracieusement la tête en guise d'acceptation.

– Eh bien, je dois dire que c'est très gentil et très inattendu. Je pensais que nous allions juste passer prendre le thé.

Mike descendit les escaliers en claquant des pieds et lui souhaita un joyeux anniversaire. Mary le regarda de haut en bas avec mépris.

– Ah oui, Mike, le fils de Brian, c'est ça ? Ce n'est pas toi qui étais censé faire de la course avec notre Jazz ?

– Oui, nous avions parlé de faire le marathon de Paris.

– Oui, c'est ce que j'ai entendu dire. Mais ça n'est jamais arrivé, n'est-ce pas ?

Jazz vint à la rescousse de Mike.

– Nous étions tous les deux trop occupés à la fin, Nan. Mais ça fait plaisir de revoir Mike ici, n'est-ce pas ?

– Ah oui ? J'ose le dire, de mon temps, les filles étaient moins indulgentes quand les garçons les laissaient tomber.

Hanna vit que Brian avait du mal à garder sérieux. Mike et Jazz n'avaient pas l'air décontenancés non plus, alors elle rit et tapa dans mains.

– Si tout le monde a bu sa coupe de champagne, c'est le moment de couper le gâteau ? Allez, maman, fais-nous l'honneur de le couper et nous prendrons tous des photos.

Heureuse d'être le centre de l'attention, Mary se laissa amener à la table et reçut un couteau. Elle coupa le gâteau sous les applaudissements et chacun leva son verre pendant que Mike, adossé à un mur, filmait la scène, et que les invités reprenaient en chœur du champagne.

Plus tard, quand Brian mit de la musique de fond, Hanna s'assit à côté de lui sur le siège de la fenêtre.

– Tout se passe bien.

– Bien sûr que oui. Mary est dans son élément, et c'est tout à son honneur. J'espère que je serai aussi en forme qu'elle quand j'aurai son âge.

Hanna regarda à travers la pièce vers l'endroit où Mary tenait sa cour parmi les invités.

– J'essaie de trouver le courage de lui dire que je pars à Londres demain.

– Pourquoi ?

– Oh, parce qu'elle va faire des histoires et vouloir savoir pourquoi, et exiger de savoir si je vais voir Malcolm.

– Est-ce que tu vas le voir ?

– Je n'en ai pas l'intention, non. Pourquoi me demandes-tu cela ?

– Je ne sais pas. À cause du monstre aux yeux verts.

Hanna poussé un éclat de rire.

– Non ! Vraiment ? Honnêtement, Brian, c'est idiot. Si j'avais l'intention de te quitter pour quelqu'un, je ne choisirais certainement pas Malcolm. J'ai plus de bon sens que ça.

– Pour qui donc ?

– Pierce Brosnan. Luke Skywalker. Peut-être Le Caravage, bien qu'il ait été condamné pour meurtre.

– Tu sais, Freud se serait bien amusé avec ton subconscient.

Hanna fit tinter son verre contre le sien.

– Tu vas me manquer.

– Par contre, tu passeras un bon moment avec tes copines.

– Oui. Et tu pourras passer du temps avec Mike.

– Ce n'est pas pour ça que tu y vas, au moins ?

– Non. Enfin, en partie. Mais Amy a raison, j'ai stagné. J'ai envie d'un voyage sous les feux de la rampe. Peut-être que j'achèterai une paire de talons aiguilles comme ceux de maman.

De l'autre côté de la salle, avec Johnny Hennessy comme partenaire amusé, Mary faisait une démonstration de pas de danse sur un enregistrement de « In A Sentimental Mood ». D'autres invités commençaient à danser autour de la table de la cuisine, sous laquelle Jo s'était retirée avec consternation.

Hanna l'appela et elle vint s'asseoir sur le siège de la fenêtre, se serrant entre elles et posant sa tête sur la cuisse de Brian. Au milieu des danseurs qui se déplaçaient lentement, les semelles rouges des talons aiguilles de Mary clignotaient lorsqu'elle effectuait une pirouette inattendue. Hanna gratta les oreilles de Jo.

– Papa et maman sortaient toujours danser. Je me souviens qu'elle portait ces perles. Il lui a offert la fameuse montre à un cocktail pour son anniversaire, l'année de mes dix ans.

– Combien de temps s'est-il écoulé depuis sa mort ?

– Douze, non, treize ans. J'étais toujours à Londres. Toujours mariée à Malcolm. Je pensais toujours que je connaissais précisément le cours que prendrait ma vie. Personne ne sait ce qui va se passer ensuite, en réalité. Comme je n'avais jamais imaginé maman devant se débrouiller sans papa.

– Mais nous ne pouvons pas contrôler la vie. Nous devons juste la vivre du mieux que nous pouvons.

Hanna se leva et le tira sur ses pieds.

– Dansons avant que je ne m'en aille et ne te quitte.

– Ne le fais pas.

– Ne fais pas quoi ?

Elle leva les yeux vers lui, surprise.

– Qu'est-ce qu'il y a ?

– Rien. Ce doit être ce champagne à l'heure du thé.

Il la serra contre lui et ils passèrent devant Mary, qui dansait maintenant avec Pat. Mike tournait avec Jazz tout en brandissant son téléphone pour prendre une vidéo. Johnny Hennessy et sa femme mangeaient des gâteaux à la table avec Louisa, et plusieurs membres du club des souvenirs du lundi avaient annexé le canapé et une assiette de sandwichs au jambon. On avait écarté les bols de fleurs sauvages lorsque Mary avait coupé le gâteau d'anniversaire, et un bouton d'or flétri reposait sur le plateau parmi les miettes éparpillées et les roses en sucre brisées.

Plaçant sa tête sous le menton de Brian, Hanna respira son odeur. Bien qu'elle se soit sentie excitée lorsqu'elle avait réservé son vol, l'idée de partir le lendemain la rendait étrangement léthargique. Elle ne se sentait pas à la hauteur du défi, comme si elle prenait une décision capitale qui ne pourrait jamais être annulée. Pourtant, un saut rapide à Londres, une semaine à Windsor et une soirée avec ses anciennes colocataires n'étaient pas vraiment un défi, plutôt le genre de choses ennuyeuses que l'on peut attendre d'une bibliothécaire d'âge moyen. Ce n'était certainement pas comme planter une épingle dans une carte et s'envoler avec son amoureux sur un coup de tête. La pensée de ce plan différé fit naître une boule dans la gorge d'Hanna. En chassant les larmes inattendues, elle se rappela ce que Brian avait dit. L'important, c'était de vivre maintenant, dans l'instant présent, ce qu'elle n'avait jamais su faire. Elle avait toujours l'impression de regarder en arrière ou de s'inquiéter pour l'avenir. Mais il n'y avait aucune raison de regretter ce voyage ou de se languir. La fête se déroulait bien et, quelles que soient les craintes qu'elle pouvait avoir pour sa mère, Mary avait l'air plus en forme qu'elle ne l'avait été depuis des lustres. Dérivant parmi les danseurs qui riaient et bavardaient, Hanna se força à se concentrer sur les pelouses bien taillées, les sorties shopping et l'assurance énergique d'Amy dans le jardin des nonnes. Comme Brian, elle réagissait probablement au champagne de l'après-midi. Rien de grave ne se produirait si elle s'éloignait pour un moment.

Quelques danseurs avaient quitté la cuisine pour se rendre dans le salon et, lorsque la musique changea pour un morceau avec une mélodie entraînante, le club des souvenirs du lundi commencé à chanter en même temps. Brian embrassa Hanna sur le dessus de la tête et Jazz, qui passait avec Mike, lui tendit la main et la serra dans ses bras. Pourtant, Hanna se sentit bizarre et, alors que la musique monta en puissance, elle pressa son visage contre l'épaule de Brian, comme si la chaleur de son corps pouvait dissiper le froid qui la faisait frissonner et lui donnait envie d'annuler son voyage.

Chapitre 20

Malgré les difficultés de la journée précédente, Hanna ressentit une poussée d'enthousiasme lorsque son avion atterrit à Stansted. Elle avait laissé Brian et Mike se débrouiller après la fête, s'était couchée tôt et s'était levée à cinq heures. Le ciel, balayé par la pluie, s'était teinté de rose lorsqu'elle avait descendu le vallon, et une seule étoile brillait à travers la brume matinale. Les toiles d'araignée qui tremblaient dans les haies semblaient refléter la lumière des étoiles, leurs fils pailletés de rosée reliant les fleurs fuchsia. Lorsqu'elle avait tourné à l'embouchure du vallon, elle avait vu des lumières dans la cuisine de la ferme et entendu le bruit des machines dans la cour. Puis, après avoir emprunté la route secondaire qui longeait la forêt, elle avait rejoint l'autoroute et, en peu de temps, elle avait quitté Carrick, franchi la frontière du comté et s'était mise en route pour l'aéroport de Cork. En longeant la forêt, elle était passée devant la maison de Fury. Le hangar à l'arrière était fermé et aucune lumière n'était allumée, mais, au moment où elle était passée, Fury était apparu sur le pas de la porte. Avec l'intérêt non dissimulé du campagnard pour chaque voiture qui passe, il s'était arrêté et l'avait examinée pendant qu'elle s'approchait. Puis, lorsqu'elle s'était arrêtée pour lui dire bonjour, il s'était approché et s'était appuyé sur le toit de sa voiture.

– Tu es donc sortie plus tôt que prévu.

– Oui. Je pars pour Londres.

– Pour des vacances, c'est ça ?

– C'est exact. Juste pour une semaine.

Cette fois-ci, Hanna ne mordit pas à l'hameçon. Il était inutile de prétendre qu'elle ne comprenait pas ce qu'il voulait dire, ou de protester que l'invitation d'Amy avait précédé l'arrivée de Mike. À la place, elle avait dit qu'elle ferait mieux de continuer son chemin, sinon elle raterait son avion.

– C'est tout à fait normal.

En partant, elle s'était demandé pourquoi elle avait dit cela à propos de Brian. C'était sûrement à cause d'une conversation stupide qu'elle avait eue à la fête d'anniversaire. Les cadeaux étaient ouverts et les invités étaient passés du champagne au café, lorsqu'elle s'était retrouvée assise seule dans la cuisine avec Mary. À sa grande surprise, sa mère avait bien accueilli son cadeau d'anniversaire, un carnet rose relié en cuir. Lors d'une réunion du club, Mary avait dit qu'elle avait besoin de quelque chose de pratique pour prendre des notes, et quand Hanna avait vu le petit livre, elle l'avait acheté en espérant qu'il lui conviendrait. Il n'était jamais facile de trouver des cadeaux pour Mary : elle était difficile et n'hésitait jamais à dire si quelque chose ne lui convenait pas. Mais elle avait approuvé le carnet.

– Très joli et j'aime bien la couleur. Elle ira aussi dans mon nouveau sac.

Pendant le silence qui avait suivi, Hanna avait redressé les fleurs sauvages dans leurs bols.

– Tu t'en souviens ?

– Oui, bien sûr. Je suis surprise de voir que tu les utilises.

– Je les ai utilisées comme tasses à café pour le petit déjeuner, chez Maggie. Tous les week-ends.

– Je dirais que Brian perd pas son temps avec des objets anciens.

– Pas du tout. Je veux dire, je sais que cette maison est élégante et blanche…

– Comme une salle d'hôpital.

– Non, tu exagères !

– Ne t'énerve pas. C'est un homme bien, Hanna. Je suis contente que tu l'aies trouvé.

Touchée, Hanna avait souri.

– Je suis contente qu'il te plaise, et tu sais qu'il te trouve géniale.

Tout se passait si bien jusqu'à ce que Mary baisse la voix d'un air de conspirateur.

– J'espère vraiment que cette fois tu auras de l'intuition.

– Hein ?

– Ne te méprends pas, mais tu sais que tu t'es déjà fait avoir.

En se reculant, Hanna avait entendu sa propre voix s'élever.

– Pour l'amour de Dieu, M'man, qu'est-ce que tu suggères ?

– Suggérer ? Je suis bien trop vieille pour tourner autour du pot. Je *dis* que même le meilleur des hommes peut se comporter comme un sacré imbécile. Surtout avec une femme qui l'a repéré comme une proie facile.

– Qu'est-ce que tu racontes ?

– Si tu ne le sais pas, cela ne prouve-t-il pas que j'ai raison ? Le bruit court dans les sept paroisses que Pauline Murphy, dans l'intimité des bureaux du conseil, a des vues sur lui.

– Pauline Murphy ?

Un vague souvenir d'une femme agréable qu'elle avait rencontrée lors d'une réunion du conseil municipal revint à Hanna.

– Brian la connaît à peine.

Mary fut piquée au vif.

– Cela ne dérangera pas Pauline. Tu parles, je connaissais sa mère, nous étions à l'école ensemble. Demande à Pat Fitz si tu ne crois pas ta propre chair et ton propre sang. Maeve Nolan a toujours eu l'œil vif, et sa Pauline est pareille.

– Ne sois pas bête.

– Tu ferais mieux de garder un œil sur Brian, c'est tout. Et je vais te dire une chose. Tu es bien bête de ne pas t'être fait passer l'alliance au doigt, parce qu'un homme non marié est une proie facile pour des gens comme Pauline Murphy.

S'efforçant de garder son sang-froid, Hanna avait tenté de mettre un terme à la situation en riant.

– Eh bien, j'espère que tu te trompes, car il se trouve que je pars pour Londres demain.

Ce n'était pas ainsi qu'elle avait l'intention d'annoncer la nouvelle de son voyage à Mary, dont les mains s'étaient instantanément envolées vers ses hanches.

– C'est vrai ? Et quand pensais-tu daigner le dire à ta mère ?

– Oh, M'man ! ce n'est que du dimanche au vendredi. C'était un truc de dernière minute et bien sûr, j'allais te le dire. C'est juste que la fête est formidable et que je n'en ai pas eu l'occasion.

– Et je suis censée croire à cette histoire ? Ne me dis pas ça ! J'aurais eu de la chance de recevoir une carte postale de ta part.

Mary rejeta la tête en arrière.

– Et, avec la façon dont la poste marche, ces jours-ci, tu aurais été de retour avant même que je n'apprenne que tu étais partie.

Poussée dans ses retranchements, Hanna avait aboyé que c'était peu probable.

– Je n'ai jamais vu passer une semaine sans que tu demandes de l'attention.

Puis, choquée par ce qu'elle avait dit, elle avait essayé de prendre la main de Mary.

– Je suis désolée, c'était horrible. Vraiment, je ne le pensais pas. C'est juste que tu ne devrais pas parler comme ça de Brian.

Mary avait pris un Kleenex plié sous le bracelet de sa montre. C'était un geste qu'Hanna avait vu un millier de fois.

– Ah, pour l'amour de Dieu, ne commence pas à pleurer.

Jetant le mouchoir en papier dans son sac, Mary l'avait refermé d'un coup sec.

– Je n'ai rien dit contre Brian, alors ne me fais pas dire ce que je n'ai pas dit. Ce que *j'ai dit*, c'est que j'ai élevé une idiote comme fille, et je vais le répéter maintenant si tu n'as pas le sens de l'humour. Pourquoi aurais-je ouvert mon bec si ce n'est pour te protéger ? Dieu sait que je ne suis pas bien remerciée pour avoir essayé de t'aider.

– Je n'ai pas besoin d'aide ni de protection. Parce que, je te le promets, maman, tout ça, c'est dans ta tête. Je suis sûre que Pauline Murphy ne s'intéresse pas le moins du monde à Brian. Et même si c'était le cas, ça n'aurait pas d'importance. Lui et moi allons bien.

– Oh, je vois bien qu'il est inutile que je poursuive l'affaire.

Très dignement, Marie s'était levée et avait vérifié sa montre.

– Mon Dieu, regardez l'heure qu'il est ! Je suis sûre que nous devrions y aller.

– Non, vraiment, il est tôt, laisse-moi te servir un autre verre.

Mais, ayant vu Mary se lever, Louisa s'était approchée et, Mary étant l'invitée principale, le reste des invités avait commencé à se disperser également.

★

Alors qu'Hanna se tenait dans le hall des arrivées, elle espérait que Jazz n'était pas malheureuse de la façon dont la fête s'était terminée. Elle se consolait en se disant que tout le monde était habitué aux décisions irréfléchies de Mary, qui, dans ce cas précis, aurait pu être mise sur le compte de la fatigue. De plus, Jazz était rarement perturbée par les bouderies et les crises de colère de sa grand-mère, peut-être parce qu'elle partageait avec Mary une relation forte et affectueuse. Alors que, pensait tristement Hanna, je gaspille de l'énergie à essayer de tricoter les bouts décousus d'une relation qui avait toujours été pleine de trous. C'était un aveu difficile qu'elle n'exprimait que rarement. D'une certaine façon, il était plus facile de penser que Mary devenait un peu folle que d'affronter le fait qu'elles étaient en désaccord depuis aussi longtemps qu'elle s'en souvenait. Et parler de folie semblait plus facile quand les mots « sénile » et « démence » étaient trop effrayants pour qu'elle les affronte.

Il ne faisait aucun doute que cette dernière idée de Mary était hors norme. En récupérant sa valise sur le tapis roulant, Hanna sourit à l'idée que Brian était le héros d'une romance de la Régence, captivé par les ruses d'une chasseuse d'hommes, et sauvé seulement par une série de rebondissements destinés à garder le lecteur accroché jusqu'à la toute dernière page. L'idée de Pauline Murphy exhibant un éventail à manche d'ivoire dans le bâtiment du conseil municipal de Carrick l'amusa jusqu'à ce qu'elle monte dans le train pour Londres. Dès qu'elle se fut installée avec ses bagages, elle sortit son téléphone pour contacter Amy et trouva deux messages de Mary sur son écran. Redoutant de revivre la conversation de la veille au soir, Hanna respira profondément avant de les lire. Mais le premier disait simplement « BON# VOYAGE », et le second « MÉFIE-TOI TU N'ES PAS HABITUÉE O TRQAFFIC ». Après avoir envoyé un texto pour dire qu'elle avait atterri, Hanna en tapota un autre et l'envoya à Amy, qui devait attendre de ses nouvelles parce qu'elle répondit :

« COUCOU. SUIS SUR LE STANSTED EXPRESS. »

« GÉNIAL. APPELLE-MOI QUAND TU SERAS DANS TON TRAIN DE W/LOO. TU AIMES LES CÂPRES ? »

« OUI »

« OK. SAUMON POUR LE DÉJEUNER. »

« À TOUTE »

La disposition de la gare de Waterloo avait changé depuis la dernière fois qu'Hanna y était allée, mais elle trouva le Windsor and Eton Riverside train sans problème et, une fois qu'elle eut rangé sa valise et fait savoir à Amy qu'elle était montée à bord, elle se détendit.

Amy l'attendait à l'arrivée du train, petite et guillerette, vêtue d'un blouson bombardier manifestement très cher en jean délavé, d'un haut en satin blanc et d'un pantalon palazzo vert tilleul. Elle serra Hanna dans ses bras et fronça le nez devant le sweat à capuche et le jean qu'elle portait pour être à l'aise pendant le voyage.

– Tu as *vraiment* besoin de nouveaux vêtements.

Hanna jeta sa valise sur le quai.

– Si tu as décidé d'être sarcastique, tu peux traîner ça.

– J'espère qu'elle n'est pas remplie d'autres t-shirts tristes et de sweats à capuche mous.

– Je te promets que je serai magnifique si tu prévois des dîners aux chandelles.

La voiture d'Amy était aussi brillante et neuve que sa tenue. Elles traversèrent les rues escarpées de la ville et tournèrent sur une route verdoyante bordée de maisons individuelles en briques rouges, dont la plupart étaient équipées de systèmes d'alarme et de portails électroniques. Celle d'Amy se trouvait sur un terrain d'angle, une maison Tudor Stockbroker des années 1950 très anglaise. Prenant la valise d'Hanna, elle la fit passer par une porte du garage qui menait à une buanderie. Au-delà, une grande cuisine ressemblait à un modèle d'exposition dans un showroom.

– Et voilà. N'hésite pas à mettre ton nez partout et à te faire du thé et du café. C'est un double four, mais je ne suis pas sûre de l'avoir ouvert. Je me nourris de plats préparés, alors j'utilise juste le micro-ondes.

Tout en lui parlant par-dessus son épaule, Amy emmenait la valise dans l'entrée.

– Clive a grandi ici, alors quand nous nous sommes mariés, tout l'endroit empestait la présence de sa mère. Ce n'est pas une femme que j'aurais voulu rencontrer, et je suis sûre qu'elle m'aurait détestée. Une petite fille de Cork n'aurait pas été son idée d'un beau mariage. Heureusement, lorsque j'ai rencontré Clive, elle avait rejoint son mari au milieu des marguerites, et j'ai eu carte blanche pour refaire la maison.

Elles atteignaient un palier carré et Amy conduisit Hanna dans un couloir.

– Ta chambre est en bas, elle donne sur le jardin. Il y a une salle de bains à côté, avec une bonne douche, et l'eau est toujours chaude. Hanna se souvint de l'ancienne maison des parents de Malcolm dans le Kent, bien que tout ici soit plus récent et plus citadin. La chambre à coucher était meublée avec les pièces les plus communes du grand magasin Heal's. Il y avait un lit double, des armoires encastrées et une table de nuit, un coffre à couvertures, et une chaise à dossier boutonné était placée près d'une table ronde à la fenêtre. Les rideaux étaient ornés de marguerites et de coquelicots et l'on avait une vue charmante sur la Tamise, qui coulait au bout du jardin.

– C'est une jolie chambre.

– Ah, c'est un compliment. Toi qui as toujours dit que j'avais mauvais goût.

– Mon Dieu, j'ai vraiment dit ça ? Je devais être affreuse !

– Pas du tout, tu avais raison, je n'avais pas la moindre idée du style. Je n'en ai probablement toujours pas la moindre idée, mais maintenant je fais appel à un personal shopper pour les vêtements. La maison a été décorée par une styliste et je dirais qu'elle m'a bien arnaquée. Pourtant, elle me convient et Clive l'aimait. Il trouvait que c'était très tendance, mais je soupçonne que c'était juste le goût de sa mère remis au goût du jour.

– Eh bien, je pense que c'est génial, et je t'en suis vraiment reconnaissante, Amy. J'avais besoin de ces vacances.

Amy la regarda d'un air narquois.

– Je me demandais ce qui s'était passé pour te faire changer d'avis sur ta venue. Tu n'es pas obligée de le dire, mais cela pourrait te soulager. Comme une irrigation du côlon.

– S'il te plaît, dis-moi que tu n'en fais pas.

– Je l'ai fait une fois, dans un salon sur un bateau de croisière. Mais plus jamais. Je veux dire, qui a envie de voir des plaques mucoïdes flotter à travers un tuyau collé à tes fesses ?

– *Tais-toi.*

Amy la laissa s'installer et lui dit qu'elle allait descendre pour s'occuper du déjeuner. Hanna défit ses valises et se rafraîchit, prit une douche et se changea pour passer une chemise et un chino, trouva une paire de FitFlops, puis brossa et recoiffa ses cheveux, qui s'étaient détachés dans le train.

Le déjeuner était dressé sur une table dans une véranda à l'extérieur du salon. Il s'agissait de saumon poché froid avec une sauce au citron et aux câpres, accompagné de petites boules de pâte et d'une salade de laitue frisée. Les portes coulissantes étaient ouvertes pour laisser entrer la brise du jardin, où les insectes bourdonnaient dans les bordures d'herbes soignées. Après avoir déjeuné, elles emportèrent le café vers une paire de chaises longues rembourrées au bord de la rivière, et s'allongèrent avec leurs tasses et une cafetière sur une table basse entre elles. Cela n'avait rien à voir avec la fois où elle s'était assise avec Jazz sur la haute falaise derrière chez Maggie, avec une bouteille de vin, des arméries maritimes en guise de coussins et les vagues qui battaient en contrebas. Ici, le jardin dans lequel elles se promenaient était très bien entretenu, les chaises longues étaient placées sur une terrasse en bois, et la large rivière dérivait lentement entre des berges nettoyées. Mais c'était beau. Des libellules aux ailes étincelantes survolaient la surface, et des oies et des canards se baignaient sereinement. Des arbres aux lourdes feuilles d'été poussaient près de l'eau, où des saules pleureurs formaient des îles avec les brindilles qui flottaient sur le courant. Des maisons avec de longs jardins soignés bordaient la rive opposée, la plupart avec des terrasses comme celle d'Amy où de petites embarcations étaient amarrées. Hanna s'exclama devant un petit hangar à bateaux situé en face d'elles, qui avait des tuiles festonnées et une girouette dorée.

Amy bâilla et admira ses propres ongles de pieds vernis.

– C'est l'endroit où se trouvent les Morrison et ils n'ont pas le pied marin. Je pense qu'ils utilisent le hangar à bateaux pour ranger les chaises longues. Clive avait un canot pneumatique et se promenait en faisant semblant de faire des trucs d'homme. Je l'ai vendu quand il est mort.

– Il n'était donc pas vraiment masculin ?

– Mon Dieu, non. Je te l'ai dit, c'était un ours en peluche.

Amy regarda Hanna de travers.

– Et Brian ?

– Il construit des choses. Je ne veux pas dire à mains nues.

– On va dire à moitié masculin, alors.

Hanna rit.

– Tu l'aimerais bien.

Elle s'apprêtait à lancer une invitation à venir la voir un jour quand elle s'arrêta, se demandant si Brian s'entendrait avec Amy. Il n'était pas fou des femmes à la pointe de la mode qui gloussaient et se peignaient les ongles. Alors, peut-être qu'une invitation ne serait pas judicieuse. Elle choisit de se taire, sirota l'excellent café d'Amy et se détendit. Ce voyage était censé lui permettre de vivre le moment présent, et c'était précisément ce qu'elle avait l'intention de faire.

Chapitre 21

Conor traitait ses e-mails lorsque Mike passa la tête par la porte de la bibliothèque, disant qu'il voulait voir le Psautier de Carrick. Habitué à ce que le public ne semble jamais lire les avis, Conor lui dit que les horaires d'entrée étaient affichés sur la porte de l'exposition.

– À cette époque de l'année, il y a une visite guidée toutes les demi-heures.

Le plus souvent, à cette époque de l'année, il y avait aussi de longues files d'attente mais, allez savoir pourquoi, il y avait peu de visiteurs aujourd'hui. Mike entra et s'assit nonchalamment sur le bord du bureau, serrant l'appareil photo qui pendait autour de son cou.

– Je sais, j'ai vu. Mais il semble qu'il n'y ait personne pour me faire entrer et je n'ai pas envie de traîner.

Conor jeta un coup d'œil par-dessus son épaule vers le mur de verre qui séparait la bibliothèque de l'espace d'exposition. Il était dix heures quinze et, au-delà du mur, Oliver, le guide bénévole de service, était perché sur un tabouret dans un coin reculé, en train de lire un livre sur son Kindle.

– Vous êtes Mike Morton, n'est-ce pas ?

– Est-ce que cela fait une différence ?

– Non. Mais bon, je vais faire signe à Oliver.

Conor recula sa chaise et, en frappant sur la vitre, fit lever les yeux d'Oliver. Puis il propulsa sa chaise vers le bureau.

– Si vous faites le tour de la porte de l'entrée de l'exposition, il vous laissera entrer.

– Est-ce que c'est lui que je paye ou vous ?

Cette information figurait également sur l'avis, mais Conor s'abstint de le dire.

– Si vous n'avez pas encore réservé en ligne, Oliver a des billets.

– Cool. Merci.

Lorsque Mike partit, Conor le rappela.

– Vous ne pouvez pas prendre de photos à l'intérieur dans l'exposition. Il ne faut pas utiliser de flash.

– Pas de problème. Vous êtes Conor, c'est ça ?

– C'est moi.

Alors que la porte de la bibliothèque se refermait, Conor se dit que le portrait rapide de Mike que Fury leur avait brossé, largement partagé, était juste. Oliver, soucieux du respect des procédures, remit un ticket à Mike avant de le laisser passer la porte.

– Je ne devrais pas vraiment vous laisser entrer après l'heure, et je ne peux pas vous proposer la visite complète à treize heures quinze.

– Je sais. Ça n'a pas d'importance.

Légèrement choqué, Oliver se positionna au centre de la pièce.

– Le Psautier de Carrick, l'un des joyaux perdus du patrimoine médiéval irlandais, aurait été créé au VIIIe siècle…

Mike l'interrompit en se dirigeant vers la vitrine.

– Vraiment, ça me va, je n'ai pas besoin de ces trucs.

Oliver, qui était petit et portait des lunettes rondes, lui lança un regard réprobateur.

– Il y a beaucoup de détails, vous savez, qui améliorent l'expérience.

– Bien sûr. Mais je suis juste là pour voir la dernière page.

En pinçant les lèvres, Oliver retourna à son Kindle, et Mike baissa les yeux sur le petit livre dans sa vitrine faiblement éclairée. Hanna avait tourné une nouvelle page avant de partir pour Londres et, quand Mike avait écouté la description qu'elle en avait faite pendant les préparatifs de la fête d'anniversaire, cela avait piqué sa curiosité. Maintenant, en regardant le livre ouvert, il pouvait voir ce qu'elle voulait dire. L'image illustrait un verset du Psaume 104. Elle courait en diagonale sur deux pages, du coin supérieur droit au coin inférieur gauche. Il n'y avait qu'une seule ligne de texte, traduite sur un écran sur le mur : « *Il arrose les collines depuis ses chambres hautes. La terre est satisfaite* »... Il y avait un gribouillis après « satisfaite », indiquant que le verset se poursuivait sur la page suivante. En regardant la profusion de couleurs, Mike sourit d'un air satisfait. Dans le coin supérieur, entre deux collines, un château entouré de douves se dressait au fond d'une vallée. Des drapeaux étoilés flottaient sur ses tourelles et, d'une urne dorée dépassant de la fenêtre la plus haute, un filet d'eau traversait les douves, tombait en cascade écumante et se transformait en rivière au fond de la vallée en contrebas. À l'endroit où elle se courbait pour jaillir sur la double page, l'eau était traversée par un arc-en-ciel. En se penchant de plus près, Mike pouvait voir qu'un effet chatoyant était produit par des rangées de minuscules points d'or entre les couleurs de l'arc-en-ciel. De minces poissons bleus et dorés sautaient dans la cascade, et les oiseaux qui volaient au-dessus de la rivière étaient peints dans des tons indigo, violets et rouges. Le chèvrefeuille s'enroulait autour de la lettre initiale du texte et, déterminé à montrer la satisfaction de la terre, l'illustrateur avait rempli la vallée de joncs verts, d'iris jaunes et d'arbres courbés par des pommes cramoisies brillantes.

Automatiquement, Mike tendit la main vers son appareil photo et Oliver, qui regardait derrière son Kindle, bondit immédiatement de son tabouret. Mike rit.

– Ce n'est pas grave. C'est juste un réflexe. Je connais les règles.

– Toutes les pages ont été numérisées pour permettre une inspection minutieuse, et on peut acheter les reproductions sous la forme de cartes et de posters dans la boutique de souvenirs. Nous demandons aux visiteurs de ne pas toucher la vitrine. Oliver regarda d'un œil pointilleux la vitrine, où les mains de Mike avaient laissé de légères marques lorsqu'il s'était penché sur le psautier.

– Je passe pour les posters, merci. Je pourrai polir la boîte si vous avez un plumeau.

Voyant la réaction d'Oliver, Mike rit à nouveau.

– Désolé, c'est juste une blague. Ce n'est pas l'une de mes meilleures. C'est un truc assez étonnant, ce psautier ?

– Avez-vous vu tout ce que vous vouliez ? J'ai un groupe de dix personnes qui a réservé le prochain créneau.

– Oui, j'ai terminé. Merci.

– Il n'y a pas de quoi. Profitez bien du reste de votre séjour ici à Finfarran. Comme nous le disons en Irlande, *go néirí an bóthar leat*, bon voyage.

Ayant repris son rôle officiel, Oliver se précipita pour ouvrir la porte, et le sourire avec lequel il raccompagna Mike était un hommage à sa formation.

Dehors, Mike qui avait du temps à tuer, se promena dans le jardin des nonnes. Il y avait une table libre près de la fontaine, mais il s'était levé tard et venait de prendre son petit déjeuner, il ne voulait donc pas de café. En errant sans but le long d'un chemin de gravier, il vit Jazz sortir du Centre de l'ancien couvent. Elle était habillée pour le travail et portait une brassée de papiers. Heureux de voir quelqu'un qu'il connaissait, Mike alla à sa rencontre.

– Bonjour. Tu fais une pause ?

– Je suis sur le chemin du retour. J'avais une réunion avec un groupe de Dublin à l'aube et j'ai passé tout le dimanche à m'y préparer, alors je prends le reste de la journée en guise de congé.

– Rien de tel que d'être ton propre patron.

– J'aurais probablement continué jusqu'à l'heure du déjeuner, mais la réunion a été très réussie (entièrement grâce à moi, je dois dire) alors quand Louisa m'a appelée, je n'ai pas dit non.

– Qu'est-ce que tu vas faire ?

Jazz passa ses papiers d'un bras sur l'autre.

– Traîner à la maison. Aller à la plage pour nager, peut-être. Il se pourrait que je travaille un peu en cachette sur ce dossier si je m'ennuie.

– Un jour de congé !

– Je pourrais le faire. J'ai un seuil d'ennui très bas.

– Pourquoi ne viendrais-je pas avec toi ? J'ai envie de me baigner, et d'être à deux. Je t'éviterai l'ennui en te racontant des histoires de mes voyages.

– Tu vois, j'étais intéressée pendant une minute jusqu'à ce que tu dises ça.

– D'accord, pas de récits de voyage. Par contre, j'aimerais bien me baigner. Est-ce que je peux t'accompagner ?

– Bien sûr, pourquoi pas…

Il accorda son pas au sien à côté d'elle et ils se dirigèrent vers le parking. Mike se souvint de leur première rencontre fortuite, lors de son précédent séjour à Finfarran. Elle semblait très différente cette fois-ci, beaucoup plus joyeuse et moins tendue.

– Tu vis à la campagne maintenant ?

– Ouaip.

Jazz inséra la voiture dans la circulation de Broad Street du milieu de matinée et coupa par Sheep Street, le chemin le plus rapide pour quitter la ville.

– Je loue la maison que maman avait avant d'emménager avec ton père.

– Tu peux te baigner dans les environs ?

– Pas loin. Ça s'appelle Seal Beach. Nous avions l'habitude d'y aller quand je venais ici en vacances quand j'étais enfant. Il y a du vrai sable doré et on peut s'y baigner en toute sécurité.

– Il y a des phoques aussi ?

– Il y en a plein. Avec des petits à cette époque de l'année.

Ils avaient atteint une route à une voie bordée de pâturages et Jazz ralentit la voiture pour éviter un lièvre qui trottinait.

– Il y a beaucoup d'animaux sauvages par ici, si c'est ce que tu aimes photographier.

– Brian a pris des photos de phoques sur la plage. Je les ai vues. C'est lui qui t'a transmis l'amour de la photographie ?

– Non, sauf si c'est génétique. Je ne l'ai pas beaucoup vu quand j'étais enfant.

Jazz lui jeta un coup d'œil.

– Tu m'as dit un jour que les familles n'étaient complexes que si les gens leur permettaient de l'être.

– C'est assez profond.

– Ou vraiment banal.

– Ça dépend du contexte. Je ne me souviens plus de ce dont nous parlions.

– De moi, j'imagine. J'étais un peu névrosée à l'époque.

Jazz donna un coup de volant, s'arrêta près d'un portail et tendit la main pour prendre son sac sur la banquette arrière.

– Bienvenue chez Maggie.

Elle se souvenait parfaitement de leur première rencontre, sur le sentier de la falaise, et elle soupçonnait Mike d'en faire autant. Elle était lovée dans un coin de soleil en train de lire, et il avait tourné le coin, trébuché sur ses pieds et fait voler le livre. Ils avaient bavardé et, plus tard, lorsqu'ils s'étaient revus, il l'avait invitée à dîner à Ballyfin. Son petit ami venait de la larguer de la pire façon qui soit, en quittant son studio et en laissant un mot collé sur la porte de l'armoire. Blessée et humiliée, la dernière chose dont elle avait besoin était d'un confident et, à son grand soulagement, Mike ne l'avait pas harcelée de questions. Plus tard, lorsque le soleil s'est couché et que les lumières des yachts et des bateaux de pêche s'étaient reflétées dans l'eau sombre, ils s'étaient promenés dans la nuit chaude. Jazz avait donc posé ses coudes dessus et appuyé son menton sur ses mains, regardant les dernières lueurs du jour se dissiper et les étoiles commencer à apparaître dans le ciel d'une noirceur d'encre.

– C'est bizarre de penser que le reste du monde est dans l'obscurité.

– En fait, la moitié est juste en train de se lever pour une nouvelle journée lumineuse.

– Mais c'est ce que je veux dire.

Bien qu'il ait répondu par une onomatopée polie, parler d'autres vies ne semblait pas l'intéresser, et lorsqu'elle avait parlé de sa famille, il n'avait pas dit grand-chose. Plus tard, alors qu'ils retournaient à l'endroit où sa voiture était garée derrière le restaurant, il avait fait cette remarque que les familles n'étaient pas complexes à moins qu'on ne leur permette de l'être. Jazz se demandait maintenant si c'était ainsi qu'il abordait toutes les relations. Mais cela n'a pas d'importance pour moi, pensa-t-elle. Il est ici pour se baigner et passer une journée paresseuse, rien de plus.

Sa réaction lorsqu'elle le fit entrer dans la maison fut gratifiante.

– Ouah. C'est un endroit sympa.

– Je l'adore.

– Moi aussi. C'est quand même assez isolé. Tu ne te sens pas seule ?

– Jamais. J'apprécie de plus en plus ma propre compagnie.

Jazz jeta un coup d'œil dans la pièce ensoleillée.

– Cet endroit est comme une coquille d'escargot. Petit et confortable.

– Mais pas comme l'appart en carton que tu avais avant.

– Mon Dieu, non. Ici, les murs ont 60 centimètres d'épaisseur. Et j'ai plus d'une pièce. Et un jardin. *Et* un banc au sommet d'une falaise avec une vue à couper le souffle. Tu parles d'un luxe ! Mais je ne suis pas très douée avec le jardin…

Elle le regardait d'un air perplexe.

Je suppose que tu ne sais pas te servir d'une faux ?

– Je n'en ai aucune idée.

– Moi non plus, et le chemin qui descend vers la falaise est en train de devenir une jungle.

– Tu ne peux pas utiliser une tondeuse comme tout le monde ? Ou bien est-ce une herbe spéciale de Finfarran qui ne réagit qu'à la faux ?

– Bien sûr que non. Je pense juste qu'il est peut-être devenu trop haut pour une tondeuse. Il y a une vieille tondeuse électrique dans la remise, mais je n'arrive pas à régler les lames assez haut. Le dispositif qui les fait monter et descendre est trop rigide.

– Là, je pourrais peut-être t'aider. Y a-t-il de l'huile dans la remise ?

– Oui, et j'en ai appliqué dessus. Je n'arrive toujours pas à les faire bouger.

– D'accord, offre de la dernière chance. Veux-tu que j'essaie la force brute ?

– Je suppose que ça ne peut pas faire de mal.

Il n'avait pas l'air particulièrement fort mais, à sa grande surprise, Mike déplaça les lames facilement, les réglant à la bonne hauteur pour tondre l'herbe haute.

– Impressionnant.

– C'est peut-être parce que l'huile avait eu le temps de couler.

Jazz rit.

– Et si je nous préparais un déjeuner quand j'aurai fini de tondre la pelouse ?

– Et si tu t'occupais de l'herbe et que je préparais le repas ?

– Est-ce que tu cuisines ?

– Seulement quand je veux frimer, et j'ai un nombre de recettes assez limité. As-tu un congélateur ?

– Oui.

– Contient-il des hamburgers ?

– Probablement.

– D'accord. Tu tonds, je fais quelque chose de spectaculaire avec un paquet de hamburgers surgelés et, après une pause nécessaire pour la digestion, nous pourrons aller nous baigner.

Chapitre 22

Hanna se réveilla et tendit automatiquement la main vers Brian. Réalisant qu'il n'était pas là, elle s'assit brusquement, pensant qu'elle avait dû trop dormir et qu'il s'était déjà levé. Au début, l'environnement inconnu la troubla, puis, se rappelant où elle était, elle se redressa contre ses oreillers et regarda la pièce ensoleillée avec ses rideaux à motifs de coquelicots et de marguerites et ses meubles bien cirés. À l'époque, enchantée par le grand bâtiment délabré qu'elle avait trouvé pour Malcolm et pour elle, Hanna avait engagé des ouvriers professionnels pour la structure et avait planifié toute la déco intérieure elle-même. Les chambres étaient décorées avec du papier peint imprimé à la main, et elle avait passé des heures à chercher des poignées de porte en verre ambré, et à poncer et polir des mètres de rampe en acajou. Après des mois de recherche, elle avait trouvé la parfaite cuisinière vintage émaillée de couleur crème pour la cuisine du sous-sol, que les ouvriers avaient agrandie sous une verrière pour apporter plus de lumière. Dans le jardin, elle avait planté des poiriers en espalier contre les murs en briques rouges et avait ajouté une table et des bancs pour en faire une salle à manger en plein air. Il avait fallu près d'un an pour que la maison soit prête, et lorsqu'ils avaient emménagé, elle en était profondément amoureuse. Lors de leur première soirée, Malcolm et elle s'étaient promenés main dans la main. Pour la chambre principale, elle avait choisi des tissus assortis aux murs tapissés de vert sauge, et lorsqu'elle avait ouvert la porte, il y avait une bouteille de champagne près du lit. Malcolm avait ri lorsqu'elle avait vu le seau à champagne en argent dans lequel elle se trouvait.

– Qu'en penses-tu ? C'est censé être exactement la bonne période.

Tout avait été si parfait qu'Hanna avait failli fondre en larmes. En versant le champagne, il lui avait dit à quel point il l'aimait et, cette nuit-là, elle s'était dit que c'était là le véritable accomplissement de son rêve. Des années plus tard, elle s'était rendu compte que lorsqu'elle cherchait des poignées de porte et choisissait des tissus, il avait déjà commencé sa liaison avec Tessa.

Mais ce n'était pas le moment de penser au passé. S'étirant luxueusement, Hanna sort du lit et se rend dans la salle de bains pour prendre une douche. Une robe de chambre blanche et moelleuse était suspendue à un crochet mais, bien qu'Amy ait fourni une pile de serviettes et tous les produits Crabtree & Evelyn possibles, il n'y avait pas de bonnet de douche. En se fabriquant un turban avec une serviette, elle réussit à se doucher sans se mouiller les cheveux et, vingt minutes plus tard, elle rejoignit Amy en bas pour le petit déjeuner.

– As-tu bien dormi ?

– Comme une bûche. C'est un lit si confortable.

– Claire est très enthousiaste à l'idée qu'on se retrouve toutes. Lucy n'a *toujours* pas répondu. Son assistante dit qu'elle revient d'Inde.

– Elle était en vacances ?

– Elle s'approvisionnait en épices ou quelque chose comme ça. Quoi qu'il en soit, elle a disparu des radars, mais l'assistante a dit qu'elle ne manquerait pas de l'attraper dès qu'elle le pourrait.

En se servant d'une salade de fruits et de muesli, Hanna dit qu'elle pourrait aller faire un tour à Windsor.

– Juste pour me refamiliariser avec le coin, à moins que tu n'aies prévu autre chose. Je vais chercher un bonnet de douche pour ta salle de bain.

– Oh, Hanna, qui a besoin d'un bonnet de douche de nos jours ? À part toi ? Je veux dire, personne de notre âge ne se promène avec les cheveux qui pendouillent dans le dos.

– Ils ne descendent pas dans mon dos, ils m'arrivent à peine aux omoplates.

– Peu importe. Et regarde ces cheveux gris !

– J'aime bien avoir des fils d'argent. Je les considère comme des reflets.

– Moi, je les vois comme des cheveux gris. Tu n'as pas de bons coiffeurs à Finfarran ?

– Quand es-tu devenue si brutale ?

Mais Amy avait toujours été comme ça, franche à souhait et difficile à supporter. Aujourd'hui, elle affichait une expression qui fit rire Hanna. Amy haussa les sourcils.

– Quoi ?

– Tu es en train d'évaluer ma tenue.

Elle portait des chinos beiges et un pull crème et, anticipant une promenade dans les rues commerçantes, les avait associés à des mocassins à glands marron foncé. Amy haussa les épaules.

– En fait, je me disais que tu avais l'air plutôt élégante. Tu as certainement gardé ta ligne, alors que j'accumule les kilos chaque fois que j'essaie d'arrêter de fumer, et tu peux garder ce look cool et classique. Tu l'as toujours fait – avant, ça me rendait malade.

Elle se resservit du thé, posa la théière et continua à évaluer du regard Hanna qui étalait du beurre et du miel sur une tranche de pain grillé.

– Je suis comme je suis. Je n'ai pas envie de devoir entretenir une coupe de cheveux. J'ai mieux à faire. Et que dirais-tu si je te disais que tu devais changer d'apparence ? s'esclaffa Amy.

– J'adorerais ça ! Nous pourrions aller en ville et faire le tour des magasins. Nous pourrions nous refaire une beauté. Faisons-le, Hanna. Ce serait amusant.

– Et épater Claire et Lucy.

– Absolument. Tu es prête ?

– Non, idiote, bien sûr que non. Je te l'ai dit, je suis heureuse comme je suis. Laisse-moi t'aider à faire la vaisselle quand nous aurons mangé, puis j'irai chercher ce bonnet de douche.

– J'ai une certaine Mme Barker qui vient faire le ménage. Si tu laisses tout ça, elle s'en occupera.

– Amy, que fais-tu vraiment de tes journées ?

– Ne me regarde pas comme ça. J'ai des tas de choses pour m'occuper.

– D'accord, ce ne sont pas mes affaires de toute façon. Ça te dirait de me faire visiter Windsor ce matin ?

– Pas si tu veux t'embêter à acheter des bonnets de douche.

Amy se leva de table et la serra dans ses bras.

– Va faire un tour et on se voit plus tard. Mais va t'allonger si tu rentres et que tu es épuisée. Tu dois être fatiguée après le vol d'hier.

Hanna la serra dans ses bras et monta se préparer. En consultant son téléphone, qu'elle avait éteint avant d'aller se coucher, elle trouva un message de Brian et deux de Mary. Celui de Brian disait simplement « Bonjour ». Après avoir répondu à

Brian par un baiser et un émoji cœur, Hanna tapa « Super » et l'envoya à Mary, en espérant que cela ne susciterait pas de réponse. Puis elle se brossa les dents, rassembla son sac et ses lunettes de soleil, descendit et demanda si elle devait rapporter quelque chose pour le déjeuner. Amy, qui scrollait sur des sites de shopping, leva les yeux et secoua la tête.

– Pas besoin. J'ai un compte en ligne chez Waitrose. Je commande simplement des produits.

– Ou des fleurs ?

– Il y en a des tonnes dans le jardin. Non pas que je les cueille. Mais, en fait, oui, des fleurs, ce serait bien. Mais pas des lys. Clive en apportait toujours et leur parfum me rendait malade, et je n'ai jamais eu le cœur de le lui dire. Mais ça a fini par s'arranger. Ils ont empoisonné le chat du voisin et Clive a renoncé à les acheter.

– Empoisonné ? Comment ça ?

– Il a léché le pollen. C'est mortel pour les chats, apparemment. Nous ne le savions pas. Le voisin est venu le lendemain avec la pauvre bête dans une boîte à chaussures, en demandant un dédommagement.

– Que s'est-il passé ?

– Oh, Clive s'est aplati, il n'a pas fait d'histoires. Je parie que Malcolm se serait battu jusqu'à la Haute Cour de Justice. Ou aurait menacé de poursuivre le voisin pour avoir laissé le chat s'introduire dans la maison.

– Je parie que tu as raison. Il ne pouvait jamais résister à un défi.

– Ça a dû être amusant.

Amy retourna sur Instagram, et Hanna la laissa assise, les pieds sur un pouf, une cigarette pendant entre ses doigts, et les yeux fixés sur son téléphone.

Les rues escarpées autour du château de Windsor étaient bondées de groupes et de personnes isolées, consultant avidement des applications, mangeant des glaces et achetant des souvenirs. La presse pour les touristes rappelait Lissbeg à Hanna et, pendant un instant, elle se demanda si elle ne devait pas appeler pour vérifier que Conor se débrouillait à la bibliothèque. Mais le bon sens reprit le dessus et, tournant le dos à la foule avec ses tasses décorées de corgis et ses torchons Harry et Meghan, elle trouva un grand magasin dans un centre commercial, qui lui vendit un bonnet de douche à motifs de marguerites et de coquelicots. La dernière fois qu'elle y était allée, c'était avec Grace, une amie dont le fils de treize ans était scolarisé à Eton College. Grace l'avait appelée un soir, paniquée.

– C'est son deuxième trimestre – non, je dois appeler ça « half », et je ne me suis toujours pas présentée pour socialiser.

– Oh là là, tu dois faire ça ? Avec qui ?

– Oh, il y a ce passage épouvantable dans les documents qu'ils t'envoient, sur le fait que le directeur et sa femme sont « à la maison » après la cérémonie à la chapelle. Jonathan dit qu'il est trop occupé et que c'est toujours le rôle des mamans, et Charley dit qu'il commence à se sentir orphelin, alors il faut que j'y aille. Il est écrit « les parents, leurs fils et les autres invités ». Hanna, alors tu veux bien venir avec moi ? Je pourrais te présenter comme la marraine de Charley. Ça devrait bien se passer.

– Ils ne t'ont pas radiée pour avoir menti dans la chapelle ?

– Je croiserai les doigts pour que Jon augmente notre don au fonds caritatif pour l'orgue.

Jonathan avait des bureaux à côté de ceux de Malcolm, et Grace ne s'attendait pas à envoyer sa progéniture à Eton. Les deux amies s'étaient présentées habillées et coiffées de chapeaux appropriés, et avaient été récompensées par le regard soulagé de Charley lorsqu'il les avait accueillies. Hanna s'était demandé, si elle avait eu un fils, si Malcolm aurait insisté pour qu'il aille à l'école de Harrow, qu'il avait lui-même fréquentée. En l'occurrence, Jazz avait été envoyé dans un externat mixte près de chez lui. Maintenant, en regardant un groupe d'écoliers d'Eton passer en rang serré et comme une tribu, Hanna se surprit à remercier sa bonne étoile. Il avait fallu du temps à Jazz pour prendre ses marques dans sa nouvelle école à Lissbeg, mais au moins, elle n'avait pas eu à subir le choc culturel de devoir sortir de ce genre de bulle rare qu'était la classe sociale d'élite, elle n'avait pas dû s'adapter à la compagnie des garçons et des filles. Les magnifiques et respectables bâtiments de l'école, les terrains bien entretenus, et même les stupides queues-de-pie et les gilets des garçons, les cols rigides et les pantalons à rayures parlaient d'un héritage prospère dont Finfarran était dépourvu. N'importe lequel de ces enfants à la voix claire et aiguë aurait pu être le descendant du jeune couple qui avait posé pour le tableau du XVIIIe siècle qu'elle avait trouvé si captivant pendant son adolescence. Déjà à l'époque, elle s'était rendu compte qu'il respirait la réussite. Il y avait un palefrenier quelque part à l'arrière-plan, portant une livrée, mais la main sur la bride du cheval était celle du maître et la démarche avec laquelle il présentait sa bonne fortune à l'observateur était presque aussi touchante que pleine d'autosatisfaction. Parfois, elle se demandait si elle n'était pas tombée amoureuse de Malcolm simplement parce qu'il dégageait exactement le même air d'arrogance vulnérable, bien que depuis qu'elle avait vécu à Londres, elle avait abandonné l'idée que son rêve nécessitait la présence d'un homme. Elle méprisait même légèrement le manque d'ambition et d'indépendance d'Amy. Le fait qu'en réalité, elle ait abandonné son propre rêve pour Malcolm l'irritait encore rétrospectivement, et le souvenir de la carte de fiançailles humoristique d'une amie disant « Comment les puissants sont-ils tombés !!! », une citation de la Bible, la faisait encore grimacer. Pourtant, comment pourrait-elle regretter son mariage ? Sans Malcolm, elle n'aurait pas eu Jazz.

Alors qu'elle traînait dans la rue principale, passant devant un magasin où un tailleur était en train de travailler assis dans une vitrine, les pensées d'Hanna revinrent à la visite qu'elle avait faite à Eton avec Grace. La rencontre avec le directeur et sa femme avait été moins difficile qu'elles ne l'avaient craint, et Charley s'était montré gentiment reconnaissant de leur présence à la chapelle, et du grand déjeuner ensuite à l'hôtel Christopher. Pourtant, dans le train qui les ramenait à Londres, Grace avait fondu en larmes. Elle lui avait expliqué combien elle avait détesté l'air stoïque de son fils lorsqu'elles l'avaient quitté, et la façon dont il avait reculé lorsqu'elle lui avait proposé de le prendre dans ses bras. Hanna n'a rien pu faire d'autre que de lui fournir des Kleenex et de la rassurer, mais rien de tout cela n'avait arrêté le flot de ses larmes. Puis, lorsqu'elle était arrivée à la maison, elle avait découvert que Jazz, 10 ans, avait passé l'après-midi à faire de la pâtisserie. La porte de la cuisine était ouverte sur le minuscule jardin de la ville, où Malcolm, assis sur un banc, tenait une brioche surmontée d'une grosse couche de sucre glace et un verre de Gewürztraminer. Jazz s'était précipitée pour l'accueillir, sans la douloureuse retenue que Charley s'était imposée, et le cœur d'Hanna s'était serré à la pensée du visage désolé de Grace.

– J'ai fait des brioches, c'est une surprise. Tu les aimes ? Goûte-les, maman ! Elles sont au chocolat. Le glaçage est aux amandes. Papa dit que les paillettes sont très efficaces.

Libérant Hanna d'une étreinte collante, Jazz s'était éloigné en dansant et était revenue avec un verre.

– Et j'ai ouvert une bouteille de vin, pour que vous puissiez vous détendre sous les poiriers.

Hanna avait accepté une brioche si sucrée qu'elle avait pratiquement attaqué l'émail de ses dents, et on l'avait poussée pour qu'elle rejoigne Malcolm sur le banc. Mordant héroïquement dans sa brioche, Malcolm avait levé son verre vers elle, affichant un visage éloquent derrière le dos de leur fille surexcitée. C'était un moment d'amour amusé qu'Hanna n'avait jamais oublié et, même en sachant ce qu'elle savait maintenant de son mariage trahi, elle n'aurait changé ce souvenir pour rien au monde.

Chapitre 23

Diablo appréciait les soucoupes de thé et se moquait bien de savoir si le thé était trop chaud. Fury lui avait récemment refusé sa cuillerée de sucre habituelle, mais il supportait cela patiemment, il continuait de laper régulièrement jusqu'à ce qu'il atteigne le fond de la soucoupe et d'éternuer lorsque la lie lui montait au nez. Le thé et les tartines étaient son petit déjeuner habituel, suivis d'une excursion dans la cour pour déterrer sa dernière sélection d'os. Après avoir nettoyé et aiguisé ses dents, et amélioré sa digestion avec de l'herbe, il était prêt à rejoindre Fury pour tout ce que la journée pouvait leur apporter.

Aujourd'hui, ils étaient sur la route de Castle Lancy quand Fury fit ralentir la camionnette et s'arrêta. Mary Casey se tenait sur le bas-côté, la main levée, comme pour arrêter un bus. Prenant Diablo d'une main, Fury le fit basculer par-dessus le dossier du siège et, ouvrant la portière côté passager, appela Mary.

– Tu vas à Carrick ?

– Oui.

– Tu montes ou je viens te donner un petit coup de pied aux fesses ?

– Je n'ai pas encore perdu l'usage de mes membres.

Mary poussa un sac de courses Orla Kiely sur le siège et grimpa pour le rejoindre. Après avoir ajusté la ceinture de sécurité sur son énorme poitrine, elle renifla bruyamment.

– Mon Dieu, l'odeur d'huile de lin qu'il y a là-dedans ! C'est de la menthe que tu manges ? Fury ouvrit la boîte à gants et lui proposa un tube de pastilles de menthes. Diablo lança immédiatement une salve d'aboiements de la part de qui était couché à l'arrière sur un enchevêtrement d'outils et de bois.

– Tu ne lui donnes pas ces trucs à manger, n'est-ce pas ?

– Pas du tout, il suit un régime strict.

Élevant la voix, il jeta un coup d'œil menaçant par-dessus son épaule.

– Et il n'ira pas à la finale du comté s'il ne s'y tient pas.

Mary mit un bonbon à la menthe dans sa bouche et passa un doigt suspicieux sur le tableau de bord.

– Est-ce que tu n'emportes jamais un chiffon humide dans cette camionnette ?

– Non.

– Facile à voir.

Confortablement installée dans son siège, et élevant la voix au-dessus des aboiements indignés de Diablo, Mary annonça qu'elle se rendait au Aldi de Carrick.

– Louisa n'a jamais une minute pour me déposer en ville, ces jours-ci, et Hanna est partie faire de la sauvage à Londres.

– Tu ferais mieux d'attendre le bus.

– Ah, le bus ne passe jamais quand je suis debout et que je veux partir.

– Malgré tout, tu ne voudrais pas monter dans une voiture avec un inconnu.

– Est-ce que tu me prends pour une imbécile ? Tu crois que je n'ai pas vu qui j'arrêtais ? De toute façon, de nos jours, un inconnu ne s'arrêterait pas pour moi.

– Dieu sait que c'est vrai. Mais tu ferais bien de faire attention à ton âge.

– Je suis une poule mouillée comparée à toi. Ne m'en parle pas !

– C'est l'histoire de quelques années, ma fille.

– Au moins, j'ai plus de bon sens que de me balader dans une vieille camionnette à la recherche d'ennuis.

– Si tu n'aimes pas ma camionnette, tu peux toujours descendre.

– Ah, ne m'embête pas. Je peux te rapporter quelque chose d'Aldi.

– Non, à moins qu'ils ne fassent un gâteau de Battenberg décent. Diablo déteste la pâte d'amande, donc c'est le seul gâteau que je peux avoir à la maison ces jours-ci.

– Aucun supermarché n'a jamais vendu un Battenberg décent.

– C'est vrai.

Avec l'air de celle qui était sortie gagnante d'une joute verbale acharnée, Mary prit une autre pastille de menthe.

– Dis, Fury, il t'arrive de ne plus te souvenir de ce que tu cherchais ?

– Est-ce de la philosophie ou une question piège pour me faire admettre que je titube vers la vieillesse ?

La question philosophique échappa à Marie, dont l'esprit semblait troublé.

– Si c'est un symptôme de l'âge mûr, je suis moi-même en train de tituber. La moitié du temps, je me trouve dans une pièce et je n'arrive pas à comprendre pourquoi j'y suis entrée.

– Ah, bien sûr, c'est une chose qui arrive à tout le monde.

– Est-ce que tu dirais…

Fury la regarda de côté.

– Est-ce que ça te préoccupe ? Tu iras voir un médecin ?

– Ça me préoccupe oui et non. Et non, je ne m'approcherais d'aucun médecin. Ils m'enverraient à Cork dès qu'ils me verraient.

– Quoi, parce que tu es un peu distraite ?

– Je ne prends aucun risque lorsqu'il s'agit du corps médical. Dès qu'ils ont l'occasion de faire des expériences, ils sortent le scalpel.

Marie étudia le motif de son sac.

– Je dirais que cela s'est produit davantage au cours des derniers mois.

– Tout le monde avance en âge, ma fille.

– J'ai lu dans un magazine qu'il faut rester actif.

– Tu veux dire se balader dans une vieille camionnette, à la recherche d'ennuis ? Elle lui offrit un grognement approbateur.

– C'est ton excuse.

– Je mourrai avec mes bottes, je peux te le dire gratuitement. Tant que je pourrai être utile, je me baladerai dans la camionnette.

– Mais c'est ça le problème, n'est-ce pas, Fury ? Tu peux sortir et travailler une journée. De nos jours, les gens n'accueillent jamais assez bien un bâtisseur. Mais qu'est-ce qu'une vieille comme moi a à offrir, et qui en voudrait ?

– Ce n'est pas une façon de parler. Et ta famille ?

– C'est ce que je veux dire. Jazz est dans les affaires jusqu'au bout des ongles, et Hanna n'a jamais eu besoin de moi. Elle était la chouchou de son père depuis le début, et c'est moi qui suis restée à la place du ha'penny. Et ne me parle pas de Louisa parce qu'elle n'a pas besoin de moi non plus, avec ses rendez-vous, son iPad et ses petits tailleurs Chanel.

Ils avaient atteint Carrick et Fury conduisait à travers les ruelles vers Aldi. Mary plia son sac de courses vide sur ses genoux.

– Je ne sais pas pourquoi je te parle de tout cela. Attention à ne pas le répéter.

– Tu crois que je cafterais ?

– Je suppose que non, sinon je n'aurais pas ouvert mon bec.

Il donna un coup de volant pour éviter la voiture de location d'un touriste.

– Je dirais que ce type a des problèmes avec son GPS. Dis, si je te dépose derrière le parking, peux-tu marcher jusqu'à l'entrée ?

– Je ne suis pas encore sur mon fichu cadre de zimmer. Je peux marcher quelques mètres.

– Est-ce que tu seras en état de rentrer à la maison ?

– Ah, il y a un bus dans une heure, je vais le prendre. Va-t'en loin de moi.

Se tournant sur le côté, Marie ouvrit la porte, puis, en équilibre sur le bord du siège, lui dit sur un ton soudain formel :

– C'est gentil de ta part de m'avoir emmenée, j'apprécie beaucoup. Il faut que tu viennes et que je te fasse un thé la prochaine fois que tu passeras devant le pavillon.

– Ce n'est pas la peine, je ne veux pas de paiement.

Mary glissa du siège vers le sol et, après avoir lissé sa jupe sur ses genoux, elle se retourna et le fixa du regard, et sa voix retrouva les rythmes de leur jeunesse.

– Je sais bien que tu ne veux pas être payé, et tu sais bien que ce n'est pas ce que j'ai proposé ! Je te dis de passer si tu passes parce que j'ai besoin d'un peu de compagnie. Mais ne t'inquiète pas si tu ne peux pas me caser dans ton emploi du temps chargé.

Quinze minutes plus tard, Fury entra dans la cour pavée derrière le château de Lancy. Il se gara et se dirigea vers l'entrée principale où Charles était en train de redresser une pancarte indiquant *Privé*. Une série de flèches indiquait le chemin vers une porte latérale, et un grand panneau à l'entrée bloquée de la tour indiquait *Danger de chute de pierres.* Charles rayonnait.

– Qu'en pensez-vous ?

– Je continue de penser que c'est une idée stupide, mais je suppose que les Yankees qui vont venir sont prêts à tout.

– Le premier groupe est japonais aujourd'hui.

Charles jeta un coup d'œil autour de lui.

– Où est Diablo ?

– Il perd son temps à courir après le chat de ta cuisine. Et ne me dis pas que vous ne saviez pas que vous en aviez un. Il y a des générations de chats qui se reproduisent derrière le lavoir.

– J'ai fait des recherches en ligne sur les Lancy. Il y a aussi une masse d'archives ici au château. Est-ce que la famille employait un chasseur de rats ?

– Ils l'ont fait, c'est sûr, et ils lui ont probablement donné les rats à ramener chez lui pour son dîner. On ne devient pas assez riche pour construire un château sans casser les pieds aux habitants.

Charles l'attrapa par le bras et le poussa à l'intérieur.

– Saviez-vous qu'ils tenaient des livres d'or ?

Il ouvrit un coffre dans le hall, révélant des piles d'albums reliés en cuir.

– Du XIXe siècle, pour la plupart d'entre eux. Plein de bonnes choses pour les curieux de culture. Il en ouvrit un à une page marquée par un morceau arraché à un mot croisé.

– Regardez ça : « J'emporterai avec moi pour toujours la splendeur des murs de ton château. Ton ami affectueux, Alfred Tennyson, août 1842. » Avant que Fury ne puisse répondre, il fouilla dans le coffre et ouvrit un autre volume.

– Et ceci : « Pardonne-moi d'avoir donné à mon fils gourmand toutes les figues au dîner ! Jane (Speranza) Wilde. 11 octobre 1864. » Vous voyez ? Les Lancy traînaient avec tout le monde. La mère d'Oscar Wilde. Les poètes de l'époque victorienne lauréate.

– On dit les poètes lauréats.

– Ah, vous croyez ?

– Un maître d'école nous avait inculqué ce genre de choses quand j'étais jeune. Il ne nous avait jamais appris quoi que ce soit d'utile. Pas quand on était dans la boue jusqu'aux genoux, à creuser des tranchées pour les tuyaux de gaz.

– Regardez ici : « Les lacs de Killarney surpassent, je pense, de n'importe lequel de nos lacs anglais, mais c'est à Finfarran que je perçois le plus beau paysage de ces îles. Je vous remercie de votre hospitalité lors de notre visite précipitée et de l'aimable prêt par Madame d'une paire d'excellentes lunettes de lecture. » Qui pensez-vous que ce soit ?

– Comment le saurais-je ?

– William Wordsworth, septembre 1829.

– C'est très bien tout ça. Les Japonais voudront-ils se laver les mains ?

– Oh, c'est vrai, oui, la chaudière. L'eau coule bien, elle crache juste des morceaux rouillés.

– Je ferais mieux d'aller me frayer un chemin parmi les rats, alors.

Les yeux de Charles brillaient d'enthousiasme.

– En descendant, regardez les choses que j'ai éparpillées dans la cuisine. C'est « *Downton Abbey*, eat you heart out ». Les Japonais vont adorer. Et quand vous en aurez fini avec les rats, amenez Diablo dans la bibliothèque. Nous prendrons un verre pour inaugurer la journée.

Chapitre 24

Il y avait une salle d'eau à la ferme, équipée d'une machine à laver assez lourde pour laver les salopettes sales et d'une essoreuse tout aussi robuste, mais Aideen aimait faire sa lessive à l'extérieur. Les jours de beau temps, le linge était séché sur de longues cordes dans le verger, et s'il pleuvait ou si les prévisions étaient mauvaises, il était suspendu dans la grande grange ouverte, où le toit offrait un abri et où le vent favorisait le processus de séchage. Il y avait bien eu un étendoir à linge rotatif dans la cour exiguë derrière la maison mitoyenne de St Finian's Close, mais tante Bridge était farouchement fière de sa laveuse-sécheuse à grande vitesse et, dans l'enfance d'Aideen, on étendait rarement le linge pour sécher.

Les étendoirs du verger étaient tendus entre des poteaux dans un espace ouvert et herbeux, suffisamment haut pour accueillir des draps doubles et des couettes. Plus près de la maison, Paddy avait tendu une longueur de corde entre deux arbres noueux, sur laquelle les torchons de cuisine pouvaient être accrochés. C'était plus pratique que de marcher jusqu'aux cordes à linge et, comme le disait Una, un torchon pouvait être rincé et essoré facilement si un oiseau venait à lui chier dessus du haut des pommiers.

Le panier à linge contre sa hanche, Aideen se rendit de la cuisine au verger et, posant le panier à ses pieds, sortit les serpillières, les torchons et les époussettes. Selon Una, les plus vieux arbres du verger étaient là depuis trois générations.

– La grand-mère de Conor m'a dit que sa mère en avait planté un lorsqu'elle s'était mariée à la ferme. Il portait encore des fruits quand Joe était tout petit, et pendant quelques années encore, mais il avait disparu lors de la tempête que nous avions eue la semaine de la naissance de Conor. J'ai planté un arbre de remplacement près de la maison quand je l'ai ramené de l'hôpital.

L'arbre qu'elle avait planté était l'un des deux arbres entre lesquels Paddy avait tendu son cordon, et Aideen aimait l'idée qu'il ait le même âge que Conor. Les pommes qu'il produisait étaient des Braeburns, dont la chair ferme conservait sa structure lorsqu'on la coupait en morceaux pour faire une tarte. Ce n'était pas comme les Bramleys du deuxième arbre, qui s'effondraient en mousseline lorsqu'elles étaient cuites au four ou bouillies. Paddy avait toujours insisté sur le fait que la garniture d'une tarte aux pommes irlandaise devait être une purée sucrée, mais Aideen, comme Una et Conor, appréciait les morceaux fondants et sucrés au miel des Braeburns.

Bien que ce soit Bríd qui ait des diplômes culinaires, Aideen avait toujours aimé faire de la pâtisserie à la maison. Elle adorait pétrir du pain de soude pendant que les chats buvaient du lait sur la marche de la cuisine le matin, et cueillir et préparer des fruits pour faire des tartes, des confitures et des tartelettes ; et maintenant qu'elle vivait à la ferme, elle avait une famille qui appréciait et beaucoup de passants qui mangeaient le résultat de ses recettes. Sa tante Bridge et sa grand-mère avaient apprécié les derniers gâteaux annoncés à la télévision, et les pâtisseries que Bríd préparait pour la charcuterie étaient toutes délicieuses, mais l'approche d'Aideen ne nécessitait pas une telle uniformité. Elle dépendait de ce qui lui tombait sous la main. Les fines tranches coupées dans les fruits tombés de l'arbre formaient la garniture des génoises lorsqu'elles étaient saupoudrées de sucre foncé de la Barbade. Un surplus d'œufs lorsque les poules de la ferme semblaient s'être emballées pouvait donner un lot de quiches au jambon ou aux épinards. Ou un pudding crémeux au caramel. Ou encore un gâteau au lait chaud, qui utilisait quatre jaunes d'œufs, ou des profiteroles au chocolat, qui en nécessitaient six. Les restes de pâte à tarte pouvaient être assemblés et roulés pour faire de petites tartelettes à la confiture, ou tordus en longues pailles aromatisées avec du fromage râpé sur les croûtes, qui, autrement, auraient été jetées. Elle aimait que ces préparations ménagères requièrent de la préparation, et pour elle, le terme de « cuisine » était tout à fait approprié. La « préparation du fromage » évoquait la créativité, tout comme le goût aigre d'une pomme Bramley crue faisait naître des visions de puddings sucrés à venir.

Passant du petit fil à linge au premier des trois arbres, Aideen commença à étendre les draps et les housses de couette. Alors qu'ils se gonflaient dans le vent, elle accrocha les vêtements sur la ligne suivante, apercevant les pommiers et les groseilliers à maquereau entre les chemises qui volaient et les jeans qui claquaient. À cette époque de l'année, la plupart des arbres du verger étaient en train de fructifier, et sous leurs auvents bruissants, les fruits tombés de l'arbre étaient éparpillés dans l'herbe. Du lichen piquetait les branches d'un arbre situé au sommet du verger, dont la couverture foliaire s'amenuisait et qui ne portait que peu de fruits. Lorsque Aideen avait vu le lichen gris et jaune pour la première fois, elle avait supposé qu'il était à l'origine de la perte de ses feuilles, mais Paddy, qui avait quitté son bureau pour faire une pause, avait secoué la tête lorsqu'elle lui en avait fait part.

– Pas du tout, ma fille, le lichen est inoffensif. Il n'absorbe pratiquement rien de l'arbre, à l'exception de quelques minéraux, et il ne lui fera pas le moindre mal.

– Mais il ne pousse que sur ceux dont les feuilles sont les plus fines.

– Ah, les arbres deviennent chauves au sommet pour toutes sortes de raisons, mais le lichen n'en est pas une. Il est là parce que c'est là qu'il prospère. Tu vois ? La lumière du soleil sur les branches crée un environnement propice.

En inspectant de plus près l'arbrisseau, Aideen avait été charmée. On aurait dit que des couches de dentelle avaient été trempées dans de l'argent et du bronze liquides et drapées sur les branches, où elles s'étaient rigidifiées. Les sections argentées avaient des surfaces planes qui semblaient presque avoir été polies, mais lorsqu'on les touchait, le lichen s'effritait comme de la poussière dans sa main. Certaines des fioritures étaient grossières, d'autres délicates, et les combinaisons textures et de couleurs étaient merveilleuses.

– Alors, pourquoi cet arbre est-il devenu chauve ?

– Il a fait son temps, ma chérie. C'est un vieil homme qui se prépare à mourir. N'est-ce pas grandiose, cependant, qu'il mette un manteau coloré en partant ?

Les moments où Paddy devenait expansif l'avaient toujours surprise. Il pouvait passer des jours sans dire un mot, sauf pour demander du thé ou un reçu perdu, mais parfois il racontait à Aideen des choses sur la ferme qu'elle n'avait jamais entendues de la bouche de Conor. Une fois, alors qu'ils étaient seuls dans la cuisine, il avait parlé du vieux Dawson.

– C'est une vieille peau convenable, et ce n'est pas que ça me dérange de prendre son argent en prêt. Tu ne peux pas végéter dans l'agriculture. Cela n'a jamais de sens. Mais tu ne peux pas non plus courir après toutes les nouveautés, Aideen. Pas sans les avoir d'abord bien regardées. Je n'ai rien contre ce qu'ils enseignent à l'université, mais tu dois comprendre tes outils avant de les prendre en main.

Paddy avait froncé les sourcils et, à sa grande surprise, s'était lancé dans un cours magistral.

– Prends les caméras qu'on trouve de nos jours dans les étables. Tu les fais installer et cela t'évite de sortir vingt fois dans la nuit pour voir comment ça va. Ce n'est pas grave. Elle est au chaud et au sec à l'intérieur et y a de la lumière, donc tu ne tâtonnes pas dans le noir en cas de problème. Et je ne dis pas un mot contre ça. C'est logique. Mais je vais dire une chose. Mon père n'emmènerait pas une vache vêler dans un hangar si elle avait trouvé sa propre place dans le champ et voulait y rester. Je l'ai vu se lever et aller avec une torche autant de fois qu'il le fallait pour la surveiller, et il restait toujours sous le vent et en arrière, de façon qu'elle soit pas dérangée par lui. Et cet homme n'a jamais perdu une vache.

– Mais si les choses tournent mal ?

– Si ça tourne mal, bien sûr, je ne dis pas le contraire. Il faut avoir un point de vue. Et tu dois savoir ce que tu veux. Mon père pouvait dire en regardant si les choses étaient normales ou non, et je jure devant Dieu que les vaches lui faisaient confiance et venaient en bas à l'avance si elle allait avoir besoin d'aide. Ne me demande pas comment. Je l'ai vu. C'était la même chose avec son père aussi, et c'était un puissant gardien de troupeaux. Et c'est quelque chose que Conor et Dermot ne verront jamais, parce que les caméras sont en haut et les vaches en bas, et c'est comme ça maintenant. Quand une nouvelle façon de faire les choses arrive, il y a toujours un gain que tu peux mesurer. Mais voilà où je veux en venir, ma fille. Il y a toujours quelque chose qui se perd aussi, et une fois que c'est parti, on ne peut pas le mesurer, donc il n'y a pas moyen de faire une bonne comparaison. Et on ne peut pas le récupérer.

Aideen n'avait jamais parlé de ces conversations à Conor. Elle aurait eu l'impression de trahir la confiance de Paddy, même si, d'après elle, il aurait pu dire le même genre de choses à ses fils. Selon Conor, lorsque Joe et lui grandissaient, Paddy avait été un excellent professeur.

Elle ne se souvenait pas vraiment de son grand-père, mais Paddy était très doué pour transmettre les choses qu'il avait apprises de lui. L'incapacité de Joe à écouter avait causé l'accident de Paddy, même si les McCarthy en parlaient rarement. Conor avait dit à Aideen que Joe avait toujours eu tendance à ruer dans les brancards parce que, comme le disait sa mère, il n'avait jamais été fait pour l'agriculture. Parfois, il se mettait à se battre, comme s'il en avait assez. L'accident s'était produit le lendemain d'une tournée des bars dont il était rentré épuisé vers quatre heures du matin. Le lendemain matin, il n'était qu'à moitié réveillé au travail, et lorsqu'une vache enceinte s'était montrée agressive dans un enclos, elle avait failli le piétiner. L'intervention rapide de son père lui avait donné le temps de s'échapper, mais Paddy avait dû faire un roulé-boulé par-dessus la barrière à la dernière minute, et avait atterri sur la colonne vertébrale dans la cour pavée.

C'était typique de Joe de ne pas avoir respecté les règles de sécurité que Paddy avait inculquées à ses fils depuis le jour où ils avaient fait leurs premiers pas. Son père ne lui avait jamais reproché son accident mais, comme Conor l'avait dit à Aideen, Joe ne s'était jamais remis du choc, et Aideen savait, sans qu'on le lui dise, qu'Una était partagée entre la colère contre Joe et une profonde pitié pour eux deux. L'offre d'emploi du vieux Dawson à Cork avait donc été une aubaine à plus d'un titre, et l'argent que Joe envoyait pour payer le salaire de Dermot était, en sorte, une réparation.

Il y avait une complication supplémentaire dans le fait que Paddy, lui aussi, portait un fardeau de culpabilité car, lorsqu'il s'était agi de demander le remboursement des frais médicaux sur la police d'assurance de la ferme, il s'était avéré que la couverture qu'il avait prise était loin d'être suffisante. Leurs soucis financiers étaient maintenant largement derrière eux, ce qui faisait une différence, mais les sombres sautes d'humeur de Paddy jetaient toujours une ombre sur la situation. Il souffrait de douleurs chroniques à cause des dommages causés à sa colonne vertébrale et, selon le médecin, une grande partie de sa dépression était due aux effets secondaires des médicaments qui, dans son cas, étaient apparemment « l'option la moins pire ». Aideen était certaine qu'il ne s'agissait pas seulement de médicaments et d'effets secondaires. Pour quelqu'un qui avait été élevé dans la tradition selon laquelle on transmettait l'enseignement par une démonstration pratique, la frustration de ne pas pouvoir participer au travail sur le terrain devait être effrayante. Pour elle, il n'était pas étonnant que Paddy se réfugie parfois dans le silence, et les moments où il s'ouvrait aux autres semblaient trop précieux pour qu'on les mette en péril en en parlant. Même pour Conor et Una.

Aideen retourna à la maison en balançant le panier vide. Les poules des McCarthy avaient accès à une partie du verger, où elles grattaient la terre et prenaient le soleil entre les groseilliers. En passant, Aideen regarda à l'intérieur et appela « Cot, cot, cot ». Une jeune poule leva la tête, intéressée, mais les vieilles poules, ignorant l'appel d'Aideen, continuèrent à chercher de la nourriture. Elles savaient qu'on leur apporterait une casserole d'épluchures de pommes de terre le soir avant qu'elles ne se précipitent vers le poulailler, et qu'on ne leur donnerait rien à cette heure de la matinée. Dans la cuisine, Una écossait des haricots avec la radio en fond sonore, et quand Aideen entra, Paddy la regarda depuis le bureau.

– Tu devrais peut-être enfermer les poules en début de soirée. Je dirais que nous avons un renard.

– Ah, bon ! Tu es sûr ?

– Un renard ou un vison, peut-être. Ces diables descendent du champ.

Una roula des yeux.

– C'est vrai. Si tu les vois, Aideen, tu feras attention ?

– D'accord.

Aideen s'assit à la table pour l'aider à préparer les haricots.

– Pourquoi les visons descendent-ils vers le bas ?

L'image suggérait une invasion organisée, comme celle des belettes et des chats dans *Le Vent dans les saules*, ou la marche menaçante des orcs dans le film *Le Seigneur des anneaux*.

– Parce que certains défenseurs des droits des animaux les ont libérés d'un élevage de visons dans le nord il y a quelques années. Depuis, ils se reproduisent comme lapins, alors ils doivent continuellement se déplacer, à la recherche de terrains de chasse.

Una interrompit Paddy d'un ton apaisant.

– Ah, Paddy, c'est peut-être le renard.

– Je n'ai encore jamais rencontré de renard capable de passer à travers un maillon de clôture de cinq centimètres, comme l'a fait la bête qui creusait autour du poulailler la nuit dernière. Aucun renard n'a jamais laissé des crottes comme les siennes non plus. Je dirais que c'était un vison.

– On devrait lui tendre un piège ?

– Oui il faudra. Dis à Dermot de le faire quand il sera là.

Paddy retourna au bureau et Una sourit à Aideen.

– N'aie pas l'air si inquiet, mon petit. Si tu as des poules, tu auras toujours des prédateurs.

– Les visons sont-ils très gros ?

– Tu en trouves de la taille d'un renard, et ils sont féroces. Mais ils n'attaqueraient pas à moins d'être acculés. La plupart du temps, tu ne les verras même pas.

– Ceux qui ont été libérés étaient élevés pour leur fourrure ?

– Oui, et c'est illégal maintenant, c'est pourquoi Paddy est ennuyé. C'était affreux de penser à ces petits animaux élevés dans des cages pour être tués.

Tante Bridge avait une étole en vison qu'elle portait à la messe le dimanche, et Aideen avait toujours été gênée. Tout le monde à l'école avait fait des collectes pour les refuges d'animaux et les organismes de bienfaisance écologiques, et voilà que tante Bridge marchait vers la communion avec un petit animal mort en fourrure autour du cou. D'un autre côté, Conor élevait des agneaux et des veaux pour l'abattoir. Après s'être occupée des agneaux les plus faibles et les avoir soignés dans les champs, Aideen avait essayé de ne pas penser à ce que cela signifiait quand Una les avait emmenés rejoindre le reste troupeau. En fait, cela lui avait donné la nausée. De petits patients, enveloppés dans des châles en crochet et nourris à la main avec des biberons, ils étaient devenus des unités sur les feuilles de calcul de Paddy. Parce que Conor l'avait accusée de voir l'agriculture avec des lunettes teintées de rose, elle n'avait pas voulu en parler, mais elle se demandait maintenant ce que Paddy dirait si elle abordait le sujet avec lui.

Chapitre 25

Brian révisa sa charge de travail en prévision des vacances d'Hanna, et il était maintenant libre de passer du temps avec Mike. Les soirées détendues autour d'un repas et de quelques bières, c'était très bien, mais passer des journées entières ensemble, c'est différent, et Brian avait l'impression que son fils n'apprécierait peut-être pas autant sa compagnie que prévu. Pour un garçon d'une vingtaine d'années, la maîtrise de soi de Mike était déconcertante. En se regardant dans le miroir pendant qu'il se rasait, Brian se souvint de ce qu'Hanna avait dit à propos de sa propre réticence dans ses rapports avec les gens. Peut-être la pomme n'était-elle pas tombée trop loin de l'arbre. En effet, pensa-t-il en attrapant une serviette, la réticence n'avait pas été le premier mot choisi par Hanna. En bas, Mike était assis près d'une fenêtre ouverte, son ordinateur portable sur les genoux. Brian ouvrit la porte d'entrée et siffla Jo, qui entra et regarda la fenêtre insistance. Mike s'installa à la table de la cuisine avec son ordinateur portable et Jo se mit dans sa position habituelle, le nez sur ses pattes avant étendues, les yeux fixés sur la route qui traversait le vallon.

– C'est vraiment son royaume ?

– En fait, elle est plutôt respectueuse. Mais elle n'en pense pas moins.

Brian regardait Jo.

– J'aurais préféré qu'elle ne choisisse pas le siège de la fenêtre comme observation. Elle devient un peu vieille et raide pour sauter dessus.

– Sais-tu quel âge elle a ?

– Le vétérinaire a dit qu'elle pouvait avoir jusqu'à dix-sept ans.

Mike observa le chien.

– C'était donc un chiot quand j'étais encore à l'école élémentaire.

– C'est possible. Et quand tu te débattais avec l'algèbre, elle était probablement en train de garder du bétail.

C'était une remarque banale, mais cela rappela à Brian à quel point il connaissait peu son fils. Bien que Mike ait reporté son attention sur son écran et que Brian hésitât à l'interrompre, un mélange de curiosité et de désir de réparer le passé l'envahit.

– Tu aimais l'école ?

Mike leva la tête poliment.

– Oui, je suppose que oui. Les mathématiques beaucoup. L'art, pas tellement, jusqu'à ce qu'un nouveau maître ne mette en place un club de cinéma. Puis papa et maman m'ont offert un appareil photo pour mon anniversaire, et j'ai plongé dedans.

Brian se souvenait de cet appareil photo. Il avait appelé sa sœur juste avant le seizième anniversaire de Mike et lui avait dit qu'il aimerait lui acheter un cadeau, au lieu d'envoyer de l'argent pour qu'il le dépense, comme il le faisait chaque année.

– Mais n'en fais pas toute une histoire. Je veux dire, tu n'as pas besoin de dire que c'est de ma part.

Kate avait hésité.

– Tu es sûr, Brian ? Je me demande si nous ne devrions pas lui parler de toi.

– J'en suis certain. Ne fais pas de vagues. Tu as dit que tu lui expliquerais les choses quand il quitterait l'école, alors on s'en tient là. Je ne veux pas détourner son anniversaire, j'aimerais juste qu'il ait un appareil photo.

– Je pense qu'il aimerait ça aussi. Il s'intéresse beaucoup au club de cinéma à l'école.

– Voilà c'est fait. Laisse-moi l'acheter et te l'envoyer. Si tu es d'accord, tu peux dire que c'est de ta part et de celle de Bob. Il avait été conscient de l'incertitude persistante de Kate au bout du fil, et il s'en était voulu. Si le cadeau était vraiment le bienvenu pour Mike, le fait de l'offrir lui-même aurait, en quelque sorte, kidnappé l'anniversaire, pour sa sœur et son mari, et même pour son fils.

La voix de Mike, qui était soudainement animée, interrompit les pensées de Brian.

– C'était un appareil photo génial. Bien meilleur que tous ceux que je connaissais.

– Quand j'étais enfant, tout ce que je voulais, c'était une vraie boîte à outils. Des ciseaux bien aiguisés et un marteau capable d'enfoncer un clou. Année après année, on me donnait des trucs inutiles pour enfants, des tournevis nuls et des scies qui n'auraient pas coupé une motte de beurre. Ça me rendait fou.

– Je peux l'imaginer.

Brian se demandait s'il pouvait le faire. Il se leva et alla allumer la bouilloire.

– Tu veux un café ?

– Hein ? Non, ça va.

Mike était retourné à son ordinateur portable mais, comme toutes les personnes de son âge semblaient converser tout en fixant un écran, Brian persista.

– Et l'école de cinéma ? Ça t'a plu ?

– C'était cool.

Mike ferma son ordinateur portable et repoussa sa chaise. Brian se sentit congédié et sortit son téléphone pour voir s'il avait reçu un texto d'Hanna. Ils avaient déjà échangé des textos pour se dire bonjour et, avant qu'elle ne parte, ils avaient convenu de ne pas se comporter comme des adolescents obsessionnels. Il n'y avait rien et, alors qu'il rangeait son téléphone, Mike lui demanda depuis la fenêtre, où il était allé gratter les oreilles de Jo :

– Tu es occupé ce matin ?

– Pas particulièrement. As-tu quelque chose en tête ?

– Je me suis dit que j'allais marcher jusqu'à la tête du vallon et prendre quelques photos de la chute d'eau. Est-ce que c'est difficile d'atteindre le sommet où elle se déverse par-dessus la faille ?

– Ce n'est qu'une escalade. Il y a aussi une belle promenade au-dessus, autour de la courbe des contreforts.

– J'aurai besoin de bottes ?

– De préférence. Mais j'en ai une paire de rechange. Elle pourrait t'aller.

– D'accord. On tente le coup ?

– Tu as quelque chose à faire cet après-midi ?

– J'ai un truc à faire pour le déjeuner. Mais on pourrait y aller maintenant. Est-ce que quelques heures suffiraient ?

Brian se leva.

– C'est une question de choix. Nous pouvons décider d'un rythme et faire demi-tour quand c'est nécessaire.

– Ils se mirent en route, laissant Jo allongée sur le pas de la porte, les yeux toujours rivés sur la route qui menait à la maison. Sortant à grandes enjambées avec ses bottes d'emprunt, Mike se retourna par-dessus son épaule.

– Hanna lui manque.

– Hum.

Brian eut une vision absurde de lui-même, allongé sur le pas de la porte, comme Jo, regardant attentivement son téléphone, attendant le prochain message d'Hanna. Décidant que Mike ne comprendrait peut-être pas la plaisanterie, il ne la partagea pas. Il se dirigea plutôt vers la rivière en passant par des affleurements de bruyère, et entama la montée le long de la berge. Mike lui emboîta le pas à ses côtés.

– Comment tu te sens dans les bottes ?

– Bien.

Les pieds de Sandra étaient longs et fins. Brian avait pensé qu'ils ressemblaient à ceux d'une ballerine, mais lorsqu'il l'avait dit pour la première fois, elle s'était retournée sur le dos en éclatant de rire.

– On voit que tu n'as jamais fréquenté une danseuse !

– Pourquoi ? Qu'est-ce qui est drôle ?

– Les danseurs de ballet ont des pieds célèbres pour être laids. Enfin, pas laids, sauf si tu veux les voir comme ça. Pense aux oignons, aux cicatrices et aux voûtes plantaires surdéveloppées. Et réfléchis. Elles réalisent toutes ces figures aériennes en se balançant sur de petits blocs durs au bout de leurs orteils calleux. Généralement, leurs pieds saignent à grosses gouttes dans leurs chaussons en satin rose.

– Cela a fait des merveilles pour ma libido.

Ils étaient allongés sur son lit froissé, faisant l'amour pour la première fois. Son rouge à lèvres rouge vif avait taché l'oreiller et sa jupe et ses chaussures gisaient en désordre sur le sol. Toujours en train de rire, elle avait tendu une jambe mince et bronzée en l'air, saisi ses orteils et fléchi son pied allongé.

– Vraiment ? Tu en as assez de moi ? Je dois m'habiller et rentrer chez moi ?

Elle n'était jamais rentrée chez elle, sauf pour faire ses valises dans son appartement exigu au sous-sol. Un an plus tard, alors qu'elle avait terminé des études de céramique, ils avaient pris un emprunt pour une maison à Wicklow et s'étaient mariés. Beaucoup trop tôt, selon leurs parents, bien que ceux de Sandra aient été moins critiques que ceux de Brian, probablement parce que son père considérait ses compétences en art comme inutiles.

– Il ne m'a laissée suivre le cours que parce que maman et moi nous sommes ligués contre lui. Et, la pauvre, je crois qu'elle l'a regretté quand elle a découvert que je n'allais pas créer de délicates tasses et soucoupes.

Brian avait le sentiment que ses parents avaient raison, non pas parce que les pièces qu'elle avait fabriquées étaient expérimentales au point d'être renversantes, mais parce que, dès qu'ils s'étaient mariés, elle s'était tout simplement désintéressée de la question et avait tout abandonné. Brian, qui se consacrait entièrement à son propre travail, avait trouvé cela troublant, et une partie de la douleur de la perdre avait été entachée par le soupçon inavoué qu'un jour, si elle avait vécu, elle aurait pu se désintéresser de lui aussi. Le matin où Kate était venue chercher Mike, Sandra lui avait à peine adressé la parole et lui avait offert un sourire radieux lorsqu'elle était partie avec le bébé dans les bras.

– Je dirai une chose du cancer, c'est la fin des crevasses sur les mamelons et du manque de sommeil. Sinon, je parie que toi et maman m'auriez forcée à allaiter ce pauvre petit morveux jusqu'à ce qu'il touche sa pension de vieillesse.

Elle n'avait pas accueilli facilement la maternité, et l'humour noir avec lequel elle avait affronté son diagnostic avait produit plus d'une remarque de ce genre, et chacune d'entre elles avait tourmenté Brian dans les années vides qui avaient suivi.

L'herbe poussait mal sur la rive où, la plupart du temps, l'eau peu profonde était délimitée par des cailloux et des roches. Le soleil avait libéré le parfum chaud des fleurs d'ajonc et l'avait capturé entre les murs de la vallée et, devant Brian, la silhouette de Mike, aux articulations souples, grimpait régulièrement, ses pieds trouvaient facilement des points d'appui parmi les rochers instables. C'était à peu près ici qu'Hanna avait trouvé la pierre du cœur et, alors qu'à l'époque, la lumière des étoiles avait donné un relief gris à l'ensemble, aujourd'hui, le vallon scintillait sous l'effet de la chaleur. Tandis que Brian regardait autour de lui, essayant de repérer l'endroit où se trouvait la pierre, son esprit revint à la conversation qu'il avait eue avec Hanna au sujet du Hag's Glen.

– Ce n'est pas particulièrement éloigné physiquement, bien que je suppose que cela dépende de l'endroit d'où tu mesures. Les gens ont vécu et prospéré ici pendant des centaines d'années avant la famine. Peut-être même des milliers d'années. Et pas seulement des fermiers qui gagnaient leur vie. Ils étaient prospères.

– Comment le sais-tu ?

– Nous avons trouvé une écluse. Elle est apparue lorsque Fury creusait mes fondations.

– Mais qu'est-ce que c'est ?

– Il s'agit en fait d'une boîte faite pour filtrer l'eau. Elle est remplie d'un matériau qui retient les dépôts d'or qui descendent de la montagne. L'or est dense et les matières plus légères passent au travers.

Mike fit une pause et prit une photo. En le rejoignant, Brian parla de la boîte qui filtrait.

– C'est génial.

– On a beaucoup prospecté l'or en Irlande dans les temps anciens. Ils ont trouvé une écluse vieille de plusieurs milliers d'années à Woodenbridge, dans le Wicklow, où je suis né. C'est aussi là que Mike était né, mais Brian ne le mentionna pas.

– De quand date celle que tu as trouvée ici ?

– Il n'est jamais facile d'en être sûr. Il faut les dater au carbone. Tu peux voir aux clous que celle-ci n'est pas très ancienne. Elle date probablement de la fin du XIXe siècle.

– L'as-tu gardée ?

Il avait dit en plaisantant à Hanna que la sorcière de Fury était peut-être restée après le départ de ses voisins parce qu'il y avait de l'or dans le vallon. Maintenant, il disait la même chose à Mike, qui ne réagit pas. Ce n'était pas vraiment une blague au départ, mais Brian se retrouva sur la défensive.

– En fait, s'il existait un souvenir dans la population de l'or rejeté par la rivière, les gens affamés ont peut-être fait une tentative désespérée pour en attraper. Il n'y avait probablement pas grand-chose à se mettre sous la dent à ce moment-là. Les sources bien connues sont souvent épuisées.

– Pas d'espoir que j'hérite d'une fortune, alors.

C'était un commentaire désinvolte, que Mike fit alors qu'il s'était accroupi pour prendre une autre photo. En regardant la tête penchée de son fils, Brian se souvint qu'Hanna avait supposé que la maison dans le vallon reviendrait à Mike. En disant cela, elle avait pris Brian par surprise. Il n'avait jamais regretté un seul centime de l'argent qu'il avait envoyé à Kate pour Mike, et pourtant, il n'avait jamais considéré que la vallée ou la maison qu'il y avait construite pour Hanna avait un lien avec son fils. Pourtant, Hanna avait considéré la maison comme l'héritage de Mike, et maintenant il semblait que Mike était du même avis. Pourquoi ne le serait-il pas ? Brian n'avait aucune raison concrète qui lui vînt à l'esprit. Comme Hanna l'avait dit, s'il venait à mourir, elle pourrait retourner chez Maggie, une maison dans laquelle elle avait mis autant d'amour qu'il en avait mis ici. Se mordant l'intérieur de la joue, Brian poussa l'argument jusqu'au bout. Pourquoi devrait-il considérer le Hag's Glen comme un endroit qu'il devait contrôler ou revendiquer ? Les pierres qu'il avait utilisées pour construire ses murs avaient été empilées dans des habitations bien avant qu'il ne soit né ou qu'il n'y pense et, sans aucun doute, sa maison tomberait aussi un jour et serait oubliée. Alors pourquoi essayer de projeter un but sur elle ou sur son environnement ?

Alors que Mike se levait et qu'ils continuaient à marcher vers la cascade, Brian se sentait déraisonnablement lésé. Selon Hanna, ni lui ni elle ne pourraient jamais avoir tout l'autre parce que chacun d'eux avait une vie passée qui avait un impact sur le présent. Elle avait présenté cela comme un fait irréfutable, un élément de logique qu'il ne manquerait pas d'accepter une fois qu'il l'aurait compris. À l'époque, il l'avait rejeté, sans toutefois le dire à voix haute. Pourtant, en suivant dans la vallée les pas de son fils dans leurs bottes empruntées, il savait qu'il ne serait jamais capable de partager, ou même de démêler le réseau complexe de colère et d'amour à travers lequel Sandra et lui s'étaient débattus avant sa mort. Il continuerait à s'emmêler à l'intérieur de lui pour toujours. Alors, qu'il soit prêt ou non à l'admettre, Hanna avait raison.

Chapitre 26

Amy frappa à la porte d'Hanna et cria que Claire arrivait dans vingt minutes. Elle venait de chez elle dans le nord de Londres et avait dit qu'elle arriverait à temps pour qu'elles puissent se voir avant le déjeuner. Hanna avait proposé d'aider à préparer le repas mais Amy avait secoué la tête.

– Il n'y a rien à faire, honnêtement. J'ai commandé le déjeuner et le dîner chez Waitrose et Mme B. va dresser les assiettes.

– Alors, qu'est-ce qu'on mange ?

– Cottage pie et paella aux crevettes.

– Tu parles d'une surcharge de glucides !

– Ah, mais les pommes de terre sont légères et moelleuses et le riz est infusé au safran.

– Tu réalises que léger et moelleux signifie fouetté avec de la crème et du beurre ?

– J'ai pensé que nous allions nous laisser aller à la nostalgie. Tu te souviens des cottage pies que nous faisions à Paddington ? Quatre-vingt-dix pour cent de pommes de terre au beurre et dix pour cent de viande hachée ?

– Je me souviens que Lucy les préparait et que tu les mangeais… Par contre rien ne me convaincra que nous avons déjà mangé de la paella.

– D'accord, nous n'avons peut-être pas eu droit aux crevettes, mais on mangeait beaucoup de riz brun.

– Et les morceaux de baguettes de pain que Lucy rapportait du restaurant. Tu te souviens de ce week-end où nous étions toutes fauchées et où nous nous nourrissions de baguettes rassises trempées dans du vin rouge ?

– J'ai commandé du Rioja.

– Amy, tu n'as pas fait ça ! Je n'y ai pas goûté depuis des années.

– En bouteilles, bien sûr. Pas le truc dans un carton qu'on trouvait dans l'horrible magasin au coin de la rue.

– Combien de bouteilles penses-tu que trois femmes d'âge mûr peuvent boire en une journée ?

Elles étaient assises en train de discuter dans le jardin et Amy se retourna et regarda Hanna d'un air sévère.

– Bon sang, tu as vraiment perdu ton étincelle ! C'est la troisième fois depuis que tu es là que tu nous traites de personnes d'âge mûr.

– Euh, c'est ce que nous sommes.

– Non, c'est la façon dont tu te définis.

– Je ne dis pas ça.

– Tu le sais *très* bien.

– Qu'y a-t-il de mal à être d'âge mur, de toute façon ?

– Rien, mais tu n'es pas obligée d'en faire un principe. Ou de te traîner habillée comme une mémé.

– Laisse tomber, Amy ! Il n'y a rien qui cloche dans mes vêtements !

En réponse Amy était restée impassible et Hanna lui avait jeté un regard noir.

– Quoi ?

Se rappeler Fury dans ce décor des plus anglais avait fait sourire Hanna. Aujourd'hui, cependant, elle avait décidé de ne pas tendre la perche pour se faire battre à Amy et, après être revenue d'une promenade matinale dans le grand parc de Windsor, elle s'était rendue dans sa chambre pour s'habiller avec un soin tout particulier. Elle avait brossé ses cheveux, qui avaient bénéficié des produits de beauté de la salle de bains d'Amy, et les avait attachés en arrière. Puis, assise à la coiffeuse, elle avait décidé d'améliorer sa touche habituelle de mascara par l'application sur ses joues d'une crème hydratante teintée et un peu de poudre compacte. La tenue qu'elle avait choisie était l'une des rares tenues qu'elle avait gardées de son mariage avec Malcolm, une chemise noire ajustée avec des manches trois quarts, un col bateau et une jupe dont l'ourlet arrivait juste aux genoux. La tenue était encore en parfait état et avait l'air décontracté et chic avec des sandales grises et une chaîne en or fin. Tournant devant le miroir, Hanna était satisfaite de l'effet obtenu. Non seulement bien, pensa-t-elle avec une once de rébellion, mais avec des boucles d'oreilles, un châle et une paire de talons, cette tenue deviendrait une robe de dîner à un moment ou à un autre de ce séjour, et Amy pourrait l'aimer ou la détester.

Claire arriva au moment où Hanna descendait les escaliers. Il y eut des cris de reconnaissance dans le couloir et, après une orgie d'embrassades, Amy les emmena dans le jardin, où le champagne refroidissait dans un seau à glace au bord de la rivière. Claire secoue la tête à la vue de la bouteille.

– Amy ! Je conduis !

– Oh, mais non, nous devons faire la fête. Un toast et nous irons toutes à l'eau jusqu'au repas. Et si tu es trop pompette à la fin de la journée, tu pourras toujours passer la nuit sur place.

– Lucy ne vient pas ?

– Elle se joindra à nous pour le dîner. Elle n'est rentrée d'Inde qu'à minuit et elle a dit qu'elle avait une pile de dossiers chancelante sur son bureau.

Hanna leva son verre en l'honneur de Claire.

– À nos retrouvailles ! C'est un plaisir d'être ici.

– Aha !

Amy remit la bouteille de champagne dans le seau.

– Je lui ai redonné le goût de Londres. Pendant que Claire parlait de sa carrière de globe-trotter et de la banlieue où elle s'était retirée, Hanna observait cette femme bien ronde, vêtue de chaussures sages, d'un chemisier et d'une jupe bleu marine, et essayait de retrouver la jeune fille sérieuse avec laquelle elle avait autrefois partagé un appartement. Était-ce là, se demanda-t-elle, la vision qu'Amy avait de moi ? Changée à tel point par les années que tout le dynamisme de ma jeunesse semble s'être évanoui ? Certes, Claire avait toujours été la plus responsable des quatre, aussi dévouée au bien-être de ses enfants qu'au salaire élevé qu'elle pouvait espérer en tant que nounou qualifiée de Norland. Pourtant, pensa Hanna, de façon répréhensible, si Amy pensait que mon étincelle s'était éteinte, peut-être y repenserait-elle à deux fois après toutes ces anecdotes sur Freya qui avait épousé un régisseur de landes à tétras écossais, et Topher et le petit Jolyon, qui réussissaient si bien à la City.

Il était cependant agréable d'être assises au bord de la Tamise sous le soleil, d'entendre le rire rauque d'Amy et les gloussements discrets de Claire, et de se joindre aux réminiscences des moments qu'elles avaient partagés dans l'appartement. Un couple de cygnes passa, suivi d'un cygne encore jeune dont le plumage gris doré s'accordait avec la teinte dorée des saules. Sur le chemin de halage, en face de la terrasse d'Amy, une femme et une petite fille faisaient rouler des bicyclettes. L'enfant aux cheveux bruns, vêtue d'une jupe en kilt et d'un pull-over, rappelait Jazz dans son uniforme d'écolière à Hanna. Par le passé, les sorties shopping de fin d'été à Londres se traduisaient par des achats chez Marks & Spencer pour les chaussettes et les culottes, chez WHSmith pour les chemises et chez Liberty's pour les articles spéciaux, achetés avec l'argent de poche de Jazz soigneusement amassé pendant ses anniversaires : elle avait hérité de l'amour d'Hanna pour la papeterie et, chaque année, avait insisté pour obtenir un beau cahier ou un beau stylo afin de réconforter la classe après les longues semaines de liberté.

La veille, Hanna avait pris le train pour Londres et s'était rendue chez Liberty's, prévoyant d'acheter à Jazz un cadeau nostalgique, mais dès qu'elle avait tourné le coin de Regent Street et s'était approchée de l'emblématique bâtiment de style faux-Tudor, elle avait su qu'elle était en réalité là pour elle. Amy pourrait l'accuser d'avoir perdu tout sens de la mode, mais les couleurs et le design n'avaient jamais cessé de l'enchanter. Liberty's avait beaucoup de ce qui lui manquait chez elle à Finfarran, de l'intérieur spectaculaire du magasin, construit en bois de navires de guerre déclassés, au stock somptueux présenté dans des pièces intimes et de longues galeries, comme un croisement entre un souk et une boutique parisienne.

Laissant la sélection du cadeau de Jazz pour plus tard, elle avait grimpé les escaliers jusqu'au département des tissus du troisième étage, tentée par l'émeute de couleurs et de motifs qu'elle était sûre de trouver sur l'étalage. Même l'escalier était magnifique. Il avait des marches usées et des fenêtres à meneaux dont les vitres colorées avaient été récupérées dans les quartiers des capitaines de navire. Dans chaque recoin, il y avait des étalages de fleurs et des coussins de soie posés sur les rebords profonds des fenêtres. Lorsqu'elle était petite, Jazz adorait les sculptures sur les rambardes et les rampes en chêne : de petites figures polies d'oiseaux et de singes, et un éléphant assis sur ses fesses. Dans la propre enfance d'Hanna, elles auraient peuplé l'un des contes de Tom, mais Jazz avait été moins captivée par la fantaisie que par des données statistiques précises, qu'elle avait exigées à chaque fois qu'elles étaient allées au magasin. Hier, à grande surprise, Hanna s'était souvenue facilement des chiffres et les avait récitées mentalement en montant les escaliers : construit en 1924, à l'apogée de la renaissance Tudor, l'intérieur du magasin avait pris 700 mètres cubes de bois de navires provenant de deux navires, le HMS *Impregnable*, construit avec 3 040 chênes centenaires de la New Forest, et le HMS *Hindustan*, qui avait mesuré la longueur et la hauteur de l'ensemble du bâtiment.

La voix de Jazz lui était revenue en mémoire depuis le passé :

– Un bateau aussi grand que tout le magasin ?

– C'est exact. Et les planchers ont été fabriqués à partir des terrasses du bateau.

– Qui a fabriqué l'éléphant ?

– Personne ne le sait. Toutes les sculptures ont été faites pour le magasin, mais personne ne se souvient du nom des hommes qui les ont sculptées.

Assise dans le jardin d'Amy, les yeux rivés sur l'enfant à l'écart de la rivière, Hanna se souvenait de cette conversation comme si elle s'était déroulée hier. Le fait d'être en Angleterre semblait faire onduler le temps, qui crachait des souvenirs de Londres, comme de la lave en fusion, sur le paysage familier de son existence à Finfarran. Et hier, à sa grande confusion, Finfarran avait envahi Liberty's, projetant des images de sa nouvelle vie sur des scènes qu'elle avait à moitié oubliées. Debout sur la galerie du troisième étage, entourée de tissus à motifs floraux et de cachemires, elle avait été fascinée par le souvenir d'une page du Psautier de Carrick, sur laquelle une prairie pleine de fleurs, d'abeilles et d'insectes apparaissait dans les courbes d'une lettre majuscule. Personne ne se souvenait du nom du moine ou de la nonne qui l'avait réalisée, avait-elle pensé, ni de l'artisan qui, des siècles plus tard, avait sculpté un lutrin pour l'accueillir. L'habileté de Fury serait oubliée elle aussi, tout le savoir-faire et le soin qu'il avait apportés à la restauration du lutrin cassé. Et cela n'avait pas d'importance. Ce qui comptait, c'était que quelqu'un avait vu des insectes, des fleurs et des abeilles et les avait peints sur un bureau élevé dans un scriptorium médiéval. Tout comme les artisans londoniens des années 1920 avaient vu des singes et des oiseaux faits dans du bois qui avait navigué sur des océans, et qui avait été autrefois de l'aubier et des essences nobles de bois dans une forêt vivante, comme celle de Fury.

La cottage pie remporta un franc succès et, lorsqu'elles l'eurent mangée, Amy fit apparaître des *gelati* du congélateur. Claire, qui était tout excitée après le champagne, piaffait d'enthousiasme.

– Oh, mon Dieu ! Une autre explosion du passé !

– Chocolat, noisette, pistache, et vanille pour les mauviettes. Que puis-je vous offrir, mesdames ?

Amy pose le plateau sur la table et se tenait debout, une cuillère de service à la main. Claire se tourna vers Hanna.

– Tu te souviens du restaurant dans lequel Lucy travaillait ? Nous avions mangé des *gelati* quand nous y étions allées pour ton anniversaire. Elle avait demandé au serveur d'y coller des cierges magiques. C'était une super soirée !

Hanna s'en souvenait parfaitement. Le petit restaurant bondé de Praed Street, où Lucy était sous-chef, et le groupe bruyant de gars à la table voisine qui leur avait envoyé du champagne. Et Malcolm se glissant sur le siège à côté d'elle, beau dans une chemise fripée à col ouvert.

Amy croisa le regard de Claire et tapota sa cuillère sur la table.

– Ce n'est pas le meilleur souvenir que tu puisses avoir, patate ! C'est le soir où Hanna a rencontré Malcolm, l'imbécile...

Le cou de Claire s'est mis à rougir.

– Oh, zut, Hanna, je suis terriblement désolée.

– Ne le sois pas. Ce n'est pas la peine.

– Non, mais, honnêtement, j'avais complètement oublié.

– Pourquoi devrais-tu t'en souvenir ? C'était il y a des années. De l'eau a coulé sous les ponts.

– J'ai appris pour ton divorce.

– Bon, c'était il y a des lustres aussi, alors n'y revenons pas.

– Et elle a un nouveau fiancé, superbe, dans sa vie maintenant, pas vrai Hanna ?

Claire a écarquillé les yeux et Hanna a retiré la cuillère de la main d'Amy.

– Je vais prendre de la pistache. Qu'est-ce qui te plairait, Claire ?

– Qu'est-ce que c'est ? Oh ! du chocolat, je crois. Ou si j'étais gourmande et que je goûtais à tout ?

– Pourquoi pas ?

Hanna servit rapidement les *gelati*, défiant mentalement Amy de rouvrir le sujet de Brian. Amy s'assit, les yeux brillants de malice, mais elle a englouti son dessert et n'en a pas dit plus.

Leur long déjeuner, au cours duquel elles burent du vin de Rioja, glissa imperceptiblement vers l'heure du thé, pour laquelle elles retournèrent dans le jardin et se prélassèrent dans des chaises longues rayées. Amy cessa de tourmenter Hanna et raconta des histoires amusantes sur ses propres voyages, et Hanna s'amusa à décrire les personnages les plus excentriques de Lissbeg. Boostée par l'alcool et le sucre des biscuits imbibés de miel, cette légère déloyauté lui donnait l'impression d'être jeune et joyeusement irresponsable. Et cela, pensait-elle, n'était absolument pas grave. L'indiscrétion avait lieu dans un pays étranger, où personne ne pouvait en souffrir. Et elle vivait le moment présent, ce qui était exactement ce pour quoi elle était venue en vacances.

Au fur et à mesure que les heures de farniente passaient, Hanna se sentait de plus en plus détendue. L'arrivée de Lucy donna lieu à de nouvelles embrassades, à l'évocation d'autres souvenirs et à un nouveau toast au champagne. Apparemment toujours aussi motivée par sa carrière extrêmement réussie, Lucy semblait néanmoins sincèrement ravie de ces retrouvailles.

– Je vais avoir besoin de café en intraveineuse, mais je n'aurais manqué ça pour rien au monde !

Claire avait dégrisé entre-temps et, au dîner, elles se contentèrent toutes d'eau minérale et d'un seul verre de vin avec leur paella. Ensuite, Amy sortit un album photo et elles s'exclamèrent devant des photos de leur jeunesse.

– Regarde Lucy ! Qu'as-tu fait de tous ces cheveux ?

– Tu ne te souviens pas qu'elle menaçait toujours de les couper ? Mais ton petit ami, comment s'appelait-il ? Stan ? Steve ? n'arrêtait pas de faire des histoires.

– Oh, mon Dieu, ta permanente et la frange folle, Hanna ! Qu'est-ce que c'est que ça ?

– Je crois que je ressemblais à Alison Moyet. Je n'ai pas porté la frange depuis longtemps.

Amy se moqua.

– C'est parce qu'elle s'est fait faire un lifting à Croydon.

– Amy ! C'est faux !

– Regardez ce front, les filles. Je parie que ce n'est pas du Botox, alors ce doit être ta queue-de-cheval.

Lucy éclata bruyamment de rire et Hanna donna un coup de coude à Amy.

– Amy a tiré sur ses boucles, ça lui a remonté la peau du front et étiré les yeux de façon encore plus hideuse.

Les autres crièrent et Hanna gloussa comme si elle avait à nouveau vingt ans.

En se déshabillant ce soir-là, elle était contente de dormir. Après s'être brossé les cheveux, elle se mit au lit et, s'appuyant sur les oreillers, se demanda si elle devait envoyer un message à Brian. Elle avait reçu un message de lui, envoyé à vingt-deux heures trente, qui lui souhaitait bonne nuit, mais il était déjà minuit passé depuis longtemps, alors elle décida de ne pas le déranger. Elle fouilla dans son sac et en sortit le cadeau qu'elle avait acheté pour Jazz. C'était un jeu de cartes aux motifs de Liberty, avec des enveloppes crème doublées de couleurs chatoyantes. Il était possible que, comme un chat ou un enfant, Jazz soit plus ravie par l'emballage que par le cadeau : une boîte violette estampillée de l'écusson Liberty en or, et du papier de soie fleuri renfermant les dix cartes. Jazz communiquait surtout par courrier électronique, mais Hanna savait que, même ainsi, elle apprécierait les cartes. Pendant qu'elle était dans la boutique, elle s'était arrêtée, se demandant si elle pourrait trouver un cadeau pour Brian. Mais elle n'avait rien repéré d'intéressant. Maintenant qu'elle se glissait sous la couette, elle souriait en pensant à lui endormi dans le Hag's Glen. Ce n'était qu'à une heure de vol, mais cela semblait être un autre monde. En s'endormant, elle se demanda comment se déroulaient les travaux de Fury dans le garage, et cette pensée s'accompagna d'une vision de Jo, hirsute dans son abri sombre entre les pierres tombées et le toit affaissé.

Chapitre 27

Fury s'assit et observa Conor déballer rapidement des chaises dans la salle de lecture de la bibliothèque.

– Je vois qu'il faut autant de muscles que de cervelle pour travailler dans cet endroit.

– C'est comme ça que ça marche. Je suis l'homme de main et Mlle Casey est le cerveau.

– Comment se passent ses vacances ?

– Je n'ai pas eu de nouvelles, mais je dirais qu'elle s'amuse comme une folle. Un peu de repos, un peu de répit en comparaison de cet endroit.

– De la bibliothèque ou de Lissbeg ?

– Des deux, peut-être. Tu serais fatigué à cette époque de l'année. Je suis moi-même épuisé, et Aideen est en proie à des crises de nerfs depuis quelque temps.

– As-tu prévu de partir quelque part ?

– Je veux retourner avec elle à Florence. Nous nous sommes mariés là-bas. Enfin, pas mariés, parce qu'on a eu une cérémonie à l'état civil plus tard, on a juste échangé des vœux dans un bosquet de cyprès. Oh, tu aurais dû la voir, Fury, elle était magnifique. Ensuite, nous avons trouvé une petite trattoria, un lieu à mi-chemin de la colline, avec des bancs et une table à l'extérieur et des gens du coin assis en train de boire du vin. Aideen était ravissante, dans une minirobe blanche, avec des fleurs et tout, et ils se sont agités et ont commencé à apporter des bouteilles et des plats. Elle a fini par danser sur la table, et j'étais là avec mon portable, à prendre des photos, et un vieux monsieur jouait d'une squeezebox, et les gens applaudissaient et chantaient. C'était mortel.

– C'est une jeune fille formidable.

– Je sais. J'ai de la chance. C'est une bonne chose que Miss Casey soit absente aussi, parce que je fais des heures supplémentaires pour payer le voyage.

– Qu'est-ce qui se passe aujourd'hui ?

– J'ai des bénévoles qui travailleront en tête-à-tête avec quelques membres du club. Les autres feront de la couture.

– Dans une bibliothèque ?

– Arf, Fury, tu es terriblement dépassé. Le club hebdomadaire de la bibliothèque organise des sessions, tu peux soit travailler sur un texte avec un mentor, soit participer à une activité de groupe qui, tout en exigeant de savoir lire, est centrée sur des compétences que les gens peuvent facilement maîtriser.

Conor expliqua tout rapidement.

– Par exemple, pour la couture, tu devras lire un modèle. Ou certaines semaines, nous ferons du chant et ils devront lire les paroles.

Éclairé par ces explications, Fury fit la moue.

– J'ai connu pas mal de gars sur des chantiers qui ne pouvaient dire ce qu'ils utilisaient qu'en fonction de la couleur du tube. Tu as de drôles de surprises si le patron change de fournisseur.

– Paddy dit qu'il y avait un vieux bonhomme qui travaillait pour mon grand-père et qui ne pouvait pas lire un mot d'anglais, mais qui lisait des livres en irlandais comme un érudit.

– Bien sûr, nous sommes tous à la merci de n'importe quel type qui se tient devant le tableau noir.

– Sauf que, de nos jours, c'est un tableau blanc. En fait, parfois, il est numérique et tu utilises ton doigt comme souris.

Fury se leva.

– Y a-t-il une chance que tu aies encore quelques livres normaux ? Des pages en papier ? Des couvertures en carton ? Qui sentent l'encre d'imprimerie ?

– Un ou deux. Que cherches-tu ?

– Ce n'est pas pour moi, c'est pour Charles.

Conor ouvrit la voie vers le bureau.

– Où est Diablo ?

– Ah, Hanna ferait une crise si je l'amenais ici avec moi.

– C'est vrai.

– Ne me dis pas que tu transiges avec les règles pendant son absence.

– Non. C'est juste que je ne t'ai jamais vu ici.

En s'asseyant, Conor le regarda, s'attendant à ce qu'il poursuive.

– Que voudrait M. Aukin ?

– Un livre de phrases japonaises.

Conor eut un moment d'hésitation.

– Vraiment ? Je ne crois pas que nous en avons un ici à la succursale. Il fit courir ses doigts sur le clavier et fit défiler des listes sur l'écran.

– Euh, non. Je pourrais te donner *Le Japon* de Lafcadio Hearn.

– Est-ce que c'est un livre de citations ?

– Non. Ce sont des récits de voyage. Attends, *La Légende d'Urashima Tarö et autres histoires de fantômes*, c'est aussi de Hearn.

– Ah, vous avez acheté un lot de ses ouvrages ?

– Je dirais que nous l'avons en stock parce qu'il est irlandais.

– Avec un nom pareil ?

– Son père était originaire d'Offaly et sa mère était grecque, d'une île appelée Lefkada. Il a aussi un nom japonais.

Conor fronça le nez.

– Euh, Koizumi Yakumo, ça se prononce comme ça ?

– Comment veux-tu que je le sache ? Qu'est-ce qu'il fait avec un nom japonais de toute façon ? Je croyais que tu avais dit qu'il était grec.

– C'était sa mère. Son père était dans l'armée britannique.

– C'est aussi clair que de la boue.

– C'est un peu bizarre, non ? Donne-moi une minute.

Il y eut une pause pendant laquelle Fury eut l'air de s'ennuyer tandis que Conor émettait des petits bruits marquant son intérêt.

– Lafcadio Hearn est devenu journaliste pour un journal américain et a été envoyé au Japon en tant que correspondant. Il a ensuite épousé une Japonaise, s'y est installé et a continué à écrire des livres et d'autres choses jusqu'à sa mort.

– A-t-il écrit un fichu livre de citations ?

– Pas que je sache.

– Alors pourquoi je reste là à parler de lui ?

– Tu ne veux pas des contes, alors ?

– Écoute, Charles Aukin est de retour au château avec des autocars qui tournent toutes les cinq minutes.

– Oh, c'est vrai, j'ai entendu dire qu'il avait ouvert l'endroit au public. Alors il a besoin de parler à ses visiteurs ?

– Non, il n'a pas *besoin* de leur parler. C'est aux guides touristiques qu'il revient de le faire. Mais ça ne marchera pas, Charles. Pas du tout. Il est intéressé maintenant, alors il veut communiquer. Et interagir.

– En japonais ?

– Eh bien, seulement avec les Japonais, évidemment. Je veux dire qu'il est lui-même un Yankee et qu'il n'a donc aucun problème à parler à un public américain. Mon Dieu, tu ne peux pas l'arrêter. Il saute partout, comme un fou, dès qu'ils sont sortis de leur carrosse.

– C'est plutôt sympa, non ?

– Il les dirige et leur donne toutes sortes d'informations sur l'histoire locale. Bientôt tu verras qu'il leur offrira des tasses de thé.

Fury se renfrogna l'air féroce.

– Je lui ai dit que tout se terminerait par des larmes.

Soigneusement entraîné par Hanna à éviter les ragots locaux, Conor se retira sur un terrain plus sûr.

– Je peux commander un livre de citations japonaises, sans problème. Mais il faudra attendre quelques jours pour le recevoir.

– Je suppose qu'il faudra s'en contenter.

– Es-tu sûr de ne pas vouloir t'attaquer à l'un des livres de Hearn ? Il est très connu au Japon.

– Vraiment ?

– Il y a un article ici qui dit que tous les écoliers japonais l'étudient.

– Très bien, donne-le-moi. Je suppose que si ton homme ne parle pas japonais, il peut brandir le livre et ils en reconnaîtront le nom.

– Tu crois ? Ils le connaissent peut-être sous le nom de Koizumi Yakumo.

– C'est le problème de ce satané Charles Aukin, hein !

Quand Conor est allé chercher le livre, il s'est avéré que Fury n'avait pas de carte de bibliothèque.

– Charles ne t'a pas donné la sienne ?

En vérifiant le système, Conor fronça les sourcils.

– En fait, Monsieur Aukin n'est pas inscrit, il ne peut donc pas vraiment emprunter un livre.

– Il n'est pas en train d'emprunter un livre. Moi, si.

– Oui, mais tu n'es pas inscrit non plus.

Fury leva les yeux au ciel et tapa de la main sur le bureau.

– Bon, eh bien, viens me voir et demande-moi ce qui suit : « *As-tu* une carte de bibliothèque ? »

– Je le fais.

– Alors, nom de Dieu, veux-tu bien sortir ce fichu livre et me le donner ici.

– Mais les gens ne sont pas censés prêter les livres de la bibliothèque.

– Prêter des livres de bibliothèque est littéralement ta description de poste.

– Oui, mais je ne suis pas censé emprunter ces fichus objets avant.

Fury s'est calmé, a baissé la voix et a croisé le regard de Conor.

– Écoute, nous parlons de Charles Aukin ici, n'est-ce pas ? Le millionnaire dont le don généreux a permis à cette bibliothèque de rester ouverte. Je ne dis pas que c'est pertinent. Je dis juste qu'il est logique que tu lui remettes ces contes sans autre forme de procès.

En quittant la bibliothèque, le livre dans la poche de sa veste, Fury traversa la rue jusqu'à HabberDashery, où une file d'attente s'allongeait devant la porte. Passant devant eux, il entra à l'intérieur et s'installa sur un haut tabouret. Derrière le comptoir, Bríd et Aideen préparaient et servaient des commandes à emporter à toute vitesse. Aideen leva la tête et l'interpella :

– Nous en avons pour un moment à nous occuper de ce groupe, Fury.

– Prends ton temps, ma fille, je ne suis pas pressé. Est-ce qu'elle a fait des tartelettes à la crème portugaise aujourd'hui ?

Bríd passa une commande au comptoir.

– J'en ai fait une, oui. Tu en veux ?

– J'en prendrai six quand tu auras une minute.

Aideen était en train de trancher vivement du pain au levain.

– Quand t'es-tu mis à manger des tartes à la crème, Fury ?

– Je ne suis que le garçon de courses. Charles Aukin a des goûts de luxe affirmés.

– Où est Diablo ?

– De retour au château, il essaie de faire un coup d'éclat. J'ai mis un embargo strict sur ses biscuits à la crème, alors il pense qu'auprès de Charles, il aura une chance pour les tartes.

Au fur et à mesure que la file d'attente diminuait, d'autres clients la rejoignaient au fond. Bríd criait par-dessus son épaule.

Avec trois personnes au service, toutes les conversations derrière le comptoir s'arrêtèrent, mais comme la plupart des clients étaient des touristes arrivés en bus de Carrick, il y avait un brouhaha de bavardages pendant que les filles expliquaient les garnitures des sandwichs et suggéraient des endroits propices au pique-nique. Un couple de grands Américains demanda à Aideen s'il était possible de louer un bateau.

– Nous voulons nous familiariser avec la mer. Savez-vous où on peut trouver un capitaine pour nous emmener ?

Fury vit Aideen jeter un coup d'œil à Bríd avant de répondre.

– Vous pouvez demander au magasin de Cafferky si vous allez à Couneen. Dan Cafferky a un bateau et il connaît les meilleurs endroits pour pêcher.

– Merci, nous allons essayer cela.

– Très bien. Voulez-vous un pot de salade pour accompagner ces tartes ?

Alors que les jeunes hommes repartaient avec deux grandes tourtes, Bríd lança un regard furieux à Aideen. Tant que Bartek était resté au comptoir, personne n'avait rien dit, mais dès que la file d'attente s'était résorbée et qu'il était retourné dans la cuisine, Bríd s'était mise à remuer des couverts dans un bol. Aideen l'observa un moment avant d'essuyer une planche à découper. Finalement, elle posa une main sur sa hanche et rompit le silence inquiétant.

– Alors, son nom est tabou maintenant ? Personne ne peut mentionner Dan sans que tu te mettes en colère ?

– Je n'ai jamais dit cela.

– Non, mais tu es terriblement têtue. Sois raisonnable, Bríd. Tu ne peux pas t'énerver parce que les affaires de Dan ne sont pas florissantes et faire des histoires quand j'essaie de lui donner un coup de pouce.

– Ah oui, et ça va faire une grosse différence. Donner son nom à quelques Yankees qui ne prendront probablement même pas la peine d'aller à Couneen ?

– Cela pourrait lui donner une journée de travail de toute façon.

– Tu es quoi maintenant, son agent ?

– Ah, tu veux bien t'écouter, tu dis n'importe quoi.

Fury se pencha en avant et toussa, et Bríd se retourna et rougit.

– Désolée, Fury, je t'avais oublié. Six tartes à la crème, c'est ça ?

– Fais-en sept et nous donnerons à Diablo ce qui lui revient.

– Je pensais qu'il suivait un régime.

– Il ne se débrouille pas mal, et ces choses-là sont naturelles.

– J'ai entendu dire qu'il se préparait pour la finale du comté.

– C'est ce qu'il fait. J'ai acheté les billets et nous sommes prêts.

Bríd gémit.

– Je suis tellement jalouse. Ça va être un match génial et je n'ai pas pu avoir de billet.

– J'en ai acheté deux à l'aube, le premier jour où ils étaient en vente.

Aideen passa à Bríd un sac en cellophane.

– Est-ce qu'ils laissent entrer les chiens dans le stade, Fury ?

Fury fouilla dans sa poche arrière et sortit un rouleau de billets.

– J'aimerais qu'ils essaient de l'empêcher d'entrer. En regardant l'étiquette du prix sur le plat des tartes, il renifla et décolla un billet de vingt euros du haut du rouleau.

– Ha ! à ce prix-là, on voudrait qu'elles dégoulinent de beurre.

– Ce n'est pas parce qu'elles sont bio qu'elles sont amincissantes.

Bríd fit planer sa pince au-dessus des tartes et Fury haussa les épaules.

– Ah, bien sûr, je ne suis que le laquais. Mets-moi un supplément, imprime-moi un reçu et je l'apporterai à Charles.

– Sérieusement, Fury, ces tartes comptent beaucoup plus de calories qu'une crème pâtissière.

– Je le dirai à Diablo, donc, et je laisserai cela à sa conscience.

Avec les contes de fées dans une poche flasque et sept tartes à la crème dans l'autre, Fury retourna à sa camionnette, qu'il avait garée près de la bibliothèque, et se rendit à Carrick en sifflotant.

Charles se tenait à la porte du château avec Diablo dans les bras, faisant signe à un autocar de touristes en partance. En voyant Fury, le petit chien qui léchait le menton de Charles se figea et tenta de prendre un air innocent. Charles traversa la cour à grands pas.

– Avez-vous trouvé le livre ?

– J'ai un livre.

Fury s'adressa à Charles tout en jetant un regard sévère à Diablo.

– J'ai aussi trouvé vos tartelettes à la crème pâtissière et, de l'avis général, elles sont bourrées de calories.

– C'est bon à entendre. Allons les manger.

Charles posa Diablo sur ses pieds et les conduisit à l'intérieur de la maison. Fury sortit le livre de contes de fées.

– Conor a commandé votre livre de citations. Celui-ci n'est qu'un pis-aller.

Alors qu'ils montaient les escaliers, il relaya ce que Conor lui avait dit à propos de l'auteur. Charles était rayonnant.

– Mais c'est fantastique !

Fury prit l'un air maussade.

– Les curieux de culture, oui, je sais. Je pensais que vous le verriez comme ça.

Dans la bibliothèque, après avoir allumé la bouilloire, Charles fit glisser les tartelettes hors de leur emballage de cellophane. Conscient de la froideur ambiante, Diablo les ignora volontairement et s'assit docilement aux pieds de Fury. Charles prit le livre et jeta un coup d'œil à la préface.

– Je vois que ce Hearn a travaillé à Cincinnati et à la Nouvelle-Orléans. Les Lancy avaient une propriété dans l'Ohio. Nous pourrions en tirer quelque chose.

– Je n'en doute pas.

– Vous êtes devenu très grincheux ces derniers temps, vous savez ?

– Et je suis d'habitude un tel petit rayon de soleil.

Fury prit une tarte et s'assit sur une chaise. Charles le regarda d'un air attendri.

– Sérieusement, quel est votre problème ?

– Je pense toujours que vous êtes fou.

– Et vous devez encore m'expliquer pourquoi.

– Vous avez toutes sortes d'objets nickels éparpillés comme des Smarties. Je ne peux pas être tout le temps en train de surveiller les foules qui traînent ici.

– Mais je ne veux pas que vous le fassiez. Le but de cette entreprise est de me rendre moins dépendant de vous. J'ai sûrement été clair à ce sujet.

– Oh, oui vous l'avez dit. Ce n'est pas pour autant que c'est vrai.

– Écoutez, ce sont des gens très bien. Un peu naïfs, pour certains d'entre eux, peut-être, et, d'accord, j'en plaisante. Mais la plupart d'entre eux *sont* assez cultivés. Ils viennent, se promènent avec un guide, je discute un peu et ils prennent des photos. Je vous l'ai dit, ils ne traînent pas. La plupart du temps, ils s'en tiennent à l'itinéraire qui leur a été tracé. Fury se raidit.

– La plupart du temps…

Charles avait l'air penaud.

– Bon, d'accord, l'autre jour, j'ai trouvé un gars dans ma chambre.

– Quoi ?

– Ne criez pas. C'était un jeune qui s'était trompé de chemin, c'est tout. Je suis sorti de la salle de bains et il était là.

– Dieu tout-puissant, c'est exactement ce dont je parlais.

– Je vous ai dit de ne pas crier, vous allez donner une crise cardiaque à Diablo. Écoutez, ce n'est pas grave. Il était troublé, il s'est excusé et je l'ai ramené à son groupe. Et c'est tout.

Chapitre 28

Pendant ses vacances, Hanna était impatiente de visiter ses anciens lieux de prédilection à Londres et, comme elle l'avait expliqué à Amy, elle n'avait toujours pas trouvé de cadeau pour Brian et voulait aussi en trouver pour Mary et Louisa. Amy s'était montrée peu intéressée mais, comme Hanna se l'était rappelé, ce devait être un peu triste de passer une grande partie de sa vie en croisière et de n'avoir personne à qui acheter des cadeaux dans les lointaines contrées que vous avez visitées, ou pour partager vos récits de voyage quand vous rentrez à la maison. Elle se demandait si Amy avait des amis avec qui passer du temps en Angleterre, et fut soulagée d'apprendre qu'elle organisait un dîner.

– C'est ce soir. Je leur ai dit à dix-neuf heures pour dix-neuf heures trente.

Le manque de préavis était typique d'Amy.

– Il n'y a que nous et Roger, qui est un vieil ami de Clive (et un amour), les Morrison, qui dirigent le comité de surveillance du bord de la rivière, et Nicholas Armstrong.

– Qui est-il ?

– Clive l'a connu sur un forum ou quelque chose comme ça. C'est quelqu'un qui fait de bonnes actions et qui est très élégant. J'ai pensé qu'il ferait l'affaire pour toi.

– Je ne suis pas sûre d'avoir besoin d'un Bon Samaritain.

Amy sourit.

– Il ne s'agit pas de toi, mais de la symétrie.

Amy avait convoqué ce qu'elle appelait ses « traiteurs habituels » et avait l'intention de consacrer la journée à se préparer.

– Je suis inscrite pour une séance de beauté. Coiffure, manucure, massage. Puis un soin du visage et un maquillage.

– D'accord, on se retrouvera pour le dîner.

– J'aurais probablement dû lancer les invitations plus tôt.

L'inquiétude tardive était tout aussi typique d'Amy et, sachant que ce n'était qu'un clin d'œil poli, Hanna se mit à rire.

– Je ne vais pas te rassurer, alors arrête de pêcher.

Amy gloussa.

– C'est terriblement agréable de passer du temps avec quelqu'un qui voit clair en moi.

– Ce n'était pas le cas de Clive ?

– Probablement plus que je ne l'imaginais. Pourtant les vieux amis sont les meilleurs.

Alors qu'Hanna se rendait dans sa chambre, son téléphone bourdonna et délivra un message. Voyant qu'il provenait de Mary, Hanna soupira, s'assit pour le lire et découvrit qu'elle en avait manqué deux autres, envoyés plus tôt.

« LOUISA EST ENCORE SORTIE AUJOURD'HUI »

« JE TOMBE SXC JOHHNNY »

« TU PENSWES QUE J'AI TORT, MAIS BIEN SÛR, TU NE VEUPX PAS QUE JE TE LE DISE »

« JE PENSAIS QUE TU ÉTAIXS TRISTE QUE BRIAN PASSE DU TEMPS AVEC MIKE »

Il était évident d'après le premier message que Mary se sentait délaissée. Le deuxième était obscur, et le troisième était clairement destiné à provoquer une réponse. Avec le sentiment coupable qu'elle aurait pu garder le contact plus conscieniceusement, Hanna appuya sur « Appeler ». Mary décrocha immédiatement.

– Tu as donc vu mes messages.

– Oui, désolée, mon téléphone était éteint.

– Il aurait pu m'arriver n'importe quoi.

– Mais il ne s'est rien passé, n'est-ce pas ?

– Non, mais tu ne le savais pas. J'aurais pu être aussi morte qu'une pierre.

En se retenant de commenter cette phrase, Hanna demanda si tout le monde allait bien.

– Comment le saurais-je ? Je ne vois personne.

– Oh, si, tu vois Louisa tous les jours.

– Je vois son dos et elle sort en trombe par la porte.

– Comment va Johnny Hennessy ?

– Ah, les Hennessy se portent assez bien, je n'ai pas envie de les embêter.

– As-tu vu Jazz ?

– Si tu connais pas la réponse à cette question, tu dois aussi la négliger.

Hanna prit une profonde inspiration mais, avant qu'elle ne puisse répondre, Mary se précipita :

– J'imagine que tu n'as aucune idée de ce que Brian a fait non plus ?

– Qu'est-ce que ça veut dire ?

– Ne prenez pas ce ton avec moi, madame. Je dis seulement que je l'ai vu dans le centre de Carrick. En train de monter les marches du bâtiment du conseil. Note-le.

– M'man, il travaille dans le bâtiment du conseil.

– Et il est censé être en congés, non ? Alors pourquoi s'est-il glissé dans la salle avec un air méfiant ?

En inspirant à nouveau, Hanna s'efforça de garder son calme.

– Tu sais ce que je fais aujourd'hui ? Je vais en ville pour t'acheter un cadeau.

Mary émit un son qui montrait qu'elle était légèrement apaisée.

– Ne dépense pas ton argent pour moi.

Consciente qu'elle vivrait un enfer si elle rentrait à la maison les mains vides, Hanna sourit.

– Quelle meilleure façon de le dépenser ?

– Tu ferais bien de le garder de côté pour les jours de pluie.

Après s'être livrée d'une voix pleine de présages, Mary annonça que sa bouilloire était train de siffler.

– Je vais avoir une inondation sur le comptoir si je ne vais pas l'attraper.

Elle partit, laissant Hanna face à un dilemme ridicule. N'ayant pas parlé à Brian la veille, à cause de la réunion, elle avait l'intention de l'appeler avant de prendre son train. Mais après ce que Mary avait dit, elle avait l'impression bizarre de prendre de ses nouvelles. De toute évidence, sa mère était encore attachée à sa vision où Pauline Murphy était une sirène et Brian un être ensorcelé par ses charmes. Ce qui, pour sûr, était ridicule. Irritée, elle composa le numéro de Brian, sachant que si elle ne le faisait pas, elle passerait la journée à se sentir idiote. Dès qu'elle entendit son bonjour, tout rentra dans l'ordre, et le bruit d'un aboiement en arrière-plan fit bondir son cœur.

– C'est Jo ?

– Eh bien, bonjour à toi aussi.

Hanna rit.

– Je suis désolée, c'est juste charmant de l'entendre.

– Comment s'est passée ta journée hier ?

– Très bien. Tout s'est bien passé.

En coinçant son téléphone sous sa joue, Hanna récupéra son sac à main et un pull.

– C'était super de voir les filles et maintenant je suis en route pour Londres. Et toi ?

Elle était consciente qu'il y avait une note légèrement fausse dans sa voix lorsqu'elle avait posé la question, et avoua immédiatement parce que toute autre chose lui semblait insensée.

– J'ai parlé à ma mère. Elle est convaincue que tu trafiques derrière mon dos.

– Je pensais qu'elle était l'une de mes fans.

– Ce n'est pas de ta faute, tu aurais été pris au piège par une séductrice rusée.

– Moi ? Par qui ?

– Pauline Murphy. On t'a vu te précipiter dans ses bras l'autre jour à Carrick.

Brian partit dans un grand éclat de rire.

– Oh, mon Dieu ! Bénis ta pauvre mère ! Elle n'aurait pas pu tomber sur une séductrice moins probable.

Incapable de s'arrêter, Hanna demanda pourquoi il se trouvait à Carrick.

Il y eut une pause pendant laquelle elle se demanda s'il était fâché. Puis elle l'entendit glousser.

– Brian ? Tu te moques de moi ?

– Oui ma chérie. Mais je suis vraiment très flatté.

– Arg, je pourrais tuer ma mère !

– Ah, non, où est ta gratitude ? Je la vois comme une lionne qui défend son petit tout potelé.

– Tu aurais pu trouver une autre métaphore.

Elle pouvait entendre un sourire dans la réponse de Brian.

– Passe une merveilleuse journée, ma chérie.

– Pareil pour vous deux.

Elle s'apprêtait à mettre fin à l'appel lorsque la curiosité l'envahit. Après tout, il était censé passer la semaine avec Mike.

– Attends. Comment se fait-il que tu sois allé au bureau ?

– Mary a de super antennes. En fait, c'était un peu secret. J'ai inventé une réunion pour avoir une excuse pour sortir de la maison.

– Pourquoi ? Qu'est-ce qui s'est passé ?

– Rien, tout va bien. Mike et moi avons beaucoup parlé. Je pense que nous sommes essoufflés, c'est tout.

Après avoir rendu visite aux Bridget Riley à la Tate et passé une heure ou deux à parcourir la National Portrait Gallery, Hanna prit le métro pour Sloane Square et se promena sur King's Road. Elle trouva un flacon de parfum en guise de remerciement pour Amy, et repéra des cadeaux possibles pour Mary et Louisa, mais rien ne semblait convenir pour Brian et, à quinze heures, elle s'était retrouvée affamée à Chelsea. Il était quinze heures trente lorsqu'elle choisit un café et mangea un sandwich et, sortant dans la rue, elle commença à calculer le temps qu'il lui faudrait pour retourner à Windsor. Il semblait que les années passées à Finfarran avaient émoussé sa perception des distances londoniennes, et elle craignait de ne pas être rentrée à temps pour se préparer pour le dîner. Hanna hésitait. Étant donné qu'il y aurait un traiteur et qu'Amy avait l'intention de passer la journée au salon de beauté, se précipiter à la dernière minute pour se passer un coup de brosse dans les cheveux ne serait pas considéré comme une préparation adéquate.

Alors qu'elle se tenait sur le trottoir, cherchant un arrêt de bus, elle remarqua un salon de coiffure au coin de rue opposé et, prenant une décision rapide, traversa la rue et entra. C'était un petit salon de Chelsea très cher, le genre qu'elle avait bien connu pendant les années où elle était mariée à Malcolm, et la fille derrière le comptoir avait l'air d'un mannequin.

– Vous avez un rendez-vous ?

– J'ai bien peur que non, mais je veux juste un shampoing et un brushing. Quelqu'un est-il libre ?

Il y avait trois chaises de clients, dont aucune n'était occupée, mais la réceptionniste fronça les sourcils en regardant son écran d'ordinateur avant de répondre :

– Fabien a une demi-heure.

Hanna réussit à se retenir de dire qu'un quart d'heure serait préférable. Elle s'assit sur l'une des chaises en cuir éraflé à la mode et dénoua ses cheveux coiffés en tresse tandis que Fabien apparaissait de derrière un paravent. C'était un Français petit et rondouillard et elle pouvait voir sa réponse dans le miroir suspendu en face d'elle. Ignorant ses sourcils torturés, elle dit qu'elle était pressée.

– *Oui, Madame.*

Fabien pencha la tête et passa ses doigts dans ses cheveux. Il tordit les longues pointes d'un coup et tira quelques mèches lâches vers l'avant pour faire une frange. Puis il fit pivoter sa chaise sur le côté et gesticula devant le miroir. Hanna était stupéfaite. D'un côté de son visage, ses cheveux descendaient au niveau de son menton et, avec la frange ondulée, la différence était remarquable.

– Vous voyez, Madame ? L'accent est mis sur les yeux. Sur votre beau menton. L'effet un peu déstructuré. Du mouvement dans l'épaisseur.

– Non, je n'ai vraiment pas le temps. Je voudrais juste que ce soit net.

– Mais bien sûr.

Fabien fit reculer sa chaise d'un coup de baguette et l'inclina, et il y eut un soudain jaillissement d'eau chaude dans ses cheveux.

– Je les laverai moi-même. La coupe, ça ne prend pas de temps.

– Honnêtement.

Hanna s'aperçut qu'elle avait été revêtue d'une cape argentée.

– Juste un lavage et un séchage au sèche-cheveux.

– Certes.

Fabien était en train de faire mousser son shampoing à l'odeur d'agrumes.

– À quelle heure est votre rendez-vous ?

– À dix-neuf heures trente, mais je dois rentrer à la maison et m'habiller.

– Et vous allez à ?

– Windsor.

– Bien sûr. Depuis la gare de Waterloo. Zoé vous appellera un taxi.

L'eau s'écoula doucement et Fabien commença à masser le cuir chevelu d'Hanna avant de passer au peigne l'après-shampoing parfumé dans ses cheveux propres et brillants. Quelques instants plus tard, il les rinça, les enveloppa dans une serviette et remit sa chaise à sa place en un clin d'œil. Avec l'étrange impression que tout cela arrivait à quelqu'un d'autre, Hanna le regardait dans le miroir se déplacer derrière elle, les ciseaux argentés volant dans les airs et le front plissé d'un air concentré. En un rien de temps, les cheveux qu'il avait épinglés par sections étaient coupés, peignés et séchés. Ensuite, il tourna la chaise face à lui et, fronçant fort les sourcils, il coupa la frange. Alors qu'une pluie de mèches légères tombait sur ses genoux, Hanna paniqua, mais avant qu'elle ne puisse parler, il l'avait ramenée devant le miroir.

– Alors, vous voyez ?

En fait, la séance avait pris moins de vingt-cinq minutes et, alors qu'il lui enlevait sa cape argentée, le taxi s'arrêtait devant la porte. En se regardant dans le miroir, Hanna n'arrivait pas à croire à sa transformation. Il avait raison en ce qui concernait l'effet sur ses yeux, qui paraissaient maintenant deux fois plus grands et, d'une certaine façon, le bob léger semblait allonger son cou. Le coût de l'opération lui fit battre des paupières, mais elle fit glisser sa carte de crédit sans le moindre scrupule. Elle avait été entre les mains d'un artiste, et qui pouvait mettre un prix là-dessus ? Lorsqu'elle arriva à la maison, les traiteurs étaient occupés dans la cuisine et Amy n'apparaissait nulle part. Hanna atteignit sa chambre sans se faire remarquer et, après s'être débarrassée de ses vêtements, elle se précipita dans la salle de bains. Remerciant le bonnet de douche dans lequel elle glissa soigneusement ses cheveux, elle se doucha, s'enveloppa dans une serviette et alla se placer devant le miroir de sa coiffeuse. C'était le test. Elle enleva le bonnet et se reprocha immédiatement son moment de doute. Ses cheveux s'étaient mis triomphalement en place, aussi beaux après la douche que lorsqu'ils avaient quitté les mains magistrales de Fabien.

Avec son nouveau look, et après un travail inventif avec un eye-liner, sa vieille robe noire respirait l'élégance minimaliste. Aussi, écartant l'idée d'ajouter un châle, elle se contenta de ses petites boucles d'oreilles en or, qui brillaient discrètement derrière les courbes plumeuses de ses cheveux lisses. L'eye-liner, au trait relevé sur les côtés, lui donnait l'impression d'être une Parisienne et, forte d'une confiance qu'elle sentait capable de résister même à une raillerie d'Amy, elle rejeta les talons inconfortables au profit d'une paire d'escarpins en cuir souple et descendit les escaliers, la tête bien droite.

L'un des serveurs engagés venait d'ouvrir la porte à un couple qui devait être les Morrison. Hanna leur sourit chaleureusement, notant qu'il était magnifique et manifestement buveur, tandis que sa femme, qui portait des paillettes beiges, semblait gentille mais floue. Par la porte ouverte du salon, elle pouvait voir Amy discuter avec un homme qui, à en juger par son âge, devait être Roger ; il avait un visage aimable et portait un nœud papillon tacheté. Le serveur s'apprêtait à fermer la porte lorsqu'une autre voiture s'engagea dans l'allée et un homme de grande taille en sortit. Il s'agissait sans doute de Nicholas Armstrong, l'homme bienveillant. Il monta les marches, son pardessus battant, et lorsqu'il entra, Hanna put voir qu'il avait une soixantaine d'années, qu'il était mince et bronzé, que ses traits étaient banals et qu'il avait une présence calme et imposante. Le serveur prit son manteau en saluant les Morrison, et alors qu'il tendait la main à Hanna, Amy entra dans la salle. Les mots de bienvenue et de présentation des invités se figèrent sur ses lèvres, et elle s'arrêta, stupéfaite. Pendant ce temps, Nicholas Armstrong saisit la main d'Hanna et lui sourit dans les yeux. Se ressaisissant brusquement, Amy descendit vers le groupe en distribuant des baisers. Ses petites mains manucurées saisirent Hanna par les coudes, et elle croisa son regard à la dérobée en lui donnant un rapide baiser sur la joue et en la propulsant dans la pièce. Mais, de toute évidence, son personnage de ce soir devait être une *grande dame*, et non une enquiquineuse. La voix de Roger s'avéra aussi douce que son apparence et, après avoir été présenté à Hanna, il partit à la recherche d'Amy et d'un autre gin tonic. Alors qu'Hanna s'asseyait, Nicholas Armstrong s'approcha d'elle en portant deux verres vin. Amy les regardait à travers la pièce avec un étonnement non dissimulé. Les Morrison, installés sur le canapé, avaient accepté un bol d'olives que la femme tenait sur ses genoux tandis que son mari jetait des regards admiratifs à Hanna. Après lui avoir tendu un verre, Nicholas tira une chaise et s'assit à côté d'elle. Hanna n'avait pas produit ce genre d'effet depuis les années où elle recevait les collègues de Malcolm et, se souvenant de leur conversation au cours du déjeuner dans le jardin des nonnes, elle réalisa, à sa grande surprise, qu'Amy avait raison. Elle avait aimé être la belle du bal lors des fêtes. Non seulement elle l'avait aimé, mais cela lui avait manqué.

Chapitre 29

Aideen entra dans la cuisine de la ferme et s'affaissa sur une chaise devant la table. Una était à genoux devant la cuisinière et, sans lever les yeux, s'exclama à haute voix avec dégoût.

– Oh non, ce truc se couvre toujours de suie après une révision ! Parfois, j'aimerais qu'on ne soit jamais passé à l'huile. Se redressant, elle s'essuya les mains sur son tablier et, en voyant Aideen, son irritation se transforma en inquiétude.

– Qu'est-ce qu'il y a, ma chérie ? Pourquoi rentres-tu plus tôt ? Quelque chose ne va pas à la charcuterie ?

– Non, tout va bien. Impeccable.

– Mais non. Regarde dans quel état tu es, tu as pleuré.

L'un des chats roux sauta de la chaise près de la cuisinière sur les genoux d'Aideen, qui le caressa.

– Ce n'est rien. C'est juste... Bríd et moi nous sommes disputées.

– Ah, ma chérie, je suis désolée. Mais cela arrive. Vous avez peut-être besoin de vous donner un peu de temps pour que les choses se calment. Tu pourrais l'appeler plus tard et recoller les morceaux ?

– Peut-être.

Aideen se mordit la lèvre.

– Elle peut être telle dure parfois, Una. Même quand on essaie de l'aider.

– Ah, c'est là que les gens peuvent être les pires du monde. Tu veux qu'on en parle ?

Aideen caressa le chat derrière les oreilles et il s'installa sur ses genoux. Una s'assit et resta silencieuse. Aideen commença à lui raconter.

– Parfois, je me demande si elle n'est pas simplement jalouse de mon mariage. Je sais que ça a l'air idiot mais, honnêtement, c'est comme si elle devait continuer à prouver qu'elle est plus âgée, plus grande et meilleure que moi. Dieu sait pourquoi. Je veux dire, elle sera toujours plus âgée et c'est elle qui est la plus compétente. Elle n'a rien à prouver.

Una tendit la main pour caresser le chat.

– Je ne vois pas pourquoi elle devrait penser qu'elle est meilleure que toi. Es-tu sûre que c'est ça ?

– Oh, je ne sais pas ! C'est juste ce que je ressens.

La voix d'Aideen vacilla.

– Ce qui est terrible, c'est que j'ai vraiment perdu mon sang-froid avec elle. Ce n'est pas seulement ma cousine, c'est aussi ma meilleure amie, Una. C'est elle qui a toujours veillé sur moi. À l'école, et puis quand Nan et tante Bridge sont mortes. Elle aurait pu rester à Dublin après avoir terminé ses études, mais elle est revenue à Lissbeg pour que nous puissions lancer l'entreprise.

– Tu sais, je ne la critique pas, et c'est une façon de voir les choses. Mais il y a une autre façon de voir les choses. Si tu n'avais pas investi ton héritage dans la charcuterie, elle n'aurait pas aussi bien marché.

– Bríd pouvait trouver du travail partout où elle le souhaitait.

– Il y a une différence entre avoir un travail et être associé dans sa propre entreprise.

Les larmes roulèrent sur le visage d'Aideen.

– Je sais. Je sais que tu as raison, mais je déteste me brouiller avec elle.

– Je parie qu'elle ressent exactement la même chose.

Una s'approcha et serra Aideen dans ses bras.

– Donne aux choses le temps de se calmer et vous allez vous rabibocher en un rien de temps.

– Tu penses ?

Alors qu'Aideen allait chercher un morceau de papier absorbant pour se moucher, Conor arriva de la cour, après avoir laissé ses bottes sur les marches. Il était ravi des résultats des tests d'ensilage de la ferme et venait les transmettre à Paddy.

– Maman, il va être ravi ! Notre valeur cible d'incorporation dans le lait est bien supérieure à celle de l'année dernière, et tous les autres chiffres sont également en hausse.

– C'est très bien.

Conor s'apprêtait à entrer dans le bureau lorsqu'il aperçut Aideen.

– Hé, c'est quoi l'histoire ? Comment se fait-il que tu sois à la maison à cette heure-ci ? Aideen jeta le morceau d'essuie-tout froissé dans le seau à compost, en détournant le visage pour qu'il ne puisse pas voir ses yeux gonflés.

– Rien.

Una essaya de capter le regard de Conor, mais celui-ci se tourna vers Aideen qui, n'ayant pas le choix, leva les yeux et lui fit un sourire mouillé. Les yeux de Conor s'écarquillèrent.

– Tu as pleuré. Qu'est-ce qu'il y a ? Qu'est-ce qu'il y a ?

– Conor !

Il jeta un coup d'œil autour de lui et vit Una qui lui faisait un signe de tête, mais il se détourna et prit Aideen par la main.

– Ade, dis-moi. Tu vas bien ?

Sans avoir l'air de se presser, Una le rejoignit en quelques secondes et le dirigea doucement vers la porte du bureau.

– Va parler à Paddy des résultats. Il sera très content. Aideen va m'aider dans le jardin maintenant qu'elle est rentrée, n'est-ce pas, ma chérie ? J'ai besoin d'un coup de main pour attacher les oignons.

Aideen alla ouvrir le tiroir où se trouvaient les gants de jardinage et la ficelle.

– Oui, bien sûr, je vais sortir et commencer.

Elle était partie avant que Conor ne puisse ouvrir la bouche et Una l'empêcha de la suivre.

– Laisse-la tranquille, mon chéri. Elle a besoin d'être un peu seule.

– Mais que s'est-il passé ?

– Bríd et Aideen se sont disputées. Laisse ça comme ça. Moins on en dira, plus vite elles se réconcilieront.

Après avoir donné les résultats du test à Paddy, Conor sortit mettre ses bottes et, en tapant du pied dedans, une main sur le cadre de la porte, il regarda à travers le jardin et vit Aideen et sa mère. Au début, il lui sembla qu'elles étaient en train d'attacher des oignons, puis il vit Aideen s'asseoir sur le bord d'une butte, le visage dans les mains. Una restait debout à la regarder et, au bout d'un moment, s'accroupit à côté d'elle et la prit dans ses bras. Conor sentit une rage impuissante s'élever et l'étouffer. Sa mère avait dit qu'Aideen allait bien, mais ce n'était pas le cas. Elle était assise là, en train de pleurer, et on lui avait dit de reculer, comme si ce n'étaient pas ses affaires. En fronçant les sourcils, il observa les silhouettes dans le jardin qui se balançaient d'un côté à l'autre. À l'origine, tout cela était de la faute de Bríd, ce qui était tout à fait logique puisque Bríd avait toujours donné des ordres à Aideen. Toujours dans ses baskets boueuses, il se dirigea vers la remise et sortit la Vespa.

Dermot était au-dessus dans le champ, s'attendant à ce qu'il revienne pour aider à la construction d'une clôture, mais c'était dommage. La pensée du visage misérable d'Aideen et de ses yeux rouges le rendait fou, et si sa mère devait l'écarter, et qu'Aideen ne voulait pas lui parler, il irait bien trouver Bríd et régler ça lui-même.

Vingt minutes plus tard, après avoir roulé beaucoup trop vite, il pénétrait dans les ruelles de Lissbeg. Bríd était seule dans le restaurant quand il fit irruption. L'expression de son visage la fit sursauter.

– Qu'est-ce qu'il y a ? Qu'est-ce qui s'est passé ?

Conor avait remonté son casque en équilibre sur le sommet de sa tête lorsqu'il était descendu de vélo. Maintenant, il le posait sur le comptoir et regardait Bríd de l'autre côté.

– Tu sais très bien ce qui ne va pas.

– Non, je ne sais pas. Conor, qu'est-ce qu'il y a ?

Bríd s'éclaira soudain.

– Oh, c'est Aideen, c'est ça ? Elle t'a envoyé pour mener ses batailles à sa place.

– Non, ce n'est pas elle. Elle ne sait même pas que je suis là.

– Et, pour l'amour du ciel, tu n'aurais pas pu laisser tes bottes sales à l'extérieur ? C'est une épicerie fine, pas une fosse à purin.

– Ne t'en prends pas à moi, Bríd, je suis sérieux. Qu'est-ce que tu as dit à Aideen pour qu'elle rentre en larmes à la maison ?

– Qu'est-ce que j'ai dit à Aideen ? Oh, c'est trop fort. Tu lui as demandé ce qu'elle m'a dit ?

– Non.

– C'est ça, je parie que tu ne l'as pas fait. Tu ne sais même pas ce qui s'est passé ici, n'est-ce pas ? Tu es juste monté sur tes grands chevaux et tu es arrivé en ville.

Raide de colère, Bríd contourna le comptoir et tourna l'écriteau sur la porte de la charcuterie du côté « Fermé ».

– D'accord.

Conor s'affaissa légèrement sous la force de son attaque. Puis il s'adossa au comptoir et redressa ses épaules.

– Elle est à la ferme et pleure à chaudes larmes.

– Oui, et moi je suis encore là à faire mon travail. Malgré ce qu'elle a dit de moi.

Bríd arpentait la boutique de long en large, telle une lionne qui fouette l'air de la queue.

– Elle a dit que j'étais une chipie autoritaire et que je n'avais aucun respect pour elle, et je lui ai dit de se calmer et de ne pas faire l'idiote. Puis elle m'a lancé un sandwich submarine roll et elle est partie.

– Elle t'a traitée de chipie ?

– Et ce submarine roll était comme une torpille.

Il y avait en effet une marque rouge et un début d'ecchymose sur le côté de son visage.

Conor la regarda fixement, sa colère complètement envolée.

– Aideen te l'a lancé au visage ? Je n'y crois pas.

– Oh, d'accord, très bien. Traite-moi de menteuse, tant que tu y es.

– Non, attends, attends.

Conor essayait de rassembler ses pensées.

– Je ne te traite pas de menteuse mais ça ne ressemble pas à Aideen. De quoi parliez-vous toutes les deux ? Bríd se renfrogna, et il se dépêcha de continuer, craignant de lui avoir donné l'impression de la juger.

– J'essaie seulement de comprendre, honnêtement.

– Oui, eh bien, je suis désolée de paraître agressive. Mais, enfin, Conor. Le cœur du problème, c'est que je ne veux pas qu'elle parle de moi à Dan.

– Hein ?? Pourquoi ?

– Probablement parce qu'il l'a acculée et qu'il l'a attendrie. Il veut revenir dans mes grâces et il se sert d'elle comme d'un pigeon.

– Mais elle déteste qu'il fasse cela.

– Ah oui ? Alors elle n'est pas obligée de l'écouter, hein ? Et elle n'a certainement pas besoin de venir plaider sa cause à sa place. Je lui ai dit clairement d'arrêter de le faire.

De nouveau en mode lionne, Bríd lui lança un regard pugnace.

– Et si elle ne supporte pas le franc-parler, tant pis pour elle.

Conor sortit par l'arrière-boutique, avant qu'une nouvelle file d'attente ne se forme, laissant Bríd se diriger vers la porte et rouvrir la charcuterie. Alors qu'il enfilait son casque et montait sur la Vespa, il décida d'aller à Couneen. Dire un mot à Dan pourrait l'aider à tirer les choses au clair. Il devrait probablement rentrer chez lui et s'excuser auprès de Dermot d'être parti et d'avoir laissé la clôture en plan, mais la pensée du visage baigné de larmes d'Aideen le rendait encore frénétique. Il ne pouvait pas supporter l'idée qu'il ne pouvait pas arranger les choses et lui redonner le sourire. C'était aussi son rôle, et s'il parvenait à le faire correctement, la famille comprendrait sûrement qu'il avait estimé que cela serait prioritaire par rapport à la réparation d'une clôture avec Dermot.

Dan était assis devant son hangar sur la jetée de Couneen, en train de démonter un moteur. Conor gara la Vespa et vint s'asseoir à côté de lui sur une caisse à poissons retournée.

– Est-ce qu'il est cassé ?

– Il n'a pas démarré lorsque je suis sorti avec deux Américains hier soir. Il y avait un gars qui vérifiait ses casiers à homards et qui m'a remorqué.

– C'est un peu gênant.

– Tu peux le dire. Et ces cons vont probablement me coller un mauvais avis sur TripAdvisor.

– Ils sont partis fâchés ?

– Nan, ils étaient assez cool, mais on ne sait jamais.

Conor changea de position sur la caisse à poissons.

– Je passais par là et je voulais te dire un mot.

– Tu ne fais que passer à cette heure de la journée avec des bottes boueuses ?

– D'accord, donc je suis venu exprès. Je viens de parler à Bríd.

Dan se retourna et le regarda.

– Ah oui ?

– Ce n'est pas vraiment de Bríd dont je veux te parler, mais d'Aideen.

– Alors pourquoi parlais-tu à Bríd ?

– Non, tu vois, le truc, c'est qu'Aideen est rentrée à la maison en larmes aujourd'hui. Elle s'est disputée avec Bríd. Et je voulais juste te dire que tu ne devrais pas utiliser Aideen comme intermédiaire ? Ne lui parle pas de Bríd.

– C'est ce que dit Bríd ?

– Non.

Conor fronça les sourcils.

– Enfin, oui, mais elle ne m'a pas demandé de venir ici. Enfin, je ne veux pas non plus servir d'intermédiaire. Je dis juste qu'Aideen est vraiment bouleversée.

Dan se leva et s'essuya les mains sur un chiffon.

– Je ne suis pas au mieux de ma forme, Conor. Ce moteur est foutu.

– Ah bon ? Oh là là, c'est nul.

– Et s'il s'avère que je ne peux pas le réparer, je n'ai pas les économies nécessaires pour le remplacer. Alors si

Bríd t'a dit que j'étais mauvais en affaires, elle avait tout à fait raison.

– Elle ne l'a pas dit. Je ne lui parlais pas de toi.

– Ce n'est pas ce que tu viens de dire.

Conor essaya de rassembler ses idées.

– Écoute, je sais juste qu'Aideen est rentrée à la ferme dans un état second, et je te demande de la laisser en dehors de tout ce qui se passe.

– Et moi je te dis : il se trouve que je ne lui ai pas demandé de servir d'intermédiaire. Je l'ai rencontrée en ville et elle m'a annoncé que j'avais l'air d'en baver. Ce qui n'est pas très surprenant, vu la façon dont se déroule ma vie. Je ne lui ai jamais demandé de dire un mot à Bríd, parce que je savais qu'elle n'en avait pas envie et que, de toute façon, ça ne servirait à rien. Le fait est que je suis aussi nul que Bríd semble le penser. Elle s'est bien débarrassée moi.

– Ah, Dan !

– Tu veux bien rentrer chez toi avec ta femme et ne pas m'ennuyer ? Sans vouloir te vexer, je n'ai pas besoin de ça en ce moment.

Dépité, mais ayant l'impression d'avoir au moins clarifié les choses, Conor enfourcha sa Vespa et rentra chez lui. Lorsqu'il entra dans la cuisine, toute la maisonnée était là et tous se tournèrent vers lui et le dévisagèrent. Paddy était assis à la table, Una se tenait derrière le fauteuil près de la cuisinière, où Aideen était assise, et Dermot était à l'arrière-plan, avec l'air de se sentir comme un intrus. Aideen serrait son téléphone contre sa poitrine et pleurait. Una lança un regard désespéré à Conor et prit Aideen par les épaules.

– Voici Conor maintenant, ma chérie. Je suis sûre qu'il ne voulait pas te faire de peine.

Conor était déconcerté. Qu'avait-il fait ? Il alla s'agenouiller devant Aideen, mais quand il a essayé de lui prendre la main, elle le repoussa. Pendant une minute, il crut qu'elle allait lui jeter son téléphone à la figure, comme elle avait jeté le rouleau sur Bríd dans l'épicerie fine. Au lieu de cela, elle essaya de crier à travers ses sanglots, ce qui était pire. Incapable de comprendre ce qui passait, il se tourna vers Una, qui semblait presque aussi fâchée qu'elle était troublée.

– Que s'est-il passé ?

Una se pencha sur Aideen.

– Arrête, Aideen. Tu m'entends maintenant ? Tu vas te rendre malade.

Aideen déglutit, posa son téléphone et joignit ses mains sur ses genoux. Levant les yeux, Una s'adressa à Conor.

– Elle a passé un coup de fil à Bríd pour arranger les choses.

– Mais c'est une bonne chose. Justement j'ai vu Bríd et, au moment où je suis parti, elle était raisonnable.

– Et puis tu es allée à Couneen et tu as vu Dan, c'est ça ?

– Oui. Il n'a jamais demandé à Aideen de parler à Bríd. Ce n'est que de l'incompréhension, n'est-ce pas, Ade ?

Aideen déglutit dans un hoquet et Una secoua la tête en direction de Conor.

– Ah, Conor ! Qu'est-ce que je vais faire de toi ? Tu as raison, Dan n'a pas demandé à Aideen de parler de lui à Bríd. C'est Aideen qui en a eu l'idée.

– Oh.

– Et Bríd le sait maintenant parce qu'elle a reçu un appel de Dan.

Conor eut un moment d'hésitation.

– Elle sait ? Qu'est-ce qu'il lui a dit ?

– Il voulait savoir pourquoi *elle* t'avait parlé de lui. Il n'était pas content.

Aideen sanglota et Una lui caressa la tête.

– Et Bríd est maintenant furieuse contre vous deux. Elle n'a donc pas bien réagi quand Aideen lui a téléphoné. Pas bien du tout.

– Oh là là.

Conor s'assit sur ses talons, horrifié.

– Je voulais seulement améliorer les choses.

– J'en suis sûre, mon chéri, mais le fait est que tu les as aggravées.

Chapitre 30

Le matin après le dîner, Hanna se leva tard. Elle s'était glissée dans sa chambre la nuit précédente pendant les derniers adieux, mais Amy l'avait suivie à l'étage et s'était assise au bout de son lit.

– Raconte-moi tout.

Hanna se démaquillait devant le miroir.

– Il n'y a rien à dire.

– Oh, s'il te plaît ! La coupe de cheveux. Le maquillage élaboré des yeux. C'était la transformation de Cendrillon qui va au bal !

– Un dîner à Windsor n'a rien d'un bal dans le palais du prince charmant.

– Arrête d'essayer de changer de sujet, tu sais que ça ne marche jamais avec moi.

– Je dis simplement qu'une coupe de cheveux, ce n'est pas grand-chose.

– Mais regarde-toi, ma grande, tu es ravissante.

Sans le maquillage de ses yeux, le visage d'Hanna ressemblait à ce qu'il était d'habitude, si ce n'est un peu plus brillant. Ses cheveux, en revanche, restaient indéfiniment éblouissants.

– J'aime bien.

– C'est ce qui arrive quand on suit mes conseils.

– Je ne l'ai pas fait. Je suis allée me faire laver et sécher les cheveux et j'en suis ressortie comme ça.

– Je ne te crois pas !

– Écoute, je ne voulais pas me montrer impolie pour ta fête. Elle était amusante.

– Le terme est un peu fort. Les Morrison sont ennuyeux et Roger est gentil mais sa conversation est désastreuse. Qu'as-tu pensé de Nicholas ?

– Je l'ai bien aimé. Tu ne m'avais pas dit que ses actions de bienfaisance concernaient les livres ?

– C'est vrai ? Je n'écoute jamais quand il me parle.

Nicholas Armstrong s'était avéré être un homme d'affaires à la retraite dont la famille avait créé une association caritative pour fournir des livres aux bibliothèques scolaires des zones défavorisées. Heureux d'apprendre qu'Hanna était bibliothécaire, il avait bavardé avec elle pendant la majeure partie de la soirée, au point qu'Hanna avait craint qu'ils n'aient été impolis envers les autres invités. Mais lorsqu'elle le lui dit, Amy s'esclaffa.

– Oh, non, c'était aussi bien qu'une pièce de théâtre.

– Oh, va-t'en, Amy, et laisse-moi dormir. Je suis crevée.

– J'y vais. Fais de beaux rêves, Cendrillon.

Après avoir dormi tard et paressé dans le jardin avec Amy jusqu'à midi, Hanna déclara qu'aujourd'hui elle devait trouver le cadeau de Brian. Windsor et Eton étaient bardés de magasins, mais Londres offrait plus d'opportunités, alors elle décida d'affronter le voyage en train, malgré le temps étouffant. Elle avait également pensé à un complément original au parfum coûteux de ce qu'elle avait acheté pour Amy, et le bon endroit où l'acheter était Persephone Books à Bloomsbury. Libraire et éditeur ayant une boutique dans Lamb's Conduit

Street, Persephone s'occupait principalement de réimpressions de livres écrits par des femmes dans les années de l'entre-deux-guerres, et à l'époque où elle vivait à Londres, Hanna avait été une cliente assidue. *Miss Pettigrew et le jour de sa vie*, écrit dans les années 1960 par une autrice anglaise du nom de Winifred Watson, avait été le premier grand best-seller de bouche à oreille de Persephone et restait un grand favori des lecteurs de la bibliothèque de Lissbeg. Il s'agissait d'une histoire de Cendrillon avec un rebondissement : l'héroïne, une gouvernante entre deux âges, solitaire et inefficace, était envoyée à la mauvaise adresse par une agence pour l'emploi, où la rencontre une chanteuse de boîte de nuit bouleversait sa vie. La chanteuse et l'esthéticienne la relookaient et elle passe de la misère à la richesse en vingt-quatre heures, captivée par ce qui se passait mais suffisamment maline pour faire des commentaires judicieux sur le style de vie glamour et douteux de ses nouvelles amies. Sachant qu'Amy apprécierait la plaisanterie, Hanna avait décidé que *Miss Pettigrew* compléterait le cadeau du parfum, surtout après sa plaisanterie sur Cendrillon de la veille. Décidée à adopter une tenue confortable dans laquelle elle se sentirait sans contrainte, elle portait un jean, un T-shirt et les mêmes chaussures plates et, laissant son sac, elle avait glissé sa carte de crédit et un peu d'argent liquide dans sa poche. Bloomsbury était l'un de ses quartiers préférés de Londres, pauvre en chaînes de magasins et riche en librairies, en places géorgiennes, en jardins publics et en terrasses victoriennes adossées à des mews qui, à l'époque où *Miss Pettigrew* avait été écrit, étaient célèbres pour abriter les bobos raffinés du quartier. En entrant dans la petite boutique, Hanna fut charmée, comme toujours, par ses étagères et ses piles de livres de poche uniformément reliés en gris argenté. Le cadre dans lequel se trouvaient les livres est tout aussi attrayant. Il y avait des chaises en bois arrondies et des tables assorties, des affiches encadrées sur les murs et, au fond, une dame travaillait sur son ordinateur tandis qu'une autre emballait les commandes dans du papier rose et du ruban gris. Bien que les livres soient presque identiques vus de l'extérieur, chaque titre avait ses propres pages de garde et signets, imprimés de motifs tirés de tissus, qu'on avait choisis en fonction de la date et du style de l'ouvrage. Hanna trouva facilement *Miss Pettigrew*, reconnaissant le motif du tissu d'ameublement, un dessin répété d'une main tenant des coquelicots et des tiges de céréales, imprimé en jaune et rouge doux sur un fond de lin pâle. Incapable de résister à l'attrait des autres titres, elle continua à feuilleter pendant vingt minutes, choisissant au passage un livre pour Louisa. Puis, elle se dit qu'elle devait passer à autre chose et chercher le cadeau de Brian. Elle paya ses achats et sortit, appréciant le son de la cloche qui tintait à l'ouverture de la porte.

Dehors, il y avait une boîte contenant une pile de catalogues de Perséphone et, en s'arrêtant pour en prendre un, Hanna entendit son nom appelé depuis le trottoir d'en face. Elle se retourna, se demandant si une vieille connaissance passait par là. Mais non, c'était Nicholas Armstrong, vêtu d'un costume à rayures anthracite. Il la salua et, alors qu'il traversait la route pour la rejoindre, Hanna eut le sentiment que s'il avait porté un chapeau, il l'aurait levé poliment. Elle supposa que le temps passé en compagnie de livres de romancières populaires de l'entre-deux-guerres l'avait influencée. Nicholas sourit.

– C'est une surprise. Quel plaisir de te revoir !

– Je viens d'acheter des livres.

Hanna indiqua la boutique derrière elle.

– Nous avons parlé de livres aussi, j'avais un conseil d'administration au coin de la rue. Nous avons un bureau près de Guilford Street.

– C'est extraordinaire. Je veux dire, Londres est immense et nous n'avons fait connaissance qu'hier soir.

– Ah, je suppose que Bloomsbury est terriblement littéraire. Quoi qu'il en soit, c'est une charmante coïncidence.

Il jeta un coup d'œil de l'autre côté de la rue, vers l'endroit où se trouvait un café.

– Tu n'as pas envie d'un thé et d'une brioche ?

Malgré sa présence imposante, il avait l'air nostalgique, alors Hanna dit qu'elle adorerait et ils traversèrent la route ensemble. L'idée que Nicholas se faisait d'un thé et brioche devint du lapsang souchong et des éclairs au chocolat, et la description qu'il fit de la réunion à laquelle il avait assisté était passionnante. Une demi-heure s'est écoulée avant qu'Hanna ne jette un coup d'œil à sa montre et ne dise qu'elle devait partir. Prenant un air coupable, il se leva et tira sa chaise.

– Je suis désolé. Bien sûr. Je recommence, je t'ai accaparée.

– Non, pas du tout. Le trust me semble vraiment impressionnant.

– Oh, nous faisons de notre mieux et nous avons une bonne équipe. Écoute, je ne sais pas si…

Il marqua une pause, puis secoua la tête.

– Je suppose que tu es occupée ce soir.

– Pas spécialement.

– Le truc, c'est que si tu étais libre, on va généralement voir un spectacle après les conseils d'administration. C'est un peu l'occasion de se retrouver et de ne pas parler de livres. Ce soir, nous avons une loge pour un ballet à Covent Garden. C'est *La Belle au bois dormant* et il y a une place de libre si tu veux venir.

L'invitation était totalement inattendue et Hanna fut étonnée de s'entendre accepter. Ce n'est qu'après s'être dit au revoir, après être convenus de se retrouver dans un bar à vin pour boire un verre avant la représentation, qu'elle réalisa qu'une fois de plus, elle n'avait pas pris en compte le temps et les distances. Elle était là, en jeans et en T-shirt, avec seulement quelques heures devant elle pour retourner à Windsor, se changer et prendre un train pour le centre de Londres. Après quoi, elle devrait se rendre à Covent Garden. C'était impossible. Nicholas avait disparu dans un taxi qui passait, et elle n'avait aucun moyen de le contacter pour s'excuser et annuler. Tout ce qu'elle pouvait faire, c'était appeler Amy et lui demander son numéro, ce qui ne manquerait pas de susciter une pluie de questions. En gémissant, Hanna tourna la tête et vit son reflet dans la vitrine du café. Bon sang, ses cheveux rendaient bien ! Il était maintenant presque seize heures et elle avait rendez-vous avec Nicholas dans un bar à vin à dix-neuf heures. Trois heures suffiraient sûrement pour s'acheter quelque chose à se mettre et trouver les toilettes de l'hôtel pour s'apprêter. Elle était sur le point de se diriger vers Oxford Street, à la recherche d'un grand magasin, lorsqu'elle remarqua une étroite devanture à quelques pas de la librairie. À l'extérieur, une enseigne élégamment rédigée à la main indiquait « BOUTIQUE POP-UP » et, à travers la fenêtre, elle pouvait voir des vêtements suspendus sur des rails dans un espace blanc simple. Chaque rail présentait une palette différente de couleurs subtiles et, intriguée, Hanna traversa la rue pour jeter un coup d'œil à travers la porte. Une autre affiche, sur un présentoir à l'intérieur, expliquait que les vêtements étaient l'œuvre d'un jeune créateur, et qu'ils étaient là en vente pour une journée seulement. En entrant, Hanna sourit à une fille qui lisait un livre sur un banc à l'arrière du magasin.

– Puis-je jeter un coup d'œil ?

La jeune fille répondit par un sourire timide.

– Bien sûr. Si vous avez des questions, n'hésitez pas.

Il ne lui fallut pas plus d'une minute pour trouver la bonne robe, et prix était si raisonnable qu'Hanna dût vérifier qu'il n'y avait pas d'erreur. Elle se glissa derrière un rideau installé dans un coin et, après avoir enfilé la robe, elle sortit pour se regarder dans un long miroir. Il s'agissait d'une doublure de satin couleur huître qui descendait jusqu'aux mollets, avec une robe à manches longues en crêpe de Chine dans la nuance la plus pâle possible de gris brumeux. Elle semblait légèrement vintage, mais la simplicité du galon avec un rang de perles autour du cou, de l'ourlet et des poignets de la robe était indéniablement moderne. Portée avec ses chaussures noires, elle était tout à fait adaptée – assez habillée pour le soir, à cause des minuscules perles de cristal, mais assez simple pour être quelque chose qu'elle aurait pu choisir de porter pour une journée ensoleillée de shopping à Londres. Elle avait acheté un sac crème et gris à Persephone, pour ses achats, et maintenant qu'elle l'avait mis sur son épaule, elle voyait qu'il apportait exactement la bonne touche. Ayant résolu la première partie de son problème en moins de vingt minutes, Hanna continua à déambuler dans Bloomsbury, en balançant le sac dans lequel la vendeuse avait plié sa robe. Au bout d'une heure environ, elle se rendit à Russell Square et mangea une salade dans le bar rutilant de l'immense hôtel recouvert de terre cuite. Le somptueux bâtiment semblait être un bon endroit pour commencer la soirée, et les toilettes pour dames situées dans l'atrium en marbre offraient suffisamment d'espace pour qu'elle puisse se rafraîchir et se changer. Émergeant comme un papillon de sa chrysalide, avec son tee-shirt et son jean au fond du sac de livres, elle retourna au bar, vit le regard surpris du barman et commanda un gin tonic avec un zeste de citron vert. Puis, avec un quart d'heure d'avance, elle prit le métro pour Covent Garden et retrouva Nicholas et ses collègues administrateurs dans le bar à vin. Ils étaient quatre et montrèrent amicaux dès le début, et l'une d'entre eux, qui s'avéra être la sœur de Nicholas, poussa un cri de joie lorsqu'elle vit le sac d'Hanna.

– Je sais qu'on n'est pas censés parler de livres, mais as-tu lu *Miss Pettigrew* ?

– Bien sûr. Et je crois que je le prête à un lecteur de la bibliothèque tous les quinze jours.

– Parle-moi de ta bibliothèque.

La conversation se poursuivit alors qu'ils se dirigeaient tous vers le Royal Opera House, où Hanna n'était pas allée depuis si longtemps qu'elle en eut le souffle coupé. L'auditorium cramoisi et or était toujours aussi beau. L'orchestre s'accordait, la loge donnait une vue parfaite sur la scène et, en s'installant sur sa chaise en velours, elle poussa un profond soupir de contentement. Nicholas s'assit à côté d'elle.

– Je suis heureux que tu aies pu venir.

– C'est adorable de m'avoir invitée. Je n'arrive pas à croire à quel point les soirées comme celle-ci m'ont manqué.

– L'inconvénient d'une vie idyllique à la campagne.

– Je suppose que oui.

Lorsque les lumières se sont éteintes et que le rideau s'est levé, Hanna s'est détendue au son de musique familière. Elle avait vu cette production des années auparavant, avec Jazz et Malcolm, et, brièvement, les souvenirs affluèrent et miroitèrent entre ses yeux et les figures flottantes sur la scène. Puis l'histoire de *La Belle au bois dormant* prit le dessus et Hanna se laissa absorber par le conte de fées.

Au deuxième entracte, Nicholas disparut et revint avec un serveur portant un plateau de boissons. Heureuse d'avoir eu la sagesse de manger avant, Hanna accepta un verre et discuta facilement avec Pen, la sœur de Nicholas. Une partie de la réunion des administrateurs avait porté sur le choix d'un livre *de l'Oie* à lire à haute voix à ajouter à la sélection de la bibliothèque.

– Nicholas pense que nous devrions oublier les contes de fées et les comptines, mais je pense que chaque enfant devrait y être exposé.

Nicholas secoua la tête en direction de Pen.

– Je pense pas qu'il faille les oublier. Il s'agit simplement de reconnaître que nous avons un budget limité et qu'il existe un grand nombre de titres pour enfants merveilleux parmi lesquels choisir.

– C'est parce que tu penses que les enfants assimilent automatiquement les contes de fées. Ce n'est pas le cas. À mon avis, ils sont importants, Nick, et si les enfants viennent de milieux pauvres, comment auraient-ils pu y avoir accès ?

C'était un échange si facile et si joyeux qu'Hanna ne fut pas le moins du monde troublée lorsque Pen se retourna et demanda son soutien.

– Hanna est d'accord avec moi, n'est-ce pas ?

– C'est vrai. Mais je pense qu'il est facile de projeter sa propre sensibilité sur les enfants. Une fois, j'ai acheté à ma fille un exemplaire des *Contes* de Grimm. Il contenait les illustrations de Mervyn Peake, que je trouvais magnifiques.

Les autres, qui l'avaient lu, se joignirent aux rires et, alors que les lumières s'éteignaient à nouveau, Hanna se souvint du visage de Jazz dans les éclats de lumière de la scène, lors de la matinée à laquelle ils avaient assisté avec Malcolm. Jazz avait une douzaine d'années, elle était trop âgée pour les livres de contes de fées, et son principal intérêt pour le ballet était d'ordre pratique, c'est pourquoi, sur le chemin de la représentation, elle les avait bombardés de questions. Combien de temps les danseurs devaient-ils répéter ? Pouvaient-ils manger ce qu'ils voulaient ou se nourrissaient-ils uniquement de yaourts ? Combien y avait-il d'instruments dans un orchestre ? Quelqu'un avait-il déjà été tué par la chute d'un élément de décor ? Mais au dernier acte, lorsque le Chat Botté, le Chat Blanc et les autres personnages de contes assistent au mariage de la Belle au Bois Dormant, elle était tombée amoureuse de l'envol de l'oiseau bleu dans le pas de deux. À moitié endormie sur le chemin du retour, la tête contre le bras de Malcolm, elle avait annoncé qu'elle voulait danser le rôle de l'oiseau bleu.

– Ce n'est pas le rôle de la ballerine. Tu pourrais être la princesse dont il est amoureux.

– Ça ne m'intéresse pas. Pourquoi les gens veulent toujours que les choses tournent autour de l'amour ?

– Parce que c'est la chose la plus importante au monde.

– Non, ce n'est pas vrai. En tout cas, l'amour ce n'est pas ce truc romantique à l'eau de rose. C'est juste un moyen de t'empêcher de faire plein d'autres choses. Qui voudrait s'installer et vivre heureux pour toujours ? C'est ennuyeux. Je veux voler pour toujours sur d'immenses ailes de plumes.

Chapitre 31

C'était la fin de l'après-midi et lorsque Fury entra, Brian était allongé de tout son long sur le canapé. Il leva les yeux et balança ses pieds sur le sol.

– Quelle est l'histoire ?

– Je vais bientôt devoir déplacer ce vieux bout de toit, et sortir Jo de son lit.

– Est-ce que ça peut attendre le retour d'Hanna ?

Fury posa ses fesses osseuses contre la table.

– Comment va-t-elle ?

– Je lui ai parlé ce matin. Elle est allée voir un ballet.

– C'est une chose que je n'ai jamais vue moi-même.

– J'avais l'habitude d'être assez fan.

Brian alla s'asseoir à la fenêtre et tira les oreilles de Jo.

– Je n'en ai pas vu depuis des années. Hanna non plus, apparemment.

Fury se curait les dents avec un ongle.

– Je suppose qu'elle s'est réhabituée à toutes sortes de choses qu'elle avait oubliées.

Il était évident que Brian était censé enchaîner, mais il refusa de le faire.

– Pour le toit cela peut-il attendre son retour ?

– À toi de voir, ce n'est pas ma voiture qui a besoin d'un garage.

– Eh bien, laisse-le, alors. Jo s'inquiète déjà assez sans qu'on en rajoute une louche.

– D'accord.

Fury jeta un coup d'œil dans la pièce, qui était encore remplie des affaires de Mike.

– Ton fils est toujours là, à ce que je vois.

– Oui, en résidence. Mais il n'est pas là. Il a emprunté un vélo à la ferme d'en bas il y a quelques jours. Je crois qu'il a dit qu'il allait à Carrick aujourd'hui.

– On peut dire qu'il s'est installé, donc.

– Et Dieu sait ce qu'Hanna dira quand elle reviendra et verra l'état de cet endroit. Tu sais, je ne l'ai jamais dit à voix haute parce que ça me semblait cruel, mais parfois je pensais qu'Hanna gâtait trop Jazz. Elle se sentait coupable d'avoir quitté son mari, et elle surcompensait si Jazz avait l'air morose. Et regarde-moi maintenant, incapable de dire à mon fils de ramasser ses chaussettes.

C'était bizarre comme Fury savait vous faire parler, généralement en donnant l'impression de ne pas s'intéresser à vous. Après avoir commencé à se confier à lui, Brian ressentit le désir de se justifier.

– Il n'est pas délibérément puéril, et cela ne veut rien dire. Il est comme ça, c'est tout. Il n'en reste pas moins que je suis coincé, comme un imbécile, quelque part entre monsieur le Tenancier et Père en colère.

– Je suppose qu'un coup de pied au cul est hors de question ?

– Le sien ou le mien ?

Brian avait l'air dépité.

– J'aimerais pouvoir te dire que tu as tort. Mike est un bon gars, tu sais, Fury. Nous avons peut-être passé suffisamment de temps en compagnie l'un pour l'autre pour un petit moment, mais je suis vraiment content d'avoir appris à le connaître un peu mieux.

En regardant par la fenêtre, il caressa doucement les oreilles de Jo.

– Je crois que je ne sais plus qui était Sandra. Je ne sais pas si je l'ai jamais su, j'espère qu'elle serait fière de son fils. Je pense qu'il est honnête et travailleur, et s'il est un peu inadapté en société, ce n'est pas le pire des défauts.

Le long de la route qui menait à la ferme en contrebas, des étourneaux s'étaient rassemblés sur les fils téléphoniques, jacassant dans l'air vif de l'automne. Fury regarda le vallon et fit la moue sans s'engager.

– La vie est longue. Et, pour sûr, tu ne sais jamais ce qui va se passer ensuite.

Brian lui jeta un coup d'œil vif.

– Toi tu prépares quelque chose.

– Bon, l'ami, tout ce que je fais, c'est faire la conversation. Tu ne sais pas comment ça marche ? Quand tu dis quelque chose et que je réponds par un dicton anodin, tu es censé me dire que j'ai raison et nous poussons tous les deux un soupir. Conversation. Ce que font les gens normaux.

Secouant la tête, Fury se décala de la table.

– Et tu traites ton pauvre fils d'inadapté social !

⋆

Le vélo que Mike avait emprunté était vieux mais en bon état. Après une journée de photographie, il se rendit chez Maggie et était assis sur le pas de la porte lorsque Jazz arriva chez elle. Elle s'arrêta au pignon de la maison quand elle le vit et sursauta.

– Tu viens de me mettre le cœur en croix !

– C'est une excellente expression.

– Elle vient de ma mère.

– Celle qui vient du Kent ?

– Ne sois pas idiot.

Mike se leva pour lui permettre d'accéder à la porte, et Jazz vint déverrouiller.

– Et tu es ici parce que ?

– J'ai juste pensé que nous pourrions passer du temps ensemble.

– Si on sort est-ce que tu cuisineras encore des hamburgers ?

– Ça se pourrait.

– Elle ouvrit la voie et il s'assit près de l'âtre pendant qu'elle allait dans la chambre pour changer de tenue. Quand elle revint, il leva les yeux d'un livre qu'il avait pris sur une étagère.

– Je ne t'aurais pas cataloguée comme quelqu'un qui lit des romans policiers.

– Tu as raison. La plupart des livres qui se trouvent là appartenaient à ma mère ou à sa grand-mère Maggie. Apparemment, Maggie était une passionnée de romans policiers. J'ai lu une fois un truc qui s'appelle *Beautiful Liars.*

– Rien avant ou depuis… a rigolé Mike.

– Pas grand-chose. Les films, en revanche, je ne peux pas m'en passer.

– Je suis trop occupé pour l'un ou pour l'autre. J'ai beaucoup lu quand j'étais enfant, mais je me concentre sur le travail maintenant.

Elle se dirigea vers le réfrigérateur.

– Bière ou café ?

Ils étaient assis à boire de la bière de chaque côté de la cheminée, la demi-porte ouverte. Le bourdonnement des insectes dans le jardin était haché par les cris stridents des mouettes.

Mike se pencha en arrière et passa son genou sur le bras de sa chaise.

– Je ne peux pas imaginer travailler de neuf heures à dix-sept heures.

– Je ne pouvais pas non plus. Mon premier job était dans une compagnie aérienne et je faisais des quarts. Comme personnel de cabine. Pendant un certain temps, j'ai vécu dans une colocation en France. C'était un mode de vie vraiment cool. Puis j'ai embouti la voiture de ma mère un soir, alors que j'étais ici en escale. J'ai fini à l'hôpital. Je m'en suis sortie mais j'étais « vraiment mal en point ».

Ne voulant pas paraître trop dramatique, elle avait entouré les mots de guillemets.

– C'était à peu près à l'époque où toi et moi nous sommes rencontrés.

– Et puis ton autre grand-mère est venue à la rescousse.

– Beaucoup de gens le voient comme ça.

– Désolé, j'ai été grossier ?

– Pas vraiment. Je déteste juste l'idée que j'aurais pu avoir besoin d'être secourue. Mais je suppose que c'est vrai. Maman a essayé d'arranger les choses en disant que je n'avais pas de racines.

– Et ce n'est pas bien ?

– Ce n'est pas bien quand l'expression est un euphémisme pour dire que c'est gênant. Alors, oui, on peut dire que ma grand-mère est venue à la rescousse.

Jazz se leva et revint avec un paquet de cacahuètes.

– En tout cas, elle a créé l'entreprise et m'a donné un travail, et ma mère me loue cet endroit, et tu sais quoi, tu as tout à fait raison, j'ai une vie pépère.

– Je n'ai pas dit cela.

– J'aime bien travailler de neuf à cinq, mais je suppose que c'est différent quand il s'agit d'une entreprise familiale.

Elle lui jeta un regard sur la défensive.

– Je sais que j'ai de la chance.

Mike se pencha en avant, les coudes sur les genoux, la canette de bière entre les mains.

– Sérieusement, je ne vois pas en quoi c'est important. Qu'y a-t-il de mal à accepter de l'aide ?

Elle lança une cacahuète en l'air et la rattrapa avec sa bouche.

– Il n'y a rien de mal à accepter de l'aide. C'est l'une des choses que m'a apprises le fait de traverser une situation très difficile. Pourtant, beaucoup de gens m'ont dit que j'avais de la chance.

Elle rata la deuxième cacahuète et la chercha à tâtons alors que la cacahuète roulait entre les pieds de sa chaise.

– En fait, ce n'est pas souvent exprimé à haute voix. Mais c'est ce qu'ils pensent. La plupart du temps, je m'en fiche, mais parfois, ça m'énerve.

Trouvant la cacahuète, elle se redressa et la jeta dans la cheminée.

– D'ailleurs, qui a dit que je devais répondre à toutes ces questions ?

– Tu n'es pas obligée de le faire. Tu pourrais me dire de me mêler de mes affaires.

– Ou tu pourrais être moins effronté.

Mike rit.

– Apparemment, l'effronterie est mon mode par défaut. Je devrais vraiment travailler sur ce point.

– Si tu veux mon avis, tu en es fier.

– Cela permet d'avoir une vie simple.

– Et nous en revenons à ce que tu as dit précédemment, à savoir que la vie n'est complexe que si les gens le permettent.

– L'autre jour, tu m'as dit que c'était ce que je te disais à propos des familles.

Le sol en pierre commençait à rougir dans la lumière du soleil couchant. Jazz prit une gorgée de bière et savoura cette expérience nouvelle d'avoir une maison dans laquelle elle pouvait accueillir un ami. Même si sa relation avec Mike n'était pas vraiment une « amitié ». En fait, elle ne savait pas trop comment la définir. Lorsqu'ils s'étaient rencontrés pour la première fois, elle s'était dit qu'il l'aimait bien. C'était à l'époque où elle passait d'une histoire d'amour à l'autre et où, s'étant récemment fait larguer, elle aurait pu tomber dans son lit. Mais il avait simplifié les choses pour eux deux.

– Et si j'arrêtais les conneries et que je te disais simplement ceci ? Tu es craquante mais je ne cherche pas une histoire d'amour pour les vacances, et si c'était le cas je ne viserais pas quelqu'un qui vient de rompre avec son copain.

Venant de quelqu'un d'autre, cela aurait pu être dévastateur mais, malgré sa fragilité, cela avait fait rire Jazz. En le regardant derrière ses cils, elle se demanda s'il s'en souvenait. Mike croisa son regard et sourit.

– Je suppose qu'il n'y a aucune chance que toi et moi reprenions là où nous nous étions arrêtés ?

– Et où nous étions-nous arrêtés ?

Il était beau, d'une beauté discrète, et indéniablement attirant. Jazz fut donc surprise par sa propre réaction sans équivoque :

– Non.

– Bon, je suis prévenu. Un rapport avec le fait que je n'aie pas donné suite à ces projets de marathon ?

– Ne te flatte pas, dit Jazz en riant. Cela n'a rien de personnel. Il se trouve simplement que, pour l'instant, c'est moi qui ne cherche pas la romance.

– Totalement concentrée sur ton travail.

– Et j'adore être célibataire.

C'était la première fois que Jazz affirmait cela à voix haute et, mue par un énorme élan de confiance, elle prit conscience qu'à ce moment-là, c'était tout à fait vrai.

– Oh, bon, ça valait la peine d'essayer. De toute façon, je suppose que nous sommes pratiquement de la même famille, maintenant que ta mère a emménagé chez mon père.

Elle lui tendit le paquet cacahuètes et il le serra dans sa main.

– Oui, ton père et toi. Vous en êtes où ?

– Qui est le plus effronté maintenant ?

– Tu pourrais me dire de me mêler de mes affaires.

– C'est vrai. Mais il n'y a rien à dire.

Jazz répéta la question qu'elle avait posée à Hanna, et à laquelle elle sentait qu'elle n'avait pas eu de réponse satisfaisante.

– Comment se fait-il que tu aies fini par être élevé à Londres par ta tante ?

– Ma mère est morte. Mon père ne pouvait plus s'occuper de moi. Ma tante est intervenue et est devenue ma mère. Littéralement. Elle et mon père, mon oncle, je veux dire, m'ont adopté.

– Et tu étais d'accord avec ça ?

– J'avais quelques mois alors je n'avais pas mon mot à dire.

– Mais n'était-ce pas bizarre avec Brian quand tu as grandi ?

– Non, parce que je ne savais pas que c'était mon père. Je ne l'ai pas su avant d'avoir quitté l'école.

Mike alla chercher de la bière dans le réfrigérateur.

– Ce n'était pas grand-chose. Je le voyais comme un oncle, ou quelque chose comme ça.

Jazz pensa à sa propre réaction lorsqu'elle avait découvert la vérité sur le mariage de ses parents. Pendant des années, elle avait été tourmentée par le fait que la longue liaison de son père avait commencé avant qu'elle ne soit conçue. Ayant grandi seule avec des parents qui l'adoraient, l'émergence de sa duplicité avait semblé tout saper, en commençant par sa croyance en lui et s'était infiltrée jusqu'à empoisonner la façon dont elle ressentait son identité. Pourtant, la famille de Mike l'avait élevé dans des circonstances tout aussi fausses, et cela ne semblait pas le déranger le moins du monde.

– Tu ne détestais pas ton père parce qu'il menait une sorte de double vie ?

– Bien sûr que non. Ils ont décidé que c'était mieux ainsi.

– Et c'était le cas ?

– La question n'a pas de sens. Qui peut le dire ? J'ai eu une enfance fantastique, si c'est à ça que tu penses.

– Et tu savais pas non plus qui était ta mère...

Mike haussa les épaules.

– Je ne le sais toujours pas, en fait. Je sais qui elle était, mais je ne sais pas grand-chose d'elle. Je crois que Brian avait envie de me raconter tout ça cette semaine, mais pour l'instant, il n'a rien dit.

Deux canettes de bière, c'était normalement une de trop pour Jazz, mais elle se dirigea vers le frigo et en ouvrit une deuxième.

– Mais s'il veut t'en parler ? Je veux dire, peut-être qu'il se sent mal d'avoir pris cette décision.

– Je ne sais pas pourquoi il devrait. Ils voulaient me protéger. De toute façon, je ne peux pas lui donner l'absolution, n'est-ce pas ? Les gens doivent trouver leur propre rédemption. Mais il est gentil. C'est un type chouette avec qui on peut traîner.

– Et c'est tout ?

Mike sourit.

– Les familles n'ont pas besoin d'être complexes, pas si tu ne leur permets pas de l'être.

Se souvenant de la question qui lui avait traversé l'esprit le jour où ils étaient allés nager, Jazz décida qu'il avait probablement adopté ce point de vue pour toutes ses relations, et que c'était donc aussi bien qu'ils ne se soient pas impliqués lorsqu'elle traversait sa mauvaise passe. Il n'y avait rien de méchant ou de malhonnête dans sa vision du monde, mais ce degré de pragmatisme était trop élevé elle. Peut-être que, même si elle se voyait comme une quelqu'un de rationnel, comme son père, elle était en fait une romantique, comme sa mère. Cette pensée la fit rire sous cape et Mike haussa les sourcils.

– J'ai dit quelque chose de drôle ?

– Pas du tout. Mais les familles sont différentes. Tu n'as pas à gérer une midinette comme ma mère.

Jazz tourna sa canette de bière, essayant de réfracter un rayon de soleil. Elle regrettait d'avoir dit cela à propos de son père. C'était un manque de respect, surtout quand on le disait à quelqu'un comme Mike, qui ne faisait pas dans la nuance. Les termes habituels pour qualifier Mary étaient « un personnage », ou « fort caractère », ou même « difficile », mais à la place, on aurait également pu dire « une force de la nature ».

Prenant une gorgée de bière, Jazz fronça les sourcils. C'était sa mère, plus que sa grand-mère, qui l'avait aidée à supporter le divorce de ses parents. La plupart des efforts de Mary l'avaient ennuyée. Élevée avec des croissants et du jus d'orange bio, Jazz avait été horrifiée par les énormes petits déjeuners que Mary s'était levée à l'aube pour préparer, et exaspérée de voir que son linge était blanchi sans la consulter, et qu'elle lui colle dans son lit des bouillottes dans des pochettes en fourrure. Mais, bien qu'elle ait eu des haut-le-cœur à la vue des œufs coulants et du boudin noir et blanc, et qu'elle ait marmonné la menace de fermer la porte de sa chambre à clé, l'affection intrusive de Mary l'avait enveloppée d'un sentiment d'amour et de sécurité, à un moment où l'anxiété vigilante d'Hanna n'avait fait qu'ajouter à son stress.

– Non, elle n'est pas folle. Mais elle vieillit et elle est très exigeante.

– Et les bouillottes de lit et autres ?

– Bien sûr que non !

Jazz repoussa cette idée.

– Tu l'as vue à la fête pour son anniversaire, elle se balançait comme une star. J'ai dit qu'elle vieillissait, pas qu'elle était vieille. Elle est surtout… exigeante. Je sais que ma mère en souffre.

– C'est exactement ce que je veux dire.

Même si son ton était en partie taquin, Jazz se rendait bien compte que ce n'était pas de la comédie. Il ne voyait vraiment pas la vie comme quelque chose de compliqué. Elle supposait qu'il était peut-être dans ce que les gens appelaient du déni, mais il ne faisait aucun doute qu'il rejetterait cette idée aussi, si elle la suggérait. Elle changea donc de sujet.

– Que faisais-tu à Carrick ?

– Je photographiais les murs du château. Ils sont spectaculaires, tu ne trouves pas ? J'ai voulu voir l'intérieur mais c'était marqué « Privé ». Un car est quand même arrivé.

– Certaines compagnies de croisière l'ont inscrit sur leur itinéraire le long de la côte.

– Intéressant. Je pourrais peut-être leur vendre vidéo pour leur site Internet.

– Fury O'Shea connaîtra leur nom. Il passe son temps au château.

Mike sourit et prit une poignée de cacahuètes.

– J'ai l'impression que Fury est toujours partout.

– Tu l'as rencontré ?

– Il fait des travaux à Hag's Glen. Un type au nez en forme de bec, accompagné d'un petit chien hargneux.

– C'est Fury. Je l'ai croisé à mon arrivée. Il m'a jeté un regard assez pénétrant.

– Cela signifie que tu es sur son radar.

Jazz enfourna une autre cacahuète dans sa bouche.

– Ne t'inquiète pas. Si Fury décide jour de se servir de toi, il le fera avec une telle finesse que tu ne t'en apercevras même pas.

Chapitre 32

Le jardin de la ferme était particulièrement luxuriant. Aideen avait l'impression que tout brillait et resplendissait. Paddy avait étendu des filets sur les groseilliers d'été pour les protéger des oiseaux affamés. Les globes verts poussaient en grappes épaisses sur de longues branches piquantes, et chaque épine acérée, comme chaque poil sur les baies vertes duveteuses, était suspendue à des points de lumière étincelants lorsque le soleil brillait après la pluie. Les pommes gonflées se fendaient parfois sur les arbres, révélant une chair brillante sous leur peau écarlate polie, un aimant juteux pour les abeilles et les insectes fouisseurs. Au fur et à mesure que la lumière changeait avec les saisons, de nouveaux points de mire apparaissaient. À l'aube et au crépuscule, l'herbe tremblait sous l'effet de la rosée, et la brume étendait une pellicule de cristal sur les filets qui recouvraient les mûres de Logan. Aujourd'hui, alors que les jours raccourcissaient imperceptiblement, les abeilles tournaient autour des pruniers et bourdonnaient parmi les premières mûres, qui brillaient déjà d'un éclat sombre dans la haie.

Parmi les buissons fruitiers qui s'étendaient, il y avait un damsonier, de faible croissance et résistant aux coups de vent automnaux de la péninsule. Una avait dit à Aideen qu'il provenait d'une souche plus ancienne que le verger.

– Il y avait des champs ici quand la grand-mère de Conor est venue pour la première fois à la ferme. Elle disait que des quetsches sauvages poussaient dans les vieilles haies, et que les quetsches se propageaient à partir de leurs propres noyaux tombés au sol.

L'idée avait ravi Aideen, qui n'avait jamais goûté de quetsches avant d'arriver à la ferme. Elle s'était renseignée dans un livre et avait découvert que, parce qu'ils étaient issus de graines, les petits fruits violets avaient exactement le même goût aujourd'hui qu'à l'époque où ils étaient arrivés en Europe depuis Damas. Maintenant, debout sous l'arbre, elle se souvenait de s'être assise dans son lit et d'avoir lu cela à haute voix à Conor. Elle n'avait jamais été bonne élève à l'école et, bouleversée par la mort inattendue de sa tante, elle avait eu un résultat médiocre à son examen de fin d'études, mais le travail de Conor à la bibliothèque lui avait redonné le goût et l'accès aux livres.

– Ce fruit est venu d'Italie en France au Moyen-Âge et a été appelé « Damascène » à cause Damas. Et, ouah, regarde, c'est le même mot que pour « damas ». Tu sais, le tissu. Et ici, regarde, les roses damassées, elles sont censées venir de là aussi.

– Oui ?

Conor lui avait pris le livre des mains et l'avait embrassée.

– Tu sens comme une rose.

– Conditionneur. J'ai acheté un pack de deux dans le magasin EuroStore de Sheep Street.

Même si ce n'était pas très drôle, ils s'étaient esclaffés, ce qui avait un peu plombé l'ambiance et, parce qu'il était fatigué, ils avaient fait l'amour ce soir-là sans que ce soit très spectaculaire. Mais cela ne l'avait pas dérangée. Après, quand il s'était endormi avec son bras autour d'elle, elle avait regardé le contraste entre sa peau à lui et la blancheur de ses seins. La pièce était éclairée par la lune. Son bras était d'un brun doré. Il avait des poils presque invisibles qui étaient doux si on frottait ta joue contre eux. Ils brillaient au clair de lune comme les feuilles de Damas à la fin de l'automne, qui passent du vert à l'or sur l'arbre avant de dériver vers le sol pour former des flaques sur l'herbe détrempée.

Les yeux d'Aideen se remplissaient de larmes. On aurait dit qu'elle n'avait fait que pleurer ces derniers temps. Bríd ne lui adressait toujours pas la parole et, depuis la catastrophe, Conor et elle ne se parlaient presque plus. Elle savait qu'il n'avait pas l'intention de semer le trouble, mais il s'était entêté et n'avait pas voulu s'excuser. C'était en partie dû à la culpabilité, en partie à la fatigue, et en grande partie au fait que tout s'était déroulé devant ses parents, avec Dermot comme témoin gêné. Elle s'en voulait. Si elle n'était pas devenue hystérique et n'avait pas eu besoin d'Una pour l'apaiser, elle aurait pu parler raisonnablement à Conor, dans leur chambre ou dans le jardin. Le prendre pour un imbécile dans la cuisine avait été horrible, et lui crier dessus à travers ses larmes n'avait fait qu'empirer les choses. Ce n'était pas étonnant que Bríd la traite comme un bébé. Aujourd'hui, c'était l'un de ses jours de travail, mais elle n'était pas allée travailler. Elle savait qu'elle ne pouvait pas continuer comme ça indéfiniment, ou continuer à éviter Conor pendant la journée et faire semblant de dormir quand il montait se coucher. Tôt ou tard, elle devrait affronter Bríd, faire face à la situation et, probablement, s'excuser auprès de Dan. C'était bien beau de s'énerver d'avoir été entraînée dans les affaires de Bríd et de Dan, mais Conor et elle avaient été égoïstes. Comment allait Dan, qui était entraîné malgré lui dans leurs affaires ? Et comment allait Bríd qui, Aideen le savait, était bouleversée par cette rupture et voulait vraiment se remettre avec Dan ?

C'était le milieu de la matinée, une autre journée ensoleillée, et l'herbe était chaude. À l'autre bout du verger, les poules grattaient dans leur enclos, émettant des gloussements et des petits bruits dès qu'elles apercevaient un mouvement dans l'herbe. Depuis qu'elle était venue vivre à la ferme, Aideen s'était sentie enveloppée de mille attentions affectueuses, ce qui lui avait donné l'impression qu'elle ne se sentirait plus jamais seule. Pourtant, aujourd'hui, elle se sentait plus seule qu'elle ne l'avait jamais été dans sa vie. Elle savait qu'Una lui apporterait du réconfort si elle lui en demandait, mais il lui semblait pathétique de courir vers elle au lieu d'aller trouver Conor et de mettre les choses au clair. Tôt ou tard, l'un d'entre eux devrait agir comme un adulte mais, en plus de se sentir larmoyante, Aideen se sentait épuisée. De toute façon, pensa-t-elle, les chances de parler à Conor étaient assez faibles. Il ne la remerciait pas de s'être présentée à la bibliothèque, ou lorsqu'il travaillait avec Dermot, et la plupart des nuits, elle se sentait si fatiguée qu'elle était vraiment endormie lorsqu'il montait à l'étage. Una avait dit que les fruits étaient excellents dans les tartes et les crumbles, et cuits à l'étouffée avec du miel. Elle les faisait mariner aussi, ce qu'Aideen n'avait jamais essayé, et préparait ce qu'elle appelait du fromage de damon, pour accompagner la viande froide. Aideen n'avait jamais entendu parler de ça non plus, et elle avait l'intention de le raconter à Bríd. Il s'agissait d'une confiture épaisse qui, selon Una, avait une saveur profonde et intense, et qui accompagnait le mieux l'agneau et le gibier ou les fromages très forts. Ça ressemblait à un produit qui se vendrait bien à la charcuterie pendant la période de Noël.

Au printemps de cette année, l'arbre était blanc de fleurs, et il y avait tellement de fruits qu'il en était alourdi. En levant les yeux, Aideen regarda les épaisses grappes violettes. Elle pourrait faire des douzaines de pots de confiture pour Noël et avoir encore beaucoup fruits à congeler pour faire des gâteaux au fromage jusqu'à Pâques.

Tristement, elle se souvint de leurs réunions pour planifier la culture des produits de la ferme pour la charcuterie. Tout cela lui avait semblé réalisable avant qu'elle ne commence à craindre que le changement n'aggrave la dépression de Paddy. Le fait de remplir des formulaires du gouvernement et d'établir des feuilles de calcul avec Bríd et Conor lui avait donné l'impression que les deux moitiés de sa vie étaient harmonieuses. Mais la santé de Paddy n'était qu'une partie du problème. Sous l'enthousiasme partagé, il y avait eu la rupture de Bríd avec Dan, et Aideen savait qu'une partie de la colère actuelle de Bríd venait de la crainte que les autres n'aient discuté d'elle avec Dan depuis le début. Ce qui était injuste, pensait-elle, car ce n'était pas le cas. Conor et Dan semblaient communiquer uniquement en s'offrant des pintes et en parlant de football. Et Conor avait à peine le temps de parler de son propre mariage, pour l'amour de Dieu. D'ailleurs, quand Aideen lui avait parlé de la rupture, il s'était montré dédaigneux.

– Il est certain que ces deux-là n'arrêtent jamais de se disputer.

– Elle veut que les affaires de Dan marchent bien. Elle veut le soutenir.

– Elle avait une drôle de façon le montrer.

– Tu sais à quel point Dan n'est pas un homme d'affaires. Elle pourrait lui donner de bons conseils.

Conor avait réagi par la négative et Aideen ne pouvait pas le blâmer. Tout le monde pouvait voir que quelqu'un comme Dan n'apprécierait pas les conseils autoritaires de Bríd. Elle ne savait même pas pourquoi elle avait essayé de défendre Bríd auprès de Conor, si ce n'est qu'elle savait à quel point Dan manquait à Bríd. Mais Conor avait raison. Bríd et Dan continueraient probablement à se disputer et à se réconcilier jusqu'à la fin de leurs jours. Conor et moi ne sommes pas beaucoup mieux, pensa Aideen, tristement. Je parle trop peu et il en fait trop, et nous finissons par contrarier tout le monde. Et, d'accord, nous avons été très occupés et sous pression, mais c'est la vie.

Elle entendit la porte de la cuisine claquer au loin, et Paddy descendit de la cour vers le jardin, avec de l'eau pour les poules. Il la versa dans une casserole abîmée à l'intérieur du poulailler, remit la porte en place et s'approcha d'Aideen.

– Comment va ma fille ?

– Je vais bien. Et toi, comment vas-tu ?

– Ah, bien sûr, j'ai des bons et des mauvais jours. Celui-ci pourrait être pire.

Paddy s'assit à côté d'elle et leva les yeux vers le damassinier.

– C'est une belle récolte que nous aurons cette année. Qu'est-ce que tu fais assise ici ?

– J'évite tout le monde.

– Je sais bien. Il y a des fois où tu voudrais partir tout seul.

– Mais il faut bien que revenir un jour, non ?

– Peut-être que tu devrais d'abord te remettre les idées en place.

– J'ai des doutes. Il y a tellement de choses qui me troublent et je n'ai pas l'énergie. Mon esprit est comme un trou noir.

Paddy la regarda.

– Tu ne parles toujours pas à Conor ?

– Ce n'est pas que je ne lui parle pas.

– C'est juste que tu ne parles pas.

Aideen sourit.

– Je suppose qu'on peut dire ça comme ça. Écoute, je voulais te dire que je suis désolée.

– Pourquoi ?

– Je n'aurais pas dû faire cette scène l'autre jour. Je sais que cela t'a bouleversé.

– C'est toi qui étais contrariée, et tu avais le droit de l'être. Conor peut parfois être un stupide bougre.

– Il n'est pas stupide ! Enfin, oui, il peut l'être, mais ce n'est pas la question. Le problème, c'est que lui et moi avons tous les deux mal géré la situation. Je n'aurais pas dû être troublée.

Paddy la regarda d'un air pensif.

– Tu sais, cette dépression dont le médecin dit que je souffre ? C'est comme un trou noir parfois. Je suis fatigué, je n'arrive pas à faire face aux choses, et tout me semble effrayant. C'est comme si mon monde n'avait pas de limites et que je risquais de tomber. Certains jours, je me sens tellement désespéré que je ne vois pas pourquoi quelqu'un me supporterait.

– L'agitation, les bouleversements et les changements désorientent.

– Non, n'est pas ça, ça sort de nulle part sans raison, c'est ça qui est terrible. En fait, j'ai l'impression que je vais perdre pied et disparaître dans le trou noir. Mais tu sais ce qui me permet de rester ancré ? C'est toi.

– Moi ?

– Toi, Conor et Una, et la vie ordinaire. Des graines plantées et des cultures qui poussent, des agneaux qui naissent et qui sont gardés au chaud à côté du champ de tir.

– Mais ils meurent, hein ? Les agneaux. Nous élevons des moutons pour les tuer. Je pensais à ça l'autre jour et ça m'a donné envie de vomir.

– Tout meurt, ma fille. Les agneaux, les fleurs et les céréales qu'on coupe pour faire du pain. Tout ce qui vit finit par mourir.

Aideen n'était pas sûre que cela corresponde tout à fait à ce qu'elle pensait des animaux conduits à l'abattoir, mais ce qu'il avait dit l'avait distraite.

– Tu dis donc que tu aimes le changement ?

– Si tu parles du changement des saisons, oui. Ou si tu veux dire que je suis content que Conor et toi vous soyez mariés et que vous soyez venus vivre ici, c'est aussi un oui.

– Mais j'ai causé tellement de problèmes. Disparaître à Florence après avoir fait perdre du temps à tout le monde avec cette stupide histoire de double mariage.

– Est-ce que ça n'a pas fini par s'arranger ?

Aideen fronça les sourcils.

– Pourquoi as-tu hésité quand Conor a suggéré que nous pourrions cultiver des produits à vendre à la charcuterie ?

Paddy avait l'air désolé.

– Les bons et les mauvais jours ne sont pas tous dus à la dépression. Il s'agit peut-être en partie de mon caractère sanguin naturel.

– Tu n'aimes pas l'idée ?

– Peut-être que je n'aimais pas le fait que ce ne soit pas moi qui y aie pensé.

– Ce n'est donc pas le bouleversement ? Tu ne te sentirais pas plus mal à cause de nous si nous changions les choses ?

– Ne t'ai-je pas déjà dit que l'on ne peut pas stagner dans l'agriculture ? Cela n'a jamais de sens.

– Mais tu étais aussi contre l'adoption de nouvelles méthodes.

– Ah, il n'y a rien de nouveau dans le fait de cultiver pour vendre, ma fille, et je n'ai rien contre la notion de bio non plus. Je crois bien qu'il n'y a pas eu un produit chimique sur cette terre avant l'époque de mon grand-père. Pas avant les années soixante, en tout cas.

– Alors tu penses que c'est une bonne idée ?

– Je n'ai jamais dit le contraire. Et Conor n'avait pas dit le contraire non plus. C'est lui qui s'est inquiété et qui a demandé à Una et, maintenant qu'elle y pense, tout ce qu'Una a dit, c'est qu'ils ne devaient pas se précipiter sur les clôtures.

– Les Essentiels du bout du monde sont à la recherche de producteurs. Peut-être pourrions-nous produire pour eux en plus de l'épicerie fine ?

– C'est à Conor et à toi de décider entre vous. Vous êtes le fermier et sa femme maintenant, ma fille. Una et moi, nous sommes les vieux près du feu.

– Tu ferais mieux de ne pas dire ça devant elle. Elle t'écorcherait.

– C'est vrai, mais tu vois ce que je veux dire.

Aideen regarda le jardin où les poules gloussaient autour de leur abreuvoir. Elle ne comprenait pas la façon dont elle réagissait aux choses ces derniers temps. Peut-être que, comme Paddy, elle avait développé une sorte de dépression. Elle fronça les sourcils.

– Tu connais cette sensation de trou noir ? As-tu des sautes d'humeur ?

– Oui.

– Et je suis tout le temps fatiguée, je n'ai pas d'énergie. Les gens m'énervent aussi, comme la façon dont je me suis disputée avec Bríd. Et je n'arrive pas à croire que j'ai crié sur le pauvre Conor.

– Dis-moi, ma chérie, tu as dit que tu te sentais mal ?

– Parfois, oui. Est-ce que tu es aussi comme ça ? Est-ce un symptôme de dépression ?

Aideen fronça les sourcils d'un air inquiet.

– Penses-tu que je devrais voir un médecin ?

Paddy eut de nouveau l'air pensif.

– En tant qu'agriculteur, je n'irais pas dépenser de l'argent pour un médecin. Pas encore pour l'instant. Par contre, je t'emmènerais à la pharmacie pour acheter un test de grossesse.

Chapitre 33

Jazz arriva avec quelques minutes de retard pour sa première réunion de la matinée. Le personnel était réuni autour d'une table dans le plus grand de leurs bureaux du Centre de l'Ancien couvent pour examiner les visuels finalisés de leur campagne « Rencontrez nos producteurs ».

Plastifiées et imprimées sur du carton épais, des copies grandeur nature des photos que Jazz avait montrées aux filles dans la charcuterie étaient affichées au mur et, alors que Jazz se glissait dans son siège, Louisa prit la parole.

– Je pense que toute l'équipe doit être félicitée pour le travail accompli : ceux d'entre vous qui ont suggéré des participants, l'effort créatif déployé pour la mise en forme, le brainstorming original pendant lequel nous avons trouvé l'idée. Le cœur de ma vision pour cette entreprise était de développer et de commercialiser des cosmétiques bio avec de petits producteurs, en mettant en œuvre un vrai travail d'équipe, pratique, et je suis fière de la voir se concrétiser dans ce type de projet.

Elle indiqua l'une des photos, sur laquelle un beau jeune homme musclé, avec une brassée de consoude en fleur, plissait les yeux face à la lumière éblouissante du soleil. Il se tenait debout, adossé à une porte de grange dont la peinture boursouflée présentait des couches de différentes couleurs, et il portait une chemise à carreaux délavée et effilochée.

– D'ailleurs, Nabil, qui est tout aussi impressionnant que le mannequin professionnel que nous avions utilisé pour les photos de groupes, est jardinier pour Eoghan, l'un nos producteurs. C'est toi qui avais trouvé Nabil, n'est-ce pas, Jazz ?

– Quoi ? Non, c'est Eoghan qui avait suggéré son nom. C'était la vraie chemise de travail de Nabil, et nous n'avions pas eu besoin de le coiffer. Il était tout à fait partant.

Louisa sourit.

– J'ai cru comprendre que Johnny Hennessy avait apporté sa propre sélection de casquettes en tweed.

Le photographe, qui avait été invité à la réunion, se mit à rire.

– L'une était meilleure que l'autre. Mais, en réalité, le style est presque uniquement une question d'accessoires. Les gens qui jouaient les modèles étaient fabuleux parce que, comme tu l'as dit, ils étaient vrais.

Louisa baissa les yeux sur ses notes.

– Nous sommes donc sur la bonne voie pour distribuer les photos auprès des détaillants, elles figureront sur notre site Web et les originaux nous accompagneront dans les expositions et les foires. Voyons maintenant la liste des expositions et nous pourrons passer en revue les questions qui se posent.

Lorsque la réunion fut terminée, Louisa se dirigea vers le bureau de Jazz.

– Tout va bien ?

– Oui. Désolée d'être en retard.

– Nous venons à peine de commencer. Mais pas aussi en retarde que toi.

Jazz s'assit à son bureau.

– J'ai eu une longue conversation téléphonique avec maman. Elle m'a appelée très tôt ce matin.

– Il y a un problème ?

– Tu connais maman. Elle s'énerve, mais elle n'est pas du genre à se plaindre.

Louisa tira une chaise vers le bureau.

– Alors, que s'est-il passé ?

– Avant de m'appeler, elle avait passé des heures au téléphone avec ma grand-mère.

– Ah. Ce n'était pas à propos d'une femme appelée Pauline Murphy par hasard ?

– Oui. Comment as-tu deviné ?

– Mary m'en a parlé il y a quelque temps et elle a de nouveau abordé le sujet après sa fête d'anniversaire. Je ne connais pas Mme Murphy, même si apparemment je devrais parce qu'elle fait ses courses chez Aldi.

– Cela ressemble beaucoup à ma grand-mère.

– Pourquoi a-t-elle appelé Hanna ?

– Apparemment, elle a rencontré cette Pauline Murphy à Carrick et n'a pas aimé ce qu'elle a dit ou n'a pas dit à propos de Brian. Bref, Nan a téléphoné à Maman pour lui faire part de ses terribles avertissements et a fini par déclencher la Troisième Guerre mondiale. Et maman m'a appelée (je pense que c'était surtout parce qu'elle voulait se défouler plus qu'autre chose) et j'ai fini par être en retard au travail.

– Marie a-t-elle vraiment dit qu'ils « s'étaient rencontrés par hasard » ?

– C'est ce que maman a dit qu'elle avait dit.

Jazz regarda Louisa avec insistance.

– Pourquoi ? Qui est cette Pauline ?

Louisa avait l'air troublée.

– Je ne sais pas si Mary voulait que notre conversation reste confidentielle. Et j'espérais que, si je ne l'encourageais pas à s'attarder sur le sujet, elle passerait à autre chose.

– Oh, pour l'amour du ciel, Nan Lou !

Mystifiée, Jazz avait repris le nom qu'elle donnait à Louisa dans son enfance.

– Passer à autre chose ? De quoi parles-tu ? Ce que racontait Maman n'avait aucun sens, et tu ne fais pas mieux.

– C'est parce que rien de tout cela n'a de sens, ma chérie. Ta grand-mère a décidé que cette dame appelée Murphy était en train d'essayer de séduire Brian.

– Quoi ?

– Elle me l'a dit il y a quelque temps et j'ai essayé de faire abstraction, puis elle en a parlé à Hanna à la fête. Ce qui, d'ailleurs, est la raison pour laquelle elles se sont quittées brutalement.

Jazz gémit.

– Et elle lui a envoyé un flot de textos pendant que maman était à Londres.

– À propos de Mme Murphy ?

– Mon Dieu, j'espère que non. Je pense que c'étaient juste des messages pour maman. Attends, tu es en train de me dire que tu penses que Nan a délibérément suivi cette Pauline Murphy à Carrick ?

– Eh bien, je me suis posé la question. Pauvre Mary.

Jazz se leva, furieuse.

– Pauvre Mary ? C'est vraiment n'importe quoi ! Je ne comprends pas pourquoi on devrait la traiter comme si elle avait perdu la boule.

– Chérie, bien sûr que non, mais elle vieillit.

– Elle n'est pas plus âgée que toi. D'ailleurs, tu ne la connais pas, pas vraiment. Je l'ai connue toute ma vie et elle a toujours été indulgente. Et maintenant, regarde ce que ça a donné.

Attrapant son sac sur le dossier de la chaise, Jazz se dirigea vers la porte.

– Il n'y a rien qui cloche chez elle !

Une demi-heure plus tard, alors que Jazz ouvrait le portail du pavillon, Johnny Hennessy était en train de désherber dans le jardin d'à côté. Il se redressa et repoussa sa casquette de tweed à l'arrière de sa tête.

– Ta mère est derrière, miss.

Il était évident qu'il était prêt à discuter mais Jazz était sur sa lancée, alors elle lui fit un signe de la main et lui répondit depuis l'autre côté de la clôture.

– Il faut que je me remette au travail. Nous parlions de toi ce matin : c'était une superbe photo. Tu es une star.

Le regard satisfait de Johnny exacerba l'irritation de Jazz contre Mary. Voilà un homme de plus de soixante-dix ans, joyeux, productif et prêt à s'impliquer dans la création d'une entreprise. Elle devrait s'arrêter bavarder avec lui et lui montrer qu'elle l'appréciait et lui était reconnaissante, et au contraire, elle lui lançait une réponse à la va-vite parce que, une fois de plus, Mary Casey s'était accaparé le devant de la scène.

Elle trouva sa grand-mère dans la cuisine, en train de plier du linge. Le visage de Mary s'illumina lorsqu'elle entra.

– Oh, c'est une bonne surprise.

– Ne parie pas là-dessus.

Jazz jeta son sac sur la table.

– Qu'est-ce que tu as ?

Mary fit un pas en arrière, un drap dans les mains et le visage fermé dans une expression têtue.

– Je ne sais pas ce que tu veux dire.

– Tu le sais très bien.

– Ne viens pas ici et n'utilise pas ce genre de langage dans ma maison, s'il te plaît.

– N'essaie pas de me faire ce coup-là. Ça ne te mènera nulle part. Toi et moi, nous allons régler ça ici et maintenant.

– Alors Hanna s'est plainte de moi, c'est ça ?

– Qu'est-ce que tu crois en sortant ces histoires sur Brian ? Tu sais que c'est absurde, alors qu'est-ce que tu essaies de faire ?

Mary jeta le drap sur la table et passa au mode attaque.

– Je vais te dire ce que j'essaie de faire. J'essaie de protéger ma fille. Et Dieu seul sait pourquoi parce que, de toute sa vie, elle n'a jamais remercié sa mère. Tout ce que j'ai essayé de faire, c'est ce qu'il faut pour ma famille. Je savais que c'était une idiotie la première fois qu'elle est partie en Angleterre, et est-ce qu'elle m'a écoutée ? Non, elle n'a rien écouté. Et, je le jure, son départ a accéléré la mort de son père.

Mary a serré la mâchoire.

– Et quand elle a épousé ton père, regarde le chagrin qu'elle a eu, mais elle est revenue ici et je lui ai ouvert ma porte et je t'ai accueillie.

– Tu as dit que nous étions les bienvenues !

– Oui, et ce serait vrai, si tu n'étais pas une telle enquiquineuse ! J'étais plus qu'heureuse de t'avoir, tu le sais. Le fait est que je sais très bien qu'Hanna n'a jamais voulu rester ici. Elle était impatiente de partir et d'emménager dans la bicoque de Maggie.

– Oh, Nan. Ce n'est pas une bicoque, c'est charmant, et elle l'a restaurée avec peu de moyens. Elle voulait juste un endroit à elle. Tu ne comprends pas ça ?

– Elle voulait montrer au monde entier qu'elle n'avait pas besoin de moi. Et je suppose que tu es ici pour me dire la même chose.

Mary se renfrogna et s'assit à la table.

– C'est bien ainsi. Message compris. Je ne dirai plus un mot.

Elle ferma la bouche d'un air résolu et frappa immédiatement le drap du plat de la main.

– Et si Brian part avec cette Pauline Murphy, ta mère ne pourra s'en prendre qu'à elle-même. Je lui ai dit de se faire passer la bague au doigt avant d'emménager avec lui.

Jazz s'assit en face d'elle et essaya de rassembler ses idées. Légèrement effrayée par le visage rougi et la voix tremblante de Mary, elle prit la parole doucement.

– Maman m'a dit que tu avais rencontré par hasard Pauline Murphy à Carrick hier. Était-ce vraiment un hasard ?

– Est-ce ma faute si Aldi fait des soldes sur les bulbes de crocus ?

– Tu l'as suivie, Nan ?

– Oh, mais qui me prenez-vous ? Un agent secret ?

– Tu n'as jamais planté un crocus de ta vie.

– Oh, je sais. C'était toujours le jardin de Tom, et toute la paroisse m'a regardée de travers le jour où j'ai fait poser la nouvelle pelouse. Ce sera la même chose avec les crocus. Mais, comme tu le sauras si jamais tu as un jour le malheur d'être veuve, tu ne peux pas simplement t'asseoir au milieu des ruines et pleurer.

Il y eut un silence pendant lequel Jazz croisa le regard de Mary et y vit une lueur d'espoir. Ayant failli être dupée, elle se jeta sur elle avec plus d'agressivité qu'elle n'en avait l'intention.

– Alors tu *as fait exprès* d'aller à Aldi pour coincer cette Pauline.

Mary rejeta la tête d'un air contrarié.

– D'accord, je l'ai fait exprès. Je voulais voir comment elle réagirait si je mentionnais Brian.

– Et ?

– Et la première chose qui est sortie de sa bouche a été un commentaire sur l'absence d'Hanna.

– Ce n'est pas un grand secret. En quoi cela prouve-t-il qu'elle voudrait lui piquer Brian ?

– D'accord, ce n'était pas une preuve irréfutable, mais j'ai pensé qu'il fallait le dire à Hanna.

Jazz fournit un effort pour rester maître de ses nerfs.

– Nan, tu ne connais même pas cette femme. Louisa m'a dit que tu étais allée à l'école avec sa mère. Je parie que la première chose qu'elle a dite, c'est « Qui êtes-vous ? » La colère et la misère se disputaient le visage de Mary.

– Je connais cette semence, cette lignée et cette génération ! Mais si toi, Hanna et Louisa voulez prétendre que je n'ai rien d'utile à apporter, c'est tant pis pour vous. Comme je l'ai dit, je sais quand on n'a pas besoin de moi.

Jazz essaya de ne pas paraître condescendante.

– Personne n'a dit qu'on voulait te donner l'impression qu'on n'avait pas besoin de toi.

– Il ne s'agit pas d'impressions. Il s'agit de faits.

– Écoute, nous avions besoin de toi, maman et moi, quand nous sommes arrivées sur le pas de ta porte. Sans toi, je ne sais pas comment j'aurais supporté leur divorce. Et nous avons toujours besoin de toi. Si tu n'avais pas ouvert ta maison à Louisa, elle n'aurait peut-être pas choisi de venir vivre à Finfarran, et sans les Essentiels du bout du monde, je n'aurais pas de travail.

– Louisa aurait trouvé un endroit où s'installer à Finfarran sans moi.

– Mais elle n'a pas eu à le faire. Parce que tu lui as ouvert ta porte.

Jazz tendit la main à Mary et choisit ses mots avec soin.

– Tu sais ce que maman attend de toi ? Elle a besoin que tu sois heureuse. Que tu aies une vie.

Elle marqua une pause pour voir l'effet produit et, alors que Mary se hérissait de façon inquiétante, elle adopta un ton plus tranchant.

– Arrête de chercher comment prouver que j'ai tort et que tu as raison. Je sais exactement comment fonctionne ton esprit. En fait, il ressemble étrangement à celui mon père, alors tu ne peux pas me tromper et ce n'est pas la peine d'essayer.

Mary tenta de retirer sa main mais Jazz la saisit plus fermement.

– Non, Nan, écoute. Ta famille n'est pas là pour que tu te sentes bien dans ta peau. Ni maman, ni moi, ni Louisa, qui, soyons franches, n'est qu'une pièce rapportée. Nous avons nos propres vies, et si elles ne tournent pas uniquement autour de la tienne, c'est ton problème.

Il y a eu une longue pause pendant laquelle Mary regardait le bout de ses bottes, puis elle reprit la parole.

– Alors ?

– Quoi ?

– As-tu terminé ton sermon ?

– Non, pas encore. C'était le diagnostic. Voici le remède. Pourquoi ne te trouves-tu pas quelque chose à faire ? Quelque part où l'on a vraiment besoin de toi, où tu peux faire la différence.

– Qui voudrait de moi ?

– Oh, Nan, ne fais pas l'imbécile ! Tu as de l'énergie. Tu as deux mains et, Dieu sait que tu n'as pas ta langue dans ta poche. Trouve-toi un endroit où faire du bénévolat et être utile.

– Je ne peux pas aller biner dans le jardin des nonnes, si c'est ce que tu veux dire. Pas avec mes genoux.

– Bien sûr que non. Tu dois jouer sur tes points forts. Pense à ton style. Tu as l'œil pour les vêtements, tu pourrais travailler dans une boutique de charité. Il y en a deux à Lissbeg et il y a toujours des affiches à la recherche de bénévoles.

Mary mordit sa lèvre inférieure.

– Comment pourrais-je me rendre à Lissbeg tous les jours ?

– Ce ne serait pas forcément tous les jours, mais quelques jours par semaine. Entre maman, moi et Louisa, nous pourrions organiser les transports. Je parie que Johnny nous aiderait.

– Je ne vais pas commencer à exiger quelque chose des Hennessy.

Il n'y avait jamais eu de moment où Mary n'avait pas exigé quelque chose de ses voisins, qui en souffraient depuis longtemps, mais, décidant de pas en arriver là, Jazz campa sur ses positions.

– Nous nous arrangerions et, s'il fallait, tu pourrais toujours prendre un taxi.

– Quoi ? Travailler gratuitement et payer pour ce privilège ?

– Nan, tu as beaucoup d'argent. Prendre un taxi en cas d'urgence ne te ruinera pas.

– Arrête de parler comme si tout était joué d'avance.

– Je n'ai pas le temps de parler davantage. Il faut que je me remette au travail.

Jazz se leva et elles se turent, aussi récalcitrantes l'une que l'autre.

– Écoute, c'est à toi de décider. Si tu veux te comporter comme si tu devenais gaga, n'hésite pas. Mais c'est une voie sacrément dangereuse. Tu veux être considérée comme une vieille chouette bizarre qui traque les gens autour d'Aldi ?

– Je ne l'ai pas traquée.

– Oh, appelle ça comme tu veux, toi et moi, nous savons la vérité. Tu étais tellement décidée à retenir l'attention de maman que tu as perdu le fil, toi-même. Quelle aurait été l'étape suivante ? Aller voir Brian ? Contacter Pauline elle-même ?

– Bien sûr que non !

– Vraiment ? J'espère que tu en es sûre parce que moi, je ne le suis pas. Écoute, quels que soient les trucs bizarres qui ont toujours existé entre toi et maman, ça ne regarde que toi. Mais je peux te dire qu'elle s'inquiète pour toi. Et moi aussi, Nan, alors j'aimerais que tu arrêtes d'être aussi égoïste.

Mary se leva et alla regarder par la fenêtre.

– Je n'ai jamais pensé que ton grand-père mourrait et que je resterais ici sans lui.

– Et à ton avis que penserait-il de la façon dont tu te comportes ?

Les primevères de Tom grandissaient dans les pots qui se trouvaient sur la terrasse. Au fur et à mesure que le crépuscule se transformait en nuit, les fleurs s'épanouissaient et libéraient leur doux parfum, mais à présent, elles étaient étroitement enroulées, comme le poing fermé d'un enfant. Mary regarda fixement le jardin, cherchant la force de revenir sur ses positions, mais avant qu'elle ne l'ait trouvée, la porte de la cuisine avait claqué et Jazz avait disparu.

Chapitre 34

Fury arriva avec Diablo et poussa un soupir lugubre.

– Celle-ci va vous coûter.

Charles, qui était assis dans la bibliothèque, leva les yeux de ses mots croisés.

– Qu'est-ce qu'il y a ?

– Les dernières nouvelles de la chaudière : vous avez une pièce fichue et il n'y a aucune chance que je puisse trouver à la remplacer. L'entreprise qui fabriquait ce truc a fermé ses portes en 1908.

– Je n'avais pas remarqué de problème.

– Pourquoi m'avez-vous appelé, alors ?

– Qu'est-ce qui ne va pas avec la chaudière ?

– Je vous l'ai dit. Je suis descendu dès que je suis arrivé. Je pouvais entendre la pauvre bête donner des coups dès que je suis entré dans la cour. Je l'ai vue. Elle aurait pu exploser si je l'avais laissée comme ça.

Fury prit l'air dubitatif.

– Je suppose que je pourrais retirer la pièce et l'emporter à Cork. Il y a un gars là-bas qui me doit une faveur. Il pourrait fabriquer une pièce de rechange.

– C'est bien.

– Vous paierez le prix fort. De nos jours, faire fabriquer une pièce peut coûter un bras et même une jambe.

Charles avait manifestement l'esprit ailleurs, et Fury plissa les yeux.

– Bon, c'est quoi l'histoire ? Si ce n'est pas pour la chaudière que vous m'avez appelé, je suppose que ce n'était pas juste pour m'inviter à prendre le thé.

Diablo, qui s'était roulé en boule aux pieds de Charles, se redressa et avait l'air de s'attendre à quelque chose. Charles s'enquit avec tendresse de sa santé.

– Je pensais lui acheter un collier aux couleurs du comté de Finfarran. Il pourrait le porter pour le match. En fait, ça me rappelle quelque chose.

Fury s'était disputé dans un pub avec le président d'un comité de la GAA, qui lui avait assuré que le conseil du comté ne tolérerait pas la présence de chiens dans le stade. Malgré ses annonces agressives, le plan de Fury avait toujours été de faire entrer clandestinement Diablo sur le terrain, caché sous son manteau et, comme il avait grillé sa couverture, il craignait maintenant, en s'approchant du tourniquet, d'être identifié, fouillé et ignominieusement refoulé. Ce n'était pas un sujet qu'il souhaitait aborder, pas plus que Charles ne semblait vouloir expliquer pourquoi il l'avait convoqué au château. Il passa donc à l'attaque.

Il y eut une brève discussion pour savoir qui répondrait à qui, pendant laquelle Diablo se désintéressa de la question et s'endormit. La chaise de bureau en acajou de Charles grinça tandis qu'il tournait l'ordinateur portable sur son bureau pour montrer à Fury une image sur l'écran. Il s'agissait d'un petit livre relié en cuir et estampillé d'un écusson doré.

– Regardez ce que j'ai trouvé à vendre ce matin sur eBay.

– Vous allez acheter des livres maintenant, ou quoi ?

Charles agrandit l'image et Fury cligna des yeux devant l'écusson.

– C'est la marque des Lancy ?

– Et la reliure des Lancy.

Faisant pivoter sa chaise, Charles indiqua les étagères tout autour de lui.

– Couverture en cuir beige, dos couleur vin, écusson doré sur le devant. La famille d'Isobel a reçu des armoiries au Moyen Âge et l'écusson est l'un des éléments gaufrés de ces armoiries. La reliure est victorienne. L'un de ses ancêtres l'a fait apposer sur tous les livres de la maison. Quelque chose me dit qu'il n'était pas un grand lecteur, plutôt du genre *Horse & Hound*. Je suppose qu'il aimait que sa littérature ait l'air soignée, cependant.

Fury chaussa sa paire de lunettes et regarda l'écran.

– Quand a-t-il été mis en vente sur eBay ?

– Au cours des dernières vingt-quatre heures, pour autant que je sache.

– Et pourquoi êtes-vous allé le chercher ?

– Je ne l'ai pas cherché. Je faisais des recherches sur ces livres d'or. J'ai tapé le nom de Lancy dans Google et c'est ce qui est apparu. Le livre, daté de 1753, s'intitulait *Le guide de poche complet de l'architecte irlandais, avec mesures, plans, etc., tirés de demeures historiques, notamment le château de Lancy dans la province occidentale de Munster.*

Fury grommela entre ses dents :

– Ça vaut de l'argent.

– Tout à fait.

– Vous pensez au garçon qui s'est détaché du groupe de touristes et qui s'est mis à vagabonder.

– Ça a traversé mon esprit.

Bien qu'il approuvât sa supposition, Fury secoua la tête avec l'air de quelqu'un qui était déterminé à se montrer juste.

– Ah, mais ce livre a pu être vendu, ou emprunté, ou volé il y a des années. Le fait qu'il soit sur eBay aujourd'hui ne prouve pas qu'il provient du château. Vous êtes sûr qu'il était encore là quand le groupe de visiteurs de ce garçon est arrivé ?

Charles frappa le bureau.

– C'est bien là le problème ! Je ne suis sûr de rien parce que je ne sais pas ce que je possède. Il s'ensuit que je ne peux pas savoir si quelqu'un a pris quelque chose. Cet endroit était le projet d'Isobel, pas le mien, alors je n'y ai jamais prêté beaucoup d'attention. Je n'ai jamais pensé que j'en aurais besoin. Mais il regorge de livres et d'objets, certains probablement inutiles et d'autres qui pourraient payer la rançon d'un roi. Et, mon Dieu, oui, vous aviez raison quand vous avez dit que le Psautier de Carrick était une énorme responsabilité. Je ne savais pas qu'il était là jusqu'à ce que j'ouvre le fichu tiroir dans lequel je l'ai trouvé, et par la suite, son existence m'a empêché de dormir. Le donner à la bibliothèque a été un grand soulagement pour moi.

– Et maintenant, vous vous inquiétez pour le reste.

– Bien sûr. Parce que c'est ma responsabilité. Fury, je déteste l'admettre, mais laisser le public entrer dans le château sans savoir exactement ce qui s'y trouve était tout simplement stupide.

– Vous allez donc arrêter les visites ?

– Pas du tout. Je les apprécie. J'ai juste besoin de prendre le temps d'aller fouiller un peu. Ce qu'il nous faut, c'est un inventaire. Ce ne sera pas difficile, il y a beaucoup de listes et de dossiers éparpillés un peu partout. D'accord, nous aurons peut-être besoin d'un peu plus de sécurité pendant les visites, mais ce n'est pas par-là que nous allons commencer. D'abord, nous allons rassembler les listes existantes, nous y ajouterons ce qui n'y figure pas et nous nous constituerons un catalogue complet.

– Nous ?

– Ne pas savoir, c'est ennuyeux. Regardez cet endroit, c'est une grotte d'Aladin. Qui sait ce que nous pourrions y trouver ? Mettez-vous à la tâche, Fury, ça va vraiment être amusant.

*

Dans le jardin des nonnes, Aideen et Bríd étaient assises près de la fontaine et mangeaient des glaces.

– Alors tu ne savais vraiment pas ?

– Je n'en avais pas la moindre idée. Cela ne m'a jamais traversé l'esprit. Nous avons été très prudents.

– Pas tant que ça, manifestement.

– Ne m'en parle pas.

Aideen fit une grimace à Bríd.

– Es-tu vraiment contente ?

– Bien sûr que oui. Je pense que c'est extra. Tant que Conor et toi êtes contents.

– Je n'étais pas du tout sûre de moi. Je veux dire que je n'aurais pas pu être plus heureuse quand j'ai vu le résultat du test. Mais je ne savais pas du tout ce qu'il en penserait, et nous ne nous parlions pas. Lui et moi. L'un à l'autre.

Aideen avait l'air anxieuse, elle ne voulait pas remettre la discussion sur le tapis. C'était tellement bien quand elle avait envoyé le texto disant à Bríd qu'elle était enceinte et qu'elle avait reçu un gif de girafes dansantes dans les secondes qui avaient suivi.

Bríd sourit.

– C'est du passé, ne t'inquiète pas. Mais tu n'avais pas eu un mois sans règles ?

– Je suppose que oui. Mais elles sont toujours irrégulières, et j'avais été stressée, ce qui a toujours une incidence.

– Comment as-tu annoncé la nouvelle à Conor ?

Aideen s'était demandé comment faire dès qu'elle avait vu le résultat du test. Décidant qu'elle ne pouvait pas se fier au premier test, elle avait attendu une journée et refait le test, attendant le résultat assise sur le sol de la salle de bains, tôt le matin, le menton sur les genoux et les yeux sur la petite fenêtre du stick en plastique. Dans la notice, il était question d'une ligne de contrôle, et si on attendait trop longtemps pour la vérifier, on risquait de se tromper dans le résultat. Mais le deuxième résultat avait été le même que le premier et, étourdie et excitée, elle s'était levée, avec l'intention de courir le dire à Conor.

– Mais il avait le ver du poumon.

Bríd la regarda fixement, sa glace à mi-chemin de sa bouche, et Aideen ricana.

– Je veux dire que les vaches l'avaient. Enfin, certaines d'entre elles. Elles toussaient, et il les a traitées contre les parasites, et il s'était levé tôt ce matin-là pour voir comment elles allaient.

– Comment peux-tu supporter d'être au courant de ce genre de choses dégoûtantes ?

– C'est assez intéressant en réalité. Il y a un processus cyclique où les vaches ingèrent les larves, qui migrent vers les poumons, sont crachées, sont avalées et vont dans l'estomac, puis elles sont évacuées dans les fèces, se retrouvent dans l'herbe et recommencent à tourner.

– OK, la-la-la, je n'écoute pas.

Aideen était descendue et avait trouvé Una dans la cuisine, où le pain cuisait et où les chats buvaient du lait en se pelotonnant sur le pas de la porte. La pièce était chaude et Una était à la table en train d'éplucher des pommes, une tasse de thé à côté d'elle, la radio allumée. Personne n'était encore monté pour laisser sortir les poules, alors Aideen avait pris leur plat de graines et avait traversé la cour pour se rendre dans le verger. Même le grillage à poules était étincelant, là où le soleil du matin tombait sur les gouttes suspendues de la pluie de la nuit. En entrant dans le poulailler, elle avait débloqué la porte de l'abri. Les poules l'avaient entendue approcher et étaient sorties en trombe, en ébouriffant leurs plumes de bronze et en piétinant proprement de leurs pattes écailleuses rouges sur l'herbe pailletée de rosée.

Alors qu'elle se penchait pour les nourrir, elle avait entendu des voix dans la cour et vu Dermot et Conor descendre du tracteur, puis se diriger vers l'étable. En se redressant, elle avait fixé Conor, souhaitant qu'il se retourne et la regarde. Et, à sa grande surprise, il l'avait fait. Il s'était retourné, comme s'il avait entendu sa voix l'appeler, et, après avoir dit un mot à Dermot, il avait traversé la cour et remonté le verger jusqu'au poulailler. L'expression de son visage lui avait fait perdre les pédales. Aucun d'entre eux ne s'était excusé pour la dispute : ils s'étaient juste serrés dans les bras l'un de l'autre. Puis il l'avait embrassée si longtemps qu'elle n'avait pas pu s'empêcher de s'éloigner. Parce qu'elle avait hâte de lui dire…

Impatiente, Bríd léchait la crème glacée sur ses doigts.

– Aideen ! Arrête de rêvasser. Dis-moi comment tu lui as dit.

Aideen réalisa qu'elle était restée assise là perdue dans ses souvenirs.

– Oh, je viens de te le dire, et il était ravi.

Il s'était effondré, s'était mis à pleurer et l'avait prise dans ses bras comme s'il ne voulait jamais la lâcher, et il avait semblé à Aideen que tous les arbres du verger avaient poussé des cris de triomphe. Puis il l'avait emmenée dans la maison. Le meilleur moment avait été la façon dont Una et Paddy avaient pris la nouvelle, même si, pour Aideen, les exclamations de joie et les embrassades étaient douces-amères. Quelque part au fond de son esprit, elle avait pleuré pour sa propre mère qui était adolescente et non mariée. La découverte de sa grossesse avait dû être si différente. Et sa mort en lui donnant naissance signifiait que sa fille n'avait jamais connu son amour…

Elle interrogea Bríd du regard.

– Tu es vraiment contente pour moi ?

– Bien sûr que je suis contente pour toi, espèce d'idiote. Je peux être la marraine ?

– Je dirais qu'il n'y a pas de problème, mais il faudra que je demande à Conor.

Aideen se leva.

– Je lui ai dit que je le rejoindrais après son service à la bibliothèque, et tu devrais retourner à l'épicerie. Ce pauvre vieux Bartek est coincé là-bas tout seul.

– Il se débrouillera très bien.

Bríd se leva et la serra dans ses bras.

– Félicite Conor.

Aideen prit une grande inspiration.

– Ne m'arrache pas tête mais, tu sais ce que je pense, j'aimerais que tu te réconcilies avec Dan.

Bríd haussa les épaules.

– Oh, je suppose que je le ferai un jour. Tu nous connais.

– D'accord.

Bríd regarda Aideen traverser le jardin des nonnes, le pas alerte et la lumière du soleil scintillant sur ses cheveux roux et or. C'est ainsi, pensa-t-elle, que les choses se passaient. Aideen était passée à autre chose et pas moi. Bríd s'assit et réfléchit à la question. Cela ne diminuait en rien l'affection qu'elles avaient l'une pour l'autre, c'était simplement un fait. Quelle que soit leur proximité, elle ne pouvait toujours pas suivre les conseils de sa petite cousine concernant Dan, et Aideen, qui s'était toujours confiée à elle, ne partagerait jamais complètement le moment lumineux qu'elle avait vécu dans le verger avec Conor.

Alors qu'Aideen disparaissait par la porte menant à la cour, Diablo interrompit le fil des pensées de Bríd. Le chien traversait les parterres d'herbes en bondissant ; Fury marchait derrière lui.

– Ne fais pas attention à lui, il ne cherche que des glaces.

– Il a raté le coche, je viens de terminer une glace 99.

– Tu vois, c'est ça la vie. Tout est question de timing.

Fury s'assit sur le rebord de la fontaine, visiblement disposé à discuter.

– Alors Bríd, on m'a dit que tu n'avais pas réussi à obtenir des billets pour le grand match ?

– La finale du comté ? Non, c'était complet.

– C'est une place que tu voulais ?

– Oui.

– Oh, c'est vrai. J'en ai deux.

– Ah bon ? Waouh. Elles valent de l'or.

– C'est vrai, mais c'est mauvais pour un chien si tu ne le dresses pas correctement. Ce bonhomme-là, maintenant, il a appris à ses dépens ce que signifie le mot « cohérent ».

Bríd regardait Diablo qui bavait doucement. Fury le fixa d'un œil perçant.

– Oh, oui, il sait de quoi il s'agit. Je lui ai dit qu'il n'y aurait pas de finale du comté pour lui s'il n'atteignait pas son objectif. C'était le marché, et il en a compris les conséquences, mais il est quand même allé faire la cour à des gens comme Charles Aukin, en l'implorant dans mon dos de lui donner des crèmes pâtissières et des tartes portugaises.

– Il a pourtant l'air d'avoir perdu du poids.

– Oui, peut-être. Mais il n'a pas atteint son but et il ne peut s'en prendre qu'à lui-même.

Diablo roula sur lui-même et leva un regard adorateur vers Fury, qui se composa un masque sévère comme un juge.

– Alors, il n'y a rien d'autre à faire que de te donner deux billets de match.

Bríd mit une minute à comprendre ce qu'il était en train de dire.

– Est-ce que tu me les offres ?

– Eh bien, je le ferais volontiers, mais ça ne sert à rien, hein, si tu n'en as besoin que d'un seul, et pas de deux ?

– Ah, mais…

Fury regarda au loin.

– À moins que toi et Dan Cafferky ne soyez de nouveau ensemble ?

– Non, dit Bríd en regardant les deux billets qui venaient d'apparaître dans la main de Fury. Bien qu'en fait, j'étais sur le point de l'appeler.

– Vraiment ?

– Oui. Et je pourrais voir s'il est dispo.

– Écoute, on pourrait peut-être t'acheter les billets.

– Ce n'est pas du tout ce qu'il faut faire. Mon bonhomme doit réaliser que l'échec n'a pas que des répercussions sur la personne qu'il a laissée tomber.

Bríd ne s'arrêta pas à ces considérations.

– Si tu n'en veux vraiment pas…

– Ce n'est pas la question de ce que je veux, ma fille, c'est une question de respect de ma parole.

Prenant la main de Bríd, il la referma sur les billets.

– Quel respect Diablo aurait-il pour moi à l'avenir si je l'emmenais avec moi à ce match maintenant ?

Chapitre 35

Réveillé par l'interruption du bruit des gouttes de pluie qui, toute la nuit, avaient été projetées contre sa fenêtre par le vent, Brian se leva et trouva le vallon baigné d'une lumière nacrée. Enfilant un sweat-shirt et un bas de survêtement, il descendit en chaussettes et enfila ses chaussures de randonnée, s'assit à la table de la cuisine, une part de la pizza de la nuit dernière entre les dents, pour lacer ses chaussures, tandis que la bouilloire bouillonnait en arrière-plan. Le soleil était à peine levé et, bien qu'il ait prévu de ranger le désordre de Mike en prévision de l'arrivée d'Hanna ce soir-là, il décida de faire d'abord une promenade jusqu'à la cascade. Il avait tout son temps. Hanna ne devait arriver que tard, et il fallait qu'il consulte Mike, qui était encore au lit, avant de toucher à ses affaires éparses.

Lorsque Brian ouvrit la porte d'entrée, il frissonna. Le soleil levant avait taché le ciel de traînées roses et dorées mais, à cette heure matinale, le vallon était encore froid. En enfilant sa veste matelassée, il prit une dernière gorgée de thé, posa la tasse sur la table et sortit. Traversant le terrain accidenté entre la maison et la rivière, il se retourna avant de remonter le courant et regarda sa création. Tout comme il l'avait envisagé lorsqu'il l'avait conçue, la maison se fondait dans le paysage, si bien que les vieux murs sur lesquels Fury travaillait semblaient à peine plus présents dans le vallon que le nouveau bâtiment. De là où il se trouvait, Brian pouvait voir que les travaux de Fury avaient presque atteint le niveau du toit et que le problème qu'il avait signalé l'autre jour était maintenant devenu urgent. La tôle ondulée qui formait l'abri de Jo s'était affaissée depuis le faîte de l'ancien toit en pente, à l'endroit où elle rencontrait la cheminée en ruine, que Fury prévoyait de démonter avant de mettre en place le nouveau toit du garage. Alors, qu'elle le veuille ou non, pensa Brian, le moment était venu de rapatrier le lit de Jo dans la maison.

Il suivit le chemin de la rivière, se déplaçant à grands pas. Comme toujours après la pluie, sa couleur tourbeuse était passée de l'ambre au brun. La force du torrent augmentait au fur et à mesure que Brian montait, passait l'endroit où Hanna avait trouvé la pierre de cœur et s'approchait des rochers d'où jaillissait la cascade. À l'endroit où la chute se transformait en rivière, une mare d'écume se transformait en une masse d'eau qui s'écoulait dans le vallon, charriant des feuilles, des bâtons et des mouchetures d'écume couleur cappuccino. À droite, il y avait l'escalade raide qui menait à la vallée du haut et à la promenade autour de la courbe des contreforts de Knockinver. Mike et lui l'avaient escaladée l'autre jour, et il est revenu sur ses pas avec précaution, trouvant des points d'appui sur des rochers qui étaient secs à l'époque et qui étaient maintenant humides. Les promenades majestueuses de Knockinver étaient différentes de celles qu'il avait faites dans son enfance à Wicklow, où les vallées étaient sauvages mais où les contours des montagnes étaient doux. À l'époque, avant d'aller à l'école en Angleterre, Brian avait passé des journées entières à explorer les chemins des tourbières sur son vélo, à le cacher sous un buisson et à marcher plus haut dans les collines. Hanna lui avait dit qu'elle avait fait la même chose lorsqu'elle était enfant. Pourtant, ils avaient grandi dans des circonstances très différentes. Hanna qui avait grandi dans un village dont la ville la plus proche était Lissbeg, avait hâte de déployer ses ailes pour s'envoler vers la ville, alors que le terrain vide et montagneux dans lequel Brian avait passé son enfance était si proche de Dublin qu'il n'avait jamais manqué d'accès à la vie urbaine, et le travail de son père dans le Golfe faisait paraître négligeable la distance entre Dublin et Londres. Brian et Kate avaient souvent fait des virées shopping à Dublin, qui se terminaient en général par une visite au théâtre et, pendant son adolescence, il avait passé des vacances scolaires avec des cousins à Londres et exploré le West End. Il avait vu son premier ballet à Sadler's Wells à seize ans et, pendant un certain temps, il était devenu un fan précoce et prétentieux. Mais de retour à Wicklow, où il travaillait dans son cabinet récent, il n'avait plus pensé au ballet pendant des années. Et la remarque qu'il avait faite sur les pieds de Sandra qui ressemblaient à ceux d'une ballerine l'avait surpris presque autant qu'elle avait fait rire Sandra.

Enfoncé jusqu'aux genoux dans la bruyère, alors qu'il suivait un sentier sinueux, Brian pensait à la semaine que Mike et lui avaient passée en compagnie l'un de l'autre sans jamais mentionner le nom de Sandra. Plus d'une fois, il avait senti qu'il devait parler d'elle mais, à chaque fois, il avait laissé passer le moment. Pourtant, comme il se l'était dit fermement, il était inutile de sonder les vieilles blessures, surtout si Mike n'avait aucune envie de se joindre à lui. En évitant les racines et les pierres roulantes qu'il ne pouvait pas voir à cause de la bruyère épaisse, Brian conclut qu'il avait fait le bon choix en laissant « le passé enterrer ses morts ». Comment Mike, âgé d'une vingtaine d'années, pourrait-il percevoir le bref mariage de ses parents ? Et que pourrait-il penser s'il savait qu'il avait eu si peu de chances de survivre ? Ils formaient un couple mal assorti, pensait Brian, lui qui était intensément concentré sur son travail, et Sandra qui avait la capacité d'attention d'un papillon. Il avait utilisé cette image une fois et elle l'avait rejetée.

– D'une mouche peut-être, mais si tu cherches une fille délicate comme de la gaze, tu t'es trompé de magasin.

La première fois qu'ils avaient fait l'amour, elle l'avait accusé d'être un romantique, et il avait ri.

– Tu veux dire que faire l'amour l'après-midi n'est pas l'essence même du romantisme ?

– Sortons au soleil et allons boire un verre.

Elle s'était hissée sur les coudes et, ne voulant pas quitter le lit, Brian l'avait tirée en arrière.

– Comment se fait-il que tu saches tout sur les pieds des ballerines ?

– Maman m'a convaincue de suivre des cours avec un livre intitulé *Chaussures de ballet*.

– Je crois que ma sœur a reçu le même pour un anniversaire.

– L'histoire passait à la télévision quand j'étais enfant. Trois petites filles d'un foyer loufoque vont dans une académie de danse. Je me suis laissée berner par les rubans et les tutus, mais en réalité j'ai détesté les cours. C'est alors que j'ai découvert la vérité sur ce livre.

Ses cheveux étaient foncés contre l'oreiller taché de rouge à lèvres et elle avait parlé avec une joie naïve et malicieuse.

– Il n'a pas été écrit pour les enfants. Cela s'est produit plus tard, lorsque la première version a fait un flop. Au début, il s'agissait d'un roman pour adultes qui racontait l'histoire de trois enfants ayant des mères différentes et le même père goujat qui les confiait à l'une de ses maîtresses les plus démunies. Pas de fioritures ni de rubans. Les enfants montaient sur scène parce qu'il les abandonnait et qu'elles n'avaient pas d'argent, et l'aînée finissait par danser dans un chœur et par faire des tours de passe-passe.

Lorsque Brian avait ri et l'avait accusée d'avoir inventé cette histoire, elle avait secoué la tête.

– C'est vrai. J'ai trouvé ça hilarant et ma mère a paniqué. Je lui ai dit que la vie était une peau de vache et qu'après on pourrait, ce qui l'avait fait encore plus flipper.

Sandra avait gloussé et tendu sa jambe en l'air, pointant et fléchissant son pied, et ils s'étaient embrassés et s'étaient sentis immortels. Longtemps après, Brian s'était demandé si la méfiance qui avait fini par le caractériser provenait autant de la vision que Sandra portait sur le monde que du fait qu'elle était morte. Selon elle, on ne pouvait jamais se fier à rien, car tout était fondamentalement défectueux, et son cancer, si inattendu et si insidieux, avait semblé lui donner raison. Maintenant, en écoutant les cris des moutons sur les pentes de Knockinver, Brian se demandait pourquoi le vers de Longfellow, « le passé enterrant ses morts » lui était venu à l'esprit. Puis, en fouillant dans ses souvenirs de littérature anglaise à l'école, il s'était souvenu d'un autre vers du même poème sur le fait de ne pas faire confiance à l'avenir. Sans Hanna, pensa-t-il, je n'aurais jamais redécouvert l'optimisme et trouvé le courage de construire ma propre maison.

Le chemin l'avait conduit à un endroit où la cascade était cachée par le profil de la montagne, bien qu'il puisse voir la rivière en dessous de lui, éclairée comme un fil d'or par le soleil levant. Lorsqu'il avait entendu pour la première fois l'histoire de la boîte à écluse trouvée à Woodenbridge dans le Wicklow, il était parti à vélo à la recherche d'or. Inspiré par l'histoire de Jason et de la Toison d'or, dont un professeur lui avait dit qu'elle pourrait être née de la pratique consistant à utiliser des peaux de mouton pour attraper l'or emporté par les rivières, il avait pris la descente de lit de ses parents et l'avait traînée pendant des heures dans l'eau d'un ruisseau des hautes terres. Il n'avait pas trouvé d'or et le tapis avait été irrémédiablement endommagé, mais le romantisme de l'idée ne l'avait jamais quitté et il en avait parlé à Hanna lorsqu'il lui avait montré la vallée pour la première fois.

– Imagine une communauté de l'âge du bronze sur le pas de ma porte, soulevant une toison scintillante dans une rivière remplie d'or.

Mais l'esprit d'Hanna était tourné vers la hag, la sorcière.

– Combien de personnes sont mortes pendant la famine dans les années 1800 ? Un million, et un million d'autres ont émigré. Peux-tu imaginer le glen avant que cela n'arrive ? Le bruit, l'agitation, les cris des enfants et la douce odeur de la fumée de gazon. Des gens ordinaires, vivant des vies clairsemées et encombrées.

– Peu de monde et beaucoup de monde ? N'est-ce pas une contradiction ?

– Non, parce que c'est ainsi que les choses se seraient passées. De l'agriculture de subsistance. Une vie vécue très près du bord, mais de grandes familles dans de petites communautés, toutes interdépendantes. Une vie qui s'appuie sur une autre et personne ne se sent seul.

– Tu peux te sentir seul au milieu d'une foule.

– Je sais, mais ce n'est pas ce que je voulais dire. Pense à ce que cela a dû être pour la sorcière si elle a choisi de rester derrière quand les autres sont partis.

– Si ça se trouve ce n'était pas un choix. Les personnes âgées n'ont pas beaucoup d'espoir de survivre au voyage.

C'est alors, en voyant la réaction d'Hanna, qu'il avait fait cette plaisanterie sur la sorcière qui complotait pour trouver de l'or une fois que les voisins seraient partis. Cela n'avait pas fait dévier Hanna. En regardant la vallée, elle avait frissonné.

– Je me demande où elle est enterrée.

– Ne sois pas morbide. Elle n'est probablement que le fruit de l'imagination perverse de Fury.

– Mais on appelle ce coin le Glen de la sorcière.

– Et, comme je l'ai dit à Fury, le nom pourrait être ancien. On le trouve aussi dans d'autres régions du pays. Peut-être que cet endroit a toujours eu une présence féminine. Peut-être que c'est ce dont il a besoin.

Cela avait été la première tentative, indirecte, de Brian pour lui demander si elle voulait bien vivre avec lui, et il sourit en se souvenant du franc-parler qu'il avait fallu adopter pour qu'elle accepte.

Il était sept heures du matin et le jour commençait à se réchauffer. Après avoir marché aussi loin, il était temps de faire demi-tour. Lorsqu'il arriva à la tête de la cascade, il vit la camionnette de Fury garée derrière la maison, au loin. En glissant dans la descente, les talons bien enfoncés dans ses bottes pour ralentir l'allure, Brian atteignit le fond du vallon et revint sur ses pas en longeant la rive. Dans l'air calme, il pouvait entendre le son du marteau de Fury, un battement régulier sur la pierre qui, comme les cris des moutons, devait se répercuter entre ces montagnes depuis des millénaires.

À côté de la camionnette, Diablo était profondément endormi. En s'approchant du petit bâtiment, Brian vit qu'un échafaudage avait été dressé contre le pignon de la cheminée. Irrité, parce qu'un jour d'attente supplémentaire n'aurait rien changé au travail, et aurait amené Hanna dans la prise de décision, il fit le tour jusqu'à la porte. C'était l'une des structures qu'ils avaient contemplées lorsqu'il avait montré à Hanna la vallée du haut de la cascade. Elle l'avait montrée du doigt et s'était demandé si la sorcière avait pu y vivre et, légèrement agacé par le fait qu'elle s'attardait sur l'histoire au lieu de se concentrer sur ses projets d'avenir, il avait répondu brièvement :

– Quelqu'un y a vécu, probablement une famille, à en juger par sa taille.

Il pouvait y avoir jusqu'à trois générations qui se partageaient le même logement. En se penchant sous le linteau de pierre bas, il vit Fury qui scrutait la cheminée, accroupi sur une large dalle plate qui, enfoncée dans le sol en terre, avait été la pierre de l'âtre. Il avait enlevé la tôle ondulée qui était tombée, ainsi que les débris des chevrons et de la faîtière, laissant cette partie de la maison toute propre. Fury se leva et recula.

– Je pense que cette cheminée serait tombée lors de la prochaine tempête d'hiver.

Brian regarda autour de lui.

– Où est Jo ?

L'abri du chien avait disparu, comme s'il n'avait jamais été là, mais en tournant la tête, il vit un baluchon rigide et reconnut la couverture.

– Ce n'est pas le vieux manteau qu'elle a traîné ici pour dormir ? Dis, Fury, je t'avais dit de la laisser tranquille jusqu'à ce qu'Hanna rentre à la maison.

C'est alors que la forme du paquet et le regard de Fury lui firent comprendre ce qui s'était passé.

– Ah, merde, Jo est morte, c'est ça ?

– C'est ainsi que je l'ai trouvée.

– La pauvre vieille chose.

– Veux-tu que j'enterre le corps ?

– Je suppose que oui.

L'âtre sur lequel Jo avait fait son lit était noirci par des feux éteints depuis longtemps. Brian se baissa et passa sa main dessus, puis se redressa, balayant la poussière de mortier de ses doigts.

– Je m'inquiète pour Hanna. Elle va mal le prendre.

– Oh, vous êtes tous les deux très doués pour vous faire des illusions.

Irrité, Brian lui lança un regard noir. Fury haussa les épaules.

– Ce n'est pas la mort du chien qui t'inquiète. Depuis le départ d'Hanna, tu crains qu'elle ne revienne pas.

– Quoi ? Bien sûr qu'elle reviendra.

– Je le sais, mais pour une raison ou une autre, tu ne le sais pas.

Fury passa la main derrière son oreille pour attraper une cigarette à moitié fumée.

– Qu'est-ce qui fait pour que tu doutes d'elle ?

Brian n'eut pas envie d'argumenter. Il n'y avait pas grand-chose à faire. Il se leva, regarda Fury allumer sa clope et, bien qu'il n'ait pas fumé depuis des années, il ressentit le manque de nicotine.

– Continue, alors. C'est quoi l'histoire ?

Fury renversa le mégot dans sa main et le tendit entre son doigt et son pouce. Conscient qu'en agissant ainsi, il acceptait que Fury joue le rôle de père-conseiller, Brian prit la cigarette et avoua.

– Cela m'a semblé être une bonne idée au début. De passer plus de temps avec Mike. Et elle, elle passerait moins de temps avec lui, ce qui était bien, parce qu'il lui tapait sur les nerfs, ce que je comprends. C'était aussi une chance pour mes retrouvailles avec Mike. Je veux dire que je n'aurais pas eu l'esprit libre pour ça. C'était un délicat.

– Mais ?

– Mais elle a rencontré cet homme.

– C'était rapide.

L'entendant à peine, Brian fronça les sourcils, se rappelant ce qu'Hanna lui avait dit au téléphone.

– Il lui a proposé un travail. En fait, une sorte de mission de consultante. Sa famille possède une fondation qui fournit des livres aux bibliothèques scolaires. C'est une œuvre charité. Il veut qu'elle soit conseillère du conseil d'administration. Quelque chose comme ça.

– Quoi, et qu'elle déménage là-bas ?

– Je n'ai pas vraiment écouté.

– Tu n'as pas écouté ?

Le fait était que, dès qu'elle avait parlé, le cerveau de Brian s'était mis en chute libre, lui disant que c'était ce dont il avait toujours su que cela arriverait. Le moment où son pied plongerait à travers une surface qu'il avait cru solide, et le propulserait dans un monde où Hanna, comme Sandra, aurait disparu. Expirant un long panache de fumée, il se rendit compte que Fury avait raison. Au fond de lui, c'était ce qu'il craignait depuis qu'Hanna était partie pour Londres, et la mort de Jo ne semblait être qu'un fil de plus dans un schéma étroitement tissé et préétabli.

Fury tira sur sa cigarette.

– Ce n'est pas Jo qui gardait Hanna attachée à cet endroit, tu le sais ?

– Bien sûr.

Brian fit une pause et regarda le paquet rigide sur le sol.

– En fait, je ne suis pas sûr de ce que je sais.

– Sais-tu ce que je pense ?

– Non, mais je suis presque certain que tu vas me le dire.

– Je dirais que tu ferais mieux de lui annoncer la mort de ce chien à Londres. Toi-même. De vive voix.

– Tu veux dire prendre l'avion et lui dire avant qu'elle ne rentre à la maison ce soir ?

– Ce n'est qu'une suggestion. Je peux me tromper.

– C'est fou.

– Très bien, c'est à toi de décider. Je vais m'occuper de ma cheminée.

Fury écrasa sa cigarette et la jeta à travers la porte.

– J'ai juste pensé qu'il y avait peut-être d'autres choses que tu devais lui dire aussi.

Chapitre 36

Les deux heures qui avaient suivi étaient passées dans le flou et, au début, elles avaient surtout consisté pour Brian à identifier des obstacles que Fury avait balayés d'un revers de la main. Le vol d'Hanna était réservé pour le soir même, Brian devait donc arriver avant qu'elle ne quitte Windsor pour prendre son avion. Et s'il n'y avait pas de vol régulier pour l'amener à temps ? Et s'il n'y avait plus de places sur son vol de retour ? Une recherche en ligne répondit à ces deux questions et, avec Fury qui regardait par-dessus son épaule, il réserva sans difficulté et vit ses cartes d'embarquement apparaître sur son téléphone. Le timing était serré. Et s'il était retardé pour garer sa voiture à l'aéroport de Cork ? Selon Fury, cela ne poserait aucun problème. Il devait se rendre lui-même à Cork, pour une pièce détachée de la chaudière de Castle Lancy, et il déposerait donc Brian juste à la sortie de l'aéroport. Après s'être engagé à faire le voyage, Brian s'était mis à paniquer. Où Amy vivait-elle vraiment ? Comment saurait-il où aller quand il arriverait à Windsor ? Fury le conduisit à la cuisine, où Hanna avait laissé l'adresse d'Amy sur la porte du réfrigérateur. En retirant l'aimant qui fixait la carte, il la tendit à Brian, qui était stupéfait.

– Comment se fait-il que tu savais que c'était là ?

– Comment se fait-il que tu ne le savais pas ? Aucune femme ne quitte jamais la maison dix minutes sans coller ses coordonnées sur le réfrigérateur. Elles anticipent les urgences.

– Mais j'ai son numéro dans mon téléphone.

– Et elle t'a aussi laissé l'adresse, alors arrête de perdre ton temps.

– Attends, je devrais peut-être l'appeler.

– Dieu tout-puissant, es-tu aussi sourd que stupide ? Comment crois-tu qu'elle va réagir si tu appelles et que tu lui dis que quelque chose de grave s'est produit et que tu refuses de révéler ce que c'est ?

– Mais je ne le ferais pas.

– Tu lui annoncerais donc la nouvelle par téléphone ? Dans ce cas, pourquoi prendre l'avion ?

– Merde, Fury, parce que tu as dit que je devais lui annoncer la nouvelle gentiment.

– Et tu as approuvé, et tu as réservé tes vols, alors, pour l'amour de Dieu, monte dans la camionnette.

– Je ne peux pas aller à Londres en pantalon de survêtement et en bottes.

– Alors va te changer.

Brian arriva à la porte d'embarquement avec quelques secondes d'avance et passa le vol à se demander ce qu'il allait bien faire. Plus tard, il se dit qu'il avait voyagé de Stansted à Windsor en pilotage automatique, car il ne se souvenait de rien d'autre que d'avoir émergé à la station Windsor and Eton Riverside et d'avoir donné l'adresse d'Amy à un chauffeur de taxi. Lorsqu'il était sorti du taxi, il était engourdi par l'appréhension, et alors qu'il s'approchait de son portail, Amy était apparue à la porte d'entrée, les clés à la main et une pochette sous le bras. Il la reconnut d'après la description d'Hanna et, lorsqu'elle s'était approchée du portail, il lui avait tendu la main, en se sentant comme un adolescent maladroit.

– Je m'appelle Brian Morton.

Le regard évaluateur qu'elle lui a jeté avait été déconcertant.

– Vous étiez attendu ?

– Non. Je suis désolé de débarquer à l'improviste, mais il s'est passé quelque chose à la maison. J'ai pensé qu'il valait mieux annoncer la nouvelle à Hanna en personne.

– Ici ?

Cette possibilité n'avait pas été évoquée par Brian avec Fury, tout simplement parce qu'elle ne lui était pas venue l'esprit.

– Ah. Non… Enfin, je me suis dit que si je prenais l'avion, je pourrais l'emmener déjeuner. Euh, vous aussi, bien sûr.

– Nous avons déjà déjeuné.

– Ah. D'accord.

Avec une lueur dans les yeux, qu'Hanna aurait reconnue, Amy se mit en retrait et le laissa passer le portail.

– Faites le tour du jardin et vous la trouverez dans la véranda. Je sors acheter des cigarettes.

Elle était partie avant que Brian ne puisse demander ce qu'elle voulait dire par véranda. En se concentrant à nouveau, il fit le tour de la maison par l'extérieur. Les portes de la véranda étaient ouvertes et Hanna était assise, les pieds sur un tabouret, en train de lire un journal. Il était tellement concentré sur ce qu'il devait dire que, dans un premier temps, il ne remarqua pas sa nouvelle coupe de cheveux. Puis, avant qu'il n'ait pu s'en rendre compte, elle leva les yeux et le vit dans l'embrasure de la porte.

– Brian ! Qu'est-ce que tu fais ici ?

Laissant tomber le journal en papier, elle se leva d'un bond.

– Qu'est-ce qui se passe ? Qu'est-ce qui s'est passé ?

– Rien. Tout va bien.

– Non, mais pourquoi es-tu là ? C'est maman ? Jazz ?

Ça ne pouvait pas être pire que d'annoncer la nouvelle par téléphone. Maudissant mentalement Fury, Brian lui prit les mains.

– Tout le monde va bien. Mary, Jazz, Louisa…

– Conor ?

– Sain et sauf, pour autant que je sache. Je ne l'ai pas vu.

– Oh, Brian ! Ce n'est pas Mike ?

– Mike était endormi dans son lit quand j'ai quitté la vallée. Arrête de faire l'appel et écoute-moi.

Agacée, parce qu'elle avait eu peur, Hanna s'éloigna de lui.

– Qu'est-ce que tu fais ici ?

Ayant atteint le point non-retour, Brian ne savait plus par où commencer.

– Je pensais t'emmener déjeuner. Mais Amy dit que tu as déjà mangé.

– Quoi ?

– J'ai rencontré Amy à l'entrée. Fury m'a dit que je devais prendre l'avion.

Hanna le regardait comme s'il était fou et, bien qu'il soit bouleversé, Brian réprima une envie de rire.

– Non. Non, écoute, chérie, il s'est passé quelque chose de triste, et je ne voulais pas que tu arrives à la maison sans te l'avoir annoncé avant.

Hanna s'assit sur la chaise en rotin sur laquelle elle avait laissé tomber le journal.

– Qu'est-ce qui s'est passé ? Dis-moi vite ce qui s'est passé.

– C'est Jo.

Brian s'agenouilla près de la chaise.

– Fury l'a trouvée ce matin. Elle s'est juste… endormie et ne s'est pas réveillée.

– Tu veux dire qu'elle est morte ?

Se souvenant de sa haine de l'euphémisme, et honteux de l'avoir dit comme ça, Brian acquiesça.

– Elle était froide quand il l'a trouvée. Elle était très âgée, Hanna, elle n'aurait pas pu vivre éternellement.

– Je sais. C'est juste que... Pauvre Jo.

Hanna s'essuya les yeux du dos de la main.

– Et tu es venu me le dire. Oh, Brian ! Merci.

– Comme je te l'ai dit, ce n'était pas mon idée. C'était celle de Fury.

Brian lui caressa les cheveux.

– Quand as-tu fait ça ?

Hanna se mouchait.

– Quoi ? Oh, la coupe de cheveux. Il y a quelques jours. C'était une sorte d'accident.

Elle vit sa réaction et lui adressa un sourire hésitant.

– Je sais que ça a l'air idiot, c'est une histoire compliquée. Tu aimes la coupe ?

– Euh, cela n'a rien à voir avec moi. Ce sont tes cheveux.

– Ça veut dire que tu détestes ?

– Non non, je pense que tu es éblouissante.

La porte d'entrée a claqué et, un instant plus tard, Amy a traversé le salon. Brian prit le coude d'Hanna, sentant qu'elle avait envie de se cacher.

– As-tu fait tes valises ? Tu veux un coup de main ?

– Peut-être. Oui. Monte et tu pourras t'asseoir sur ma valise.

Amy les regarda d'un air sardonique.

– Hanna, ta valise tiendrait dans une boîte à gants. S'il s'asseyait dessus, il l'écraserait probablement.

Elle fronça les sourcils en direction de Brian.

– Mais ne me laissez pas vous empêcher d'aller dans la chambre à coucher. Après tout, cela fait une semaine entière.

Hanna se raidit mais Brian rétorqua avant qu'elle ne puisse le faire :

– J'ai pris l'avion pour lui dire que notre chien était mort.

Pour la première fois de sa vie, Hanna vit Amy déconcertée.

– Oh, zut, je suis désolée. Oh, Hanna ! Tu l'avais depuis longtemps ?

– Je l'avais depuis que c'était un chiot.

Après avoir menti éhontément, Brian sourit à Amy.

– Je pense que je devrais emmener Hanna dans un endroit tranquille avant qu'elle n'affronte l'aéroport. Peut-être une promenade dans un parc. Je suis sûr que ça ne vous dérangera pas. Jo était l'animal de compagnie de la famille et sa disparition nous affecte beaucoup.

– Bien sûr que ça ne me dérange pas.

Presque sans qu'Hanna s'en rende compte, Brian l'avait pilotée jusqu'à l'escalier. Lorsqu'ils atteignirent sa chambre, elle s'assit sur le lit.

– C'était scandaleux !

– Je parie que tu ne regrettes pas ce que j'ai dit.

– Non. Amy est championne toute catégorie pour les piques.

Hanna se passa la main sur le front.

– Je dois d'abord lui dire au revoir poliment, mais tu ne veux pas qu'on aille dans un endroit tranquille ? De notre côté, jusqu'à ce que je me fasse une raison.

– Partons pour l'aéroport maintenant et arrêtons-nous quelque part en chemin.

Alors qu'Hanna allait rassembler des affaires dans la salle de bain, Brian l'appela.

– J'ai une autre nouvelle. Une bonne nouvelle. Fury me l'a dit sur le chemin de l'aéroport.

Hanna revint avec sa brosse à dents à la main.

– Fury t'a conduit à Cork ?

– Avec Diablo assis entre nous, en train de mâcher un os en caoutchouc. C'était comme regarder un fumeur confirmé en train de vapoter. Fury lui a interdit tout en-cas entre les repas.

– Quelle est la bonne nouvelle alors ?

– Il s'est arrangé pour que Mike passe à autre chose.

Elle le regarda fixement.

– Fury a fait quoi ? Pourquoi ?

– Je crois qu'il a compris que tu avais trouvé Mike un peu trop présent.

Hanna eut l'air bouleversée.

– Je n'ai jamais dit ça ! Enfin si, mais c'est parce qu'il m'a arraché cette remarque. Tu connais Fury.

– Trop bien. Regarde-moi, je suis assis ici alors que je n'avais prévu que de passer un peu l'aspirateur aujourd'hui.

– Mais qu'est-ce qu'il a Fury ? Oh, mon chéri, je suis désolée, je voulais qu'avec Mike vous ayez le temps de vous rapprocher.

– Nous l'avons fait. Mike et moi avons passé une bonne semaine ensemble, mais il n'est pas le plus facile des invités. Je pense que nous nous sommes rapprochés autant qu'il le fallait et pour un certain temps.

– Alors, où va-t-il ?

– Au château Lancy, sourit Brian.

– Charles cherche quelqu'un pour établir un catalogue de ses livres, enfin, un inventaire de tout ce qui se trouve dans le château. La personne bénéficiera d'un logement et, connaissant la taille des pièces, ce sera immense. Il y a plus d'espace que nécessaire pour que Mike puisse s'étaler.

– Charles a-t-il eu son mot à dire ?

– Fury a organisé une rencontre et ils se sont entendus comme larrons en foire.

– Et Mike sait-il vraiment comment cataloguer ?

– Il a déjà fait un travail similaire. En tout cas, l'idée est en partie d'avoir quelqu'un de jeune et en bonne santé dans les parages. Je soupçonne Fury de s'inquiéter de voir Charles vivre seul dans cette maison.

– Si c'est le cas, ne s'agit-il pas d'une solution temporaire ? Mike ne restera pas dans les parages. Il partira courir le marathon de San Francisco ou filmer des lieux de vacances dans le Serengeti.

– Mais c'est la vie, n'est-ce pas ? La condition humaine consiste en une suite de solutions temporaires.

Hanna attrapa son téléphone.

– Un instant. Tu connais la théorie de Fury sur l'accord parfait ? Travailler dans plusieurs dimensions et laisser tout le monde dans un meilleur état ?

Elle tendit le téléphone à Brian.

« FURY ME CONDUIRA POUR SAUVER LES ENFANTS »

« JE VAIS LUI FAIRE UN GÂTEAU DE BATTENBERG UNE FOIS PAR SEMAINE »

Brian sourit.

– Je pense que oui. Jazz m'a appelé hier soir. Apparemment, elle a fait la leçon à Mary.

– À propos de quoi ?

– De son égoïsme. D'avoir inventé des choses sur la pauvre Pauline Murphy. De te demander sans cesse de l'attention. Elle a dit à ta mère que si elle ne sortait pas et ne trouvait pas quelque chose d'utile, elle finirait par devenir une folle dingue harceleuse. Elle a dit qu'elle devait aller faire du bénévolat dans un magasin de charité, et Mary a fait toute une histoire pour savoir comment s'y rendre. On dirait que son problème de voyage a été résolu.

Hanna s'assit sur le lit.

– Fury est incroyable. Et Jazz a vraiment fait ça ?

– Carrément. Si tu veux mon avis, tu as mis au monde une force avec laquelle il faut compter.

Les larmes coulèrent des yeux d'Hanna.

– Je me suis tellement inquiétée pour ma mère. Ce n'est pas tout à fait vrai. Je redoutais le moment où je devrais la prendre en charge, comme elle l'avait fait pour moi.

Brian s'assit à côté d'elle.

– Je sais, et ce n'est sans doute qu'une solution temporaire de plus. Les choses pourraient empirer. Mais c'est bien pour l'instant, n'est-ce pas ?

– Je suppose que oui. Oui, je suis sûre que c'est le cas.

Hanna reprit son téléphone.

– Je n'ai pas répondu à ses textos. Je pensais le faire demain, quand la vraie vie me rattraperait.

– C'est ce que tu ressens ? Comme si tu retournais à toutes sortes de choses que tu redoutes ?

– Chéri, bien sûr que non.

– Comme de stagner ?

– Oh, Brian ! C'est Amy qui a dit ça, pas moi. Et tu sais quoi ? À sa façon, elle est aussi douée que maman pour la manipulation. Elle est riche, seule et désespérément en quête de divertissement. Se mêler de ma vie lui a simplement donné quelque chose à faire en plus de ses achats sur Internet.

Hanna réfléchit.

– Non, ce n'est pas juste, elle voulait vraiment ces retrouvailles. C'était amusant aussi. Je suis contente d'être venue. C'est merveilleux de sentir que je me suis réapproprié Londres après toutes ces années. Mais, chéri, je suis aussi contente de rentrer à la maison.

Fury avait raison, pensa Brian. Ils avaient plus de choses à dire et il fallait se les dire ici, pas dans la vallée.

– Continuons à faire tes valises et trouvons un endroit où aller nous promener.

Il ramassa un sac en papier sur sa table de chevet.

– Où cela va-t-il nous mener ?

– Ne le colle pas n'importe où. Je l'utiliserai quand je me serai changée.

– Tu es ravissante telle que tu es.

– Ce qui m'importe le plus, c'est d'être à l'aise pendant le voyage.

Elle enfila le jean et le tee-shirt avec lesquels elle a fait le voyage et récupéra ses mocassins confortables sous le lit. Brian tournait toujours autour de sa valise et, après avoir trouvé ses chaussures, Hanna le poussa doucement vers une chaise.

– Laisse ce sac tranquille. C'est le cadeau de Louisa. Il y en a aussi un pour Jazz.

Puis, en enfilant son sweat à capuche, elle s'arrêta, l'air coupable.

– Oh, je suis désolée, je n'ai jamais pu trouver de cadeau pour toi. J'ai bien cherché, mais rien ne semblait convenir.

– Les cadeaux ne sont pas une obligation.

– Je promets de t'en trouver un quand je viendrai travailler avec le Armstrong Trust.

Brian eut l'impression qu'un ascenseur venait de descendre dans son estomac, mais il se ressaisit et lui sourit.

– C'est ça le plan ? Que tu acceptes un travail ici ? Qu'est-ce que tu vas faire ? Loger ici avec Amy et faire des allers-retours comme Louisa ?

Hanna eut l'air surprise.

– Pas comme Louisa. Elle fait l'aller-retour une semaine sur deux. Ce serait deux ou trois fois par an, au maximum. Je te l'ai dit au téléphone.

Avec une autre secousse, l'estomac de Brian remonta et, soudain, il trouva les mots pour lui confier ce qu'il n'avait pas pu lui dire.

– Je n'ai pas bien écouté au téléphone… j'avais la tête ailleurs. Mais écoute-moi maintenant, Hanna. C'est important. Tu sais que j'ai dit que je voulais qu'on se marie pour que tu aies une sécurité financière ? Et quand tu as refusé, comment j'ai voulu mettre ton nom sur l'acte de propriété de la maison ? C'était absurde. Je veux dire que je voulais t'épouser, et je veux que tu sentes que la maison est la tienne. Mais je n'ai pas été honnête. Il s'agissait de te retenir. Je voulais être sûr de toi. Depuis la mort de Sandra, j'ai le sentiment que tout ce qui est bon dans ma vie est voué à me glisser entre les doigts. Fury savait ce que je ressentais – Dieu sait comment – et il me l'a fait voir.

La voix de Brian tremblait.

– Je sais pas pourquoi j'ai pensé que le mariage était la solution. Ce n'est pas le cas. Cela n'a pas empêché Sandra de mourir et, si elle n'était pas morte, il ne l'aurait pas empêchée de me quitter.

– Chéri, c'est idiot.

– Non, pas du tout. Tu ne connaissais pas Sandra. De toute façon, ce n'est pas la partie la plus stupide. Tu sais la première chose qui m'est venue à l'esprit quand j'ai vu le corps de Jo ? Que c'était à cause d'elle que tu avais emménagé dans le Glen, et que tu ne voudrais pas rentrer chez moi maintenant qu'elle ne serait plus là.

– Chéri…

– C'est fou. Je sais. Fury me l'a dit. Plus précisément, c'est insultant.

Sa voix trembla à nouveau.

– Je ne veux pas gâcher ta vie, Hanna, je te l'ai dit. Il s'arrêta brusquement, l'air hébété, comme s'il n'avait pas réalisé où son discours le menait et, alors qu'Hanna tendait instinctivement la main, il se leva violemment, la repoussant. Ce fut au tour d'Hanna de sentir que le sol s'ouvrait soudainement sous ses pieds. Tétanisée sur le tapis d'Amy, elle regardait Brian avec horreur. Ils étaient revenus au point de départ, se regardant l'un l'autre à travers un gouffre rempli de douleurs passées. S'il croyait vraiment que tout ce qui était bon était condamné à lui glisser entre les doigts, il pourrait lui tourner le dos maintenant, comme il l'avait fait avec sa vie précédente, en se convainquant que, comme son fils, elle serait mieux sans lui. Et le moindre geste de sa part pourrait faire pencher la balance. Enfonçant ses mains dans ses poches, elle se força à attendre, priant pour que les bons mots lui viennent. Brian restait recroquevillé sur sa chaise, un air inquiétant sur le visage. Puis, alors qu'Hanna hésitait, ses doigts se refermèrent sur la pierre de cœur, qui reposait dans la poche de son sweat à capuche depuis le soir où ils s'étaient promenés au bord de la rivière. C'était la réponse. Sortant son poing serré de sa poche, elle se dirigea vers Brian.

– Personne ne mérite d'être aimé, chéri. C'est juste que certaines personnes se trouvent et savent qu'elles sont faites l'une pour l'autre. C'est comme trouver le cadeau parfait.

Agenouillée à côté de lui, elle tendit la pierre et la posa sur la paume sa main. Il la regarda dans les yeux et son expression hébétée s'estompa lorsqu'elle referma ses doigts fermement autour de la pierre.

– Ceci est pour toi. C'est mon cœur. Rentrons à la maison.

Chapitre 37

Finalement, ils n'allèrent pas se promener avant de prendre le train pour Stansted. Ils s'allongèrent sur le lit dans les bras l'un de l'autre, ne faisant pas l'amour de façon folle et passionnée, comme Amy le laissa entendre lorsqu'elle frappa à la porte, mais étrangement épuisés par le fait qu'ils avaient vacillé au bord d'une falaise inattendue.

Brian était presque endormi lorsque la voix d'Amy les alerta sur l'heure. Hanna le secoue doucement.

– Nous devons y aller ou nous allons rater l'avion.

Il ouvrit les yeux et resserra ses bras autour d'elle.

– Je suis vraiment désolé. Je ne sais pas où j'avais la tête cette dernière semaine.

– Le temps passe et Amy est là, alors concentrons-nous sur l'essentiel. Est-ce que tu m'aimes ?

– Oui ma chérie.

– Oui. Passeport ? Carte d'embarquement ? De l'argent pour nous rendre à Stansted ?

– J'ai tout ça.

– Alors aide-moi à me frayer un chemin à travers les sous-entendus et nous pourrons partir.

★

Malgré toute l'assurance qu'elle pensait avoir, l'esprit d'Hanna tourbillonnait alors qu'elle était assise dans le train qui la conduisait à l'aéroport. Appuyant son front contre la vitre du wagon, elle se souvint du dîner qu'elle avait partagé avec Jazz chez Maggie, et de sa propre annonce que le traumatisme causé par la tromperie de Malcolm était derrière elle.

– Je vis une vie parfaite, avait-elle dit.

Ce n'était tout simplement pas vrai. Le train était bondé et Brian était assis de l'autre côté de l'allée, en train de lire un journal. Il était difficile de croire qu'il y avait seulement quelques heures, leur avenir avait été en danger. Hanna se souvint de l'envie irrésistible qu'elle avait eue à la fête d'anniversaire d'annuler son voyage à Londres et de rester à la maison. Ce n'était pas de la léthargie ou de la folie, pensa-t-elle. Je redoutais de quitter Brian parce qu'au fond de moi, je savais que les choses n'allaient pas très bien. Elle tourna à nouveau son visage vers la fenêtre, où des gouttes de pluie ruisselaient à l'envers sur la vitre. Lorsqu'ils s'étaient disputés au sujet des titres de propriété de la maison de Hag's Glen, elle lui avait parlé comme une maîtresse d'école.

– Aucun de nous n'aura jamais tout de l'autre. Il s'est passé trop de choses dans chacune de nos vies pour cela.

Elle savait qu'il avait rejeté cette idée, même s'il ne l'avait pas dit, mais elle l'avait compris et, à l'époque, cela lui avait suffi. Je suis la fille de ma mère, pensa-t-elle. Je fais peut-être attention à tenir ma langue quand je travaille, mais je fais trop de déclarations à la maison et je n'écoute pas assez. Bon sang, je ne m'écoute même pas moi-même. Si j'avais accepté ma propre logique lors de cette conversation avec Brian, j'aurais su que je n'avais pas vraiment oublié Malcolm. Ce que j'ai dit à Jazz était un énorme mensonge. Je ne vis pas une vie parfaite. C'est vrai que je suis une survivante, et je peux en être fière, mais ça ne sert à rien d'essayer de prétendre que je m'en suis sortie sans aucune cicatrice. Le fait est que je partage avec Brian ce sentiment irrationnel d'inquiétude. Je crains que Jazz ne soit irrémédiablement abîmée par notre divorce. Par ma réticence devant la perspective de devoir vivre à nouveau avec maman. J'ai même cru à moitié aux sottises d'Amy qui disait que la vie à Finfarran me ferait stagner. Et, cette conviction qu'a Brian que tout ce qui est bon lui glisse entre les doigts, je la connais. Il voulait qu'on se marie pour être sûr de moi, et je n'ai pas voulu l'épouser parce que je craignais qu'il ne finisse par me quitter. Nous partageons le même niveau d'appréhension idiote, et aucun de nous deux ne pourra jamais l'oublier complètement. Mais il vaut mieux le reconnaître. De cette façon, nous pouvons accepter cette faiblesse et nous aider mutuellement à la surmonter à chaque fois que cela se produira.

Le vol se déroula sans incident. Leurs sièges étant situés à des extrémités différentes de l'avion, ils ne parlèrent pas beaucoup jusqu'à ce qu'ils aient passé la sécurité à l'arrivée. Comme d'habitude, il fallait se concentrer sur les ronds-points et la circulation, et ce n'est que lorsqu'ils quittèrent la ville qu'Hanna, qui conduisait, se détendit et jeta un coup d'œil à Brian.

– Nous n'avons pas perdu de temps. Nous devrions être à la maison avant qu'il ne fasse trop sombre.

– Tu sais quoi ?

– Quoi ?

– Ta coupe de cheveux est vraiment magnifique.

– Je crois que oui. Mais je vais probablement les laisser repousser. Curl Up & Dye à Carrick aurait probablement du mal à entretenir cette coupe.

– Tu pourras toujours retourner dans ce salon lorsque tu seras à Londres.

– Je ne serais pas surprise de constater qu'il aurait disparu dans une bouffée de fumée. Toute cette transformation ressemblait à un conte de fées.

– Chérie, es-tu vraiment contente d'être à la maison ? Tu n'as pas l'impression que ton carrosse s'est transformé en citrouille et que toutes tes belles tenues vont tomber en lambeaux ?

– Mais non. D'ailleurs, tu l'as dit toi-même, je peux reprendre l'avion et en trouver d'autres.

– Parle-moi de ce Nicholas Armstrong.

– Oh, Brian ! Parle-moi de cette Pauline Murphy.

Elle lui jeta un coup d'œil en biais, le vit grimacer et sut qu'il avait compris.

– Nicholas est gentil, je pense que tu l'aimerais bien. C'est un petit conseil d'administration, composé de membres de la famille, alors je comprends qu'il veuille faire entendre une nouvelle voix.

Amy, bien sûr, s'était empressée de sous-entendre un intérêt beaucoup plus personnel.

– Tu as dû voir la façon dont il t'a regardée pendant le dîner.

– Je n'avais pas beaucoup de concurrence, en même temps. C'était moi avec ma coiffure de tueuse ou ton amie Mme Morrison avec ses paillettes beiges tombantes.

– Et moi ? J'étais plutôt pimpante.

– Oh, tout le monde peut voir que tu finiras avec Roger. N'essaie pas de nier, tu sais que j'ai raison. Même si sa conversation est désastreuse, il est doux et gentil, et il te suit comme un petit chien de salon.

– Bah, tu as peut-être raison. Il est riche aussi, tu sais.

– Voilà c'est réglé.

Néanmoins, bien qu'elle ne l'ait jamais dit à Brian, elle était parfaitement consciente de l'intérêt que Nicholas Armstrong lui portait lorsqu'ils s'étaient rencontrés. Puis, autour de leurs éclairs et de leur lapsang souchong, il lui avait dit qu'il était veuf, glissant l'information avec une insouciance feinte.

– Je suis désolée de l'apprendre. Elle doit te manquer.

– C'est une grande perte, mais je m'occupe l'esprit avec le trust.

Sachant précisément ce qu'elle faisait, Hanna avait mentionné Brian.

– Il est architecte.

Elle avait vu sa légère déception, soigneusement dissimulée par les bonnes manières, avant qu'il ne change diplomatiquement de sujet pour revenir aux livres. Maintenant, tout aussi diplomatiquement, elle sourit à Brian.

– J'aimerais que tu rencontres Nicholas.

Elle avait l'impression qu'il savait exactement ce qui venait de se passer entre eux mais, au moins, tant qu'ils étaient encore fatigués et meurtris, on en avait assez dit.

*

Le soleil s'était couché lorsqu'ils franchirent la frontière du comté de Finfarran. Hanna baissa la vitre et une brise fraîche s'engouffra dans la voiture.

– Mon Dieu, l'air frais me manque. Au-delà de Carrick, les imposantes montagnes de Knockinver se détachaient en violet sur un ciel de nacre. Laissant la ville derrière eux, Hanna accéléra sur l'autoroute, poussée par l'envie d'être de nouveau chez elle, dans le vallon. À droite, à travers les champs qui s'assombrissaient, Jazz s'affairait dans la maison de Maggie ou s'asseyait sur banc rouge, en haut de la falaise, pour écouter les vagues s'écraser sur les rochers en contrebas. À gauche, dans le pavillon, Mary et Louisa seraient attablées devant des martinis avec des glaçons et une rondelle de citron, accompagnés d'un bol Belleek d'olives farcies au piment. Le rituel aurait commencé par une invitation formelle à regarder les nouvelles dans le salon de Mary, où la télévision serait allumée et le feu de gaz à effet de charbon vacillant, tandis que sur le patio les primevères de Tom fleuriraient à l'approche de la nuit.

Passant devant le pavillon, satisfaite de savoir que Louisa était là et que Mary avait maintenant une nouvelle source d'intérêt, Hanna continua sur l'autoroute et, jetant un coup d'œil à Brian, vit les lumières de Lissbeg qui commençaient à s'allumer à l'ouest. La bibliothèque serait dans l'obscurité, tout comme les petits magasins comme HabberDashery, où deux sœurs âgées avaient autrefois vendu des rubans et des épingles et où deux jeunes cousins vendaient maintenant des pots de salade et des tomates séchées, mais au-dessus des magasins, et dans les rangées de maisons mitoyennes, les lumières étaient allumées, on préparait des repas et les gens qui avaient travaillé se mettaient les pieds sous la table.

Hanna se laissa à nouveau charmer par les rythmes doux de la vie de Finfarran, et elle se projeta dans sa propre semaine de travail à venir. Les souvenirs du lundi, avec ses rivalités et ses réminiscences. Les clubs de lecture, les groupes de discussion, les cours pour adultes, les demandes bizarres de lecteurs perplexes et la joie des enfants aux yeux écarquillés, assis en tailleur lors des séances de lecture. Et, parmi tout ce plaisir en général, ses propres moments de plaisir tranquille. La surprise d'un nouvel arrivant nerveux qui trouvait auprès d'elle un accueil sans jugement, le plaisir de déballer des livraisons de livres et l'enthousiasme des lecteurs qui les attendaient. La vue des grains de poussière dans la lumière du soleil tombant à travers les nouvelles fenêtres de l'ancienne salle de réunion, et le café près de la fontaine dans le jardin abrité des nonnes, où la chaleur du soleil libérait le parfum de la lavande et de la mélisse, et où les oiseaux voltigeaient autour des mains tendues de la sainte en pierre. Hanna sourit à l'idée de retourner au travail. Conor aurait toutes les nouvelles de ce qui s'était passé en ville et à la ferme en son absence. Avec l'arrivée de l'automne, les gens de la région seraient plus nombreux à prendre le temps de passer à la bibliothèque. Et le soir, enfermé dans le silence de l'espace d'exposition sombre, le psautier, dans toute sa gloire peinte, attendrait qu'elle tende la main pour tourner la page suivante.

Sortant de l'autoroute par la montée, elle emprunta les petites routes familières en direction de la forêt de Fury. Le hangar à l'arrière de la maison était éteint, et une seule lumière apparaissait à la fenêtre de sa cuisine. Elle jeta un coup d'œil à Brian.

– Crois-tu que Fury et Diablo sont assis de part et d'autre de la table, en train de boire un chocolat ?

Avant qu'il n'ait pu répondre, elle revint sur terre en sursaut. Ce serait horrible de remonter la vallée maintenant que Jo n'était plus là. Voyant sa pensée sur son visage, Brian lui tendit la main.

– Elle était vraiment très vieille et fatiguée. Et elle n'aurait pas aimé qu'on déplace son lit.

– Non, je sais. Elle avait sa place dans ce petit bâtiment. Tu ne penses pas que… ?

Hanna secoua la tête.

– Non, c'est stupide.

– Quoi ?

– On a presque l'impression qu'elle et la sorcière ne font qu'une.

– Quoi, tu veux dire de la réincarnation ?

– Bien sûr que non.

Ils avaient atteint la ferme au pied du vallon. Hanna tourna le volant et la voiture gravit la dernière portion de route entre les hautes haies fuchsia.

– Tu te souviens que l'histoire de la sorcière est probablement une invention de Fury ?

– Cela n'a pas d'importance. Ce n'est qu'une image, n'est-ce pas ? Tu as dit toi-même qu'elle représentait une présence féminine intemporelle, l'esprit de toutes les femmes qui sont venues vivre dans le glen.

– Oh, ma chérie, j'ai inventé ça quand j'essayais de te persuader de vivre avec moi.

Les yeux d'Hanna étaient rivés sur la route.

– Jazz dit qu'elle peut sentir une présence bienveillante dans la maison de Maggie, comme si Maggie était toujours là.

– Ça ne ressemble pas à Jazz.

– C'est ce qui rend la chose intéressante. Je lui ai dit que les lieux semblaient garder la mémoire des générations passées. Tous ceux qui y ont vécu et y sont morts.

– Qu'est-ce qu'elle a dit ?

– Elle s'est moquée, ce qui ressemble beaucoup à Jazz, donc je n'ai pas été surprise. Mais je pense toujours que c'est vrai. Tu te souviens de ce que je t'ai dit quand nous avons regardé la vallée pour la première fois ? Ce que ça devait être ici dans le passé ? De grandes familles dans de petites communautés, toutes interdépendantes, une vie se pressant contre une autre et personne ne se sentant seul. Il y aurait eu des chiens au milieu du bruit et de l'agitation, des cris des enfants et de la douce odeur de la fumée du gazon. Des créatures hirsutes, méfiantes et loyales, élevées pour garder les moutons et le bétail, comme Jo. Je pense qu'elle s'en est peut-être souvenue lorsqu'elle a fait son lit sur l'âtre, entre les murs qui avaient abrité des familles ici durant des siècles.

Alors que la voiture tournait au coin de la rue, les phares captèrent des éclairs de fuchsia écarlate et de furze dorée. Brian sourit à Hanna.

– J'ai utilisé de la pierre des champs quand j'ai construit notre maison, tu sais. Fury en a récupéré dans les bâtiments écroulés, et nous en avons excavé d'autres.

Il faisait presque nuit maintenant, et la route n'était plus qu'un ruban argenté entre les hautes berges qui l'entouraient. Lorsque la voiture émergea d'entre les haies, la maison devant elle semblait faire partie des contours abrupts du vallon. Hanna s'arrêta devant la porte d'entrée.

– Je suis contente que Mike vive au château, même si n'est que pour un temps.

– Moi aussi. Je ne suis pas sûr que nous ayons besoin d'une telle proximité, mais ce sera bien de l'avoir dans le voisinage. Tu sais qu'il est prêt à préparer un grand repas de famille ?

– C'est le fait de se sentir seul qui engendre l'appréhension, tu ne crois pas ? Tout dépend de tes décisions et tu ne sais pas ce que tu dois faire pour le mieux. Le fait d'avoir de la famille autour de soi fait la différence. Même les familles compliquées comme la nôtre.

Brian ne dit rien mais ils reconnaissaient tous les deux que, pour la première fois, ils parlaient comme si leurs deux familles séparées appartenaient à la même famille.

Lorsqu'ils entrèrent, il n'y avait aucun signe de Mike, ni de ses affaires éparpillées, mais son sac à dos et ses boîtiers d'appareil photo se trouvaient à côté de la porte. Brian posa la valise d'Hanna à côté d'eux.

– As-tu faim ?

– Non, je suis juste fatiguée.

– Pourquoi ne pas aller te coucher maintenant, si tu en as envie ?

– Il est beaucoup trop tôt, je suis sûre que je ne dormirais pas. Tu sais quoi, j'aimerais bien monter sur le toit.

– D'accord, mais j'ai un petit creux. Je vais trouver quelque chose à manger et je te suis.

★

Sur le toit, les herbes tremblaient sous l'effet d'une brise qui soufflait de la montagne. Hanna s'assit et regarda la vallée en contrebas. Une pellicule de nuages en lambeaux dérivait lentement vers l'océan, qui brillait au loin, au-delà de la forêt, où les cimes des arbres étaient argentées. À travers les trous dans les nuages, et les taches d'encre entre eux, les étoiles brûlaient comme des piqûres d'épingle dans du velours bleu-noir. Pendant des siècles, avant que les Lancy ne règnent sur la péninsule, des gens avaient vécu ici, dans le Hag's Glen, construisant, cultivant, élevant des moutons et du bétail, tandis que les mains habiles du monastère avaient peint le ciel et la terre sur du vélin de couleur crème. Pendant des millénaires, des feux avaient brûlé ici les nuits de solstice, projetant des étincelles et des flammes dans le ciel étoilé. Et voilà, pensa Hanna, j'essaie encore d'apprendre que ni le pressentiment ni l'optimisme n'ont d'importance. Un bruit de pas retentit derrière elle et Brian arriva sur le toit, un plateau dans les mains et quelque chose sur le bras. Il posa le plateau sur la table basse et elle sentit le contact de la laine autour de ses épaules.

– Je pensais que tu serais frileuse.

En le drapant autour de ses épaules, Hanna reconnut la large frange et la chaleur artisanale de son châle.

– Où as-tu trouvé cela ?

– J'ai aussi trouvé les bols de Mary. Pourquoi les as-tu cachés ?

– Je ne les ai pas cachés. J'ai juste pensé qu'ils ne correspondaient pas à ton esthétique.

– Je pense qu'ils s'adaptent parfaitement.

Brian se tourna vers le plateau.

– J'avais de la soupe dans le frigo, un reste d'hier.

Hanna prit le bol en poterie, sentant la chaleur de la soupe à travers l'argile, la peinture et le vernis usé.

– Ne me dis pas que tu as aussi accroché un de tes croquis quelque part ?

– Bien sûr que non. Je te l'ai dit, je suis un artiste médiocre. Je n'accrocherai jamais ces croquis.

– Ça me va très bien. Je profite de la lumière et de l'espace.

– Vraiment ?

– Honnêtement.

Hanna posa le bol.

– Brian…

– Quoi ?

– Tu sais que Conor et Aideen se sont envolés pour Florence pour se marier…

Il faisait trop sombre pour voir son expression, mais elle pouvait sentir sa consternation lorsqu'il se tourna vers elle.

– Es-tu en train de dire que c'est ce que tu veux ? M'épouser après tout ?

– Oh, chéri, non, ce n'est pas, je suis vraiment désolée.

Hanna lui tendit la main et la prit dans les siennes.

– Je croyais que tu avais dit que tu ne voulais pas le faire maintenant ?

– Non je ne veux pas.

Elle rit de soulagement.

– Eh bien, n'est pas grave, alors.

– Qu'est-ce que tu dis ?

– Je me disais justement qu'il faudrait planter cette épingle dans une carte un de ces jours.

Remerciements

Plusieurs histoires s'entremêlent lorsque je pense à un livre et que je l'écris, et chacune est inspirée par les endroits où je vais et par les gens que je rencontre. Et souvent, sur les réseaux sociaux, je rencontre des gens qui viennent d'endroits où je ne suis jamais allée – certains sont des lecteurs et d'autres des auteurs comme moi, qui prennent le temps d'écouter nos histoires.

C'est particulièrement vrai depuis que j'écris la série Finfarran, car les livres, qui sont commandés par ma charmante éditrice Ciara Doorley chez Hachette Books Ireland, sont également publiés dans le monde entier, des États-Unis et du Canada à la Chine, la Corée du Sud, l'Allemagne, la France et d'autres pays encore. Mes premiers remerciements vont donc à Ciara, à ma correctrice Hazel Orme, à Joanna Smyth, à Ruth Shern, à Elaine Egan, à Breda Purdue et à tous les autres membres de la formidable équipe de Hachette, mais je suis également reconnaissante à la communauté des écrivains en ligne qui me soutient, en particulier à mes amis irlandais (ceux qui savent, savent).

C'est merveilleux d'entendre les réflexions et les commentaires des lecteurs, de voir des photos de vos exemplaires de mes livres, de librairies, bibliothèques et clubs de lecture locaux, et de savoir que vous aimez Fury, que vous vous fâchez contre Mary, que vous sympathisez avec Hanna et que vous vous reconnaissez dans leurs vies et leurs amours, ainsi que la campagne, les communautés et la dynamique de Finfarran, à partir de vos propres vies et expériences.

Certains livres nécessitent des recherches très spécifiques et parfois un peu bizarres ! Lorsque j'ai écrit le chapitre d'*Au cœur du bonheur* dans lequel Hanna se rend chez Persephone Books dans le quartier de Bloomsbury à Londres pour obtenir un exemplaire de *Miss Pettigrew Lives for a Day*, j'ai décrit le sac qu'elle y achète comme ayant des poignées roses. Puis, plusieurs semaines plus tard, je me suis réveillée une nuit, convaincue que je m'étais trompée de couleur. Heureusement, j'étais à Londres à ce moment-là, j'ai donc pris le bus à la hâte et j'ai découvert que, si les livres de Persephone sont emballés dans du papier rose, les poignées de leurs sacs sont d'un magnifique gris argenté. Je n'oublierai jamais la gentillesse avec laquelle le personnel a supporté mes tentatives stupides pour me convaincre, et les convaincre, que la couleur avait dû changer depuis la dernière fois que j'étais venue, ni la joie avec laquelle ils m'ont permis de tweeter une photo de leur charmante boutique une fois que je me suis calmée. En effet, je suis reconnaissante à tous les sympathiques libraires d'Irlande et du Royaume-Uni, qui m'accueillent lorsque je leur rends visite, que soit pour signer des livres ou pour chercher des réponses à des questions bizarres, et aux bibliothécaires qui ont organisé des événements Finfarran des deux côtés de l'Atlantique.

J'aimerais également remercier les bibliothécaires médiévistes de Twitter dont le flux quotidien d'images, ainsi que les collections de manuscrits de la British Library et de la Chester Beatty Library de Dublin, continuent d'inspirer mon Psautier de Carrick fictif. Et je suis reconnaissante au personnel et aux bénévoles des jardins japonais Lafcadio Hearn, à Tramore, Co. Waterford, à Geraldine McGlynn de Golden Ireland qui me les a fait découvrir, et aux hôtels qui m'accueillent lors de mes road trips Golden Ireland, dont vous pouvez découvrir les photos parmi mes tweets @fhayesmccoy et les posts de ma page auteur Facebook.

Les dédicaces fictives faites par des auteurs réels dans les livres d'or du château Lancy sont le résultat de l'obsession d'une vie pour les biographies littéraires, principalement empruntées ou achetées d'occasion : alors, en guise de remerciement, je vous exhorte à soutenir vos propres bibliothèques locales, librairies d'occasion et librairies indépendantes.

Enfin, mon amour et mes remerciements vont à mon mari, Wilf Judd, et, comme toujours, à mon excellent agent Gaia Banks, de Sheil Land Associates UK.

Felicity Hayes-McCoy est née à Dublin, en Irlande. Elle a étudié la langue et la littérature anglaise et irlandaise à l'UCD avant de s'installer en Angleterre dans les années 1970 pour suivre une formation au Drama Studio, à Londres. Son travail d'écrivain comprend des dramatiques pour la télévision et la radio, des reportages, des documentaires, des dramatisations et des adaptations ; des scénarios ; du théâtre musical ; des livres pour enfants et des produits multimédias interactifs. Elle et son mari, le metteur en scène d'opéra Wilfred Judd, vivent à Corca Dhuibhne et à Bermondsey, à Londres. Elle parle de la vie dans ces deux endroits sur son site Web : www.felicityhayesmccoy.co.uk

Du même auteur

La série « Finfarran » :

La Petite Bibliothèque du bonheur
Le Petit Café du bonheur
Le Petit Jardin du bonheur
L'Été de tous les bonheurs
Le Club de lecture transatlantique

Les autres romans :

Les Couturières de Keepsake
Le doux parfum de la librairie

Sous la direction de : Ambre Rouvière
Correction : Nord Compo
Composition : Nord Compo
Conception graphique de la couverture : Nord Compo
Illustration de couverture : © Buxdesign

PEFC
10-31-1601
Ce produit est issu de forêts gérées durablement et de sources contrôlées

FABRIQUÉ EN FRANCE

Depuis 2009, Prisma Media met en place une politique d'achat éco-responsable. Ainsi, près de 100 % du papier de nos magazines est certifié PEFC (gestion durable des forêts). La fabrication des livres des Éditions Prisma s'inscrit également dans cette démarche.

Dépôt légal : juin 2025 – n° d'impression 2503.0071
Achevé d'imprimer en France par : Aubin Imprimeur